REVIEW

열일곱 살에, 학교 도서관에서 처음 캐드펠 수사 시리즈를 읽었는데 완전히 푹 빠지고 말았다. 어떻게 21세기 한국의 고등학생이 12세기 영국의 수도사에게 친밀감을 느낄 수 있었을까? 책을 펼치면 캐드펠 수사가 가꾸는 허브밭의 싱그러운 향이 미풍에 실려 오는 것만 같았고, 부지불식간에 이웃처럼 정이 든 마을 사람들이 삶의 우여곡절을 겪을 때는 함께 탄식했다. 그 생생한 경험을 통해 역사와 문학을 동시에 사랑하게 되었는지도 모르겠다.

서른다섯 살이 되어 캐드펠 시리즈를 다시 읽고 싶어졌는데, 혹시 두 번째로 읽었을 때의 감회가 예전만 못할까 걱정했었다. 기우 중의 기우였다. 열일곱 살에 발견하지 못했던 부분들을 잔뜩 발견하며 읽을 수 있었고, 역사추리소설을 추천하는 자리에서 매번 자신 있게 추천하곤 했다. 소박하고 담백하게 시작해 역사의 큰 톱니바퀴와 힘 있게 맞물려 들어가는 이 놀라운 이야기에 대해 말할 때 한없이 행복했다.

엘리스 피터스가 육십대 중반에 이처럼 대단한 시리즈를 시작했다는 것을 떠올리면 마음에 환한 빛이 든다. 먼 길을 다녀와 켜켜이 쌓인 지혜를 품고 유적지를 직접 걸으며 작품을 구상했을 작가를 상상하고 만다. 멋진 일은 언제든 시작될 수 있고, 심혈을 다해 빚은 이야기는 시간과 공간을 뛰어넘는다는 것을 보물 같은 작품들을 통해 믿게 되었다.

정세랑
소설가

REVIEW

엘리스 피터스는
가장 뛰어난 추리소설 작가다.

UMBERTO ECO
움베르토 에코

캐드펠 수사는 한 세기를
완벽하게 구가한 셜록 홈스에
비견되는 창조물이다.

**LOS ANGELES TIMES
BOOK REVIEW**
LA 타임스 북 리뷰

이보다 더 매력적이고 인상적인 탐정은
찾기 어려울 것이다.

SUNDAY TIMES
선데이 타임스

서스펜스와 역사소설이 혼합된
유쾌하고 독창적인 작품.

**LONDON EVENING
STANDARD**
런던 이브닝 스탠더드

시리즈가 추가될 때마다 기쁨을 느낀다.
연대기 시리즈가 계속 이어지기를 바란다.

USA TODAY
USA 투데이

캐드펠 수사는 분명 범죄소설의
컬트적 인물이 될 것이다.

FINANCIAL TIMES
파이낸셜 타임스

엘리스 피터스의 미스터리는 역사적 디테일,
마을과 수도원의 중세 생활상, 생생한
캐릭터 묘사, 우아하고 문학적인 문체 등
이야기 그 자체로 즐거움을 선사한다.

THE WASHINGTON POST
워싱턴 포스트

스타일과 격조를 갖춘 미스터리로
멋지게 포장된 뛰어난 역사소설.

THE CINCINNATI POST
신시내티 포스트

엘리스 피터스는 중세인들의 삶을 상세하고
설득력 있게 재현함으로써, 독자들을
강력하게 흡인하여 교묘하게 짜여진
중세의 어두운 미로 속으로 데려간다.

YORKSHIRE POST
요크셔 포스트

고전적인 의미의
선과 악이 격투를 벌이는 역작.

CHICAGO SUN-TIMES
시카고 선 타임스

장미나무 아래의 죽음

THE ROSE RENT

THE ROSE RENT
Copyright © 1986 by Ellis Peters
All rights reserved.

Korean translation copyright © 2025 by Bookhouse Publishers Co.
Korean edition is published by arrangement with
Intercontinental Literary Agency(ILA) through EYA(Eric Yang Agency).

이 책의 한국어판 저작권은 에릭양 에이전시를 통해 Intercontinental Literary Agency(ILA)와
독점 계약한 (주)북하우스 퍼블리셔스에 있습니다. 저작권법에 의해 한국 내에서 보호를 받는
저작물이므로 무단 전재와 무단 복제를 금합니다.

장미나무 아래의 죽음

엘리스 피터스 장편소설
김훈 옮김

북하우스

CADFAEL

중세 웨일스

1 아를레흐웨드
2 아르본
3 흘레인
4 흐로스
5 디프린 클루이드
6 마일로르
7 컨흘라이스
8 펜흘린
9 메카인
10 아르수이스틀리
11 마일리에니드
12 엘바일

CADFAEL

슈롭셔와 웨일스 국경지대

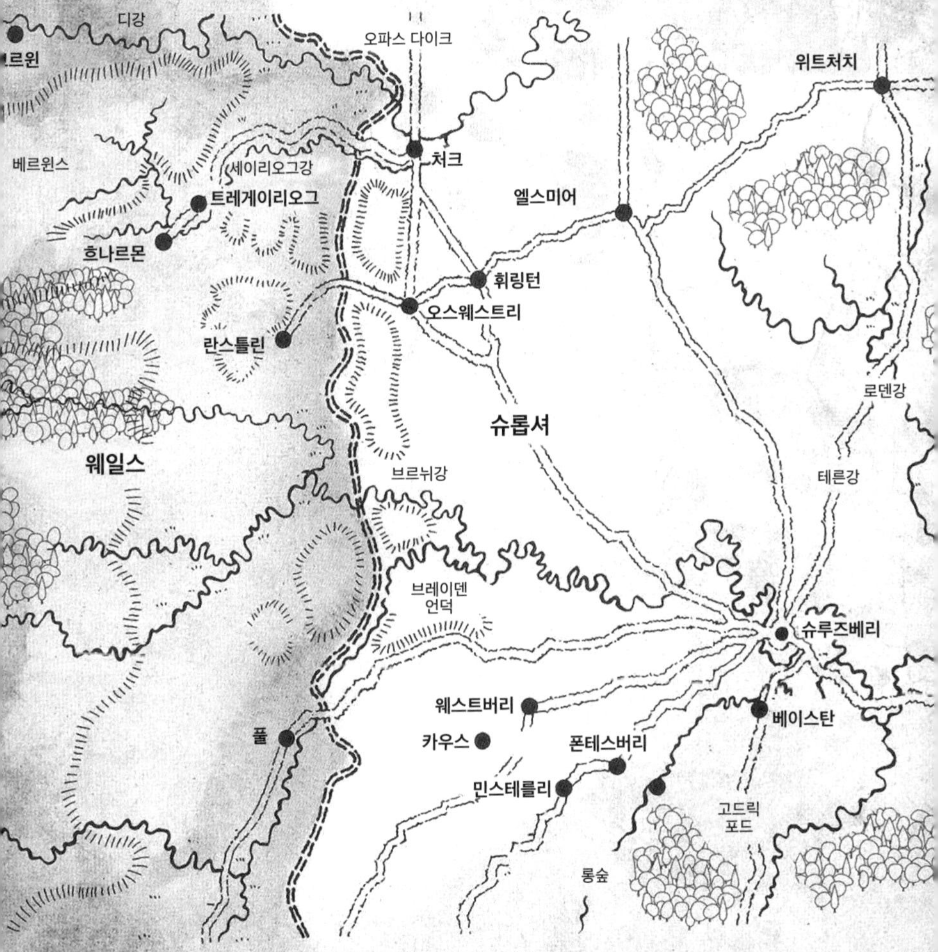

CADFAEL

슈롭셔주 슈루즈베리

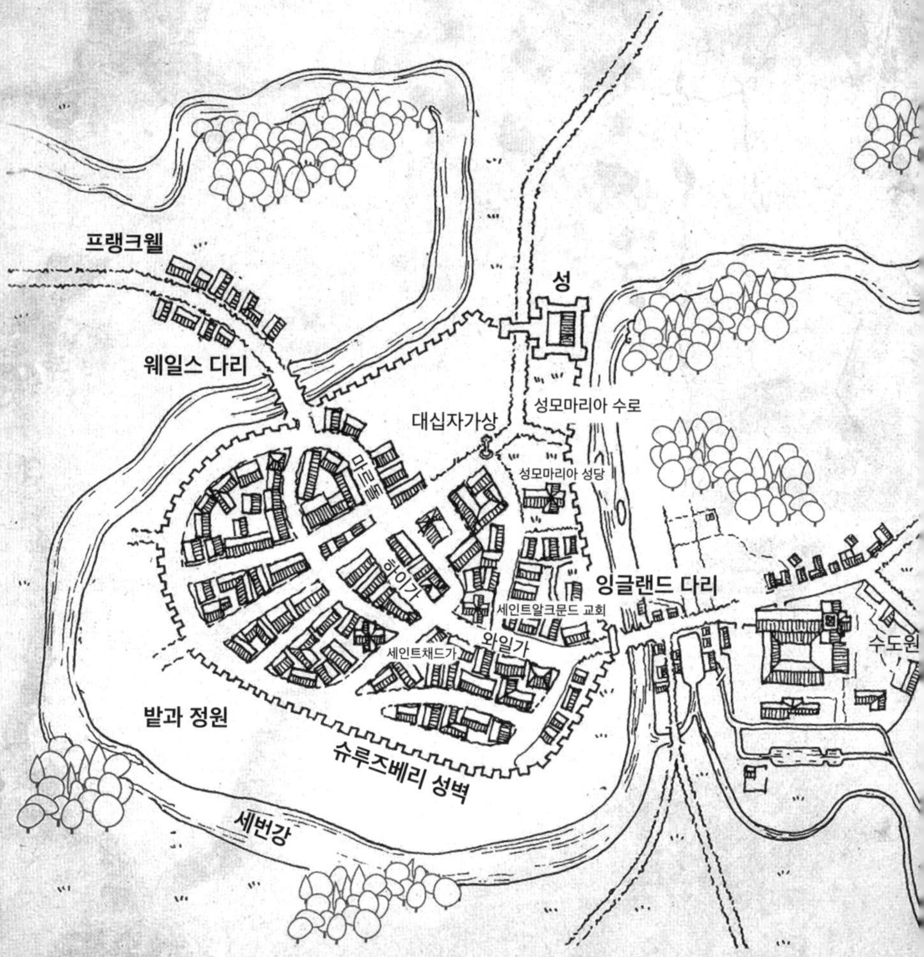
프랭크웰
성
웨일스 다리
성모마리아 수로
대십자가상
마르돌
성모마리아 성당
하이가
잉글랜드 다리
세인트알크문드 교회
수도원
와일가
세인트채드가
밭과 정원
슈루즈베리 성벽
세번강

CADFAEL

슈루즈베리
성 베드로 성 바오로 수도원

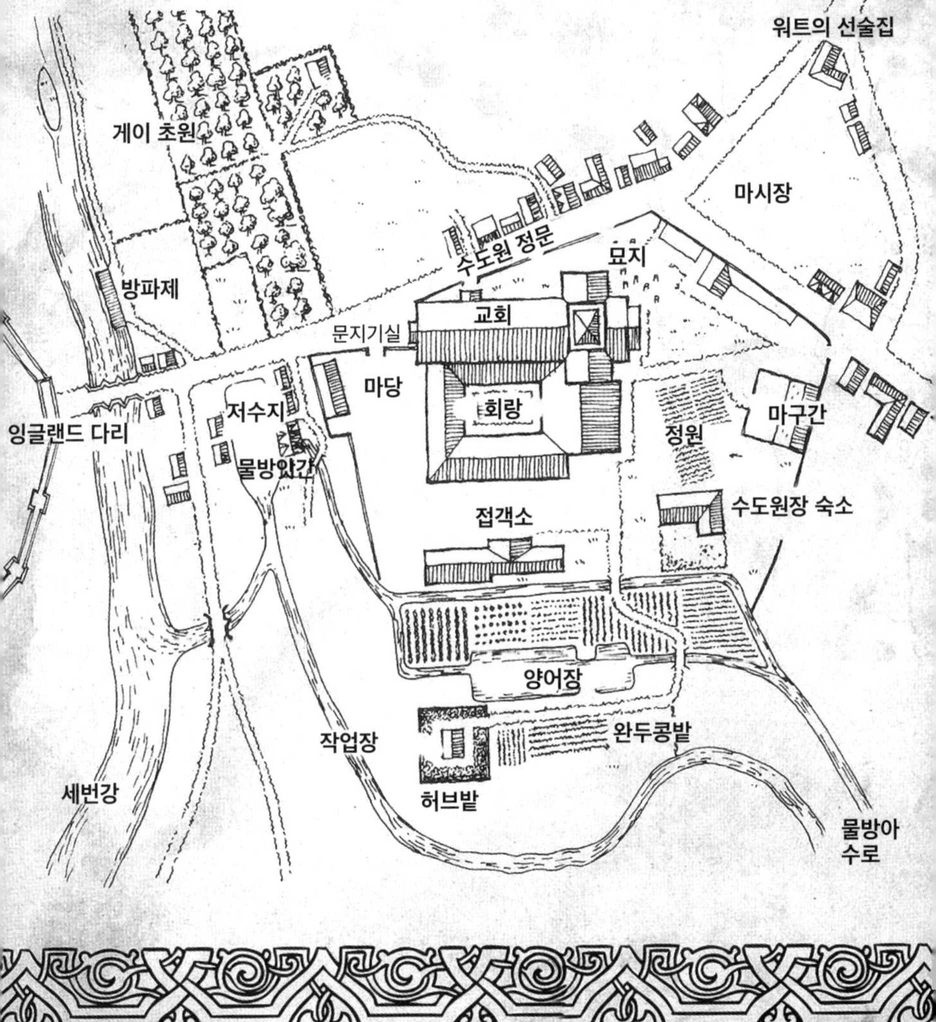

일러두기. 주석은 모두 한국어판 주다.

중세 지도
4

장미나무 아래의 죽음
11

주
333

1

 1142년 봄, 4월 내내 겨울 추위가 가시지 않더니 5월이 되었는데도 봄기운이라곤 느껴지지 않았다. 새들은 보다 따듯한 보금자리를 찾아 인가 지붕 근처를 맴돌았고, 이른 봄꽃조차 피지 않은 탓에 벌들은 어디서도 양식을 얻을 수 없어 모아놓은 꿀을 축내며 잠만 잤다. 농부들도 날이 너무 쌀쌀해 아직 씨를 뿌릴 엄두를 내지 못했다. 뿌려봤자 썩거나 새들의 먹이가 되고 말 테니까.

 끈질긴 추위에 인간사 역시 동면의 잠에 빠진 듯 각 당파는 숨을 죽이고 있었다. 감옥에서 놓여난 스티븐 왕[1]은 감격과 흥분이 가시자마자 그동안 적잖이 손상된 영향력의 고삐를 죄기 위해 부활절 무렵 북쪽으로 여행을 떠났다가 돌아오는 길에 병이 들었으니, 그 병세가 위중하다는 소문이 잉글랜드 전역에 퍼졌다. 그의 사촌이자 정적인 모드 황후[2]는 조심스럽게 자신의 사령부를 옥스퍼드로 옮긴 뒤 거기서 진을 치고 소문의 진위가 밝혀지기를 끈기 있게 기다리고 있었지만 스티븐이 죽었다는 낭보는 좀처럼 날아오지 않았다. 아닌 게 아니라, 워낙 건강한 체질에 아직 황후와 맞붙어 해결해야 할 숙명적인 과제를 안고 있던 스티븐 왕은 심한 열병 정도로 쓰러질 사람이 아니었다. 5월 말경 그는 강인한 정신력을 발휘해 다시 건강을 회복했다. 그리고 6월 초, 드디어 영하의 추위가 물러갔다. 칼바람이 훈풍으로 바뀌고 태양이 따뜻한 손길로 대지를 어루만졌으며, 흙 속에서는 씨앗들이 기지개를 켜며 연초록 잎사귀를 드러내는가 싶더니 금세 꽃을 피워냈다. 오랫동안 숨죽이고 있던 꽃들은 앞다투어 피어나 사방의 정원과 밭을 황금빛과 자줏빛과 흰빛으로 화사하게 물들였다. 기쁨에 휩싸인 농부들도 이에 질세라 서둘러 파종을 시작했다. 스티븐 왕은 아주 고약한 마법에서 풀려난 거인처럼 요양의 잠자리를 털고 일어나 적극적인 행동에 나섰다. 그는 적들에게 아직 유용한, 가장 동쪽에 있는 항구 도시 웨어햄으로 질풍같이 진격하여 본보기라도 삼듯 격렬한 공격을 가한 끝에 그 도시와 성 모두를 함락시켰다.

"그리고 지금은 황후의 거점들을 차례로 함락시키기 위해 다시 시런세스터를 향해 북진하는 중이랍니다." 휴 베링어가 환한 얼굴로 캐드펠에게 그 소식을 전했다. "왕이 이런 강렬한 에너지를 계속 유지할 수 있느냐가 문제이긴 하지만……" 한번 군사를 일으켜서 즉각적인 성과를 얻지 못할 경우 동력을 잃어버린다는 것이야말로 왕의 군사적인 자질에 깃든 치명적인 결함이었다. 그는 사흘쯤 포위 공격을 이어가다가 별 소득이 없으면 이내 포위망을 풀고 또 다른 곳을 공격하러 나서며 헛되이 에너지를 분산시키곤 했다. "어쩌면 그 원정에서 근사한 성과를 얻을 수도 있을 겁니다!"

캐드펠 수사는 다른 자질구레한 문제들에 마음을 쓰며 허브밭 너머에 있는 채소밭을 유심히 살피고 있었다. 아침에 살짝 내린 비로 색깔이 한층 더 짙어지고 부드러워진 흙을 시험 삼아 발끝으로 파보며 그가 생각에 잠긴 표정으로 입을 열었다. "당근은 한 달 전에 이미 뿌리가 내렸어야 했는데…… 제일 처음에 파종한 무는 낡은 가죽처럼 질기고 쭈글쭈글하겠구먼. 그래도 이제부터는 물이 더 많은 놈들을 얻을 수 있겠지. 벌들이 깨어난 뒤 과일나무 꽃이 피어 그나마 다행이긴 하지만, 아마 올해는 과일 수확량이 많이 줄 걸세. 모든 게 한 달 정도 늦어버렸거든. 어쨌든 계절이 알아서 적당히 따라와주겠지…… 자네 조금 전에 뭐라고 했나? 웨어햄이 어쨌다고?"

"왕이 그곳을 점령했다고요. 도시와 성과 항구까지 전부요. 불과 열흘 전에 글로스터의 로버트 백작[3]이 그 성문을 빠져나와 해외로 나갔는데 이제 면전에서 문이 쾅 닫혀버린 셈입니다. 아, 제가 그 말씀을 안 드렸던가요? 그 소식이 날아온 지 벌써 사흘이나 됐는데. 4월에 드바이제스에서 황후와 로버트가 만났던 모양입니다. 지금이야말로 황후의 남편 조프루아가 아내의 일에 일말의 관심이라도 보여야 할 때라는 결론을 내렸던 게죠. 그가 직접 잉글랜드로 건너와 아내의 왕관을 되찾는 일에 손을 보태야 한다고요. 그래서 둘이 노르망디로 사절들을 파견해 조프루아를 만나게 했는데, 조프루아는 기꺼이 그럴 의향이 있다고, 하지만 지금 자신에게 파견된 사절들은 그 이름도 정체도 도무지 믿을 수 없으니 글로스터의 로버트가 직접 오라고, 그가 아닌 다른 사람하고는 상대할 마음이 없다고 답신을 보냈답니다. 결국 로버트는 이 땅으로 돌아올 수밖에 없게 된 거죠."

캐드펠은 뒤늦게 자라기 시작한 농작물들에서 잠시 관심을 거두고 호기심 어린 목소리로 물었다. "그래, 로버트가 순순히 그 말을 따랐다던가?"

"마지못해서요. 어쨌든 로버트 역시 웨스트민스터 사원[4] 사태 때 거의 등을 돌릴 뻔한 일부 가신들의 믿을 수 없는 충성심에 황후를 맡길 생각은 없을 테니까요. 사실 제가 보기엔 앙주 백작한테도 그리 큰 기대를 걸지 못하는 것 같지만, 결국 조프루아의 요구에 응하기로 하고 웨어햄항에서 배에 올랐죠. 떠날 때는 별 말썽 없이 떠났는데, 이제 왕이 그곳을 점령했으니 돌아올 때는 골머리깨나 썩을 겁니다. 왕의 행동은 아주 신속하고도 과감했어요. 앞으로도 계속 그렇게 해주면 좋을 텐데!"

"대미사 때 그분의 건강 회복에 대한 감사 기도를 올렸지." 캐드펠은 무심히 중얼거리곤 박하들 사이에서 방가지똥의 가느다란 줄기를 뽑아냈다. "우리가 지극정성으로 돌보는 약초들보다 잡초들이 세 배는 더 빨리 자라니, 이게 무슨 조화인지 모르겠군. 케일이 이렇게 빨리 자란다면 내일쯤은 수확할 수 있을 텐데."

"여기 계신 분들의 기도가 왕을 보다 결단력 있는 분으로 만들 겁니다." 휴가 확신 없는 투로 말한 뒤 그에게 물었다. "이곳에서 일할 조수는 아직 배정되지 않았나요? 한창 바쁠 때라 수사님 혼자서는 일이 좀 버거울 텐데요."

"그래서 오늘 아침 총회 때 빨리 사람을 좀 보내달라고 했지. 누굴 보내줄지는 나도 잘 모르겠구먼. 로버트 페넌트 부수도원장[5]이 나한테로 쫓아버리고 싶어 하는 젊은 수사들이 한두 명 있긴 해. 그분은 늘 다른 이들보다 더 영리하고 재기발랄한 사람들을 마뜩잖게 여기니, 참 고마운 일이지 뭔가. 이번에도 제자 운이 따르지 않을까 싶어."

그는 허리를 펴고 서서 푸릇푸릇하게 물들기 시작하는 채소밭과 메올천川을 향해 흘러가는 완두밭을 굽어보았다. 문득 지금껏 이곳 허브밭에서 일했던 조수들의 그리운 얼굴들이 떠올랐다. 실수로 수도원에 발을 들여놓았다가 결국 친구들의 묵인 속에 웨일스로 돌아가 수사의 역할을 남편과 아버지라는 역할로 바꾼, 쾌활하고 덩치 크고 잘생긴 존 수사. 왜소한 체구에 어린 시절 학대를 당한 탓에 조용하고 소심한 열여섯 살 소년으로 수도원에 들어왔으나 이곳에서 영적으로 성숙하여 지혜롭고 차분한 청년 수사의 모습을 갖추고 결국은 사제가 되기 위해 먼 곳으로 떠난 마크 수사. 이미 부제副祭로서 리치필드 주교관 내 교회에 배속되어 있는 마크 수사가 캐드펠은 여전히 그리웠다. 그리고 마크 수사의 후임으로 온, 명랑하고 자신감 넘치지만 일솜씨는 서투른 오스윈 수사. 그는 지금 시 외곽에 있는 세인트자일스[6] 구호소에서 일하고 있었다. 다음에는 어떤 젊은이가 올까? 캐드펠은 생각했다. 열 명의 젊은이들에게 낡은 검은색 수사복을 똑같이 입히고 똑같이 머리를 깎고 단조로운 수도원의 일상에 밀어 넣어도, 그들은 여전히 현격하게 다른 모습을 보이지. 하나같이 다른 고유한 존재들이야. 하느님, 감사합니다!

"위에서 어떤 사람을 보내든……" 양어장을 낀 넓은 풀밭 길을 따라 캐드펠과 나란히 걸음을 옮기며 휴가 말했다. "그는 수사님 덕에 완전히 다른 사람으로 변화하여 수사님 곁을 떠날 겁니다. 그나저나, 대체 왜 흐륀 수사처럼 맑고 순수한 이를 수사님께 내어주지 않는지 모르겠군요. 그 젊은이처럼 애초부터 완성된 사람을 보내주면 좋을 텐데. 아마 수사님은 이번에도 서툴고 고집 세고 불안정한 친구를 받게 되겠죠. 그리고 온전히 제구실을 하는 어엿한 사람으로 그를 변화시키실 거고요." 그가 곁에 있는 친구를 힐끗 쳐다보며 씩 웃고는 덧붙였다. "물론 위에서 기대하는 그런 유의 사람은 아니겠지만요."

"흐륀은 성 위니프리드[7]의 제단을 돌보는 일을 담당하고 있네. 성녀를 모시는 일이야말로 자신의 소명이라 여기지. 성녀께 바치기 위한 초들을 만드는데, 거기 향을 입히느라 가끔 나한테 와서 이런저런 향유를 얻어 가더구먼. 그는 할 일을 스스로 찾아낼 테고, 아무도 그 친구의 의지와 소망을 방해하지 못할 걸세. 성녀와 깊이 교감하며 알아서 자신의 길을 찾아가는 친구야."

그들은 양어장과 물방앗간에 물을 대는 수로 위의 조그만 다리를 건너 장미밭으로 들어섰다. 가지런하게 다듬어진 장미나무들은 아직 온전히 자라지 못한 상태였지만, 막 첫 꽃봉오리들이 부풀어 올라 갈라진 초록빛 줄기 사이로 붉고 하얀 꽃송이가 언뜻언뜻 드러나 보였다.

"꽃봉오리들이 곧 벌어지겠군." 캐드펠이 만족스러운 얼굴로 입을 열었다. "날이 계속 따뜻해지기만 하면 말이야. 남편을 잃은 펄에게 올해도 세를 주어야 하는데 백장미가 너무 늦게 피면 곤란하지. 6월 22일까지 꽃이 피지 않는다면 정말 유감스러운 한 해가 될 거야!"

"펄이라면…… 아, 베스티어 집안의 부인 말이죠! 위니프리드 성녀의 유골 이전을 기념하는 축일에 그분께 장미꽃을 보내야 하죠? 그 부인이 땅을 내어준 지 몇 해나 됐죠?"

"축일에 부인의 옛집 정원 장미나무에서 꺾은 백장미를 한 송이씩 바친 게 벌써 세 번이니까, 올해로 4년째지."

"가상의 이전을 축하하는 날이죠. 그 성녀의 이름을 입에 올릴 때마다 수사님은 낯이 뜨겁겠습니다." 휴가 씩 웃어 보였다.

"그건 그래. 하지만 얼굴빛이 원래 이러니 낯을 붉힌다 한들 누가 알아보기나 하겠나?" 아닌 게 아니라, 그의 얼굴은 이미 적갈색으로 물들어 있었다. 오랜 세월 동서양의 전장을 헤집고 돌아다니면서 겪은 풍상의 흔적으로, 겨울이면 낯빛이 조금 옅어졌다가 여름이 오면 금세 다시 짙어지곤 했다.

"그 부인은 정말 사소한 걸 요구했어요." 휴가 생각에 잠겨 말했다. 어느새 그들은 접객소에서 쓰느라 따로 낸 좁은 수로의 두 번째 나무다리 앞에 이르러 있었다. "시내의 알짜배기 장사꾼들이라면 으레 땅을 장미꽃보다 훨씬 더 중하게 여길 텐데."

"자신이 가장 소중하게 생각했던 건 이미 사라져버렸으니까. 스무 날 사이 남편과 아이를 모두 잃지 않았나. 남편은 죽고 아이는 유산되고…… 부인으로서는 남편과 행복하게 지내던 집에서 혼자 계속 지내는 걸 견딜 수 없었을 거야. 다른 땅만으로도 친척들과 일꾼들을 먹이며 얼마든지 잘 살아갈 수 있었기에 그 집과 땅은 주님께 바치고 싶어 했지. 덕분에 우리는 거기서 나오는 임대료로 위니프리드 성녀의 제단 천과 그 앞을 밝힐 초의 값을 충당할 수 있게 되었고. 그게 부인의 선택이었어. 하지만 옛집과의 인연의 고리 하나는 남겨두고 싶어했는데, 그게 바로 장미꽃 한 송이였지…… 아주 잘생긴 사람이었는데. 에드러드 펄 말일세. 혹심한 열병으로 그의 온몸이 소리 없이 타들어가는 걸 보면서도 나로서는 그걸 식힐 방도가 없었지. 지금도 그때의 기억이 생생하군." 캐드펠은 쉽게 스러지는 아름다움의 속성에 대해 생각하며 고개를 저었다.

"그런 모습을 어디 한두 번 보셨습니까." 휴가 말했다. "이곳

뿐 아니라, 오래전 시리아의 전쟁터에서도 많이 경험하신 일이겠죠."

"그랬지! 그랬어! 그 모든 죽음 하나하나를 지금까지도 생생하게 기억한다네. 하지만 젊고 잘생긴 사람이 때 이르게, 인생의 절정기를 맞기도 전에 스러져갔으니…… 아내에게 행복했던 시절의 추억을 간직할 수 있게 해줄 아이조차 남기지 않은 채 말이야. 자네도 그게 더없이 참혹한 일이라는 건 인정할 걸세."

"그 부인은 아직 젊어요." 휴는 딴 데 정신이 팔렸는지 무심한 태도로 냉정하게 말했다. "다시 결혼해야죠."

캐드펠은 씁쓸하게 웃으면서 고개를 끄덕였다. "이 도시의 많은 장사꾼들도 똑같은 생각을 하고 있지. 부자인 데다 베스티어 직물 상회의 유일한 상속인이잖나. 하지만 그토록 사랑하던 사람을 잃은 부인이 과연 두 아내와 사별하면서 많은 재산을 물려받고 이제 또 다른 여자의 재산에 눈독을 들이는 고드프리 풀러 같은 천하의 구두쇠 늙은이를 쳐다보기나 할지 의문일세. 그렇다고 손쉽게 한밑천 장만할 길을 찾고 있는 경박한 젊은이들이 눈에 들지도 않을 것 같고."

"젊은이들이라니, 구체적으로 어떤 젊은이들 말입니까?" 흥미가 동한 듯 휴가 물었다.

"두세 사람 있다네. 나한테 소식을 전해준 이들의 말이 사실이라면 윌리엄 하인드의 아들이 그중 하나지. 그리고 지금 부인 밑에서 직공장 노릇을 하는 아주 잘생긴 청년도 부인과 맺어질 기회를 꿈꾸고 있다더군. 더하여 이웃에 사는 마구상 주인도 아내를 구한다는데, 듣자니 그 부인을 점찍은 모양이야."

두 사람은 대미사를 앞두고 많은 사람들이 다소곳한 태도로 바쁘게 오가는 수도원 큰 마당에 들어섰다. 휴는 애정이 담뿍 담긴 웃음을 터뜨리면서 캐드펠의 양 어깨를 두드렸다. "도대체 슈루즈베리 시내 곳곳에 얼마나 많은 눈과 귀를 두고 계신 겁니까? 제 정보원들이 그 반만큼이라도 알고 있으면 좋으련만. 수사님의 영향력이 노르망디까지 미치지 못하는 게 유감이네요. 그러면 로버트와 조프루아가 지금 뭘 하고 있는지도 대충 감을 잡을 수 있을 텐데 말입니다." 이어 그는 다시 자신의 문제로 돌아와 심각한 어조로 말을 이었다. "제가 보기에 조프루아는 잉글랜드에서 시간을 허비하기보다는 노르망디를 장악하는 데 더 큰 관심을 두고 있는 것 같아요. 여러 소식통에 의하면 이미 노르망디를 빠른 속도로 잠식해가고 있다더군요. 아마 당분간은 다른 데 눈길을 돌리지 않을 거라고…… 그러니 로버트에게 도움을 주기보다는 로버트를 자신의 일을 돕는 쪽으로 끌어들일 공산이 훨씬 크죠."

"그래, 내가 보기에도 조프루아는 아내의 일이나 야심에 거의 관심이 없는 것 같더군." 캐드펠은 무덤덤하게 말했다. "로버트가 그 사람의 마음을 움직일 수 있을지 어떨지는 시간이 지나면 밝혀지겠지. 오늘 아침 대미사에는 참석할 건가?"

"아뇨, 내일 메이즈버리로 가서 한두 주쯤 시간을 보낼 예정이라 할 일이 많아요. 진작에 양털을 깎아야 했는데 날이 워낙 추워 계속 미뤘거든요. 영지에서는 다들 그 일을 하느라 분주할 겁니다. 얼라인이랑 자일스는 올해 그곳에서 여름을 보낼 거예요. 저는 상황을 봐서 이곳과 그곳을 오갈 테고요."

"얼라인과 내 대자도 없이 여름을 보내게 될 줄은 꿈에도 생각하지 못했는데." 캐드펠은 나무라듯 말했다. "이처럼 아무 예고도 없이 불쑥 생이별을 시키다니, 너무한 거 아닌가, 이 사람아."

"그럴 리가요! 오늘 밤 우리 식구들이랑 저녁 식사를 함께해주십사 부탁드리기 위해 일부러 여기 들렀는데요. 다른 볼일들도 있긴 했지만요. 라둘푸스 수도원장[8]도 그렇게 하라고 기꺼이 허락해주셨어요. 일단 미사에 가셔서 우리 가족 모두 좋은 날씨 속에서 순탄한 여행을 하게 해달라고 기도해주시죠." 휴는 즐겁게 말하며 수도원 회랑 한쪽, 교회 남문을 향해 친구의 등을 힘껏 떠밀었다.

*

그날 수도원 대미사 때 예배당 회중석을 드문드문 메운 교구민들 가운데 펄이 끼어 있던 건 순전한 우연이었을까? 어쩌면 조금 전 두 사람이 떠올린 그 부인에 관한 기억에 강력한 실체감을 부여하는 신비로운 섭리의 상징은 아니었을까? 대미사 때 제단 너머에는 늘 몇 명의 평신도들이 무릎을 꿇은 채 앉아 있곤 했다. 여러 가지 이유로 교구 미사에 참석하지 못한 사람들, 하느님께

기도드리는 일로 외로운 시간을 메우는 노인들, 특별히 기원할 것이 있는 사람들, 다가오는 은총의 기회를 한 번이라도 더 접하려는 사람들이었다. 그리고 다른 볼일 때문에 이 근처에 왔다가 잠시나마 세속의 번잡함에서 벗어나 조용히 쉬며 생각할 수 있는 시간을 갖고자 예배당에 오는 이들도 있었으니, 펄이 바로 그런 경우였다.

캐드펠 수사가 있는 성가대석의 자리에서는 큼직한 제단 너머 그녀의 머리와 어깨와 팔의 부드러운 윤곽만을 볼 수 있었다. 그저 힐끗 쳐다봤는데도 조용하고 얌전한 여인의 모습이 그렇게 즉각 눈에 들어오다니, 참 이상한 일이었다. 펄이 그 여윈 어깨를 반듯하게 펴고 있어서인지, 아니면 경건하게 숙인 머리 아래로 늘어진 숱 많은 갈색 머리칼 때문인지 캐드펠은 알 수 없었다. 꼭 움켜쥐고 있을 그녀의 두 손은 제단에 가려 보이지 않았다. 아직 스물다섯 살이 채 안 된 나이에, 행복한 결혼 생활을 불과 3년밖에 누리지 못한 여인. 하지만 그녀는 안달하거나 불평하지 않고 그 쓸쓸하고 허전한 생활을 묵묵히 감내하며 자신에게 아무 즐거움도 주지 않는 사업을 참으로 꼼꼼하게 보살폈고, 외로움만이 계속될 암담한 미래를 평온한 얼굴로 받아들이며 놀라운 에너지를 발했다. 행복하든 불행하든 삶은 하나의 의무이니, 그 의무는 철저히 이행되어야 하는 법이다.

아무튼 완전히 혼자는 아니라 다행이야, 캐드펠은 생각했다. 펄에겐 가게 뒤에 자리 잡은 작은 집을 돌봐주는 이모가, 그리고 사업의 무게를 덜어주는 성실한 관리인인 이종사촌이 있었다. 더하여 수도원 앞 대로의 옛집과 정원을 기부한 대가로 해마다 받는 한 송이의 장미도 있었다. 이는 한때 행복한 생활을 영위했던 이 여인이 더없이 소중한 집과 땅을 기꺼이 내어주면서 보였던 격정과 비탄과 상실의 유일한 몸짓이요, 행복했던 옛 시절을 상기시키는 하나의 상징물로 요구한 유일한 보상이었다.

시내에서 가장 큰 직물 상회의 유일한 상속인인 주디스 펄은 그리 아름다운 여성이라 할 수 없었다. 하지만 그 우아한 맵시는 인파로 붐비는 시장터에서도 쉽게 사람들의 눈길을 끌었으니, 보통 여자들보다 훨씬 큰 키와 호리호리하고 반듯한 몸매, 품위 있는 걸음걸이와 몸가짐 덕분이었다. 넓고 도드라진 이마와 단단한 광대뼈에서 움푹한 볼을 거쳐 뾰족한 턱으로 이어지는 갸름하고 하얀 얼굴, 그 얼굴을 감싼 잘 말린 참나무 빛깔의 곱슬곱슬한 머리칼, 아름답다고 하기에는 지나치게 크지만 우아한 선을 그리며 풍부한 감정을 드러내는 입술, 속을 지나치게 드러내지도 감추지도 않는 크고 맑은 진회색 눈. 캐드펠은 4년 전 그녀의 남편이 죽어 누워 있는 침상 너머 그녀와 직접 대면한 적이 있었다. 그녀는 눈꺼풀을 내리깔지도, 다른 곳을 바라보지도 않았다. 그저 자신의 행복이 손가락 사이로 빠져 달아나는 참혹한 순간을 똑바로 응시할 뿐이었다. 그리고 그로부터 2주 뒤, 그녀는 유산을 하여 아이마저 잃었다. 에드르드는 그녀에게 아무것도 남겨주지 못했다.

휴의 말이 맞아. 캐드펠은 미사에 정신을 집중하려 애쓰며 생각했다. 주디스는 아직 젊지. 다시 결혼해야 해.

한낮이 가까워오자, 6월의 찬연한 햇살이 만들어낸 기다란 황금빛 기둥이 성가대석을 가로지르며 열 지어 앉은 수사들과 맞은편의 신도들에게로 떨어졌다. 수사들 얼굴의 절반은 황금색으로 빛났고 나머지 절반은 유난히 짙은 그늘에 뒤덮였다. 햇빛에 하얗게 표백된 얼굴을 한 신도들은 눈이 부신지 자꾸만 눈을 깜박였다. 머리 위의 아치형 천장이 빛을 부드럽고 은은하게 퍼뜨리며 매끄러운 곡선을 그린 석조 잎사귀의 모양을 한층 도드라지게 했다. 음악과 빛은 그 꼭대기에서만 제대로 화합하는 것만 같았다. 여름이 때늦은 동면에서 깨어나 마침내 예배당 안으로 조심스럽게 발을 들여놓고 있었다.

미사에 집중해야 하는 시간에 딴 데 정신을 파는 사람이 캐드펠 수사만은 아닌 듯했다. 이미 모든 음계를 다 파악하고 있는 선창자 안젤름 수사는 두 눈을 감고 얼굴을 햇살 쪽으로 쳐든 채 몰아의 경지에 빠져 있었으나, 그 바로 옆, 세인트메리 교회[9]의 성모마리아 제단 관리를 맡고 있는 엘루릭 수사는 제단 너머 나직하게 화답 소리가 울려 나오는 쪽을 바라보며 선창자의 노래에 그저 건성으로 응답할 뿐이었다.

엘루릭 수사는 아이 때부터 이 수도원에서 자라 얼마 전에야 정식 수사가 된 청년이었다. 그에게 교회의 제단 관리를 맡긴 것은 그가 그럴 만한 자격을 갖추었기 때문이기도 하고, 한편으로 수도원에서 오랜 세월을 보내며 충분히 성숙하기 전까지는 나이 어린 수사들을 중요한 자리에 앉히지 않는 수도원의 관례에 따른 결정이기도 했다. 나이가 들어 자발적으로 수도원에 들어온 평수사들은 자신의 불완전함을 참고 견디며 스스로의 내면과 싸우는 성자요, 나이 어린 수사들은 천사에 버금가는 더없이 순수한 존재라 여기는 캐드펠로서는 늘 그런 유보적 조처가 불합리하게만 여겨졌다. 성 안젤름도 이 두 집단을 따로 나누어 그들이 서로를 배척하거나 시기하게 만들어서는 안 된다는 지시를 내리지 않았는가. 하지만 여전히 수도원의 중요한 자리는 평수사들의 몫이었다. 그들이 바깥세상의 속임수와 복잡 미묘함과 유혹들을 충분히 경험한 까닭일까? 어쨌든 제단 앞에 불을 밝히고 제단 천을 깨끗하게 유지하며 특별한 기도를 올리는 일 정도는 어리고 순수한 이들도 얼마든지 감당해낼 수 있을 터였다.

 이제 갓 스무 살이 된 엘루릭은 검은 머리에 검은 눈을 가진 청년으로, 또래 중에서도 가장 체격이 좋고 박식하며 경건한 수사였다. 그는 세 살 때부터 이 수도원에서 지내왔기에 바깥세상에 무지했다. 죄가 뭔지 잘 알지 못했고 그 때문에 더욱 예민하게 죄의식을 느꼈으니, 자신이 안고 있는 지극히 사소한 결점이나 실수들을 하나하나 집어내어 치명적인 죄에나 부과될 혹심한 참회를 거듭하는 것이었다. 그러니 지금, 그처럼 성실하고 정직한 젊은이가 이 성스러운 미사에 거의 관심을 보이지 않고 있다는 것이 캐드펠에게는 기묘하게 여겨졌다. 그는 찬송을 해야 한다는 것도 까맣게 잊은 듯 입을 굳게 다문 채 턱이 한쪽 어깨에 닿을 정도로 고개를 돌려 다른 곳, 조금 전까지 캐드펠이 응시하던 바로 그 방향을 바라보고 있었다. 그렇군, 캐드펠은 생각했다. 저 형제가 있는 자리에서는 아래로 숙인 그녀의 얼굴과 굳게 맞잡은 두 손, 그녀의 가슴을 감싸고 있는 옷자락들이 더 잘 보일 거야.

하지만 그녀의 모습은 엘루릭에게 즐거움이 아니라 힘껏 당겨진 활시위와도 같은 팽팽한 긴장감만을 안겨주는 듯했다. 마침내 이 젊은 수사는 마음을 다잡고 머리부터 발끝까지 안간힘을 쓰면서 간신히 시선을 거두었다.

그래, 맞아! 캐드펠의 머릿속에 한 가지 깨달음이 스쳤다. 이제 여드레만 지나면 엘루릭은 그녀에게 장미를 갖고 가야 하지. 그런 일은 아주 어렸을 때 어머니와 억지로 떨어진 이래―그 어머니는 그때 얼마나 고통스러웠을까!―어떤 여자와도 한 방에 단둘이 있어본 적이 없는 저 심약한 젊은이가 아니라 나같이 무심하고 늙은 죄인에게 맡겨야 하거늘. 나는 그저 저 부인을 보고 잠시 즐거워할 뿐, 그 어떤 동요나 타격도 느끼지 않은 채 조용히 돌아왔을 텐데.

주디스 펄의 모습, 비참한 과거사를 겪어 서글프고 침울해 보이면서도 성모마리아처럼 고요하고 침착한 저 모습이 엘루릭을 고통스럽게 했던 것이다. 그는 조만간 하얀 장미 한 송이를 그녀에게 가져갈 테고, 꽃을 건네주는 찰나 그들의 손은 살짝 맞닿으리라. 그 순간, 언젠가 안젤름 수사가 했던 말이 떠올랐다. 그는 엘루릭이 시인의 심성을 지니고 있다고 했지…… 우리가 악의 없이 저지르는 어리석은 짓들이 얼마나 많은지!

 이제 기도와 찬미라는 의무에 마음을 집중하기에는 너무 늦었다. 캐드펠로서는 그저 미사가 끝나고 수사들이 성가대석을 벗어날 즈음 저 여인이 이곳을 떠나 있기만을 바랄 뿐이었다.

 그리고 주님의 가호로 그녀는 금세 모습을 감추었다.

*

 하지만 주디스는 집으로 돌아간 게 아니었다. 대미사 전에 식혀둔 물약을 병에 담기 위해 허브밭 작업장으로 가보니, 그녀가 열린 문 앞에서 캐드펠을 기다리고 있었다. 평온한 표정과 차분한 목소리, 모든 것이 평소와 조금도 다르지 않은 모습이었다. 엘루릭의 고통에 대해서도 전혀 모르는 듯했다. 캐드펠이 안으로 들이자 그녀는 기둥에 매달려 버석거리는 소리를 내며 가볍게 흔들리는 마른 허브 다발들 밑으로 그를 따라 작업장에 들어섰다.

 "기억하실지 모르겠는데, 언젠가 수사님께서 제게 연고를 만들어주신 적이 있어요. 발진에 잘 듣는 연고였죠. 그때 손에 삭은 발진이 잡혔던 그 아이가, 이번에도 새 양털을 손질하다 같은 증상으로 고생하고 있어요. 그런데 해마다 같은 증상이 나타나는 것도 아니니 참 이상하죠. 어떤 해에는 나타났다가 또 어떤 해에는 괜찮거든요."

"기억나는군. 아마 3년 전이었지. 어떤 약인지 알고 있으니 몇 분만 기다려주면 금방 새 약을 만들어드리겠소."

캐드펠이 막자와 막자사발, 조그마한 놋쇠 저울이 있는 곳으로 가자 그녀는 작업장 구석의 나무 의자에 앉아 짙은 빛깔의 치마를 단정하게 여몄다.

"시내에서 벌이고 있는 사업은 잘되어가오?" 캐드펠이 돼지기름과 약초 기름을 부지런히 섞으면서 물었다.

"네, 그런대로요." 그녀는 차분하게 대답했다. "할 일이 아주 많아서 여간 바쁘지 않아요. 올해 양털의 질이 어떨지 걱정했는데, 생각했던 것보다 훨씬 좋네요." 이어 그녀의 목소리가 높아졌다. "참 이상해요. 수사님 같은 분들은 양털에서 나온 기름으로 많은 이들의 피부병을 치료해주시는데, 똑같은 양털이 우리 브랜웬의 손에는 발진을 일으키니 말예요."

"그런 일들이 있지. 같은 식물이 어떤 사람들에게는 약이 되지만 다른 사람들에게는 해를 주는…… 어떻게 그런 일이 일어나는지는 모르겠소. 우리도 경험을 통해서만 알 따름이지. 그때 이 연고가 효과를 좀 보였소?"

"예, 그걸 쓰니 금방 나았어요. 하지만 이젠 양털 손질은 그만 시키고 천 짜는 일을 가르칠까 싶어요. 일단 양털을 세척하고 염색해 실로 뽑아낸 뒤에는 그 아이도 아무 탈 없이 일을 할 수 있겠죠. 솜씨 있는 아이니까 가르치면 금방 배울 거예요."

조금 떨어진 곳에서 등을 돌린 채 일하고 있던 캐드펠은 저 여인이 대화의 주제와는 아주 동떨어진 다른 무언가에 대해 생각하며 그저 침묵의 공간을 메우느라 억지로 말을 하고 있는 것 같다는 인상을 받았다. 그래서 그녀가 지금까지와는 사뭇 다른 단호한 목소리로 불쑥 새로운 이야기를 꺼냈을 때에도 그는 전혀 놀라지 않았다.

"캐드펠 수사님, 저는 수녀가 될 생각이에요. 그냥 해보는 소리가 아니에요! 이 세상사에 아무 미련도 희망도 없으니, 차라리 다른 곳에서 더 나은 미래를 찾고 싶어요. 사업은 저 없이도 잘 굴러갈 거예요. 사촌 오라비 마일스가 이미 많은 이익을 내고 있거든요. 게다가 오라비는 저와 달리 그 일을 아주 소중하게 여기죠. 아, 물론 저도 최선을 다해 제 일을 해내고 있긴 해요. 늘 그래야 한다고 배워왔으니까요. 하지만 제가 없어도 마일스 혼자서 해나갈 수 있을 거예요. 그러니 주저할 이유가 뭐겠어요?"

캐드펠은 막자사발을 손바닥에 잘 얹은 채 그녀에게로 돌아섰다. "이모님과 오라비에게도 얘기했소?"

"예, 그랬죠."

"그래, 그들은 뭐라고 했소?"

"아무 말도요…… 이건 전적으로 제게 달린 일이에요. 마일스는 조언도 충고도 하지 않을 거예요. 그 일을 그리 심각하게 받아들이지 않는 것 같더라고요. 그리고 이모는…… 제 이모에 대해 알고 계시죠? 이모도 저처럼 혼자예요. 이모부와 사별한 지 그렇게 오래됐는데도 늘 당신 처지를 비관하시죠. 이모도 세상 사람들의 관심에서 벗어나 수녀원에서 조용히 살고 싶다는 말씀을 자주 하시지만, 말만 그럴 뿐 실제로는 현재의 편안한 생활에 만족하고 계시죠. 반면에 저는 어떻게든 불평 없이 할 일을 해내며 그럭저럭 살면서도 도무지 마음이 편치 않아요. 수녀원에 들어가면 차분히 자리 잡고 지낼 수 있을 것 같아요."

"아니, 그러지 못할 거요." 캐드펠이 단호하게 말했다. "적어도 부인에겐 잘못된 선택이지."

"왜요? 어째서 안 된다는 거죠?" 두건이 뒤로 넘어가며 떡갈나무처럼 은빛을 띤 연갈색 머리칼이 드러났다. 굵게 땋은 숱진 머리가 침침한 실내에서 희미하게 빛났다.

"부인처럼 차선책으로 수녀원에 들어가려 해서는 안 되거든. 그런 생활에 대한 순수한 열망 때문이 아니라면 처음부터 아예 발을 들여놓지 않는 게 좋소. 세속으로부터 도피하려는 마음만 갖고는 충분치 않지. 수녀가 되고 싶다는 뜨거운 열망이 있어야 하오."

"수사님의 경우는 그랬나 보죠?" 그녀가 물었다. 갑작스러운 미소가 그녀의 굳은 얼굴에 잠시 따스한 온기를 불어넣었다.

잠시 침묵 속에 과거를 돌이켜본 뒤 캐드펠은 솔직하게 입을 열었다. "나는 나이 들어서야 이곳에 들어왔소. 솔직히 당시의 열망은 그리 강렬하지 않았던 것 같지만, 그게 내가 바랐던 목표로 나아가는 길임을 알려줄 만큼은 되었지. 나는 그 길을 회피하지 않고 계속 달려왔소."

그녀는 솔직하고 강렬한 시선으로 캐드펠의 두 눈을 똑바로 응시하다가, 갑자기 서글픈 목소리로 말했다. "수사님은 수사님이 그랬던 것보다 훨씬 더 강력한 이유에 쫓겨 세속으로부터 도피하고자 하는 사람이 있을 수 있다는 생각을 해보신 적이 없나요? 더 큰 파멸을 겪기 전에 달아나야 하고, 그 외에는 달리 대안이 없는 사람이 있을 수도 있다는 생각 말이에요."

"그럴 수도 있겠지." 그 말에 마음이 심히 동요하는 것을 느끼며 캐드펠은 고개를 끄덕였다. "하지만 내가 알기로 부인은 웬만한 남자들보다 훨씬 더 굳건한 용기를 갖고 있소. 그 누구보다 더 꿋꿋하게 버틸 수 있는 사람이지. 자립심이 강해 친척들에게 의지하지 않으며, 오히려 그들의 의지처가 되어주고 있소. 부인의 미래에 대해 이러저러한 권리를 주장할 수 있는 사람은 아무도 없소. 부인을 강제로 재혼시킬 수 있는 사람도 없고. 내가 듣자니 부인과 결혼할 수만 있다면 언제든 기꺼이 나설 사람들이 많다지만, 그들 역시 제 생각대로 부인의 마음을 돌릴 순 없지. 부인에게 영향력을 행사할 만한 아버지나 나이 든 친척들도 없고. 이런저런 사람들이나 여러 사소한 일들이 아무리 부인을 성가시게 한다 해도, 부인은 자신이 그들보다 더 우월한 위치에 있다는 걸 잘 알고 있소. 그리고 부인이 가장 소중한 사람들을 잃은 것은 사실이나……" 캐드펠은 자신이 지나치게 개인적인 문제를 건드리는 건 아닌가 싶어 잠시 주저하다가 이내 말을 이었다. "……그런 상실의 아픔은 단지 이승에 있는 동안만 지속될 뿐이오. 그래, 기다리는 일이 쉽지만은 않지. 하지만 수녀원에서 더할 수 없이 쓸쓸하고 적막한 삶을 살기보다는 세속의 번잡하고 어지러운 잡사 속에서 지내는 편이 훨씬 수월할 거요. 나는 제 나름대로 합당한 이유에 떠밀려 그런 실수를 저질렀다가 두 배의 상실감으로 고통받는 사람들을 여럿 보았소. 그런 위험 부담을 걸머지지 마시오. 자신이 진실로 바라는 게 뭔지, 그리고 자신의 온 마음과 영혼이 과연 그런 생활을 원하는지 분명하게 알기 전까지는 절대 그 생각을 행동으로 옮겨선 안 되오."

과연 자신에게 이런 얘길 할 권리가 있을까 생각하면서도 캐드펠은 끝까지 말을 이었다. 그녀는 눈길 한번 돌리지 않고 귀를 기울였다. 연고를 단지에 담고 주둥이를 봉하는 내내, 캐드펠은 그 맑은 시선에 짓눌리는 듯한 기분을 느꼈다.

"이틀 뒤면 고드릭 포드의 베네딕토회[10] 수녀원에서 매그덜린 수녀가 오실 거요." 캐드펠이 다시 입을 열었다. "그곳에 들어가고자 하는 에드먼드 수사의 조카딸을 데려가기 위해서지. 그 여인이 어떤 이유로 수녀원에 들어가려 하는지는 모르지만, 매그덜린 수녀는 확신이 들지 않는 이상 그녀를 수련 수녀로 받아들이지 않을 거요. 수녀원에 들어간 뒤에도 일거수일투족을 주의 깊게 살펴볼 거고, 그 과정에서 만족스럽지 않은 점이 눈에 띌 경우 그녀는 아마 수련 수녀에서 그치고 말겠지. 부인의 고민에 대해 매그덜린 수녀와 얘기를 나눠보겠소? 부인도 그분에 관해서 이미 어느 정도 알고 있을 것 같은데."

"좋아요. 하지만 제가 듣기에 그분이 고드릭 포드에 들어간 동기 역시 수사님께서 요구하시는 수준에 못 미치는 것 같은데요." 부드러운 음성이었으나 거기엔 소리 없는 웃음기가 살짝 묻어 있었다.

캐드펠로서는 부정할 수 없는 얘기였다. 매그덜린 수녀는 아주 오래전 어느 귀족 남성의 충실한 정부였고, 그가 죽은 뒤 자신의 재능을 발휘할 수 있는 새로운 분야를 찾다가 마침내 확고한 결단을 내렸다. 매그덜린이 타산적이고 현실적인 동기에서 수녀원을 택한 건 틀림없었다. 하지만 수녀원에 들어간 이래 그녀는 성실하고 열정적인 자세로 생활에 임하여 동기의 불순함을 씻어냈다. 그리고 아마 죽는 날까지 그런 자세를 유지할 터였다.

"그런 사람이 매그덜린 수녀 한 사람만은 아닐 거요." 캐드펠이 말했다. "그래, 부인의 얘기가 옳소. 그분은 소명의식에서라기보다는 성공적인 이력을 위해 수녀원에 들어갔고, 또 어찌 보면 애초에 의도한 바를 이루고 있기도 하지. 하지만 이는 좋은 의미에서의 성공이라 할 수 있소. 현재 마리아나 수녀원장은 연로하여 침대에 누워 지내는 형편이라 수녀원 일은 매그덜린 수녀가 모두 떠맡고 있는데, 내 보기에 그런 역할을 할 만한 사람으로 그만한 분이 없더군. 그리고 난 그분이 영적인 삶에 대한 진정한 갈망만이 수녀원에 들어갈 수 있는 유일한 동기나 이유가 된다고 조언하리라 생각하지 않소. 부인이 생각을 행동으로 옮기기에 앞서 그분의 충고에 귀 기울이고 그분과 이야기를 나눠야 할 이유는 아주 많소. 또한 그분은 여성으로서의 전성기가 지난 뒤에 수녀원에 들어갔지만 부인은 아직 젊다는 사실을 명심해야 하오."

"제 청춘 역시 땅속에 묻혀버린걸요." 그녀가 대꾸했다. 자기 연민이라곤 전혀 없이 그저 진실을 알리는 단호한 말투였다.

"삶의 의미를 느끼지 못해 차선책을 찾는 거라면," 캐드펠이 말했다. "수녀원 밖에서도 얼마든지 찾아낼 수 있을 거요. 최선의 삶이라 할 수는 없으나 부인의 할아버님과 아버님이 세우신 사업체를 운영하며 많은 사람들에게 일자리를 제공해주는 것도 그 나름대로 살아갈 만한 충분한 이유가 되잖소."

"예, 그건 그리 어려운 일이 아니죠." 그녀는 담담하게 말했다. "저는…… 그저 세속을 떠나면 어떨까 생각해본 것뿐이에요. 아직 무엇도 결정한 바 없고요. 그래요, 그런 생각을 행동에 옮기든 않든 우선 매그덜린 수녀님과 이야기를 나눠보고 싶어요. 전 그분의 지혜를 높이 평가하니까요. 그분이 무슨 말씀을 하시든 깊이 생각해보지도 않은 채 무조건 귀를 막는 일은 없을 거예요. 그분이 오시면 제게 알려주세요. 그러면 사람을 보내 그분을 저희 집에 모시든, 아니면 제가 그분이 묵고 계신 곳으로 가든 할게요."

주디스는 자리에서 일어나 연고 단지를 받았다. 일어선 모습을 보니 캐드펠보다 손가락 두 개 길이만큼은 더 큰 듯했다. 몸이 아주 호리호리해서, 만일 머리칼을 단정하게 땋아 잘 여미지 않았다면 머리가 아주 무거워 보일 것 같았다.

"수사님이 키우시는 장미 봉오리들이 잘 맺혔더군요." 작업장을 나와 캐드펠과 함께 자갈길을 따라 걸어가며 주디스가 말했다. "봉오리들이 좀 늦게 나오더라도 결국에 가서는 여느 해와 다름없이 아름다운 꽃을 피우곤 하죠."

캐드펠은 그 말이 조금 전에 이야기했던 주제, 즉 삶에 관한 하나의 은유일 수 있으리라 생각했으나 이러한 생각을 입 밖에 내지 않았다. 매그덜린 수녀의 예리하고 명민한 지혜에 그녀를 맡기는 편이 나으리라. "부인의 장미도 그럴 거요. 위니프리드 성녀의 축일이 돌아올 즈음에는 아름답게 피어난 꽃들 가운데 한 송이를 골라낼 수 있겠지. 그 땅을 내어준 부인께는 가장 화사하고 아름다운 꽃이 주어질 거요."

아래로 시선을 내리깔고 있던 그녀의 얼굴이 한순간 환해지는가 싶더니 이내 다시 침울한 표정을 띠었다. "예……." 뭔가 할 말이 더 있는 듯했으나 그녀는 그저 그렇게만 대꾸하고 말았다. 혹시 엘루릭의 번민을 눈치채고 마음이 쓰여 이러는 건 아닐까? 엘루릭이 그녀에게 장미를 바치러 간 건 세 번이었다. 그녀와 마주했던 시간을 전부 다 합하면…… 얼마나 될까? 한 번에 2분 정도? 아니면 3분? 어떤 이의 그림자도 주디스 펄의 눈을 흐리게 할 수는 없으리라. 살아 있는 그 어떤 남자도. 그러나 그녀가 자기 집에 들어와 마주 앉은 청년에게서 이상한 분위기를 느끼거나 그의 마음이 다소 불편해 보인다는 점을 희미하게 감지했을 가능성도 완전히 배제할 수는 없었다.

"지금 그 옛집에 가볼까 해요." 이윽고 그녀가 혼자만의 생각에서 벗어나 입을 열었다. "제가 아끼는 허리띠 버클이 빠져 달아났거든요. 그 가죽띠와 쇠를 장식한 장미꽃 무늬에 어울리는 새 버클을 하나 만들어야 해요. 청동에 에나멜을 박아 넣은 것으로요. 예전에 에드러드가 제게 선물한 것인데…… 청동 세공인인 닐이 그전 것과 똑같이 만들어줄 수 있을 거예요. 그분은 뛰어난 기술자니까요. 수도원에서 그런 좋은 분에게 그 집을 빌려주셔서 기뻐요."

캐드펠은 고개를 끄덕였다. "점잖고 조용한 사람이지. 집 정원도 잘 가꾸고 있고. 간 김에 장미나무를 보면 부인 마음도 흡족할 거요."

주디스는 그 말에 아무 대꾸 없이, 그저 약을 만들어줘서 고맙다고만 말했다. 그러곤 수도원 큰 마당에 다다르자 캐드펠과 헤어져 대장간 너머 수도원 앞 대로에 자리한 커다란 집, 자신이 짧은 결혼 생활을 보냈던 옛집을 향해 걸음을 옮겼다. 캐드펠은 저녁 식사를 하기 전에 손을 씻으려고 세면장으로 가다가 수도원 본관 모퉁이에서 고개를 돌려, 정문의 아치 밑을 지나 시야에서 사라져가는 그녀의 뒷모습을 물끄러미 지켜보았다. 수녀원에 제법 어울릴 법한 걸음걸이군, 캐드펠은 생각했다. 하지만 시내에서 가장 큰 직물 상회를 운영하는 유능한 사업가의 걸음걸이로 보이기도 해. 그는 그녀에게 수녀가 될 생각은 포기하라고 권하기를 잘했다고 생각하며 식당으로 향했다. 만일 수녀원을 일종의 피난처로 생각하는 거라면, 언제고 그곳이 감옥처럼 여겨질 때가 올 터였다. 자진해서 그곳에 들어갔으니 아마 그때의 처지는 한층 난감해지리라.

2

 대로에 자리한 그 집은 수도원 담장을 끼고 꺾어지는 곳, 마시 장터의 세모꼴 풀밭을 마주 보고 서 있었다. 청동 세공인인 닐의 가게 겸 작업장은 대로를 사이에 둔 채 수도원과 마주한, 낮은 담으로 둘러싸인 마당에 자리 잡았고, 그 뒤로 넓은 정원이 딸린 튼튼한 집이, 다시 그 뒤로는 아담한 목초지가 나왔다. 닐은 브로치와 단추를 비롯해 작은 추와 핀이며 냄비, 주전자, 접시에 이르는 온갖 세공품들을 만드는 솜씨 좋은 장인으로, 이곳 땅과 집을 사용하는 대가로 수도원에 적당한 임대료를 지불하고 있었다. 이따금씩 같은 일을 하는 다른 이들과 함께 종을 주조하는 일을 하기도 했는데, 그런 경우는 무척 드물었다. 종이 워낙 무거운 터라 작업장에서 주조하여 수요처로 옮기는 대신 멀리 떨어진 수요처까지 직접 가서 일을 해야 했기 때문이다.

주디스가 가게에 들어섰을 때, 그는 한구석에서 금속판을 두들겨 만든 접시에 펀치와 나무망치를 사용해 나뭇잎 모양의 테두리 장식을 새기고 있었다. 작업대 위쪽에 난 열린 창문으로 부드러운 빛이 들어와 그녀의 얼굴과 몸의 한쪽 면에 떨어졌다. 인기척을 느끼고 고개를 든 닐은 주디스의 모습에 연장이 들린 양손을 늘어뜨린 채로 잠시 멍하니 서 있다가, 잠시 뒤에야 손에 든 것들을 내려놓고 다가와 인사를 건넸다. "안녕하십니까, 부인! 무슨 일로 오셨습니까?"

청동 세공인과 고객의 관계에 지나지 않았기에 그들은 얼굴을 마주하는 일이 드물었다. 하지만 그 작업장이 바로 그녀가 수도원에 기부한 옛집이라, 두 사람은 특별한 관심을 갖고서 상대를 대해온 터였다. 그가 이곳에 세든 이래 그녀는 다섯 번쯤 가게에 들렀고, 그때마다 그는 그녀에게 핀이나 상의 레이스 장식을 여미는 고리, 부엌에서 쓰는 조그만 물건, 베스티어 가문에서 봉인을 할 때 쓰는 도장 등을 만들어주었다. 집을 수도원에 기부했을 때 그녀에 관한 이야기는 시중에 널리 알려졌으니, 그 또한 그녀의 사연을 웬만큼은 알고 있었다. 하지만 주디스 쪽에서는 그가 자신의 옛집에 세를 들었으며 그 사람과 그가 만든 물건이 시내와 마을 여러 곳에서 호평을 받고 있다는 사실을 빼고는 그에 관해 아는 게 거의 없었다.

주디스는 버클이 빠져 달아난 허리띠를 기다란 작업대에 올려놓았다. 고리를 끼우는 구멍들마다 조그만 청동 장미 문양으로 장식되고 끄트머리는 청동으로 마감된, 부드러운 가죽을 이용해 탁월한 솜씨로 제작된 훌륭한 허리띠였다. 도드라진 마감 자리 안쪽을 메운 에나멜 상감 장식은 아직도 밝고 화려한 제 모습을 잃지 않았으나, 가죽띠 한쪽 끝부분은 실밥이 닳아 해어졌고 버클도 달아나고 없었다.

"어느 날 밤에 이걸 시내 어딘가에서 잃어버렸어요." 주디스가 입을 열었다. "외투를 입고 있어서 허리띠가 풀어져 떨어지는 것도 알아채지 못했죠. 다시 찾으러 가봤는데 띠만 남고 버클이 없더라고요. 날이 궂어 땅이 질척하고 눈이 녹아 도랑에는 물이 콸콸 흘러내리는 날이었죠. 제 잘못이에요. 버클을 잡아매고 있던 실밥이 많이 해졌다는 걸 알고 있었거든요. 그걸 단단히 꿰매두었어야 했는데."

"정교한 솜씨군요." 닐이 끝머리 쇠를 어루만지며 말했다. "여기서 사 가신 게 아니죠?"

"예, 수도원 장날에 플랑드르 상인한테서 샀어요. 전에는 자주 매고 다녔는데 버클을 잃어버린 뒤로는 계속 옷장 안에 넣어두었죠. 이 색깔과 문양에 어울리는 새 버클을 만들어주실 수 있을까요? 원래 있었던 것은 좀 긴 모양이었어요. 이런 식으로 생긴……." 주디스는 작업대에 손가락으로 모양을 그려 보였다. "하지만 꼭 전과 똑같이 만드실 필요는 없어요. 가장 어울린다고 생각하시는 거라면 어떤 모양이든 괜찮아요."

작업대 위에 두 사람의 머리가 모였다. 주디스는 문득 고개를 들어 그의 얼굴을 쳐다보고는 둘 사이가 너무 가깝다는 사실에 당혹감을 느꼈다. 하지만 그는 청동 세공과 상감에 정신이 팔려 그녀가 자신을 유심히 쳐다보고 있다는 사실도 의식하지 못하는 듯했다. 캐드펠이 말한 대로 점잖고 조용한 사람이 틀림없었다. 어떤 집단에서든 점잖고 조용한 사람은 그 무리의 중추가 되며, 곧잘 말썽을 일으키는 시끄러운 자들과는 달리 다른 이들의 존경과 애정을 받는 법이다. 청동 세공인 닐은 그런 이들의 표본이 될 만한 사람이었다. 막 중년에 접어든 나이, 크지도 작지도 않은 키, 갈색이 도는 머리칼과 낮고 부드러운 목소리. 주디스는 그의 나이가 마흔 살 정도 되었으리라 짐작했다. 상체를 들었을 때 눈이 똑바로 마주친 것으로 보아 키는 그녀와 비슷한 것 같았다. 그의 아주 커다란, 그러나 세심한 솜씨를 발휘하는 손의 움직임은 유연하고도 자신감에 차 있었다.

그의 외모 하나하나는 다른 이웃들과 거의 구별이 되지 않을 만큼 소박하고 평범했으나 그것들이 어울려 만들어낸 모습과 분위기가 그를 누구와도 다른 독특한 사람으로, 성실하고 자신감 넘치는 장인으로 만들어냈다. 그의 커다란 얼굴에는 숱 많은 갈색 눈썹과 큼직한 진갈색 눈이 자리하고 있었다. 빽빽한 갈색 머리칼에 드문드문 새치들이 보였고, 잘 면도된 단단한 턱은 부드러운 선을 그리며 돌출해 있었다.

"급히 사용하셔야 하나요?" 그가 물었다. "잘 만들어드리고 싶은데, 하루 이틀 정도 시간이 걸릴 것 같습니다."

"급할 건 전혀 없어요." 주디스가 흔쾌히 대답했다. "오랫동안 방치해왔는데, 일주일쯤 더 기다린다 해서 문제 될 건 없죠."

"그럼, 만든 물건을 시내로 가져다드릴까요? 부인 댁이 어디인지 알고 있거든요. 그러면 굳이 여기까지 다시 오실 필요가 없죠." 혹시 주제넘은 소리로 들리지 않을까 염려되는 듯 그가 공손한 어조로 주저하며 물었다.

그녀는 재빨리 가게를 훑어보았다. 그 안에는 하루 종일 열심히 일해도 다 처리할 수 없을 만한 일감들이 널려 있었다. "할 일이 아주 많아 보이는데요. 물론 조수가 있다면 그렇게 해서도 좋지만…… 그게 아니라면 제가 직접 올게요."

"전 혼자 일합니다. 하지만 저녁나절에, 날이 컴컴해지기 전에 직접 부인 댁으로 배달해드리고 싶어요. 다른 일감을 받아놓은 게 없고, 또 이틀 정도 쉴 새 없이 일하는 정도야 특별한 경우도 아니니까요."

"여기서 혼자 지내세요? 아내나 가족은요?" 그녀는 이렇게 물었지만 속으로는 이미 자신의 추측이 틀리지 않으리라 확신하고 있었다.

"5년 전에 아내를 잃었습니다. 혼자 사는 생활에 아주 익숙해요. 그때그때 필요한 일들을 처리하는 데 별 어려움도 없고요. 아, 어린 딸이 하나 있긴 합니다. 아이 엄마가 그 아이를 낳다 죽었죠." 그 순간 닐은 문득 고개를 쳐든 그녀의 얼굴에 긴장이 어리고 두 눈에 희미한 빛이 반짝이는 것을 보았다. 그녀는 아이를 찾기라도 하듯 주위를 두리번거렸다. "아, 여기에는 없습니다! 어린애를 돌본다는 게 보통 어려운 일이 아니더라고요. 제 여동생이 여기서 그리 멀지 않은 풀리의 모티머 집안 영지에서 집사 노릇을 하는 사람과 결혼해 살고 있습니다. 제 딸애와 나이가 비슷한 두 아들과 딸 하나를 두었요. 딸아이는 그 식구들과 함께 지내고 있어요. 그 집에는 함께 어울릴 수 있는 사촌들이 있고, 또 고모도 잘 보살펴주니까요. 저는 일요일마다 딸애를 보러 갑니다. 가끔 평일 저녁에도 시간이 나면 가고요. 저와 단둘이 지내는 것보다야 고모네 식구들하고 함께 사는 편이 딸애에겐 훨씬 좋겠죠. 아직 어릴 때만이라도요."

주디스는 깊은 한숨을 몰아쉬었다. 자신만큼이나 혹독한 상실의 고통을 당한 홀아비. 그러나 그녀에게는 아무도 남지 않은 반면 그에겐 더없이 소중한 자식이 하나 있었다. "제가 당신 처지를 얼마나 부러워하는지 모르실 거예요." 그녀가 불쑥 말했다. "전 자식마저 잃었거든요." 아무런 의도 없이 그저 자연스럽게 튀어나온 말이었고, 그 역시 아무 생각 없이 자연스럽게 그 말을 받아들였다.

"부인이 겪은 큰 고통에 대해서는 저도 들어서 알고 있습니다. 그 얼마 전에 비슷한 일을 당한 터라 소식을 듣고 몹시 안타까운 마음이었죠. 예, 그래도 주님의 가호 덕분에 제겐 피붙이 하나가 남아 있습니다. 고통의 와중에도 그러한 자비에 얼마나 감사했는지 몰라요."

"그랬겠죠." 주디스가 얼른 고개를 돌리며 중얼거렸다. "따님이 잘 자라리라 믿어요. 늘 아버지에게 기쁨을 안겨주리라는 것도요." 그녀는 다시 기운을 차려 말을 이었다. "괜찮다면 이틀 뒤에 허리띠를 찾으러 오죠. 직접 가져다주실 필요는 없어요."

미처 뭐라 대답할 틈도 주지 않은 채 주디스는 가게 문 쪽으로 향했다. 그 상황에서 무슨 말을 한다는 것도 무의미하리라. 그럼에도 닐은 그녀가 마당을 가로질러 대로로 꺾어질 때까지 쭉 지켜보고 있다가 그 모습이 완전히 사라진 뒤에야 비로소 작업대 쪽으로 몸을 돌렸다.

*

저녁기도 때까지 아직 한 시간쯤 남은 늦은 오후, 세인트메리 교회 제단 관리인인 엘루릭 수사는 문서실에서 일을 하다 말고 살그머니 그곳을 빠져나왔다. 그는 수도원의 큰 마당을 가로질러 울타리가 쳐진 아담한 정원으로 둘러싸인 라둘푸스 수도원장의 숙사로 가서는 접견을 청했다. 금방이라도 쓰러질 듯 극도로 긴장한 그의 표정에 원장 보좌이자 목사인 비탈리스 수사는 놀라 눈썹을 치뜬 채 잠시 머뭇거렸다. 하지만 수도원에서 생활하는 이들 가운데 어려움에 처했거나 조언을 듣기를 원하는 사람은 언제든 자신을 만날 수 있다고 원장이 단단히 못 박아둔 터였다. 비탈리스는 말없이 어깨를 으쓱인 뒤 안으로 들어갔고, 이내 원장의 접견 허락을 받아 나왔다.

바깥의 환한 햇살은 장식 널로 감싸인 거실로 들어오면서 아지랑이처럼 부드럽고 몽롱한 빛으로 바뀌었다. 문설주 앞에서 잠시 머뭇대고 있자니 등 뒤에서 조심스레 문이 닫히는 소리가 들려왔다. 원장은 열린 창문 곁의 책상 앞에 앉아 깃펜으로 무언가를 적고 있었다. 부드러운 빛을 배경으로 떠오른 독수리 같은 모습, 높은 이마와 수척한 뺨을 따라 흘러내리는 그 황금빛 윤곽이 더없이 침착하고 고요해 보였다. 경외 어린 마음으로 그를 찾아온 엘루릭은, 이 순간 자신의 미약한 정신세계와는 아득히 먼 곳에 있는 듯한 저 평정하고 확고부동한 모습에 새삼 다시 고개 숙이지 않을 수 없었다.

라둘푸스가 잘 짜인 문장에 마침표를 찍고는 청동 받침에 깃펜을 내려놓으면서 고개를 들었다. "그래, 무슨 일이오? 이제 형제의 이야기를 들을 준비가 되었소. 내 도움이 필요한 일이 있다면 뭐든 말해보시오."

"원장님, 저는 큰 어려움에 처해 있습니다." 엘루릭은 죄어드는 목구멍에서 맞은편에 앉은 이의 귀에도 제대로 들리지 않을 만큼 작은 음성을 간신히 끌어냈다. "이걸 뭐라 말씀드려야 할지 잘 모르겠습니다. 제게는 말할 수 없이 수치스럽고 죄스러운 일로 여겨집니다. 하지만 그동안 이 문제로 제가 얼마나 고통받아왔는지, 악으로부터 저를 지켜달라고 얼마나 열심히 기도드려왔는지 주님께서는 잘 아실 겁니다. 저는 참회하고 청원하러 왔습니다. 아직 죄를 지은 것은 아니니 원장님께서 이해해주시고 자비를 베풀어주신다면 구원받을 수 있을 것 같습니다."

라둘푸스는 날카로운 시선으로 그를 바라보았다. 젊은이는 극도의 긴장으로 몸이 잔뜩 굳은 채 당겨진 활시위처럼 부들부들 떨고 있었다. 늘 죄책감과 고통에 시달리는, 지나치게 열성적인 젊은이. 죄라고 해봐야 제 머릿속에서 지어낸 것이 아니면 지극히 사소한 내용이라, 오히려 그걸 죄로 부풀려 해석하는 일 자체가 잘못이요, 진실의 왜곡이라 할 만한 것들이었다.

"형제," 원장이 부드럽게 입을 열었다. "내가 알기에 형제는 늘 지나치게 앞질러 가는 경향이 있소. 지혜로운 사람이라면 언급할 가치도 없다고 여길 만한 걸 중죄로 생각하곤 하지. 제 모습을 바꾸고 나타나는 자만심을 경계해야 하오! 매사를 온유한 태도로 대하는 것이 완벽함을 향해 나아가는 가장 멋진 길은 아닐지언정 가장 안전하고 무리 없는 길이거든. 자, 이제 허심탄회하게 말해보시오. 형제의 괴로움을 멈추게 하기 위해 우리가 뭘 할 수 있는지 알아보도록 합시다." 이어 그는 보다 쾌활하게 말했다. "더 가까이 오시오! 얼굴을 똑똑히 보며 형제의 조리 있는 말을 잘 들을 수 있게."

엘루릭은 관절들이 하얗게 되도록 두 손을 앞으로 꽉 모아 쥔 채 허리를 숙이고 원장 앞으로 다가가서는 혀로 마른 입술을 축였다. "원장님, 이제 여드레 후면 위니프리드 성녀님의 축일입니다. 그날 우리는 대로의 그 집을 기부받은 대가로 장미를 바쳐야 하죠…… 펄 부인에게 말입니다. 그분은 그런 조건으로 집을 기부했으니까요."

"그렇지. 그건 나도 알고 있소. 그런데?"

"원장님, 저는 그 의무에서 저를 풀어주십사 청원하기 위해 왔습니다. 계약에 의거해서 이미 세 번이나 부인께 장미를 가져다드렸습니다만, 해마다 그 일을 하는 것이 점점 더 힘겨워집니다. 다시는 저를 그곳에 보내지 말아주십시오! 제가 무너져 쓰러지기 전에 이 무거운 짐을 벗겨주십시오! 저로서는 더 이상 감당할 수가 없습니다." 그는 격렬하게 몸을 떨며 옥죄인 목소리로, 마치 상처에서 피가 터져 나오듯 고통스럽게 내면의 감정을 토로했다. "원장님, 그분의 모습을 보는 것만으로도, 그 목소리를 듣는 것만으로도 저는 괴롭습니다. 그분과 한방에 있는 것도 고통스럽습니다. 그동안 주님과 성인들께 저를 죄에서 건져달라고 밤마다 기도하며 간청했습니다. 하지만 아무리 마음을 다잡으려 애써도 이 주제넘은 사랑은 식을 줄을 모릅니다."

엘루릭의 말이 끝난 뒤에도 라둘푸스는 한동안 침묵만 지켰다. 깊게 박힌 두 눈에서 나오는 형형한 빛은 엘루릭을 날카롭게 향했으나 그의 안색은 전혀 변하지 않았다.

"사랑 그 자체는 죄가 아니지." 마침내 원장이 차분히 입을 열었다. "그게 죄가 될 수는 없소. 물론 죄로 발전할 소지는 있지만…… 혹시 형제와 그 부인 사이에 무절제한 애정에 관한 고백이나 행위, 눈짓 같은 것이 오갔소? 형제의 서약이나 부인의 정절을 해칠 만한 그 어떤 것이라도 말이오."

"아뇨! 그런 일은 전혀 없었습니다! 그에 대해서는 말 한마디 나온 적이 없어요. 전 자비로운 후원자에게 걸맞은 축복의 말만 전한 뒤 정중하게 인사를 드리고 돌아왔습니다. 지금껏 말이나 행동으로 잘못을 저지른 적은 단 한 번도 없습니다. 그저…… 제 마음이 죄를 저질렀을 뿐이지요. 부인은 저의 이런 고통을 전혀 알지 못합니다. 저를 한낱 수도원의 심부름꾼으로 여길 뿐이고, 앞으로도 그러시겠죠. 부인은 결백한 분이니 절대로 이런 사실을 알아서는 안 됩니다. 저뿐 아니라 그분을 위해서라도 제가 다시 부인을 만나지 않게끔 해주시길 간청드립니다. 제 괴로움으로 인해 부인이 영문도 모른 채 불안과 불편을 느낄지 모르니까요. 까닭 없이 부인의 마음을 괴롭히기는 정말 싫습니다."

라둘푸스는 자리에서 벌떡 일어섰다. 힘겨운 고백을 하느라 기력이 다한 데다 자신이 죄를 저질렀다 굳게 믿고 있던 터라, 엘루릭은 털썩 무릎을 꿇고 앉아 고개를 숙인 채 두 손으로 얼굴을 가리고서 원장의 질책을 기다렸다. 하지만 라둘푸스 원장은 그저 창문 쪽으로 몸을 돌려 햇빛으로 환한 오후의 바깥 풍경만 내다볼 뿐이었다. 그의 숙사 정원에서는 탐스러운 장미 봉오리들이 금방이라도 터질 듯 부풀어 오르고 있었다.

더는 어린아이들을 수도원에 받아들이지 않기로 결정하길 정말 잘했군, 원장은 씁쓸한 마음으로 생각했다. 세상 물정 모르는 아이들을 요람에서 끌어내 여성들의 모습과 목소리로부터 차단시키는 짓, 그들의 세계로부터 인류의 반을 따로 빼돌리는 짓은 더 이상 하지 말아야 해. 그렇게 자란 이들이 마치 용처럼 낯설고 두려운 존재를 능란하게 상대하리라 어찌 기대할 수 있단 말인가? 결국 여인들은 기치를 높이 든 군대처럼 그들 앞에 위압적으로 다가올 것이고, 그 저주받은 아이들은 맹공에 저항할 만한 무기도 갑옷도 없는 상태로 그들과 맞닥뜨리게 될 것이니! 사내아이들을 아무런 준비 없이 어른으로 키우고 무방비 상태에서 육욕의 첫 가시와 마주하게 함으로써 우리는 그들에게도, 또 여인들에게도 잘못을 범하는 셈이야. 아이들을 지켜준다고 하면서 사실은 스스로를 방어할 수 있는 수단을 박탈해왔지. 이제 이런 관행은 근절시켜야 해! 이제부터는 성인이 된 남자들만, 그것도 본인이 원하는 경우에만 이곳에 들어오게 하리라. 자신의 선택에 스스로 책임을 지게 하리라. 하지만…… 이 아이의 짐은 내가 짊어져야겠지.

그는 다시 방 쪽으로 돌아섰다. 비탄에 빠진 엘루릭은 여전히 두 손으로 얼굴을 가린 채 무릎을 꿇고 앉아 있었다. 그의 손가락들 사이로 눈물이 소리 없이 흘러내렸다.

"고개 드시오!" 라둘푸스의 준엄한 목소리에, 고통으로 일그러진 앳된 얼굴과 두려움 가득한 눈빛이 그를 향했다. "이제부터 내게 숨김없이 말하도록 하시오. 두려워하지 말고. 그 부인에게 구애의 말을 하지 않았다는 게 사실이오?"

"예, 전혀 하지 않았습니다, 원장님!"

"부인 쪽에서 형제에게 그런 말을 하거나 사랑의 감정을 불러일으킬 만한 기미 같은 것도 내비치지 않았고?"

"그럼요, 원장님. 그런 일은 절대로 없었습니다! 부인은 아주 초연했습니다. 그분께 저는 아무것도 아닌 존재였죠." 그는 절망 어린 눈물을 쏟아내면서 덧붙였다. "부끄럽게도 부인을 사랑함으로써 어떤 식으로든 부인을 욕되게 한 쪽은 바로 접니다. 그분은 이 일에 대해 아무것도 모르고 계십니다."

"그래? 그럼 어떻게 해서 형제의 불행한 애정이 그 부인을 욕되게 했단 말이오? 부인을 건드리는 광경을 마음속에서 그려보았소? 부인을 끌어안는 광경을? 아니면 부인을 소유하는 광경을?"

"아닙니다!" 엘루릭은 고통과 당혹감을 이기지 못해 짐승처럼 울부짖었다. "그런 건 꿈에도 생각해보지 않았습니다! 어떻게 제가 부인을 그런 식으로 더럽힐 수 있겠습니까? 저는 그분을 숭배합니다. 제게 그분은 성인들과 같은 반열에 계시는 분이지요. 부인이 자비로운 마음으로 제공해주신 초의 심지들을 다듬을 때마다 제 앞에는 그분의 얼굴이 선명하게 떠오릅니다. 저는 그분을 숭배하는 순례자에 지나지 않습니다. 하지만, 아, 그조차 너무도 괴로운 일이라……." 엘루릭은 차마 말을 맺지 못한 채 원장의 옷자락에 매달렸다.

"그만!" 원장은 단호하게 말하고는 고개 숙인 엘루릭의 머리에 한 손을 얹었다. "형제는 지극히 인간적이고 자연스러운 일에 지나친 의미를 부여하고 있소. 형제에게 잘못이 있다면, 도를 넘는 죄책감을 가진다는 거요. 하지만 이 불행한 유혹과 관련해 잘못을 범하지 않은 것만은 분명하지. 그 부인을 욕되게 했다는 생각으로 두려워할 필요 없소. 오히려 부인의 미덕을 찬양한다는 점에서 훌륭하다 할 수 있을 거요. 형제는 부인에게 아무런 피해도 주지 않았소. 나는 형제가 진실한 사람임을 알고 있소. 다만 형제 자신이 진실을 알고 이해하길 바랄 뿐이오. 진실이란 그리 간단한 문제가 아니며, 인간의 마음은 때로 지혜를 잃어 실수를 범하기도 하지. 나는 형제에게 이런 시련을 안겨준 것에 대해 나 자신을 나무라고 있소. 그런 일이 젊고 경험 없는 형제 같은 이에게 얼마나 힘겨운 일인지 미리 내다봤어야 했는데…… 그러니 그만 일어서시오! 형제의 뜻은 잘 알겠소. 앞으로는 그 일을 하지 않아도 좋소."

그는 탈진 상태에 빠져 힘없이 몸을 떨고 있는 엘루릭의 두 손목을 잡아 힘껏 일으켜 세웠다. 엘루릭은 혀가 굳어 감사하다는 말조차 제대로 발음하지 못했으나, 피로로 인한 나른함 때문인지, 아니면 안도한 덕인지 점차 평온을 되찾아가고 있었다. 그렇지만 의무에서 해방된 그 상황에서도, 그는 여전히 자신을 괴롭힐 꼬투리를 찾아냈다.

"원장님…… 그러면 그 계약은…… 장미를 전하지 않을 경우 계약은 무효가 될 겁니다."

"장미는 전달될 거요!" 라둘푸스가 힘주어 말했다. "우린 그 의무를 틀림없이 이행할 게야. 지금 이 자리에서, 나는 형제로부터 그 의무를 면제하오. 형제는 형제가 맡은 제단이나 잘 보살피시오. 그리고 오늘부터 누가 어떤 식으로 그 의무를 수행하는지에 대해서는 일절 생각하지 말도록 하시오."

"원장님, 제 영혼을 정화하기 위해 더 해야 할 일이 없을까요?" 엘루릭이 마지막까지 남아 있는 죄의식의 잔재에 몸을 떨며 물었다.

"참회가 형제에게 유익할 수도 있겠지." 원장은 이제 다소 지친 표정이었다. "하지만 도에 지나친 처벌을 요구하는 것 또한 경계의 대상이오. 형제는 성인이 아니오. 또한 형제는 중한 죄를 진 사람도 아니지. 앞으로도 그럴 거고."

"그럼요!" 엘루릭이 말했다. "중한 죄를 짓는 일은 절대 없을 겁니다! 주님께서 내려다보고 계시는걸요!"

"주님께서는 우리가 자신의 장점이나 결점을 정도 이상으로 부풀리지 않기를 원하시오." 라둘푸스는 건조하게 말을 이었다. "칭찬도, 나무람도 도에 지나친 것은 좋지 않소. 형제 영혼의 평화를 위해 온건한 자세로 고해성사를 하시오. 고해신부에게 형제가 나와 함께 있었고, 내 지지와 축복을 받았으며, 내가 형제의 무거웠던 짐을 벗겨주었다고 이야기한 뒤 그분이 부과하는 고행을 받아들이시오. 그 이상을 요구하거나 바라서는 안 된다는 점 명심하고."

엘루릭 수사는 모든 감정을 말끔히 비운 이 진공상태가 오래 지속되지 않으리라는 두려움 속에 떨리는 다리로 방을 나섰다. 썩 홀가분하지는 않았으나 적어도 고통은 사라져 있었다. 그는 부인에게 가까이 가지 않을 수 있다면 자신이 겪는 모든 고통 또한 끝나리라 생각하며 이곳에 왔고, 원장은 그를 따뜻하게 대해주었다. 이제 그의 내면은 성서에 나오는 깨끗이 청소된 집, 거주할 이를 맞아들일 준비가 되고 채워지기를 갈망하는 집, 천사도 악마도 깃들 수 있는 집과 같은 상태였다.

그는 원장이 지시한 대로 했다. 지난 견습 수사 시절 그의 고해 신부 역할을 담당한 이는 제롬 수사로, 로버트 부원장의 귀이자 그림자였다. 그리고 제롬 수사였다면 자신의 영혼이 열성적으로 갈망하는 온갖 징벌을 기대할 수 있었을 것이다. 하지만 이제는 보좌 수사인 리처드를 찾아가면 되었다. 다소 게으르긴 하지만 아주 친절한 성격이라 고해자들을 부드럽고 편하게 대하는 사람이었다. 엘루릭은 원장의 지시에 따르고자 최선을 다했다. 자신을 용서하지 않되, 그렇다고 내밀한 마음속에서조차 저지르지 않았던 죄를 저질렀다고 고해하지도 않았다. 고해가 끝나자 리처드는 참회를 요구한 뒤 사면해주었다. 하지만 엘루릭은 여전히 무릎 꿇은 자세를 풀지 않고 두 눈을 질끈 감은 채 고통스러운 사람처럼 이맛살을 찌푸렸다.

"고해할 게 또 있소?" 리처드가 물었다.

"아닙니다, 신부님…… 제가 저지른 죄에 대해서는 다 말씀드렸습니다. 다만 두려운 것은……" 무감각이 녹아내리며 내면 저 깊은 곳에서 조그만 아픔이 움트기 시작했다. 빈집은 거주자 없이 오래 유지될 수 없는 법이다. "……저는 이 부정한 사랑의 기억을 쓸어버리기 위해 최선을 다할 겁니다. 하지만…… 자신이 없습니다…… 자신이 없어요! 실패하면 어떻게 하죠? 저는 제 마음이 두렵습니다……."

"형제의 마음이 형제의 뜻대로 움직이지 않을 땐 모든 힘과 자비의 원천을 찾아가 도움을 청하는 기도를 올리시오. 그러면 은총이 형제를 구할 것이오. 형제는 순수함 그 자체인 성모마리아의 제단을 돌보고 있잖소. 은총을 빌 만한 곳으로 그보다 더 좋은 곳이 어디 있겠소?"

그건 사실이었다! 하지만 은총은 인간이 마음대로 양동이로 퍼 담을 수 있는 강물이 아니라, 그 자체의 뜻에 따라 흐르기도 하고 마르기도 하는 샘이다. 엘루릭은 성모마리아의 제단을 잘 정돈한 뒤 싸늘한 타일 바닥에 무릎 꿇고 앉아 절절한 마음을 담아, 반쯤 억눌린 목소리로 자신의 죄를 참회했다. 온몸의 신경과 힘줄이 이제 그만 쉬게 해달라고 애원하건만, 그는 참회를 마친 뒤에도 여전히 무릎 꿇은 자세를 풀지 않았다.

원장에게 마음을 털어놓음으로써 심한 죄의식의 무게를 덜었고, 또다시 주디스 펄의 얼굴을 보거나 목소리를 듣는, 또 그녀가 움직일 때마다 풍겨 나오는 아련한 향기를 맡아야 하는 고통에서 놓여났으니 이제 그는 행복해야 했다. 고통과 유혹에서 해방되면 괴로움이 끝나리라 믿지 않았던가. 하지만 그는 행복하지 않았다.

엘루릭은 두 손을 아프도록 움켜쥐고 다시금 성모마리아에게 소리 없이 열렬한 기도를 올렸다. 이제 성모마리아는 당신의 성실한 하인인 그의 곁에 다가올 것이다. 반드시 그래야 했다. 그러나 마침내 그가 눈을 뜨고 촛불의 아련한 불꽃을 올려다봤을 때 눈앞에서 환하게 빛나고 있는 것은 그 부인의 얼굴이었다.

그는 그 어떤 것으로부터도 벗어나지 못했다. 기껏 한 일이라곤 부인과의 만남을 통해 누려온 더없는 기쁨을 물리치고 그 자리에 혹심한 괴로움을 들인 것뿐이었다. 이제 그에게 남은 건 순수함을 지켜냈다는 공허한 영예, 무슨 일이 있어도 서약을 어겨서는 안 된다는 냉혹한 필연성뿐이었다. 그는 약속은 반드시 지키는 사람이었고, 앞으로도 그럴 터였다. 하지만 다시는 그 부인을 보지 못하리라.

*

캐드펠은 마지막 기도 시간에 맞추어 수도원으로 돌아왔다. 앞으로 서너 달 대자와 얼라인을 만나지 못하게 된 것은 유감스러운 일이지만, 얼라인이 차린 음식과 포도주를 잘 먹고 마신 탓에 기분은 흡족했다. 겨울이 올 무렵 휴는 모자를 시내 집으로 데려올 테고, 곧 세 돌을 맞이할 그 아이는 몰라보게 자라 있을 것이다. 많은 이들이 드나드는 탓에 전염병이 쉽게 들어와 맹위를 떨치곤 하는 슈루즈베리 시내에서 지내는 것보다야 휴가 잘 다스리고 관리하는 북쪽의 메이즈버리 영지에서 여름을 보내는 편이 훨씬 나을 테니 캐드펠로서는 그들을 기꺼이 떠나보낼 수밖에 없었다. 물론 그 모자가 자주 보고 싶긴 하겠지만 말이다.

다리를 건널 즈음, 알싸한 슬픔이 깔린 그의 기분에 걸맞게 낮의 온기를 머금은 초저녁의 황혼이 깃들고 있었다. 그는 나무들과 관목들이 늘어선 길을 따라 걸어갔다. 길 왼편에는 강과 나란히 펼쳐진 수도원 소유의 넓은 과수원이며 밭으로 이어지는 길이 나 있었고, 오른편으로는 물방앗간 저수지의 은빛 수면이 보였다. 그는 수도원 정문 쪽으로 방향을 틀었다. 문지기 수사가 부드러운 빛이 감도는 문지기실 앞에 앉아 저녁나절의 서늘한 공기를 즐기고 있었다. 하지만 그는 자신의 임무를 잊지 않았으니, 오늘 저녁에는 캐드펠에게 전할 소식이 있는 터였다.

"오셨군요!" 캐드펠이 열린 쪽문으로 들어서자 그가 활달하게 말했다. "몰래 바람 쐬고 오시는 길입니까? 저도 마을에 대자가 있으면 참 좋을 텐데요."

"이것 참, 이번엔 허락을 받고 다녀왔어요." 캐드펠이 흡족한 기분으로 말했다.

"그렇게 당당하게 말씀하실 수 없는 경우가 여러 번 있었잖습니까. 오늘 밤에는 허락을 받고 나갔다 기도 시간에 맞춰 돌아오셨지만 그래도 시간이 늦긴 늦었습니다. 원장님께서 들어오는 대로 숙사로 오라 하셨어요."

"원장님이? 이 시각에 무슨 일로? 무슨 소란스러운 일이라도 있었습니까?" 캐드펠이 눈썹을 치뜨며 물었다.

"글쎄요. 소란 같은 건 없었어요. 여느 날 밤처럼 조용했죠. 그냥 오라고만 하셨습니다. 안젤름 수사님도 불려 갔는데, 무슨 일 때문인지는 말씀을 안 하시더라고요. 지금 빨리 가보시는 게 좋을 겁니다."

캐드펠은 고개를 끄덕여 보인 뒤 수도원의 큰 마당을 부지런히 가로질러 원장 숙사로 갔다. 선창자 안젤름 수사는 그보다 먼저 와 장식 널이 둘린 거실 벽 앞의 장의자에 편안히 기대앉아 있었다. 원장과 안젤름 수사의 손에 포도주 잔이 들린 것으로 보아 위급한 사건이 있었던 건 아닌 듯했다. 거실로 들어서자 곧 캐드펠에게도 포도주 잔이 하나 주어졌다. 안젤름이 한쪽으로 몸을 움직여 자리를 내어주었다. 성가대 일과 서고 관리를 맡고 있는 안젤름 수사는 캐드펠보다 열 살쯤 어린 소탈한 사람으로, 늘 멍한 표정을 짓고 있지만 책이나 음악, 악기와 관련된 일을 할 때 강한 열정과 예리하고 빈틈없는 솜씨를 보여주었으며, 특히 그의 목소리는 완벽하다 할 만큼 아름다웠다. 텁수룩한 머리와 숱 많은 살색 눈썹 밑에서 빛나는 푸른 눈은, 비록 근시이긴 하나 주변에서 일어나는 그 어떤 일도 놓치지 않았다. 그는 실수를 잘하는 사람들에게, 특히 결점 많은 젊은이들에게 관대한 태도를 보이곤 했다.

문이 닫히고 그들 세 사람만 남자 라둘푸스 수도원장이 입을 열었다. "어떤 일이 일어나긴 했는데, 내일 총회에 이걸 안건으로 올리고 싶지는 않아서 이렇게 두 분을 오시라 했소. 고해신부도 이 일에 대해 알겠지만, 물론 그 내용을 다른 사람들에게 일절 발설하진 않을 테고…… 우리 세 사람을 제외한 다른 이들에겐 이 일을 비밀에 부치고 싶소. 두 분은 이곳 수도원에 들어오기 전에 바깥세상에서 많은 일들을 경험하고 많은 유혹을 이겨낸 분들이라 내가 안고 있는 문제들을 잘 이해할 거요. 그리고 펄 부인이 남편을 잃고 집을 우리 수도원에 기부할 때 계약의 증인 역할을 했던 것도 바로 두 분이었지. 내가 안젤름 수사에게 미리 서고에서 그 계약서 사본 한 장을 챙겨 오라 부탁해두었소."

　"여기 가져왔습니다." 안젤름 수사가 무릎 위에 양피지를 반쯤 펼치며 말했다.

　"좋소! 그럼 본론으로 들어갑시다. 오늘 오후 세인트메리 교회의 제단을 관리하는 엘루릭 수사가 나를 찾아왔소. 부인이 기부한 땅에서 생기는 이익을 그 제단의 관리 비용으로 사용하는 터라, 나는 해마다 계약서에 기록된 조건을 이행할 사람으로 엘루릭 수사가 적당하다 생각하여 그에게 일을 맡겨왔는데, 오늘 그가 와서는 자신의 의무를 면제해달라고 부탁하더군. 이런 사태가 일어날 수 있다는 걸 미리 예견했어야 했건만 유감스럽게도 그러지 못했소. 펄 부인은 매력적인 여성이고, 엘루릭 수사는 젊고 경험 없는 사람이지. 엘루릭 형제 말로는 두 사람 사이에 부적절한 말이나 눈빛이 오간 일이 없으며, 스스로도 부인에 대해 음란한 생각을 품어본 적이 없다는군. 나 역시 그 말이 진실이라 믿고 있소. 하지만 그러면서도 엘루릭은 자신이 유혹 때문에 고통받고 있으니 더 이상 그 부인을 만나지 않게 해달라고 청원했소."

아주 온건하고 조심스럽게 말씀하시는군, 캐드펠은 생각했다. 그동안 엘루릭 수사가 상당히 속앓이를 했겠구먼. 하지만 다행히도 솔직하게 제 심경을 이야기하고 청원함으로써 그 문제는 파국에 이르기 전에 해결된 모양이야.

"그의 청원을 들어주셨겠지요, 원장님." 안젤름 수사가 말했다.

"그랬지. 우리가 할 일은 젊은이들을 세속과 정욕의 유혹으로부터 무작정 차단하는 게 아니라, 그들에게 그런 것들을 적절히 처리하는 법을 가르치는 것이오. 그 일을 맡기고 진행 상황을 확인하지 않은 것, 또 이러한 일을 예견하지 못한 것은 내 책임이오. 엘루릭 형제는 아주 감정적으로 나왔지만, 나는 그의 말을 액면 그대로 믿소. 그는 아무 죄도 짓지 않았고 부정한 생각조차 하지 않았을 거요. 하지만 지나친 죄책감에 사로잡혀 괴로워하고 있지…… 고통을 극복하기가 쉽지 않을 테니 이 일을 우리를 제외한 다른 수사들에게는 일절 비밀에 부치는 게 좋을 것 같소. 내가 두 분에게 이런 사실을 얘기했다는 것도 엘루릭 형제의 귀에 들어가지 않아야 하오."

"절대 내색하지 않겠습니다." 캐드펠이 단호하게 대답했다.

"그렇게 죄를 범할지 모를 한 젊은이를 고통에서 벗어나게 한 뒤, 이제 나는 그처럼 경험 없는 또 다른 젊은이들을 같은 위험에 빠지게 해서는 안 된다고 굳게 결심했소." 라둘푸스가 말을 이었다. "이제 엘루릭과 비슷한 나이의 다른 젊은이에게는 장미꽃을 바치는 일을 맡길 수 없소. 하지만 만일 캐드펠 수사나 안젤름 수사처럼 나이 든 사람을 지명하면 그 변화가 무엇을 의미하는지 모두들 눈치챌 테고, 그로 인해 엘루릭 수사에 관한 추문이나 험담이 떠돌게 될지 모르오. 이곳 수도원에서 지켜져야 할 침묵의 규칙도 그런 종류의 추문이 메꽃 덩굴처럼 번져나가는 걸 막지 못하겠지. 그러니 우리는 교회법에 입각한 정당한 사유로 정책을 바꾼 것처럼 보이게 해야 하오. 안젤름 수사에게 계약서 사본을 가져오라 한 건 바로 그 때문이오. 내가 그 취지에 대해서는 잘 알고 있지만 계약서의 내용을 정확하게 기억하지는 못하오. 자, 어떤 가능성들이 있을지 우리 함께 살펴보도록 합시다. 안젤름 수사, 그 내용을 낭독해주겠소?"

안젤름은 양피지를 펼쳐, 평소 기도에 참석하는 이들의 마음을 휘저어놓곤 하는 아름답고 감미로운 목소리로 계약서를 낭독하기 시작했다.

"리처드 베스티어의 딸이자 고 에드러드 펄의 아내인 나 주디스는 온전하고 건강한 정신 상태로 슈루즈베리 수도원의 성모 제단과 주님께 확증한 이 계약서에 의거하여 수도원 대장간과 편자공 토머스의 가옥 사이에 위치한 내 집과 정원, 더하여 그에 딸린 목초지를 슈루즈베리 수도원에 증여함을 현재와 미래의 모든 사람들에게 알립니다. 그에 대한 대가로 나는 내가 살아 있는 동안 매년 위니프리드 성녀 축일에 내 집 북쪽 담장 옆에서 자라는 장미나무의 백장미 한 송이를 전달해줄 것을 요구합니다. 수도원 측에서는 선창자 안젤름 수사와 캐드펠 수사가, 시(市) 측에서는 존 러독과 메올의 니컬러스, 그리고 헨리 와일이 본 계약의 증인으로 서명함."

"좋소!" 안젤름 수사가 무릎에 양피지를 내려놓자 원장은 흡족한 목소리로 말했다. "기증자에게 장미를 전달하는 사람에 대해 규정한 내용은 없군. 그러니 우리가 엘루릭 수사를 그 의무에서 면제해주고 다른 사람에게 그 일을 시킨다 해도 계약의 내용을 침해하는 건 아니오. 이와 관련해서는 아무런 제한이 없으니 우리 쪽에서 지명하는 사람은 누구나 그 일을 할 수 있는 셈이오."

"그렇습니다." 안젤름이 말했다. "그런데 젊은이들을 지명할 경우 그들이 유혹에 빠질까 염려되고, 또 우리같이 나이 든 이들을 지명할 경우 엘루릭 수사가 유혹에 약하다는, 최악의 경우 부정한 행동을 했다는 의혹을 살까 두려워 양쪽 다 후보에서 제외할 생각이시라면, 수도원 일꾼들 중에서 적당한 사람을 찾아봐야 할까요?"

"그래도 상관없겠지. 하지만 그럴 경우 장미를 전달하는 일의 의미가 다소 약화될 소지가 있소. 나로서는 펄 부인의 자비로운 선물에 대해 우리가 느끼고 있으며 또 마땅히 느껴야 하는 감사한 마음을, 더하여 기부의 대가로 백장미 한 송이를 선택한 부인의 소박함에 대한 존경심을 희석시키고 싶지 않소. 그 집과 땅은 부인에게 큰 의미가 있는 것이니, 우리 또한 그에 상응하는 진지하고 엄숙한 자세로 부인에게 답례해야만 하오. 이와 관련해 두 분의 좋은 의견을 듣고 싶소."

"그 백장미는……" 캐드펠이 생각에 잠겨 천천히 입을 열었다. "부인이 결혼하여 사는 동안 남편과 함께 가꾸며 소중히 여겼던 정원 담장 곁의 장미나무에서 나오는 것이지요. 이제 그 집에는 품위 있고 예의 바른 홀아비이자 솜씨 좋은 장인이 세 들어 살고 있습니다. 거기 세 든 이래 그가 죽 가지를 치고 물을 주며 나무를 보살폈어요. 그러니 장미꽃을 전달하는 일을 그 사람에게 맡겨도 되지 않겠습니까? 굳이 제삼자를 통할 것 없이 그에게 직접 꽃을 전달하게 하는 게 어떻겠습니까? 부인의 자비로부터 혜택을 받은 건 우리 수도원이고 그 사람은 수도원 소유의 가옥에 세 들어 있으니, 별다른 말을 끼워 넣지 않아도 부인을 축복하는 우리 모두의 마음이 장미꽃과 함께 부인에게 잘 전달될 겁니다."

대체 어떤 동기에서 그런 제안을 꺼냈는지, 캐드펠 자신도 알 수가 없었다. 휴의 집에서 마신 포도주 기운에 지금 이곳의 포도주가 합세하면서 방금 자신이 떠나온 친밀하고 행복한 집의 기억이 되살아난 탓일까? 수도원의 서원만큼이나 신성한 온기, 인류를 위한 숭고한 의지를 하늘에 맹세하는 듯한 그 가족의 따스함 때문에? 그의 동기가 어떤 것이었든, 그들 세 사람이 여기서 남녀의 의미심장한 대면 내지는 대결에 관해 심사숙고하고 있으며,

곧 목록에 오를 전사는 여성에 관해, 사랑과 결혼 생활과 그것의 상실에 관해 이미 잘 아는 성숙한 남성이 될 터였다.

"좋은 생각이네요." 안젤름 수사가 차분히 생각한 뒤 입을 열었다. "기왕 속인에게 그 일을 맡길 요량이라면, 부인의 옛집에 세 든 사람보다 더 좋은 후보가 어디 있겠습니까? 게다가 그 자신도 거기 살면서 여러 가지로 덕을 보고 있지요. 먼저 살던 집은 시내에서 너무 멀리 떨어져 있고 비좁은 데 반해 그 집은 그가 일하면서 지내기에 더없이 좋거든요."

"그 사람이 기꺼이 그 일을 맡을 것 같소?" 원장이 물었다.

"일단 가서 부탁해봐야죠." 캐드펠이 대답했다. "그는 여러 차례 일을 하며 이미 부인과 안면을 텄습니다. 그리고 시내에 한 번이라도 더 나가면 일거리를 얻는 데도 도움이 되죠. 아마 거부하지는 않을 듯합니다."

"그럼 내일 비탈리스 수사를 보내 처리하게 하겠소." 원장은 흡족하게 말했다. "그가 수락한다면 이 문제는 산뜻하게 해결되는 셈이오."

3

 너무나 오랜 세월 동안 각종 문서와 계산서, 법률적인 문제들을 접하며 살아온 비탈리스 수사는 양피지에 기록되지 않은 일들에 대해서는 어떤 호기심이나 흥미도 갖지 않았다. 아무런 사적 관심 없이, 그저 자기에게 맡겨진 일들을 꼼꼼하게 처리할 뿐이었다. 그는 원장의 전갈을 청동 세공인 닐에게 구두로 전달했고, 예상대로 닐은 원장의 청을 즉각 받아들였다. 그 만족스러운 응답을 원장에게 전한 뒤 그는 닐의 얼굴 같은 건 즉시 잊어버렸다. 자기 손을 거쳐 간 문서들이라면, 비록 세월의 흐름과 함께 조금씩 퇴색된 세목은 있을지언정 그 전체적인 내용을 모조리 기억하는 그였으나, 과거 안면이 거의 없었고 아마 다시는 만나지 못할 공산이 큰 속인들의 얼굴은 그가 양피지의 재사용을 위해 일부러

지워버린 문서의 내용보다 훨씬 더 깨끗하게 그의 머릿속에서 사라지곤 했다.

"기꺼이 그 일을 맡겠답니다." 그는 수도원으로 돌아와 라둘푸스 원장에게 보고했다. 어째서 그 일을 속인에게 넘기는지에 대해서는 전혀 궁금증이 일지 않았다. 아마 땅을 기증한 사람이 여자여서 그랬는가 보지.

"그거 잘됐군." 원장은 만족스럽게 대꾸했다. 그 일은 거기서 일단락된 것으로 보아도 될 터였다.

한편 방문객이 떠난 뒤 혼자 남은 닐은 한참이나 문을 응시하며 멍하니 서 있었다. 작업대 위에는 가장자리의 조각 장식이 거의 완성된 접시 하나와 펀치, 그리고 나무망치가 놓여 있었다. 접시 테두리만 약간만 손보면 그 일은 끝날 테고, 그러면 둘둘 말린 채 선반 위에서 그의 손길을 기다리고 있는 부드러운 가죽 허리띠 작업을 시작할 수 있을 것이다. 조그만 거푸집을 만들어 버클의 몸체를 떠내고 거기에 정교한 장미 문양을 조각한 뒤 밝은 빛깔의 에나멜을 채워 넣으면 되리라. 주디스가 허리띠를 가져온 뒤로 그는 벌써 세 번이나 그것을 펼쳐 우아하고 정교하게 새겨진 장미꽃 장식들을 애무하듯 어루만져보았다. 부인을 위해 아름다운 물건을 만들어주고 싶었다. 그게 아무리 작고 하찮은 것일지라도 말이다. 그녀가 한낱 옷차림의 일부, 일상 용품의 일부 정도로 여겨 크게 신경 쓰지 않는다 할지라도, 이는 그녀의 몸에 닿을 물건이었다. 허리띠는 날씬한, 아니 너무나 가냘픈 그녀의 허리를 감쌀 것이고, 버클은 한때 아이를 잉태했다가 유산함으로써 그녀에게 영원히 지속될 혹독한 슬픔을 안겨준 자궁 위에 단단히 밀착될 것이다.

오늘 밤에는 안 되겠군, 그는 생각했다. 내일, 해가 저물어 정교한 작업을 하기 어려울 때, 그는 집 대문을 잠그고 이곳을 떠나 브레이스 메울을 가로질러 모티머가의 아담한 영지에 자리 잡은 작은 마을 풀리로 갈 작정이었다. 그의 누이의 남편인 존 스터리가 그곳 집사로 장원의 땅을 경작하고 있었다. 누이인 세실리의 원기 왕성한 아이들은 닐의 어린 딸과 어울려 닭들과 새끼 돼지들 사이를 뛰어다니곤 했다. 닐은 주디스 펄처럼 완전한 홀몸이 아니었으니, 그 어린 딸이 그에게 커다란 위안을 안겨주었다. 자식이 없는 사람들을 볼 때마다 그의 마음속에는 안타까운 감정이 일었다. 특히나 자식이 세상에 반쯤 나왔다가 결국 사라져버린, 그리고 다시는 자식을 가질 수 없는 처지가 된 사람 앞에서는 더더욱 그랬다. 주디스의 아이는 서둘러 제 아버지의 뒤를 따라갔다. 주디스만 홀로 남아 날로 번창하는 사업을 관리하면서 외롭게 살아가고 있었다.

그는 주디스에 대해 아무 환상도 품지 않았다. 그녀는 그에 관해 아는 게 거의 없었으며, 그에게 내밀한 감정을 품었을 리는 더더욱 없었다. 그녀가 그에게 보인 정중함은 어느 남자에게나 똑같이 보이는 태도와 다르지 않을 것이다. 그만이 아니라 어느 누구도 그녀의 특별한 관심을 얻을 수 없으리라. 그는 아무 불만이

나 의문 없이 그러한 사실을 받아들였다. 하지만 적어도 이제는 매년 하루 그녀의 집으로 가서 그녀를 만나 장미꽃을 전달하고 몇 마디 정중한 대화도 나눌 터였다. 그때 그는 그녀의 얼굴을 똑똑히 보게 될 것이며, 그녀 역시 짧은 순간이나마 그의 얼굴을 똑바로 바라보리라. 이는 운명일까? 아니, 그저 수도원장의 뜻일 뿐이다. 아마 여성을 대하길 꺼려하는 수도원의 관례가 분명히 작용했을 것이다.

그는 작업장을 떠나 정원으로 나갔다. 높은 담장 밑에는 잔풀이 무성한 과일나무들과 채소밭이 하나씩, 그리고 한쪽에는 화사한 빛깔의 꽃들이 빽빽하게 뒤엉켜 자라는 긴 띠 모양의 화단이 자리 잡고 있었다. 장미나무의 자리는 북쪽 담장 바로 옆이었다. 사람만 한 키에 가시투성이 줄기가 잔뜩 자라 돌담을 움켜쥐고 있었다. 가지치기를 해준 것이 겨우 한두 달 전인데, 그 가지들은 매년 그러듯 올해도 아주 빠른 속도로 자랐다. 꽤 오래된 관목이기도 하고 죽은 가지들을 이미 여러 차례 쳐낸 터라 그 밑동은 웬만한 큰 나무의 줄기 못지않을 만큼 굵고 억셌다. 위쪽에는 눈처럼 하얀 꽃봉오리들이 무성하게 돋아나 반쯤 벌어져 있었다. 크지는 않지만 너무나 향기로운 꽃들. 위니프리드 성녀의 죽일에 그중 가장 아름다운 것을 골라내기란 그리 어렵지 않으리라.

그녀는 그 나무에서 가장 아름다운 꽃을 받아야 한다. 그리고 그날이 오기 전에도, 그는 그녀를 다시 만날 수 있다. 그녀가 허리띠를 가지러 오는 날. 닐은 흡족한 마음으로 작업장에 돌아가,

머릿속으로는 주디스의 새 버클을 어떻게 만들지 구상하면서 시장 집 주방에서 쓰일 접시의 장식을 마무리했다.

베스티어 저택은 서쪽 다리로 이어지는 내리막길인 메어돌가街 초입, 눈에 잘 띄는 곳에 자리 잡고 있었다. 넓은 가게의 전면이 거리 쪽으로 나 있고, 그 뒤편 긴 복도는 많은 방들로 연결되며, 바깥에는 넓은 마당과 마구간이 딸려 있는 곳. 오른쪽 모서리가 두 개의 거리와 면한 넓은 집이었다. 기다란 형태의 저택에는 식구들이 쓰는 거실들과 이런저런 물건들을 저장해둘 수 있는 건조한 지하실, 새로 염색한 양털을 빗질하고 보풀을 내는 여자들의 넓은 작업 공간, 석 대의 수평 직조기가 설치되어 있으며 한 번에 여섯 대의 방적기를 돌릴 수 있는 딴채를 제외하고도 여유 공간이 꽤 많았다. 다섯 명의 직조공들과 다른 몇몇 사람들은 시내 근방의 집에서 그곳으로 출퇴근하면서 일했다. 베스티어가는 슈루즈베리에서 가장 크고 가장 널리 알려진 직물 공장과 가게를 운영하는 집안이었다. 다만 양털을 염색하고 천을 빨아 촘촘하게 만드는 일만은 성벽 아래쪽 강가에 염색 작업장과 축융 건조 작업장을 갖고 있는 경험 많은 고드프리 풀러의 손에 맡겨지곤 했다.

베스티어가에서는 해마다 이맘때면 첫 양털을 구매하고 분류해 염색장으로 보냈는데, 바로 오늘이 그 염색된 양털을 집으로 실어 오는 날이었다. 고드프리 풀러가 직접 사람들을 데리고 저택으로 왔다. 그는 시간이 곧 돈인 사람이요, 돈과 권력을 아주 소중히 여기는 사람이었기에 어딜 가든 볼일이 끝나면 서둘러 집에 돌아가곤 했는데, 오늘은 이상하게도 전혀 서두르는 기미가 없었다. 시내 상공업자들 가운데 가장 부유한 축에 속하는 풀러는 자신의 지위를 한껏 누리며 늘 그 영역과 영향력을 확대할 만한 기회를 엿보았으니, 시중에 떠도는 소문대로 최근에는 자신에 버금가는 부를 지닌 펄 부인에게 눈독을 들인 참이었다. 자신과 결혼해 양가의 부를 합치면 얼마나 좋겠느냐며 그녀를 설득할 이 좋은 기회를 그가 그냥 흘려보낼 리 없었다.

  풀러가 얼른 떠나지 않고 미적거리자 주디스는 한숨이 절로 나왔지만 어쩔 수 없이 그에게 다과를 대접하며 그 끈질긴 설득의 말을 잠자코 들었다. 물론 그도 체면은 차릴 줄 아는 사람이라 아직 노골적인 구애에는 이르지 않았다. 집적대는 대신 사리 분별을 따져가며 논리적으로 말을 이었으니, 아닌 게 아니라 그 내용 중 틀린 얘기라고는 없었다. 두 사람의 사업을 합쳐 지금처럼 잘 운영하기만 하면 그들은 시에서는 물론이요 주에서도 막강한 위치에 올라서게 될 것이며, 적어도 부의 측면에서는 그녀 역시 그에 못지않게 많은 이득을 얻게 될 것이었다. 그는 막 쉰 줄에 들어섰으나 큰 키와 강건한 몸매와 활달한 걸음걸이, 날카로운 이목구비며 숱 많고 윤기 흐르는 잿빛 머리까지 그런 대로 괜찮은 용모와 풍채를 지닌 사람이라 남편감으로 아주 낙제점이라 할 수도 없었다. 더하여 돈 못지않게 외모와 교양 역시 중시하는 성격이니 자신의 위세를 돋보이게 하기 위해서라도 아내가 다른 어떤 여자보다 아름답고 화려한 옷차림을 갖추도록 신경 쓸 것이다.

"그래, 알겠습니다!" 그는 펄 부인이 자기 말을 귀담아듣지 않는다는 사실을 깨닫고 순순히 말했다. "나는 때를 기다릴 줄 아는 사람입니다, 부인. 하지만 승리를 앞에 두고 포기하거나 애초에 먹은 마음을 바꿀 사람은 아니지. 언제고 부인도 내 말이 전부 옳다는 걸 알게 될 겁니다. 그리고 나로선 잘생긴 낯짝 말고는 부인에게 아무것도 줄 게 없는, 빚이나 잔뜩 진 애송이 녀석들과 경쟁하는 것도 두렵지 않아요. 나는 전쟁터에서 어려운 고비를 많이 넘긴 사람입니다. 녀석들이 도전해오면 언제든지 기꺼이 응해줄 작정이에요. 부인도 분별 있는 분이니 말 등에 화려한 안장이나 얹고 다니는 겉만 번드르르한 애송이를 선택하지는 않겠지요. 그리고, 생각해보십시오. 가게 진열대 위에 올라가는 옷감과 사람들의 외출복에 이르기까지 직물과 관련된 사업 전체를 장악한다면 우리 두 사람이 얼마나 막강한 위치에 올라설 수 있는지 말입니다."

"그거야 생각해봤죠." 주디스는 그 말을 간단히 잘라버렸다. "하지만 난 재혼할 생각이 전혀 없어요."

"생각이란 변할 수 있지." 고드프리는 단호하게 말한 뒤 자리에서 일어나 주디스가 마지못해 내민 손에 입을 맞추었다.

"그건 당신 생각도 마찬가지겠죠?" 주디스가 희미하게 웃으면서 물었다.

"내 생각은 변치 않을 겁니다. 부인의 마음이 바뀔 때까지 기다리지요."

 곧 그는 왔을 때처럼 자신 있는 걸음걸이로 그곳을 떠났다. 무한한 고집과 인내가 엿보이는 태도였다. 그래도 쉰이라는 나이를 생각하면 그렇게 무한정 기다릴 수만은 없을 터, 조만간 그녀는 고드프리 풀러에게 확실한 입장을 밝혀야 할 것이었다. 하지만 지금껏 해오던 대로 그의 구애를 계속 거부하면서 공세를 받아넘기는 것 말고, 저 엄청난 자신감에 맞서 뭘 더 할 수 있을까? 그녀는 어려서부터 사람들과 사업체를 잘 관리할 수 있게끔 교육받아왔고, 그래서 지금 하는 모든 일들을 무리 없이 해낼 수 있었다. 문제는 이보다 더 많을 일을 관리할 여유가 없다는 점이었다.

 조금 떨어진 곳에서 바느질을 하고 있던 그녀의 이모 애거사 콜리어가 실을 물어 끊은 뒤 사랑하는 조카를 향해 다정한 목소리로 입을 열었다. "그렇게 정중하게 대해서는 그 남자를 떨쳐내기 힘들 거다. 그는 네 그런 태도를 호의로 받아들이고 있어."

 "그 사람도 자기 생각을 말할 권리는 있잖아요." 주디스는 무심하게 말했다. "나 역시 그럴 권리가 있다는 걸 인정해주고요. 그가 저렇게 나올 때마다 계속 거부하면 돼요."

 "그래, 나도 네가 그럴 거라는 건 안다. 그 남자는 너한테 맞는 사람이 아니야. 그자가 얘기한 젊은 녀석들도 마찬가지고. 첫사랑의 기쁨을 아는 사람에게 두 번째 사랑이란 없다는 거 너도 잘 알겠지. 차라리 혼자서 남은 인생을 보내는 편이 훨씬 나아! 그렇게 오랜 세월이 지났는데도 난 아직도 그 사람만 생각하면 가슴이 아프거든. 그가 떠난 이후로 다른 사람을 쳐다볼 수도 없었지." 여기서 창고와 속옷 관리하는 일을 하고, 또 아들을 데려와 사업 운영을 돕게 한 이래 아마 천 번은 했을 얘기였다. 한숨을 쉬고 머리를 흔들면서, 그리고 어느 틈에 흘러나온 눈물을 훔치면서. "당시 어려서 제 앞가림을 할 수 없었던 아들애만 아니었더라면 난 윌이 죽은 그해에 수녀원으로 들어갔을 거야. 수녀원에는 재산을 노리고 추근대는 젊은 녀석들도 없으니까. 거기에서라면 마음의 평화를 얻을 수 있었을 텐데……." 그녀가 제일 즐겨 이야기하는 주제였다. 심지어 가끔은 자기가 그런 말을 하고 있다는 사실조차 인지하지 못한 채 습관적으로 내뱉는 듯 보일 정도였다.

애거사는 젊은 시절 꽤 아름다웠고, 여전히 둥글둥글한 얼굴에 장밋빛이 감도는 생기 있는 피부를 지니고 있었다. 하지만 기민하게 움직이는 날카로운 푸른색 눈과 편안히 늘어져 있어야 할 때조차 늘 입가에 어려 있는 긴장된 미소, 마치 내면의 엉큼한 생각들을 감추기 위해 억지로 지어낸 듯한 미소는 그런 푸근한 겉모습에 도무지 어울리지 않았다. 어머니의 모습을 기억하지 못하는 주디스로서는 가끔 두 자매 사이에 과연 닮은 점이 있었을지 의문을 가지곤 했다. 그러나 이들 모자는 그녀의 유일한 혈육이었으니 그녀는 아무 주저 없이 두 사람을 자기 집에 받아들였다. 그녀의 이종사촌 마일스는 밥벌이 이상의 역할을 하는 사람이었다. 남편 에드러드의 건강이 서서히 악화되는 동안, 그리고 그녀가 남편과 앞으로 태어날 아기 외에는 어떤 생각도 할 여유가 없던 시기에 사업을 잘 관리해준 이도 바로 그였다. 가게에 복귀했을 때 그녀는 차마 마일스에게서 사업 관리자의 역할을 돌려받을 수 없었고, 그리하여 자신이 할 일을 하고 일이 돌아가는 모든 상황을 꼼꼼하게 챙기면서도 관리의 역할만큼은 마일스에게 그대로 맡겨둔 터였다. 사실 그렇게 큰 사업체를 운영할 때 남자를 전면에 내세우는 편이 더 낫기도 했다.

"나는 그렇게 고요하고 평화롭게 살 팔자가 아니었던 게야." 애거사가 한숨을 내쉬더니 평퍼짐한 무릎에 바느질감을 내려놓고 눈물 한 방울을 떨구며 말을 이었다. "세상에서 해야 할 의무가 남아 있었으니까. 하지만 네겐 딸린 자식도, 너를 이 세상에 묶어놓을 만한 것도 전혀 없으니 마음만 먹으면 홀가분하게 떠날 수도 있겠지. 너도 언젠가 그런 얘기를 꺼낸 적이 있었잖니. 애야, 잘 생각해야 한다. 무슨 일이든 서둘러서는 안 돼. 하지만 너를 붙잡아맬 만한 게 없다면 그렇게 한다 해도 어쩔 수 없지."

그래, 날 붙잡아맬 만한 건 하나도 없지! 주디스는 생각했다. 이따금 그녀에겐 세속 생활이라는 게 더없이 지겹고 공허한, 더 이어갈 가치가 없는 것으로 여겨지곤 했다. 이제 하루 이틀 안에, 아마도 내일쯤, 매그덜린 수녀가 에드먼드 수사의 조카딸을 데려가기 위해 폴스워스 수녀원[11]에 딸린 숲속의 작은 수녀원 고드릭 포드에서 이리로 올 것이다. 어쩌면 그분은 두 명의 열성적인 수련 수녀를 데리고 돌아가게 될 수도 있으리라.

*

　이튿날 이른 오후 매그덜린 수녀가 도착했을 때, 주디스는 다른 일꾼들과 함께 실 잣는 방에 있었다. 오빠나 남동생이 없어 이 직물 상회의 상속인이 된 그녀는 양털을 빗질하고 보풀을 세워 실을 뽑는 일에서부터 옷감을 짜고 재단하는 마지막 작업에 이르기까지 모든 기술을 익혔지만, 물레질하는 솜씨만은 그다지 시원치 못했다. 그녀의 앞에 놓인 양털 다발은 적갈색을 띠고 있었다. 염료들도 계절마다 다른 것들이 나왔는데, 전해 여름에 들여온 푸른색 염료는 으레 이듬해 4월이나 5월에 동이 났고, 그러면 이어서 빨간색, 갈색, 노란색 염료를 이용해 천을 짜곤 했다. 고드프리 풀러가 이끼와 꼭두서니로 그런 염료를 생산해냈다. 그는 염료 만드는 방법을 잘 알았으며, 그가 가져가 축융 처리를 한 천들은 쉽게 변색되지 않는 선명한 빛깔을 띠어 비싼 값에 팔리곤 했다.

　방으로 들어와 그녀를 부른 사람은 마일스였다. "널 찾아온 분이 있어." 그는 주디스의 어깨 너머로 손을 뻗어 물레에서 뽑은 실 한 가닥을 조심스럽게 비벼보고는 그런대로 괜찮다는 표정을 지어 보였다. "고드릭 포드에서 온 수녀님이라던데. 네 방에서 널 기다리고 계셔. 여기 수도원 수사님한테서 네가 그분과 이야기를 나누고 싶어한다는 얘길 들었다고 하시더라고. 설마 아직도 세속을 떠난다는 생각을 하는 건 아니겠지? 그런 말도 안 되는 희망은 벌써 버린 줄 알았는데."

"캐드펠 수사님께 수녀님을 뵙고 싶다고 말씀드렸어." 주디스가 물렛가락을 멈추고 말했다. "그뿐이야. 수녀님이 새 수련 수녀를 데려가느라 여기 오신다기에…… 수도원 진료소 일을 맡고 있는 수사님의 조카딸 말이야."

"바보짓은 하지 마. 두 번째 수련 수녀로 널 데려가달라고 부탁할 생각은 하지 말란 얘기야. 워낙 엉뚱한 짓을 곧잘 하는 애라 영 마음을 놓을 수가 없네." 그는 장난스럽게 말하며 친누이에게 하듯 그녀의 어깨를 툭 쳤다. "고작 장미꽃 한 송이에 수도원 앞대로의 그 좋은 땅을 넘겨주더니, 이젠 너 자신을 넘겨주는 것으로 바보짓을 마무리 지으려는 건 아니겠지?"

주디스보다 두 살이 많은 그는 사촌 누이에게 지혜로운 충고를 건네는 연장자 노릇을 하면서도 장난스러운 태도로 분위기를 눅이곤 했다. 강인하면서도 유연한 성품에 균형 잡히고 잘 단련된 몸매를 지녔으며, 직물업 경영만이 아니라 말 타기와 레슬링, 활쏘기에도 능한 젊은이였다. 그는 어머니로부터 예민한 푸른 눈과 연갈색 머리를 물려받았지만, 어머니가 풍기곤 하는 오만함은 어디에서도 찾아볼 수 없었다. 애거사의 흐리멍덩함과 알팍함이 아들에게 오며 명쾌함과 단호함으로 변모한 듯했다. 주디스로서는 사촌 오라비를 기꺼이 곁에 두고 사업과 관련된 모든 문제들을 그의 견실한 판단력에 의존할 만한 충분한 이유가 있는 셈이었다.

"내 인생은 내가 결정해." 그녀가 적갈색 실패와 물렛가락을 조심스럽게 내려놓고 일어서면서 대꾸했다. "어떻게 하는 게 내게 가장 좋은 것인지 알기만 한다면 말이야. 하지만 솔직히 말해서 지금은 형편없이 헤매고 있는 게 사실이야. 난 그저…… 그 수녀님과 얘기를 나눠보고 싶어. 그분, 매그덜린 수녀님을 좋아하거든."

"나도 마찬가지야. 하지만 그분한테 널 넘겨주기는 싫어. 네가 없으면 이 집은 쓰러지고 말 거야."

"바보 같은 소리!" 주디스가 날카롭게 말했다. "나 없이도 모든 게 잘되어가리라는 건 오빠도 잘 알잖아. 이 집 지붕을 떠받치고 있는 사람은 내가 아니라 오빠야."

그가 반박했더라도 주디스는 듣지 못했을 것이다. 그녀는 무슨 대답이든 더 이상 들을 생각이 없었다. 그저 다독이듯 마일스를 향해 싱긋 웃어 보이곤 그의 소매를 가볍게 건드리며 손님이 있는 곳으로 걸음을 옮길 뿐이었다. 마일스는 냉혹하리만치 솔직한 사람이었다. 그녀의 말이 사실임을, 그녀 없이도 자기 혼자서 이곳의 모든 것을 잘 운영해나갈 수 있음을 그는 알고 있었다. 이러한 속내를 드러내는 그의 침묵이 주디스의 가슴을 아프게 찔렀다. 정말 그래, 그녀는 생각했다. 나는 여기 있든 없든 아무 상관없는, 이 세속에서는 별 쓸모가 없는 사람이야. 그러면 세속을 떠난 곳에서는 보다 쓸모가 있는 사람일까? 그에 대해서는 더 생각해봐야겠지. 마일스는 세속을 떠날 생각 같은 건 하지 말라고 했지만, 그 말이 오히려 그녀의 가슴속에 자리 잡은 공허함을 건드려 수녀원에 가야겠다는 생각을 한층 부추긴 참이었다.

검은 수녀복 차림의 매그덜린 수녀는 주디스가 쓰는 조그만 방, 덧문이 열린 창문 아래 푹신한 장의자에 차분하면서도 편안한 자세로 앉아 있었다. 애거사는 그녀가 어렵고 두려운지 과일과 포도주만 가져다놓고 금세 나가버렸다. 주디스는 손님 곁에 앉았다.

"캐드펠 수사님께 들었어요." 매그덜린 수녀가 담담하게 입을 열었다. "부인이 어떤 문제를 놓고 고민하시는지 말예요. 그분이 부인께 들은 이야기 그대로 전해주시더군요. 나로서는 부인에게 이렇게 하라 저렇게 하라 이야기할 입장이 못 돼요. 결국 결정을 내릴 사람은 부인이고, 다른 누구도 부인을 대신해줄 수 없죠. 부인의 상실감이 얼마나 컸을지는 나도 대충은 짐작할 수 있어요."

"저는 수녀님이 부러워요." 주디스는 꼭 잡은 자신의 두 손을 내려다보면서 말했다. "수녀님은 친절한 분이시고, 또 제가 알기로 지혜롭고 강한 분이시기도 하죠. 지금 저는…… 저 자신이 어떤 존재인지 모르겠고, 그저 누군가에게 의지하고만 싶어요. 물론 이곳에서 잘 살아가며 일도 하지요. 이 집과 가족에, 제 할 일에 소홀했던 적은 없어요. 하지만 그 모든 건 저 없이도 잘 굴러갈 거예요. 제 사촌 오라비 마일스는 아니라고 하겠지만, 진실은 나도 마일스도 잘 알고 있어요. 저는 다른 곳에서 제 소명을 찾았으면 해요. 그곳이 제게 가장 좋은 피난처가 될 거예요."

"부인에겐 소명 의식이 없어요." 매그덜린 수녀가 날카롭게 지적했다. "게다가, 소명에 대해 이야기할 입장이 아니라고도 할 수 있죠." 이어 한 줄기 따뜻한 빛처럼 그녀의 얼굴에 미소가 스치며 보조개가 살짝 패었다가 사라졌다.

"그래요. 캐드펠 수사님도 같은 말씀을 하셨어요. 종교 생활이 차선책이 되어서는 안 된다고 하시더군요. 오로지 최선책으로서 선택해야 한다고, 은신처를 구하는 마음에서가 아니라 간절한 열망을 갖고 결정해야 한다고요."

"아마 그건 나한테 하고 싶었던 얘기일 거예요." 매그덜린이 퉁명스럽게 내뱉고는 말을 이었다. "하지만 나 역시 내가 한 일을 다른 이들에게 권하고 싶지는 않아요. 솔직히 말해, 난 다른 여자에게 본을 보일 만한 사람이 못 돼요. 과거에 나는 내가 선택한 삶을 살았고, 그런 삶의 죄를 다 갚아내려면 아직도 한참 더 시간을 보내야 하죠. 언제까지든, 나는 군소리 없이 남은 죄를 모두 갚을 작정이에요. 하지만 부인은 그런 빚을 지지 않았잖아요. 수녀원에 들어올 이유가 없어요. 그 대가가 얼마나 큰지 부인은 모를 거예요. 내가 보기에, 마음을 정하기까지는 더 기다리는 편이 좋을 것 같네요. 부인의 재산을 좋은 곳에 사용하면서 말이에요."

주디스는 오랜 생각 끝에 서글프게 입을 열었다. "지금 이 세속에서 제가 구할 만한 게 있을지 잘 모르겠어요. 하지만 지금 수녀원에 들어가는 것이 거짓 속에 숨으려는 짓이나 다름없다는 수녀님과 캐드펠 수사님 말씀은 옳아요. 제가 수녀원에서 얻기를 바라는 건 저를 바깥세상으로부터 차단해줄 벽과 그 벽에 둘러싸인 고요함일 뿐이니까요."

"우리 수녀원의 문은 그곳을 필요로 하는 어떤 여자에게도 열려 있다는 점을 알아두세요." 매그덜린 수녀가 힘주어 말했다. "그곳의 고요함은 서약한 여인들만의 전유물이 아니에요. 앞으로 혼자 조용히 생각하면서 몸과 마음을 쉬게 하고 잃어버린 용기를 회복할 만한 곳이 간절히 필요할 때 그 사실을 기억해요. 이런, 충고하지 않겠다고 말해놓고는 충고를 하고 있네요…… 어쨌든 지금은 닥쳐오는 일들을 있는 그대로 받아들이며 차분히 기다리는 게 좋겠어요. 그러다 숨을 곳이 필요할 땐 고드릭 포드로 오시고요. 잠시 들르든 오래 머물든 상관없어요. 부인이 안고 있는 고민거리도 함께 갖고 오세요. 부인은 얼마든지 그곳에 머물며 치유받을 수 있을 거예요. 다만 간절한 의지가 없는 한 서약은 하지 말고요. 부인이 다시 세상에 나가도 괜찮을 때까지 내가 그 문을 굳게 지켜줄게요."

*

그날 밤 저녁 식사 후 늦은 시각, 닐은 롱숲 변두리의 활짝 트인 덤불 지대에 자리한 풀리 영지의 목재 주택 현관문을 열고는 막 어둠이 내리기 시작한 바깥 풍경을 내다보았다. 이곳 여동생

부부의 집에서 수도원 앞 대로에 있는 집으로 가려면 5킬로미터쯤 걸어야 했으나, 길이 워낙 익숙해 날씨가 좋은 날이면 산책하듯 즐겁게 돌아갈 수 있었다. 일주일에 한두 번, 그는 하루 일을 마친 뒤 이곳에 왔다가 어두워지면 돌아가 다음 날 아침 일찍 다시 작업장으로 향하곤 했다. 그런데 그날 밤에는 밖에 비가 내리고 있었다. 그는 깜짝 놀랐다. 비가 너무 조용히 내리는 탓에 집 안에 있는 동안에는 이를 까맣게 모르고 있었던 것이다.

"하루 자고 가." 여동생이 그의 곁에서 말했다. "굳이 비를 맞으면서 갈 필요 없잖아. 보아하니 아침까지 내리지는 않을 것 같은데."

"괜찮아. 비 좀 맞는다고 큰일 나는 것도 아니고." 닐이 담담하게 대꾸했다.

"갈 길이 그렇게 먼데? 바보 같은 짓 말아." 세실리가 그를 만류했다. "빈방도 있으니 여기서 하룻밤 자고 가. 우리 식구들 모두 좋아하리라는 거 알잖아. 내일 새벽 일찍 깨워줄 테니까 그때 일어나서 가."

"그 문 닫고 이리 와서 한잔 더 해요." 테이블에 앉아 있던 존도 다그치듯 거들었다. "밖에서 젖는 것보다 안에서 젖는 게 더 낫지. 아이들을 재우고 우리 셋에서만 조용히 이야기할 시간을 가질 기회가 자주 오는 것도 아니잖아요."

다람쥐처럼 활기찬 아이들 넷과 함께 지내느라 어른들끼리 조용히 이야기할 시간을 갖지 못했던 것도 사실이었다. 그들은 아이들의 온갖 요구에 일일이 응해줘야 했다. 장난감을 고쳐주고, 놀이를 함께하고, 이야기를 해주고, 노래를 불러주고……. 세실리의 두 아들과 딸은 각각 열 살, 여덟 살, 여섯 살이었고, 닐의 딸아이는 막내이자 다른 아이들의 귀염둥이였다. 이제 네 아이는 조그만 다락에 깔린 건초 매트리스 위에 한배에서 난 강아지들처럼 나란히 누워 곤하게 잠들었으니, 세 사람은 홀의 테이블에 둘러앉아 아이들을 돌볼 걱정 없이 자유롭게 이야기를 나눌 수 있을 터였다.

닐에게 그날은 즐거운 하루였다. 주디스의 허리띠에 맞는 새 버클을 주조하고 장식하고 윤을 낸 것이다. 그는 자신이 새로 만들어낸 물건이 마음에 들었다. 내일이면 그녀가 그걸 가지러 올 테고, 그걸 받아 드는 그 얼굴에 기쁜 빛이 돈다면 그로서는 충분한 보상을 받는 셈이다. 그래, 이 집에서 편안하게 밤을 보내고 내일 아침 비에 씻긴 상쾌한 숲길을 따라 집에 간들 무슨 상관이랴.

그는 푹 잤다. 그러곤 새벽빛이 움터올 무렵 듣기 좋은, 그러면서도 귀가 따갑게 재잘대는 새들의 요란한 울음소리에 깨어났다. 세실리는 벌써 일어나 부지런히 움직이면서 그에게 줄 맥주와 빵을 준비하고 있었다. 선하고 온유한 성품을 지니고 남편과 함께 행복한 삶을 누리는 여동생. 그녀는 아이들을 다루는 데 있어서도 탁월한 솜씨를 보였으니, 엄마 없는 아이가 이곳에서 즐겁게 지내는 것도 당연한 일이었다. 세실리의 남편 존 스터리는 닐의 아이를 대신 키워주면서도 아무런 대가를 바라지 않고 그저 이렇게 말할 뿐이었다. 둥지에 새끼들이 가득한데, 어린 새 한 마리 더 있다고 해서 무슨 상관이겠어요? 아닌 게 아니라, 그들에겐 이곳이 둥지나 마찬가지였다. 들판과 숲을 잘 살피고, 장원 둘레에 잡목림 울타리를 조성해 사슴의 침입을 막고, 모티머의 아담한 장원을 성실하게 관리하면서 이들은 큰 부족함 없이 안정적으로 살아갔다. 아이들이 지내기에는 더없이 좋은 환경이었다. 하지만 딸을 남겨둔 채 혼자 시내로 떠날 때마다 닐은 발걸음이 무거웠다. 태어나서부터 그곳에서 자란 자신의 딸이 제 아빠가 누구인지 잊을까 봐, 저 스스로를 스터리의 막내아이로 여길까 봐 두려웠고, 그래서 그는 더욱 자주 그 집에 가곤 했다.

닐은 습하면서도 달콤한 새벽 공기를 마시며 길을 떠났다. 얼마 전에야 비가 그쳤는지 풀잎들에 아직 물방울이 맺혀 있었지만 맨땅은 이미 빗물을 흡수하여 마르기 시작한 터였다. 동녘의 햇살이 숲을 뚫고 낮게 들이쳐 땅바닥에 밝고 어두운 갖가지 형상을 그려냈다. 조금 전까지만 해도 요란하고 시끌벅적하던 새소리는 녀석들의 분주한 움직임과 함께 점차 편안하고 부드러운 소리로 바뀌었다. 숲속의 어미 새들 역시 둥지마다 가득 들어찬 새끼들을 먹이기 위해 하루 종일 부지런을 떨어야 하리라.

롱숲 가장자리를 가로질러 1킬로미터 남짓 걸어가자 히스와 덤불이 점점이 흩어진 넓은 들판이 나타났다. 이윽고 그는 교회가 없는 작은 마을, 브레이스 메올에 이르렀다. 거기서부터는 잘

다져진 길이 이어졌다. 시내가 가까워지면서 길은 마차가 다닐 수 있을 만큼 넓어졌다. 그는 메올천을 건너 시내 입구의 좁은 돌다리와 수도원 곁 물방앗간 저수지 사이에 자리한 동네로 접어들었다. 일찍 출발해 부지런히 걸어온 터라 주민들 대부분은 아직 잠자리에 있었고, 몇몇 농부들과 일꾼들만 일어나 일을 하고 있다가 그에게 인사를 건넸다. 아직 아침기도 시간이 되기 전이라 교회에서도 아무런 소리가 들려오지 않았다. 수사들의 잠을 깨우는 종소리만 희미하게 울려 퍼졌다. 큰길을 적신 빗물은 이미 마른 뒤였으나 정원의 토양은 물기를 머금은 채 풍요로운 성장을 약속하는 듯 짙은 빛깔을 띠고 있었다.

닐은 집 담장에 난 대문을 통해 마당으로 들어가 가게 문을 열고 하루의 일과를 준비하기 시작했다. 주디스의 허리띠는 둘둘 말린 채 선반 위에 얌전히 놓여 있었다. 그걸 내려 다시 한번 어루만져보고 싶은 마음을 그는 지그시 억눌렀다. 자신은 그녀에게 아무 권리가 없는 사람이고 앞으로도 그럴 테니까. 하지만 적어도 오늘은 그녀를 보고 그 목소리를 들을 수 있을 것이며, 닷새 후에는 그녀의 집에서 또다시 그녀를 만나게 되리라. 어쩌면 장미꽃을 건네는 순간 두 사람의 손이 서로 맞닿을 수도 있지 않을까? 그러지 않아도 짧은 생애 동안 이미 너무나 많은, 너무나 날카로운 가시에 찔려온 그녀가 작은 기쁨이나마 누릴 수 있게끔 그는 그녀에게 줄 꽃을 아주 신중하게 선택할 작정이었다.

그런 생각에 떠밀려 닐은 무심코 마당으로 나가, 거기서 다시 담장에 난 쪽문을 통해 뒤편 정원에 들어섰다. 밤사이 자리 잡은 실내의 냉기 속에 있다가 나가니 과일나무 가지들 사이를 뚫고 들어와 화초들이 무성하게 자라는 화단 너머로 환하게 떨어지는 햇살이 너무도 포근하고 따사롭게 느껴졌다. 그 순간, 그는 쪽문 너머로 한 발을 내딛다 말고 놀라서 걸음을 멈추었다.

북쪽 담에 기대어 자라던 장미나무의 가지들이 돌벽에서 떨어져 나간 채 옆으로 비스듬히 기울고, 굵은 줄기는 위에서 아래로 길게 갈라져 전체 무게의 3분의 1가량을 지탱하고 있던 부분이 아래쪽으로 맥없이 늘어져 있었다. 풀밭의 흙은 치열한 개싸움이라도 벌어진 양 마구 짓뭉개진 채였고, 그 싸움터 바로 옆에는 풀에 반쯤 잠긴 흙투성이의 검은 무더기 하나가 조용히 웅크리고 있었다. 그곳을 향해 채 세 걸음도 옮기기 전에, 닐은 그 무더기에서 튀어나온 하얀 발목과 검고 넓은 소맷자락 밖으로 뻗어 나온 팔, 땅을 꽉 움켜쥔 손, 그리고 검은 배경 속에 유난히 두드러져 보이는, 동그랗게 삭발한 정수리를 분명히 알아볼 수 있었다. 제 몸보다 훨씬 큰 수사복을 걸친 젊고 여윈 수사, 부상을 당해 쓰러졌는지 죽었는지 모를 저 수사는 여기 상처 난 나무 밑에서 대체 뭘 하고 있었던 것일까?

닐은 가까이 다가가 그의 곁에 한쪽 무릎을 꿇고 앉았다. 어찌나 두려운지 상대를 건드릴 엄두가 나지 않았다. 이내 쭉 뻗은 손 바로 곁에 떨어져 있는 칼이 눈에 들어왔다. 칼날에는 바싹 말라 윤이 나는 핏자국이 묻어 있었다. 자세히 보니 몸 밑의 흙에 배어

든 것은 빗물이 아닌 검은 액체였다. 검고 넓은 소맷자락 밖으로 나온 팔뚝은 눈부시게 희고 매끄러웠다. 아직 앳된 청년 같았다. 닐은 마침내 한 손을 뻗어 그의 몸을 만져보았다. 차갑지는 않으나 이미 온기가 사라져 있었다. 그는 죽어 있었다. 닐은 두려운 마음으로 한 손을 조심스레 머리 밑에 집어넣었다. 아침 햇살이 흙투성이가 된 엘루릭 수사의 얼굴을 비추었다.

4

 누가 시키지도 않건만 젊은 수사든 늙은 수사든 가리지 않고 늘 모두의 행동을 주시하며 그들의 머릿수를 세곤 하는 제롬 수사는, 다들 아침기도에 참석하느라 부지런히 움직이는 가운데 오직 한 방만 쥐 죽은 듯 고요하다는 사실을 눈치채고 다소 놀랐다. 그 방의 주인이 다름 아닌 미덕의 표본으로 평가받는 엘루릭 수사이기 때문이었다. 고결한 자도 이따금 한 번씩 타락할 수 있는 법, 이 모범적인 수사를 나무랄 수 있는 흔치 않은 기회를 그로서는 절대로 놓칠 수 없었다. 그러나 이는 제롬 혼자만의 생각이었으니, 모처럼 경건한 훈계를 늘어놓기 위해 떠올려두었던 말들도 무용지물이 되어버렸다. 막상 문을 열어보니 단정하게 정돈된 침대와 좁은 책상 위에 펼쳐진 성무일도서만 눈에 띌 뿐 방이 텅 비어 있었던 것이다. 아마 엘루릭 수사는 다른 이들보다 먼저 일어나 이미 교회 어딘가에서 무릎 꿇고 기도를 드리고 있는 모양이었다. 제롬 수사는 마치 엘루릭에게 속은 듯한 기분에 사로잡혀 방문을 쾅 닫고서, 졸음기가 채 가시지 않은 흐리멍덩한 눈을 하고는 하품을 하며 계단을 내려오는 다른 이들을 평소처럼 못마땅한 눈길로 훑어보았다. 그는 헌신적인 태도라는 면에서 기준에 미치지 못하는 사람들은 물론이요, 그 자신을 능가하는 사람들도 못마땅하게 여겼다. 그러니 엘루릭은 어떻게 해도 화를 모면하기 힘들 것이었다.

수사들이 모두 성가대석에 자리 잡자 안젤름 수사의 선창으로 기도가 시작되었다. 참 신기한 일이야, 제롬 수사는 생각했다. 쉰이 넘은 나이에, 평소에는 다른 이들보다 더 낮고 깊은 울림을 지닌 음성을 내는 사람이 노래할 땐 어떻게 저토록 완벽한 목소리로 소년 선창자들처럼 높은 음역을 자유롭게 넘나들 수 있지? 어떻게 감히! 이어 제롬은 다시 머릿수를 세기 시작했고, 자신이 기대했던 바를 확인하자 기쁨을 금치 못했다. 숫자가 하나 비었다. 다름 아닌 엘루릭 수사였다. 그동안 힘과 위엄을 지닌 로버트 부원장의 총애를 받아온, 그리하여 제롬 자신에겐 질시의 대상이 되었던 그 타락한 모범생 녀석 말이다! 이제 아주 혼쭐을 내주리라! 부원장으로 말하자면, 수사들의 머릿수를 세어 의무를 태만히 하는 이들을 적발해내는 좀스러운 짓 같은 건 절대로 하지 않았으나 자신에게 이러한 사실을 알려주는 이들의 말에는 주의 깊게 귀를 기울이는 사람이었다.

　아침기도가 끝나자 수사들은 손을 씻고 식사를 하기 위해 숙사로 이어지는 계단을 열 지어 올라갔다. 제롬은 일부러 뒤처졌다가 살며시 로버트 부원장 곁으로 다가가 그의 귀에다 대고 속삭였다. "부원장님, 아침기도에 참석하지 않은 사람이 있습니다. 예배당 안에 엘루릭 수사가 보이지 않아요. 자기 방에도 없고요. 아까 보니 방이 말끔히 정돈되어 있길래 전 그가 우리보다 먼저 예배당에 갔겠거니 생각했는데…… 이렇게 제 의무를 소홀히 한 채 어디 가 있는 건지, 저로서는 도무지 짐작이 가지 않는군요."

　"그거 이상하군!" 로버트 부원장이 걸음을 멈추고 이맛살을 찌푸렸다. "다른 사람도 아닌 그 형제가! 세인트메리 교회도 들여다보았소? 일찍 일어나 제단을 보살피고 그 앞에서 기도를 드리다가 잠들었을지도 모르오. 우리 가운데 가장 착실한 사람도 때론 그럴 수 있지."

　하지만 엘루릭 수사는 세인트메리 교회에도 없었다. 로버트 부원장은 급히 걸음을 옮겨, 큰 마당을 가로질러 자신의 숙사로 가고 있던 원장을 따라잡았다.

　"원장님, 엘루릭 수사의 일로 드릴 말씀이 있습니다."

　그의 입에서 튀어나온 이름에 라둘푸스 원장이 즉시 고개를 돌려 확고하고도 신중한 표정으로 부원장을 쳐다보았다. "엘루릭 수사? 그 형제에게 무슨 일이라도 생겼소?"

"아침기도에 참석하지 않았습니다." 부원장이 대답했다. "수도원 어디에서도 그의 모습을 찾을 수가 없어요. 이 시각에 그가 있을 만한 곳을 모두 뒤져봤는데도 보이지 않더군요. 기도에 참석하지 않은 건 도무지 그답지 않은 행동입니다."

"그렇지. 그토록 헌신적인 형제인데……." 원장은 멍하니 대꾸했다. 이 순간 그의 마음은 응접실에서 마주했던 엘루릭의 모습으로, 그가 제 부정한 사랑, 그러나 용감하게 이겨낸 사랑을 고백하던 순간으로 돌아가 있었다. 더없이 진지하면서도 금방이라도 쓰러질 듯 연약하고 불안해 보였던 모습이 지금의 상황과 너무나 잘 맞아떨어지는 것 같았다. 고해와 사죄, 자신의 마음에 유혹의 씨앗을 뿌리던 의무로부터 풀려난 것으로는 충분치 않았단 말인가? 이제 어떻게 해야 할까? 라둘푸스는 우유부단한 사람이 아니었지만 이 순간만큼은 어찌할 바를 몰라 머뭇거릴 수밖에 없었다. 그때 옷자락과 소맷자락을 펄럭이며 급하게 달려오는 문지기 수사가 그의 시선을 붙잡았다.

"원장님, 정문으로 사람이 찾아왔습니다. 펄 부인의 옛집에 세들어 사는 청동 세공인이 당장 원장님을 뵈어야겠다고 합니다. 아주 급한 일이라는데 제게는 자세히 얘기하지 않아서―"

"내 그리로 가겠소." 라둘푸스가 얼른 대답하고는 자신을 따라오려는 부원장에게로 고개를 돌렸다. "형제는 사람을 시켜 정원과 창고, 마당 구석구석을 더 살펴보게 하고, 그래도 엘루릭 형제가 보이지 않거든 내게 와주시오." 위엄 있는 목소리로 지시를 내린 뒤 단호하게 몸을 돌려 정문 쪽을 향해 성큼성큼 걸어가는 서슬에 로버트는 감히 그를 따라갈 엄두를 내지 못했다.

큰일이 생긴 게야, 문지기실로 향하며 수도원장은 생각했다. 이 일에는 너무나 많은 줄기들이 복잡하게 얽혀 있었다. 장미의 부인, 장미의 집, 엘루릭이 두려워하던 의무, 그 의무를 기꺼이 떠맡겠다고 나선 세입자, 그리고 이제 수도원에서 사라진 엘루릭과 밖에서 막 들어왔다는 소식. 이 날줄들과 씨줄들이 뒤얽혀 하나의 배경을 만들어내기 시작했으니, 그 빛깔은 음산하기 그지없었다.

닐은 문지기실 앞에서 원장을 기다리고 있었다. 여름 햇볕에 갈색으로 그을린 피부에 광대뼈가 두드러진 평퍼짐한 그의 얼굴은 충격으로 파랗게 질려 있었다.

라둘푸스는 탐색하는 눈빛으로 그의 얼굴을 지그시 응시하면서 조용히 입을 열었다. "그대가 날 보자고 했소? 그래, 내게 전하려는 급한 소식이란 게 뭐요?"

"제일 먼저 원장님께 이 일을 알려 적절한 조치를 취하시도록 하는 게 좋겠다는 생각에 이렇게 찾아뵈었습니다." 그가 말했다. "어제 전 누이동생의 집에 갔다가 비가 오는 바람에 그 집에서 밤을 보내고 오늘 아침에야 돌아와 정원으로 나갔습니다. 거기서 펄 부인의 장미나무가 칼질을 당해 상해 있고, 이 수도원의 수사 한 분이 죽어 그 밑에 쓰러진 것을 보았죠."

"혹시…… 그대가 아는 사람이오?" 짧지만 깊은 침묵 뒤에,

라둘푸스가 물었다. "그렇다면 그 수사의 이름을 얘기해보시오."

"예, 저도 아는 분입니다. 그분이 펄 부인에게 전달할 장미꽃을 가지러 세 번이나 정원에 왔었거든요. 세인트메리 교회의 제단을 관리하는 엘루릭 수사님입니다."

이번 침묵은 아까보다 길고 깊었다. 이윽고 원장이 짧게 물었다. "그 사람을 발견한 게 언제였소?"

"아침기도가 한창일 무렵이었을 겁니다. 기도 시간 직전에 제가 교회 옆을 지나쳤거든요. 그분을 발견하자마자 곧장 달려왔지만, 원장님이 기도를 주재하시는 걸 방해하면 안 된다고 문지기 수사님이 막아 세우시기에 쭉 여기서 기다리고 있었습니다."

"현장을 그대로 두었소? 아무것도 건드리지 않고?"

"얼굴을 확인하느라 머리를 좀 쳐든 것 말고는 무엇도 건드리지 않았습니다. 그분은 제가 발견했던 곳에 그대로 있습니다."

"다행이군!" 모든 게 마구 뒤틀려 돌아가는 와중에 한 가지 일이나마 제대로 처리된 것에 감사하는 마음으로 무심코 내뱉었지만, 그는 이내 부적절한 말을 한 양 몸을 움찔했다. "내가 두어 사람을 불러올 테니 잠시 기다려주시오. 그들이 오면 함께 정원으로 가봅시다."

*

그가 부원장을 포함한 다른 이들에게는 일절 비밀에 부친 채 현장에 데리고 간 이들은 주디스 펄과 함께 작성한 계약서의 수도원 측 증인들인 안젤름 수사와 캐드펠 수사였다. 엘루릭 수사가 안고 있던 고민에 대해 그랬던 것처럼, 그는 그와 관련한 이 유감스러운 소식에 대해서도 그들 두 사람에게만 알려주었다. 엘루릭의 고해신부이자 부원장인 리처드는 직무상 들은 일에 관해 일절 입을 다물고 있어야 하는 처지였고, 또 원장이 보기에는 이런 음산한 사건에서 지혜로운 조언을 해줄 만한 사람이 못 되었다.

이제 세 사람은 검은 주름으로 이루어진 무더기의 형상으로 쓰러져 있는 엘루릭 수사의 시신과 그의 쭉 뻗은 손, 무참하게 손상된 장미나무와 피 묻은 칼을 둘러싸고 조용히 서 있었다. 닐은 몇 발짝 떨어진 자리에 서서, 그들이 물으면 언제라도 대답할 준비를 갖춘 채 그들과 시신을 주의 깊게 바라보았다.

"끔찍한 고통에 시달린 가여운 영혼이여……." 라둘푸스가 침중하게 입을 열었다. "아무래도 내가 엘루릭 형제를 이렇게 만든 것 같소. 그의 병은 내가 생각했던 것보다 훨씬 더 위중했는데…… 그는 자신의 의무를 면제해달라 간청했지만 그렇다고 다른 이에게 넘겨주기는 싫었던 거요. 그래서 결국 여기 와 나무를 쓰러뜨리려 했던 거지. 그리고 저 자신도."

"원장님께서는 그렇게 보십니까?" 안젤름이 물었다. "이 형제가 스스로 목숨을 끊은 것으로 생각해야 할까요? 아무리 딱한 처지에 놓였기로서니……."

"그게 아니면 뭐겠소? 그는 자신도 모르게 빠져든 사랑에 제정신을 놓아버렸소. 다른 사람이 자기를 대신해 그 부인을 만나는 상황이 견딜 수 없었던 게지. 아니면 무엇 하러 한밤중에 수도원을 몰래 빠져나와 이 정원으로 왔으며, 무엇 하러 이 나무를 베어버리려 했겠소? 그리고 나서도 절망감에 못 이겨 장미와 더불어 자기 자신마저 파괴하자는 부정한 유혹에 사로잡히고 말았던 거요. 부인의 기억 속에 자신의 모습을 선연하게, 그리고 영구히 아로새길 수 있는 방법으로 이보다 더 좋은 방법이 어디 있겠소? 두 분 형제는 그가 얼마나 깊은 절망감에 빠져 있었는지 잘 알 거요. 게다가 그의 손 곁에 저 칼이 있잖소."

그것은 단검이 아니라 자루가 길고 날이 얇으면서도 매우 날카로운, 아주 좋은 칼이었다. 경험 많은 사람이라면 식탁에서 고기를 썰기도 하고 여행 중 노상강도나 멧돼지를 겁주어 쫓아버리는 등 갖가지 용도로 쓸 수 있으리라.

"손에 쥐고 있는 게 아니라 손 곁에 떨어져 있지요." 캐드펠이 짤막하게 말했다.

두 수사가 일말의 기대를 품은 눈길로 캐드펠을 조심스럽게 쳐다보았다.

"이 형제의 손을 보십시오." 캐드펠은 천천히 말을 이었다. "마치 땅바닥을 움켜쥐려는 듯한 모양입니다. 그리고 칼에는 자루에 이르기까지 온통 피가 묻어 있지만 손에는 전혀 핏자국이 없어요. 그의 손은 처음부터 이 모양 그대로 굳어버린 겁니다. 애초에 칼을 잡은 적이 없었던 거죠. 게다가 형제의 허리띠에 칼집도 없잖습니까. 상식 있는 사람이라면 칼집도 없이 이런 칼을 가지고 다닐 리 없습니다."

"제정신이 아닌 사람이라면 그럴 수 있지." 라둘푸스가 유감스럽다는 듯 말을 이었다. "장미나무를 베어버리기 위해서라도 그 형제에겐 칼이 필요했을 거요."

"이 나무를 다치게 한 건 칼이 아닙니다." 캐드펠은 단호하게 말했다. "그럴 수가 없죠! 이렇게 굵은 줄기를 잘라내려면 아주 날카로운 칼을 가지고도 30분은 족히 톱질하듯 썰어대야 했을 겁니다. 게다가 이건 더 무거운 무기, 낫이나 도끼 같은 도구가 만든 자국이에요. 그런 것으로 줄기 윗부분을 내리쳤겠죠. 그러다 날이 아래쪽으로 쏠리면서 이 굵은 줄기에 박혔고요."

"내가 알기로 엘루릭 형제는 그런 도구를 다뤄본 적이 거의 없는 사람인데." 안젤름 수사가 이맛살을 찌푸린 채 중얼거렸다.

"그리고 정황으로 보건대 두 번을 내리치지는 않은 듯합니다." 캐드펠은 말을 이어갔다. "만일 그랬다면 나무가 훨씬 더 심하게 절단되었겠죠. 제가 생각하기에는 첫 번째 타격도 빗나갔는데, 아마 누군가의 방해 때문이었던 것 같습니다. 다른 누가 도끼를 휘두르는 팔을 움켜잡았고, 그 바람에 도끼날이 아래로 쏠리며 굵은 줄기에 가서 박힌 거예요. 이건 순전히 제 추측입니다만, 도끼를 휘두르던 사람은 양손으로 자루를 쥐고 날을 잡아 뽑을 틈이 없었던 것 같습니다. 아마도…… 다른 한 손으로는 칼을 뽑아야 했기 때문이었던 게 아닌가 싶군요."

"그러니까, 간밤에 이곳에 한 사람이 아니라 두 사람이 있었다는 얘기요? 하나는 이 나무를 쓰러뜨리려 했고, 또 하나는 그걸 막으려 했다고?"

"이곳의 정황으로 보아 그렇습니다."

"그렇다면 나무를 지키고자 공격자의 팔을 붙잡고 그 날이 빗나가 굵은 줄기에 단단히 박히게끔 한 사람, 그로 인해 칼에 찔린 사람은……."

"여기 있는 엘루릭 수사죠. 달리 생각할 여지가 있겠습니까? 그는 간밤에 자신의 의지로 은밀히 이곳에 왔습니다. 하지만 나무를 쓰러뜨리고자 한 게 아니라 제 열정적인 환상에 작별을 고하기 위해, 마지막으로 이 장미나무를 보기 위해 온 거였죠. 그랬다가 마침 그와는 다른 생각과 동기를 품고 온 또 다른 누군가와 맞닥뜨린 겁니다. 이 장미나무를 쓰러뜨리려고 온 사람 말이죠. 엘루릭이 그걸 그냥 두고 보았겠습니까? 그는 나무를 지켜야 한다는 마음으로 공격자에게 달려들었습니다. 도끼를 휘두르던 팔을 붙잡고 그 날이 아래쪽으로 빗나가 굵은 줄기에 단단히 박히게 했지요. 땅에 남은 자국들로 보아 격투가 있었다 해도 그리 오래가지는 않았던 것 같습니다. 엘루릭은 무기가 없는 상태였고, 상대의 경우 도끼는 사용할 수 없었지만 몸에 칼을 지니고 있었거든요. 그는 그 칼을 뽑아 휘둘렀죠."

한동안 깊은 침묵이 감돌았다. 이곳에 모인 모두가 캐드펠을 응시한 채 그의 말이 뜻하는 바를 깊이 생각하고 있었다. 이윽고 그들의 마음속에 안도감을 안겨주는 일종의 확신이 서서히 자리 잡기 시작했다. 엘루릭이 자살한 게 아니라면, 오히려 사악한 행위를 막으려는 책임감 있는 자세로 최후를 맞이한 것이라면, 그는 당연히 수도원의 묘지에 묻혀야 할 터였다. 속죄해야 할 사소한 죄를 지은 것은 사실이나, 죽음의 정황과 그 의로움을 생각할 때 그는 아버지의 집으로 돌아온 탕자만큼이나 편안한 잠을 이루어야 마땅했다.

이어 캐드펠이 또 다른 사실을 지적했다. "만일 제 추측과 다른 일이 일어났다면 이 정원 어딘가에 도끼나 다른 무기가 남아 있어야 합니다. 하지만 아무것도 보이지 않죠. 여기 쓰러진 우리의 형제가 아닌 다른 누군가 그걸 가져간 겁니다. 물론 그걸 가져온 사람도 바로 그자였겠지요. 확실합니다."

"그렇다면 그 또 다른 사람은 나무를 마저 자르지 않은 채 가버렸다는 얘기군요." 안젤름이 생각에 잠겨 말했다.

"그랬죠. 그 사람은 손도끼를 뽑아낸 뒤 자신을 살인자로 만든 현장에서 최대한 빨리 도망쳤습니다. 감히 말씀드리지만, 그자는 의도적으로 살인을 한 게 아닐 겁니다. 가여운 우리 형제가 그의 무도한 행위를 목격하고 달려들자 놀라고 겁에 질린 나머지 자기도 모르게 일을 저지른 거죠. 그러곤 엘루릭이 죽은 걸 보고 더욱 당황하여 넋이 나가 정신없이 도망쳤을 겁니다."

"하지만 살인은 살인이오." 라둘푸스가 단호히 말했다.

"그렇지요."

"성에 이 소식을 알려야겠소. 살인자를 추적하는 일은 세속의 권력자들이 할 일이니. 한 가지 유감스러운 건, 휴 베링어 행정장관이 북쪽에 가 있는 마당이라 우리는 부득이 그가 돌아올 때까지 기다려야 한다는 점이오. 하지만 앨런 허바드가 즉각 그에게 사람을 보내 여기서 어떤 일이 일어났는지 알려줄 거요. 엘루릭 수사를 수도원으로 옮기기 전에 여기서 더 해야 할 일이 있겠소?"

"최소한 눈에 띄는 건 뭐든지 잘 관찰해둬야겠죠. 원장님도 곧 알게 되실 테지만, 제가 말씀드릴 수 있는 한 가지는 이 사건이 비가 그친 이후에 일어났다는 점입니다. 그들이 거의 동시에 이곳에 당도했을 때 지면이 무른 상태였어요. 그러니 지면에 어떤 자취들이 남았는지 살펴보는 게 좋겠습니다. 엘루릭 형제가 입은 수사복의 등과 어깨 부분은 말라 있으니 그를 옮기는 일은 미루지 않아도 될 거고요. 그리고 그가 어떤 상태에서 발견되었는지 증언할 사람들은 여기 계신 분들만으로 충분합니다."

그들은 조심스레 허리를 숙여 이미 뻣뻣해진, 그러나 아직 완전히 굳지는 않은 시신을 들어 옆 풀밭에 반듯하게 눕혀놓았다. 그의 수사복 앞쪽은 목에서 끝자락까지 지면의 습기로 인해 짙은 빛깔을 띠었고, 왼쪽 가슴 위편에는 보다 짙은 빛깔의 피 얼룩이 엉겨 있었다. 갑작스러운 분노와 두려움과 고통으로 일그러졌을 그 얼굴은 이제 긴장을 잃어 젊고 순수한 청년의 유연하고 매끄러운 모습을 되찾았으나, 반쯤 뜬 두 눈에는 불안한 영혼의 고통이 여전히 어려 있었다. 라둘푸스는 허리를 숙여 눈을 살며시 감겨준 뒤, 그의 창백한 두 뺨에서 진흙을 닦아냈다.

"형제가 내 마음의 짐을 덜어주었군, 캐드펠. 그대의 말이 옳소. 엘루릭은 자살한 게 아니라 잔혹하고 불의한 방법으로 살해당한 거요. 범인은 이 일에 대한 대가를 치러야 할 테지만, 여기 있는 이 청년은 이제 편히 쉴 수 있겠지. 하지만 참으로 안타깝군. 내가 보다 신중하게 생각하고 행동했더라면 이 형제도 제 명을 부지할 수 있었을 것을……." 그가 말을 맺으며 엘루릭의 희고 고운 두 손을 끌어당겨 피 묻은 가슴 위에 단정하게 포개놓았다.

"제가 간밤에 너무 깊이 잠들었던 모양입니다." 캐드펠이 쓸쓸하게 말했다. "비가 언제 그쳤는지 도무지 모르겠군요. 혹시 알고 계신 분이 있습니까?"

"자정 무렵이었습니다." 그 질문을 기다렸던 듯, 차분히 서 있던 닐이 가까이 다가오며 입을 열었다. "풀리에서 잠자리에 들기 직전에 제 누이가 문을 열고 내다보더니 하늘이 개었다고, 더는 비가 내리지 않을 것 같다고 했거든요. 하지만 그땐 이미 시간이 너무 늦어 길을 떠날 수 없었죠." 한참이나 그의 존재를 잊고 있던 수사들이 일제히 고개를 돌리자, 닐은 사건이 일어난 시각에 자신이 현장에 없었다는 점을 분명하게 밝혔다. "제 누이와 매제와 조카들이 간밤에 제가 그 집에 머물다 새벽녘에야 떠났다는 사실을 밝혀줄 겁니다. 아, 물론 가족의 증언이니 믿기 힘들 수도 있겠지요. 하지만 제가 오늘 새벽 수도원 앞 대로를 따라 돌아올 때 인사를 나눈 두세 사람의 이름을 댈 수 있습니다. 그 사람들이 제 말을 뒷받침해줄 겁니다."

원장은 한동안 멍한 눈빛으로 닐을 바라보다가 잠시 후에야 그 말의 의미를 이해했다. "이 일에 관해 조사하는 건 행정 장관과 그 부관들이 할 일이오. 하지만 나는 그대가 우리에게 있는 그대로의 진실을 이야기하고 있다는 점을 의심치 않소. 그래, 비가 자정 무렵에 그쳤다고 했소?"

"그렇습니다, 원장님. 풀리는 여기서 5킬로미터가량 떨어져 있지만 그곳에서 비가 그쳤으면 여기서도 그쳤을 겁니다."

"맞습니다." 시신 곁에 무릎을 꿇고 앉아 있던 캐드펠이 말했다. "엘루릭은 일고여덟 시간 전에 죽은 듯합니다. 비가 그친 뒤 땅이 축축하고 무를 때 이곳에 온 거죠. 분명 두 사람의 발자국을 찾을 수 있을 겁니다. 둘이 몸을 부딪고 땅바닥을 마구 짓뭉개놓아 이 부근에는 선명한 발자국이 하나도 남아 있지 않지만요. 그러나 둘 다 어떤 식으로든 이곳에 걸어 들어왔고 그중 한 사람은 다시 걸어 나갔어요." 그는 자리에서 일어나 축축하게 젖은 손바닥을 비비며 말을 이었다. "모두 지금 계신 그 자리에 가만히 서서 주위를 둘러보세요. 어쩌면 스스로도 모르는 사이 아주 중요한 증거를 짓뭉갰을지도 모릅니다…… 우리 수사들은 모두 샌들을 신고 있고, 엘루릭 역시 샌들을 신고 있었죠. 닐, 당신은 오늘 아침 어느 쪽으로 이곳에 들어왔소?"

"집 안쪽에 난 문으로요." 닐이 턱으로 그쪽 방향을 가리켰다.

"엘루릭 수사가 해마다 장미꽃을 가지러 왔을 땐 어디로 들어왔지?"

"조금 전에 우리가 들어왔던 곳, 앞마당에 난 쪽문을 통해서 왔습니다. 그분은 겸손한 자세로 아주 조용히 들어오곤 했죠."

"그럼 간밤에도, 다소 은밀하긴 하나 나쁜 의도 같은 건 전혀 없이 이곳에 왔다면 평소에 하던 식으로 들어왔을 공산이 크겠군. 어디, 그쪽 길에 샌들이 아닌 발자국이 있는지 확인해봅시다." 이어 캐드펠은 풀밭을 따라 벽에 난 쪽문 쪽으로 조심스럽게 걸음을 옮겼다.

빗물에 젖어 진흙탕이 되었다가 다시 고르고 매끄럽게 마른 흙길에는 그들이 들어오며 남긴 세 쌍의 발자국이 서로 겹친 채 어지럽게 흩어져 있었다. 아니, 네 쌍일까? 저마다 크기가 비슷한 샌들 자국들은 별 도움이 되지 않았다. 하지만 캐드펠은 기대를 버리지 않았다. 지금보다 지면이 무를 때 찍혀 다른 것들보다 더 깊은 자국을 남긴 것, 조금 전 그들이 들어오면서 용케 짓뭉개지 않은 발자국을 찾아낼 수 있을 것이었다. 자세히 보니 바닥에는 샌들 자국과 마찬가지로 조금 전에 찍힌, 넓고 튼튼한 구두창 자국도 남아 있었다. 닐은 그게 자신의 발자국이라면서 그 자국에 구두를 대어 증명해 보였다.

"두 번째 인물이 누구든, 그자는 무고한 다른 사람들처럼 이 길로 들어오지 않았던 것 같습니다. 뒤에 죽은 사람을 남겨둔 채 떠날 때도 이 길을 택하지 않았을 테고요. 다른 곳도 살펴보도록 하지요."

정원 동쪽은 편자공 토머스의 집 벽에 의해, 서쪽은 닐의 집과 작업장에 의해 막혀 있으니 동서 양쪽으로는 나갈 길이 없었다. 하지만 정원 뒤쪽에 해당하는 북쪽 담장이라면 어떨까? 그 너머에는 작은 목장이 있었고, 목장은 뒤편 들판과 이어져 누구든 쉽게 드나들 수 있었다. 게다가 그 근방에는 어떤 건물도 보이지 않았다.

도끼질을 당한 장미나무에서 벽을 따라 몇 걸음 걸어가면 이리저리 구부러진 줄기에 열매도 거의 맺지 못하는 늙은 포도나무 한 그루가 나왔다. 그런데 그 나무의 뒤틀린 줄기에서 뻗어 나온 한 쌍의 가지가, 마치 누가 잡아당기기라도 한 양 벽에서 떨어져 있었다. 닐은 그곳으로 다가가 자세히 살펴보았다. 나무 전체가 한쪽으로 기우뚱하니 구부러진 데다 줄기에는 발로 밟은 흔적도 남아 있었다. 누군가 그걸 밟고 올라갔다는 증거였다.

"여깁니다! 그자는 이 나무를 타고 올라가 뒤편 목장으로 나갔어요. 저쪽 지대가 더 높긴 하지만, 그 너머에 몸을 숨길 만한 숲이 있거든요."

그들 모두 포도나무로 가까이 다가갔다. 범인이 딛고 올라간 나무줄기의 껍질이 벗겨져 있고, 그 자리에 흙이 묻어 있었다. 더하여 바로 아래, 화단의 노출된 흙에는 아마도 그가 높은 가지를 향해 힘껏 뛰어오르느라 왼쪽 발로 지면을 디딘 순간 찍혔을 깊고도 완벽한 발자국이 남아 있었다.

높은 뒤축에 땅이 꽤 많이 파였으나 굽 바깥 부분은 깊이가 덜한 것으로 보아 구두 주인은 발뒤축을 끌며 걷는 습관이 있는 듯했다. 잘 만들어진, 그러나 아주 많이 닳은 구두가 틀림없었다. 발자국 앞쪽에 밑창 가죽의 갈라진 틈이 남긴 자국이 선명하게 보였던 것이다. 그 틈은 엄지발가락 아래에서부터 밑창을 대각선으로 가로지르며 서서히 좁아졌다. 그리고 닳은 뒤축과 대각선을 이루는 발가락 부분의 자국이 다른 쪽에 비해 더 희미한 것으로 미루어, 구두 주인은 왼발로 땅을 디딜 때 뒤축 왼편에 제일 먼저 무게를 싣고 그다음에야 오른편으로 중심을 옮기는 모양이었다. 발자국의 모양은 아주 명확했다. 비에 젖어 있던 땅이 마르면서 완벽한 거푸집 역할을 해준 셈이다.

캐드펠은 이를 뚫어지게 응시하다가 혼잣말하듯 중얼거렸다.
"녹인 밀랍으로 모양을 잘 떠내기만 하면 뒤축의 생김새로 놈을 잡을 수 있겠어!"

*

엘루릭 수사를 살해한 자가 남긴 마지막 자취를 열심히 들여다보느라 그들 중 누구도 이곳으로 다가오는 가벼운 발소리를 듣지 못했고, 누군가의 움직임에 반사되는 햇빛의 가벼운 일렁임도 포착하지 못했다. 주디스는 작업장이 비어 있는 걸 보고 한참이나 닐이 나타나기를 기다린 터였다. 그러다 정원으로 통하는 문 너머 햇살을 받은 나뭇가지들이 바람을 받아 초록빛과 황금빛 그림자를 방 안에 드리웠고, 이에 집의 구조를 잘 아는 주디스는 닐이 정원에 있으리라 생각하고 그 문을 통해 정원으로 들어선 것이었다.

"실례합니다." 그녀가 정원에 발을 디디며 말했다. "문이 열려 있어서―" 주디스는 놀라고 당황하여 말을 멈추었다. 아연한 표정으로 일제히 자신을 돌아보는 이들. 베네딕토회의 검은 수사복을 입은 세 사람이 열매도 제대로 맺지 못하는 늙은 포도나무 곁에 모여 있는데, 그중 한 사람은 원장이었다. 대체 무슨 일 때문에 여기 이렇게 와 있는 거지?

"아, 죄송해요." 그녀가 더듬더듬 말을 이었다. "여기 모여 계신 줄 몰랐어요."

닐은 놀라서 멍하니 서 있다가 마침내 정신을 차리고는 그녀에게 달려갔다. 원장에게서 조금이라도 시선을 돌릴 경우 즉각 마주하게 될 것을 차단하기 위해서였다. 그는 그녀를 보호하려는 마음에 한 손을 들어 그녀의 등을 잡고 집 안쪽으로 떠밀었다.

"안으로 들어가시죠, 부인. 여기 일은 신경 쓰실 것 없습니다. 부인의 허리띠는 다 되었어요. 다만 이렇게 일찍 오실 줄 몰라서……."

그는 임기응변에 그다지 능하지 않았다. 그저 두서없는 말만 정신없이 내뱉을 뿐이었다. 주디스는 제자리에 버티고 선 채 냉정한 회색빛 눈을 크게 뜨고 그의 어깨 너머 정원 안을 휘둘러보았고, 마침내 풀밭에 조용히 누워 있는 사람을 발견했다. 갸름한 윤곽을 지닌 창백한 얼굴과 수사복 가슴에 단정히 모으고 있는 하얀 양손, 도끼질당한 장미나무 줄기와 벽에서 떨어져 축 늘어진 가지들……. 죽은 사람이 누구인지, 그리고 여기서 어떤 일이 일어난 것인지는 아직 전혀 알 수 없었다. 그러나 무엇이 되었든, 한때 자신의 집이었던 이곳에서 일어난 일이 자신을 무겁게 짓누르리라는 사실만큼은 명백했다. 마치 그 자신이 어떤 멈출 수 없는 일련의 무서운 사건들을 불러일으킨 촉매가 된 듯 죄책감이 일었다. 자신의 순수한 의도가 뒤틀린 결과들을 낳으며 그녀를 조롱하고 있는 것만 같았다.

주디스는 아무 소리도 내지 않았고, 닐의 염려 섞인 어색한 말에도 꿈쩍하지 않았다. "자, 부인, 안으로 들어가세요. 여기 일은 모두 원장님께 맡기고 편히 앉아 계세요. 어서요!" 닐이 애원하듯 한 팔을 내밀어 그녀를 감싸 안았다. 부축이라기보다는 설득의 몸짓이었다. 아닌 게 아니라, 주디스는 두려운 기색 없이 그 자리에 꼿꼿이 버티고 서 있던 터였다. 그녀는 두 손으로 그의 양 어깨를 짚어 단호한 저항의 뜻을 내비쳤다.

"아니, 여기 있겠어요. 이건 저와 관련된 일이잖아요. 전 알 수 있어요."

그즈음 세 수사는 이미 걱정스러운 얼굴로 두 사람 곁에 다가서 있었다. 원장으로서는 사태의 필연성을 받아들일 수밖에 없었다. "부인, 부인의 심기를 어지럽힐 만한 일이 있었다는 점은 부정할 수 없겠소. 이제 나는 부인에게 아무것도 숨기지 않을 생각이오. 이 집은 원래 부인의 것이었으니, 부인 또한 진실을 알 권리가 있소. 하지만 이 말만은 해둬야겠소. 때 이르게 세상을 떠난 한 젊은이에 대해 신앙심 돈독한 여느 여인들이 품음 직한 관례적인 연민 이상의 감정을 가져서는 안 되오. 이 일은 부인과 무관하며, 따라서 사건과 관련해 처리해야 할 이런저런 일들 가운데 부인이 떠안아야 할 몫은 하나도 없소. 자, 이제 안으로 들어갑시다. 우리가 알고 있는 모든 것, 중요한 모든 사항을 부인에게 알려드리겠소."

주디스는 여전히 죽은 젊은이에게 시선을 고정한 채 망설이다가 천천히 입을 열었다. "그러지 않아도 마음이 편치 않으실 원장님께 더 이상의 심려는 끼치지 않겠습니다. 다만…… 저 사람을 보게 해주세요. 제겐 그럴 의무가 있어요."

라둘푸스는 그녀의 눈을 지그시 응시하다가 이내 옆으로 비켜섰다. 닐은 떨리는 마음으로 살그머니 팔을 내렸다. 손이 떨어지는 순간 그녀가 자신의 몸에 그의 손이 닿았다는 사실을 의식할까 봐 두려웠다. 하지만 주디스는 줄곧 흔들림 없는 사세로 풀밭을 가로질러 가서는 가만히 선 채 엘루릭 수사를 내려다보았다. 고요하게 누워 있는 그의 모습은 살아 있을 때보다 한층 젊고 연약해 보였다. 주디스는 그를 지나 도끼질을 당해 힘없이 늘어진 장미나무로 가더니 반쯤 벌어진 꽃봉오리 하나를 따 그의 포개진 손 사이로 조심스럽게 밀어 넣었다.

"원장님은 이 일이 저와 무관하다 하셨지만……" 그녀가 고개를 들어 모여선 이들에게 시선을 던졌다. "역시 이분이었군요. 그럴 것 같았어요."

"엘루릭 수사요." 라둘푸스가 말했다.

"내내 이분 이름을 몰랐네요…… 참 이상하지 않아요?" 그녀가 어두운 표정으로 그들 모두의 얼굴을 찬찬히 돌아보았다. "제가 이분께 이름을 물어본 적이 없고, 이분 역시 자기 이름을 밝힌 적이 없다는 것 말예요. 우린 그저 꼭 필요한 말만 주고받았죠. 더 말하고 싶어도 이젠 늦어버렸고요." 일종의 무감각한 마비 상태에서 벗어나자, 그녀는 고통의 온기가 감도는 눈빛으로 그 자리에 있는 이들 가운데 가장 친숙한 캐드펠을 물끄러미 바라보았다. "어떻게 이런 일이 일어날 수 있죠?"

"이제 안으로 들어갑시다." 캐드펠은 말했다. "전부 자세히 설명하겠소."

5

 수도원장과 안젤름 수사는 수도원으로 돌아갔다. 먼저 사람을 시켜 엘루릭 수사를 수도원으로 옮기고, 성에 있는 휴의 젊은 부관에게 전령을 보내 살인 사건이 일어났다는 사실을 알려야 했다. 이제 얼마 가지 않아 한 수사가 의문의 죽음을 당했다는 소문이 시내에 퍼질 테고, 거기 갖가지 이상한 말들이 덧붙어 여름 바람을 타고 주 전역으로 옮겨질 터였다. 엉뚱한 추측이 난무하는 상황을 예방하기 위해, 원장은 엘루릭 수사의 비극을 신중하게 요약하여 공개하기로 했다. 거짓말을 하지는 않을 테지만 자신과 현장의 목격자인 두 수사, 그리고 죽은 사람만이 알고 있는 비밀, 영원히 숨겨져야 할 그 내용은 빼버릴 생각이었다. 수도원에서 신중한 의논이 이루어진 끝에 주디스에게 장미꽃을 전달하는 일은 성모 제단을 관리하는 사람보다 주디스가 기부한 집에 세 들어 사는 사람에게 맡기는 게 더 좋겠다는 쪽으로 결말을 봤으므로 엘루릭 수사는 과거에 맡았던 의무를 면제받았다. 그가 은밀히 그 정원으로 간 것이 좀 어리석은 행동이라 여겨질 수는 있으나 비난할 만한 일은 아니었다. 그는 그저 그 집 사람이 문제의 장미나무를 잘 보살피고 있는지, 나무에 꽃이 피었는지 확인해보고 싶었을 뿐이었다. 그런데 거기서 어떤 사악한 자가 막 나무를 쓰러뜨리려 하는 것을 목격하고는 이를 막으려다가 칼에 찔렸다. 그리하여 명예로운 죽음을 맞이했으니, 그에게는 명예로운 장례식을 베풀어주어야 마땅했다. 그 이야기의 배후에 놓인 갈등과 고통까지 굳이 언급할 필요가 어디 있겠는가?

한편 캐드펠은 그 집에 남아 모든 사정을 알 권리가 있는 한 여성과 대면해야 했다. 어쨌든 그녀에게는 거짓말을 할 수 없었다. 대충 얼버무리기 힘든 상황이기도 했다. 더구나 그녀는 진실이 아닌 어떤 설명도 받아들이지 않을 것이었다.

이미 햇살이 정원의 북쪽 담장 아래 자리한 화단에까지 이르러 있었다. 정오가 되기 전에 그 깊은 발자국의 가장자리는 바싹 말라버릴 테고, 바람이라도 세게 불면 부서져 가루로 변해버릴지 몰랐다. 캐드펠은 닐에게서 초 몇 토막을 빌려 그의 조그만 도가니들 중 한 곳에 넣어 녹인 뒤 정원으로 가지고 나가 발자국 속에 조심스럽게 채워 넣었다. 잠시 후, 응결된 밀랍의 모양이 상하지 않도록 참을성 있게 살살 떼어내자 발자국의 형태 그대로 떨어져 나왔다. 그 선명한 형태가 망가지지 않도록 하려면 얼른 서늘한 곳으로 가져가야 할 테지만, 그는 서두르지 않고 버려진 얇은 가죽 조각 하나를 가져다 발자국의 윤곽을 따라 선을 그리고 뒤축과 발가락 부위의 닳은 자국은 물론 발가락 아래쪽 대각선으로 갈라진 부분까지 세심하게 표시해두었다. 구두라는 것은 꽤 귀한 물건이니 완전히 닳아 못 쓰게 되어버리기 전까지는 대부분 수선공의 손을 거치기 마련이다. 구두 한 켤레를 3대에 걸쳐 신는 사람들도 있었다. 시장이자 구두장이인 코비저나 그와 같은 직종에 종사하는 사람이라면 분명 이 모양을 알아볼 것이다. 얼마나 빨리 확인할 수 있을지는 장담하지 못하지만, 잊지 않고 기다리면 틀림없이 기회가 오리라.

주디스는 아담하고 단정한 닐의 응접실에 앉아 그를 기다리고 있었다. 남자 혼자 지내는 곳, 모든 것이 깔끔하게 정돈되어 있긴 하나 여자의 손길이 미쳤음 직한 장식물은 찾아볼 수 없는 공간이었다. 여전히 문은 활짝 열린 채였고 두 창문의 덧문도 올라가 있어 나뭇잎들의 초록빛과 태양의 황금빛이 그곳을 빛으로 가득 채웠다. 바람이 불 때마다 환하게 일렁이는 햇살을 고스란히 받으며 주디스는 혼자서 가만 앉아 기다리고 있었다.

"여기 주인은 손님이 와서 나갔어요." 캐드펠이 정원에서 돌아오자 그녀가 희미하게 웃어 보였다. "제가 가보라고 했죠. 남자는 자기 일에 충실해야 하니까."

"그거야 여자도 마찬가지지." 캐드펠이 대꾸하며 발자국 모양으로 떠낸 밀랍 덩이를 바람이 잘 통하는 곳 돌바닥에 조심스레 내려놓았다.

"예, 그럴 거예요." 주디스가 진지하게 말했다. "제 걱정은 마세요. 저는 삶을 소중히 여기니까요. 또다시 죽음을 가까이에서 목격한 지금은 더더욱 그래야죠. 자, 이제 무슨 일이 있었던 건지 어서 말씀해주세요! 약속하셨잖아요."

그는 방석도 깔리지 않은 장의자에 그녀와 나란히 앉아 그날 아침 일어난 일을 하나부터 열까지 자세히 들려주었다. 엘루릭이 아침기도에 참석하지 않았다는 것, 닐이 집에 돌아왔다가 웅크린 채 쓰러져 있는 엘루릭의 시신과 도끼질당한 장미나무를 발견했다는 것, 처음에는 엘루릭이 장미나무를 해치고 자살한 게 아닌지 의심했지만 여러 증거들이 타살 가능성을 입증하고 있었다는 것까지……. 주디스는 회색빛 눈을 크게 뜨고 시종일관 그를 지그시 응시하면서 주의 깊게 이야기를 들었다.

"그런데…… 도무지 이해가 가질 않네요." 그녀가 입을 열었다. "수사님은 그 사람이 밤중에 수도원 밖으로 나온 게 당연한 일처럼 말씀하고 계시잖아요. 젊은 수사가 그런 대담한 일을 벌이는 경우는 극히 드물지 않나요? 더구나 그는 너무도 유순하고 성실한 사람, 규칙을 철저히 지키는 사람인데…… 그가 왜 그랬을까요? 대체 무엇이 그로 하여금 밤중에 장미나무를 보러 나오게 만들었을까요? 그것도 아주 은밀히, 규칙을 어겨가면서까지 말예요."

이 질문의 의도가 지극히 순수하다는 점에는 의문의 여지가 없었다. 그녀로서는 자신이 내내 한 남자의 마음을 어지럽히고 있었다는 사실을 상상하지도 못했던 것이다. 어쨌든 사실을 밝혀 그 궁금증을 해소해주는 것밖에는 달리 도리가 없었다. 원장 같으면 잠시 주저할 수도 있었겠으나 캐드펠은 망설이지 않았다.

"엘루릭에게 그 나무는 부인에 관한 기억을 뜻했소." 그는 솔직하게 털어놓았다. "장미꽃을 전달하는 일이 다른 사람에게로 넘어간 건 수도원의 정책 때문이 아니오. 그가 자신에게 엄청난 고통을 안겨주는 그 직무에서 벗어나고 싶다며 청원을 했고, 원장님은 이를 받아주셨지. 엘루릭 형제는 제 면전에 서 있으나 동시에 달만큼이나 먼 곳에 있는 부인을 보는 고통을, 손을 뻗으면 닿을 거리에 있음에도 사랑해서는 안 되는 그 고통을 더 이상 견딜 수 없었던 거요. 하지만 막상 그 의무에서 놓여나자 부인을 볼 수 없는 상태 역시 견딜 수 없다는 걸 깨달았지. 어떤 의미에서 그는 부인에게 작별을 고하려 했던 거요." 캐드펠은 체념 어린 회한과 함께 말을 이었다. "살아 있었더라면 엘루릭은 그러한 상태를 극복했을 거요. 물론 그러기까지 아주 길고도 암울한 노력의 시간을 보내야 했겠지만 말이오."

그녀의 시선은 흔들리지 않았고 표정도 그대로였다. 다만 뺨에서 핏기가 가서 얼굴빛이 얼음처럼 창백하고 투명하게 변했을 뿐. "맙소사!" 낮은 탄식이 그 입에서 흘러나왔다. "전 전혀 몰랐어요! 그런 암시를 하기는커녕 절 제대로 쳐다본 적조차 없었는데…… 저는 그 사람보다 훨씬 연상에 그리 아름답지도 않잖아요! 제게 그는 수도원 학교의 성가대 소년이나 다름없었죠. 불순한 생각 같은 건 전혀 할 여지가 없었는데, 어떻게 그럴 수가……."

"엘루릭은 거의 갓난아기 때부터 수도원에서 자랐소." 캐드펠이 부드럽게 말했다. "어머니 곁을 떠난 이래 여자와 상대해야 할 일이 전혀 없었지. 보드라운 얼굴과 상냥한 목소리, 우아한 몸짓에 맞설 만한 저항력을 갖추지 못한 셈이오. 부인은 그의 시선으로 스스로를 볼 수 없잖소. 만일 그럴 수 있다면 자신이 얼마나 눈부신 존재인지 알 수 있을 텐데."

주디스는 잠시 침묵하다가 입을 열었다. "그 사람이 왠지 불행해 보인다는 느낌을 받긴 했어요. 하지만 그냥 그 정도였죠. 그리고, 세상에서 자신이 행복하다고 자신 있게 말할 수 있는 사람이 몇이나 되겠어요?" 그녀는 다시금 캐드펠의 얼굴을 지그시 바라보았다. "이 일에 대해 아는 사람이 몇이나 되나요? 이 모든 사정을 세상에 알릴 필요는 없겠죠?"

"원장님과 고해신부인 리처드, 안젤름 수사, 나, 이렇게 네 사람이 알고 있소. 이제는 부인도 알게 되었군. 다른 이들에게는 일절 알리지 않을 생각이오. 그리고 굳이 덧붙이자면, 우리들 가운데 부인에게 일말의 책임이 있다고 생각하는 이는 아무도 없소. 어떻게 그럴 수 있겠소?"

"하지만 저 자신은 그렇게 생각할 수 있지요."

"아니, 부인은 그럴 이유가 없소. 자신의 몫 이상의 부담을 짊어져서는 안 되오. 그건 엘루릭의 잘못이었소."

문득 가게에서 젊은 남자의 흥분한 목소리와 그를 진정시키는 닐의 음성이 들려오는가 싶더니, 누군가 열린 문을 통해 응접실로 뛰어 들어왔다. 등 뒤의 햇살이 그의 실루엣을 드러내며 연갈색 고수머리를 아맛빛으로 물들였다. 마일스였다. 벌겋게 상기된 얼굴로 가쁘게 숨을 몰아쉬던 그는, 주디스가 캐드펠과 함께 차분히 앉아 있는 것을 보고는 안도의 한숨을 내쉬었다.

"대체 무슨 일이야? 살인이 일어났다는 둥 흉측한 일이 일어났다는 둥 별별 소문이 마을에 떠돌던데…… 수사님, 그게 사실인가요? 제 사촌 누이는 괜찮은 건가요? 이 아이가 오늘 여기 들른다는 걸 알고 있었거든요. 아, 이렇게 수사님과 함께 안전하게 있는 걸 보니 이제야 안심이 되네요. 주디스, 괜찮은 거지? 사람들이 떠들어대는 소리를 듣자마자 정신없이 이리로 달려왔어."

마일스가 3월의 바람처럼 요란하게 나타나자 방을 지배하고 있던 무겁고 침중한 분위기는 말끔히 가셨고, 그 활기 덕분인지 주디스의 얼어붙은 얼굴에도 약간의 온기가 돌아왔다. 마일스는 자리에서 일어난 주디스를 꼭 끌어안더니 싸늘한 뺨에 입을 맞추었다.

"난 괜찮으니 걱정할 것 없어. 캐드펠 수사님께서 친절하게도 함께 있어주셨어. 수사님은 내가 도착하기 전부터도 여기 계셨거든. 원장님도 계셨고. 나한텐 아무 일도 없었어."

"하지만 누가 죽었다던데. 죄다 엉터리 소문이었나? 사람들이 그러는데, 수사들이 여기서 시신 한 구를 수도원으로 옮겼다더라고. 얼굴을 마포로 덮은 채로……." 마일스는 여전히 보호하듯 그녀를 끌어안은 채 캐드펠 쪽으로 시선을 돌렸다.

캐드펠은 다소 피곤해 보이는 얼굴로 자리에서 일어나며 대답했다. "그건 모두 사실이오. 오늘 아침 여기에서 성모 제단을 관리하는 엘루릭 수사가 칼에 찔려 죽은 채 발견되었소."

"여기서요? 이 집 안에서 말입니까?" 도저히 믿을 수 없다는 듯 마일스가 되물었다. 수도원의 수사가 대체 무슨 이유로 청동 세공인의 집에 들어왔던 걸까요?

"정원, 장미나무 아래서 그랬소." 캐드펠이 짤막하게 말했다. "장미나무는 도끼질을 당해 크게 상해 있더군. 당신 누이가 사건에 대해 자세히 이야기해줄 거요. 시중에 떠도는 소문보다는 우리 중 누구도 결코 피할 수 없는 진실을 듣는 편이 낫겠지. 하지만 일단은 누이를 집에 데려가 좀 쉬게 하시오. 지금 누이에게 필요한 건 휴식이니까." 이어 캐드펠이 돌바닥에서 발자국 모양의 밀랍 덩이를 집어 자루 속에 조심스럽게 집어넣자 마일스는 호기심 어린 눈빛으로 그 모습을 지켜보았다.

"그럼요, 그래야죠!" 그가 소년처럼 낯을 붉히며 대답했다. "누이에게 친절하게 대해주셨다니 정말 감사합니다, 수사님."

캐드펠은 그들과 함께 작업장으로 나갔다. 닐이 장의자에 앉아 있다가 자리에서 일어나 예의 바르게 물러서서는 이들이 작별 인사를 나누는 모습을 지켜보았다. 위로하는 이와 위로받는 이가 주고받는 사적인 대화에 주제넘게 끼어들지 않으려는 행동이었다. 우울한 눈빛으로 그를 지켜보던 주디스는 문득 내면 깊은 곳에 자리 잡은 본연의 천진함을 회복하고 희미하지만 사랑스러운 미소를 머금어 보였다. "닐, 제가 이 집에 큰 근심과 괴로움의 원인을 제공한 것 같네요. 정말 죄송하고, 친절하게 대해주셔서 고맙습니다. 그리고 보니 여기서 찾아갈 것이 있었죠? 돈도 지불해야 하고요. 혹시 잊고 계셨나요?"

"아뇨. 적당한 때를 보아 제가 부인께 직접 가져다드려야겠다 생각하고 있었죠." 닐은 그렇게 대답한 뒤 선반 쪽으로 돌아서서 둘둘 말아둔 허리띠를 내려 주디스에게 건냈다. 주디스는 그가 요구한 값을 치르고는 죽은 남편의 선물, 새로 고쳐진 허리띠를 풀어 양손에 쥐고 내려다보았다. 눈물이 흘러내리지는 않았으나, 그 두 눈에 처음으로 진줏빛 물기가 촉촉하게 어렸다.

"지금이야말로 적당한 때 같군요." 주디스는 말했다. "이 자그마하면서도 소중한 물건이 제게 더없이 순수한 기쁨을 안겨주니 말예요."

*

그것이 그날 그녀가 맛본 유일한 기쁨이었으며, 보는 이조차 가슴을 아프게 찌르는 고통의 저류를 동반하고 있었다. 애거사의 요란하고 수선스러운 수다도, 어느 정도 자제된 형태로 나타나기는 하나 지나친 염려와 불안의 기미가 엿보이는 마일스의 태도도, 그녀에겐 그저 성가시기만 했다. 엘루릭 수사의 죽은 얼굴이 수시로 마음에 떠올랐다. 그 사람이 그토록 괴로워했다는 걸 어떻게 그리 감쪽같이 몰랐을까? 그를 세 번이나 맞이했는데, 그저 조금 불행해 보인다는 점 말고는 무엇도 눈치채지 못하다니. 게다가 주디스는 이를 단순히 그의 수줍은 성격에서 비롯한 태도라고, 그게 아니라면 어렸을 때부터 수도원에서 자라며 인생의 행복을 경험하지 못했기에 보이는 모습이라고 여겼다. 자신의 괴로움에 너무 깊이 빠져 다른 이의 고통을 눈치챌 만한 마음의 여유를 가지지 못한 것이다. 그리고 엘루릭은 죽음을 맞이하는 순간까지도 제 고통을 그녀의 탓으로 돌리지 않았다. 그럴 필요도 없었다. 이제 그녀가 스스로를 책망하고 있었으니까.

그녀는 부지런히 두 손을 놀려 주의를 돌리고 싶었지만 실 뽑는 방 여자들의 숨죽인 속삭임이나 무거운 침묵과 마주할 자신이 없어 차라리 가게에 나와 앉아 있기로 했다. 설령 호기심에 찬 사람들이 자신의 모습을 구경하거나 말을 걸어온다 해도 최소한 한 번에 한 사람씩 올 것이었다. 그리고 엉경퀴 관모처럼 슈루즈베리 골목마다 뿌리를 내리는 그 소문을 아직 듣지 못한 이들, 그저 옷을 사기 위한 목적으로 가게에 찾아오는 사람들도 더러 있으리라.

물론 이 역시 견디기 힘든 시간이었으니, 밤이 찾아오고 덧문을 닫을 때가 되자 그녀는 안도의 한숨을 내쉬었다. 그러나 제 어머니한테 드릴 옷감을 찾으러 온 마지막 고객이 혼자 앉아 있는 주디스를 보더니 곁에 바싹 다가앉아 이런저런 위로를 건네며 한참이나 가게를 떠나지 않았다. 애거사가 조카를 암탉처럼 싸고돌며 좀처럼 그녀를 혼자 있게 내버려두지 않으려 했지만, 비비언 하인드라는 이 남자는 그녀의 이모가 잠시 자리를 비운 짧은 틈을 놓치지 않았다.

그는 근처 고지대에서 양을 치는 윌리엄 하인드의 외아들이었다. 주민들 가운데 가장 많은 양을 거느린 윌리엄 하인드는 계절마다 양들에게서 깎아낸 털 중 하등품은 베스티어가에 팔고, 상등품은 고드프리 풀러의 작업장 너머에 자리한 창고에 비축해두었다가 중간상인들에게 넘기곤 했다. 중간상인들은 창고 곁에 있는 선착장에서 그걸 배에 싣고 세번강을 내려가 모직물 가공업이 번성한 플랑드르의 도시들이나 프랑스 북부에 내다 팔았다. 베스티어 가문과 하인드 가문의 협력은 두 세대 동안 계속되어왔으며, 그 덕에 비비언 역시 주디스에게 친근하게 다가갈 수 있었다. 하지만 그는 아버지와 사이가 좋지 않은 데다 집안의 돈을 낭비하는 데만 재주가 비상한 사람이었다. 주민들은 그가 제 아비지만큼 뛰어난 양모 상인이 될 리 없다고들 수군거렸다. 이제는 그 집 노인이 단안을 내려 더 이상 자기 아들이자 상속자의 빚을 대신 갚아주지 않고, 그가 주사위 노름이나 여자와의 방탕한 생활에 쓸 돈도 대주지 않기로 했다는 소문 또한 나돌았다. 그동안 비비언은 말썽을 일으켰다가도 아버지의 돈 덕에 무사히 풀려나곤 했지만 이제는 돈줄이 끊긴 셈이었고, 그러니 남에게 손을 벌리기도 쉽지 않은 형편이었다. 돈을 보고 모여들던 친구들 역시 빈 털터리가 된 우상 내지는 후원자에게 등을 돌리기 시작했다.

하지만 이 젊은 부인을 위로하겠다며 가게에 들어선 비비언에게서 의기소침한 기색 같은 건 찾아볼 수 없었다. 매력적이고 위풍당당한 태도, 큰 키와 강건한 체구, 아름답게 물결치는 금발과 햇빛을 받을 때마다 황금처럼 반짝이는 서글서글한 갈색 눈. 그는 정말이지 매혹적인 젊은이였다. 게다가 늘 맵시 있게 몸을 치장했으니, 여자들의 눈에 자기 모습이 얼마나 멋지게 비치는지 스스로도 잘 아는 터였다. 주디스와의 사이에서는 별다른 진전이 없었으나, 그 점은 다른 경쟁자들도 모두 마찬가지니 여전히 희망은 있는 셈이었다.

그는 이런 때 적당히 상대의 처지를 동정하고 염려하되 지나치게 깊이 파고들지 않을 만큼의 기지를 가진 사람이었다. 또한 자신의 얄팍함을 자각할 만큼 현명하여 위험한 선은 절대로 넘지 않았고, 적당한 뱃심과 유머로 상대의 미소를 불러일으킬 줄도 알았다.

"지금 부인은 여기 혼자 앉아 제대로 알지도 못하는 어떤 사람 때문에 남몰래 슬퍼하고 있군요. 하지만 그 우울을 더욱 깊게 만드는 사람은 아마 부인의 이모일 겁니다. 그 여자가 부인을 꼬드겨 이미 수녀원에 반쯤 들여보냈고요……." 이 대목에 이르러 비비언은 애원하는 투로 말을 이었다. "하지만 절대로 그렇게 해서는 안 됩니다."

"많은 사람들이 나보다 더 절실하지 않은 이유들로 수녀원에 들어가곤 하는데, 나라고 안 될 게 있나요?"

애거사가 당장이라도 들어올까 봐 두려운 듯 그는 주디스 쪽으로 상체를 바싹 기울이더니, 반짝이는 눈으로 그녀를 응시하며 목소리를 낮추어 말했다. "당신은 젊고 아름다우니까요. 게다가 정말로 수녀원에 청춘을 파묻고 싶은 마음도 없잖아요! 그리고 당신도 잘 알다시피, 나는 당신을 열렬히 숭배하는 사람입니다. 만일 당신이 내 앞에서 사라지면, 그때부터 난 죽은 목숨이나 마찬가지예요."

주디스는 이를 악의 없이 던진 농담 비슷한 것으로 받아들였고, 그가 이런 날 자신이 쓸데없는 말을 하여 상대의 마음을 언짢게 하는 건 아닌가 생각한 듯 갑자기 숨을 멈추고 어쩔 줄 몰라 하는 모습을 보이자 미약한 감동을 느끼기까지 했다.

"오, 미안해요!" 비비언은 그녀의 손을 덥석 잡더니 당황한 와중에도 부드럽고 달콤한 목소리로 말을 이었다. "날 용서해요! 난 바보예요. 이런 얘길 할 생각은 아니었는데…… 당신에게 이래라저래라 할 생각은 추호도 없어요. 누구도 그럴 수 없죠. 그저…… 날 당신의 인생에 좀 더 가까이 다가갈 수 있게 해주길 바랄 뿐이에요. 결국 당신은 날 믿게 될 겁니다. 부디 나와 결혼해줘요. 내가 당신이 겪을 온갖 회의와 고통을 함께 나눌게요……."

 그가 워낙 교활하고 입심 좋은 사람이기에 나중에는 그녀도 이 모든 이야기가 치밀한 계산에서 나오지 않았을까 의심할 터였지만, 자기회의와 무력감에 빠진 이 순간에는 상대가 개인적인 욕심을 가지고 자신에게 달콤한 말을 늘어놓고 있다는 생각 같은 건 꿈에도 할 수 없었다. 그동안 비비언은 그녀에게 깊은 관심을 갖고 있다는 뜻을 무수히 밝혀왔고, 그럼에도 아무 반응을 얻지 못했다. 주디스의 눈에 비친 그는 엘루릭 수사보다 한 살 더 많은 어린아이였다. 엘루릭 수사와 비슷한 감정으로 괴로워하며 온갖 아첨과 과장된 얘기를 늘어놓는 또 다른 아이. 그녀로서는 엘루릭에게 아무 도움도 주지 못한 것이 못내 가슴 아팠고, 그래서 비비언에게는 어떻게든 잘 대해줘야 할 것 같았다. 그리하여 그와 함께 있는 시간을 꾹 참고 견디며, 그 내용은 확고하나 평소보다 훨씬 부드럽고 성의 있는 대답을 들려주었다.

 "어리석은 소리 말아요. 당신과 나는 어렸을 때부터 서로 잘 알아온 사이잖아요. 나는 당신보다 나이도 많고, 이미 결혼까지 했던 여자예요. 우린 서로의 짝이 될 수 없어요. 그리고 난…… 그 어떤 남자와도 다시 결혼할 마음이 없어요. 당신이 이걸 대답으로 받아들였으면 해요. 여기서 나 때문에 더 이상 시간 낭비하지 마세요."

 "부인은 지금 죽은 수사 때문에 괴로워하고 있잖아요." 그가 열렬하게 말했다. "당신 잘못이 아니라는 건 하느님께서 잘 아실 거예요. 이 괴로움도 언제까지나 지속되지는 않을 겁니다. 한두 달만 지나면 사태가 다르게 보이겠죠. 그리고 당신의 마음을 괴롭히는 그 계약서 말인데…… 원한다면 그 내용을 바꿀 수 있을 거예요. 당신은 계약이라는 구속에서 벗어날 수 있고, 또 마땅히 그렇게 해야 해요. 계약을 파기했다고 비난하는 사람은 없을 겁니다. 당신도 이제는 그게 어리석은 짓이었다는 거 잘 알잖아요."

"그래요, 기부를 해놓고 보상을 요구하다니, 정말로 어리석었죠." 그녀는 체념 어린 투로 말을 이었다. "그런 짓은 하지 말았어야 했는데. 그 조항이 이처럼 슬픈 결과를 불러왔잖아요. 그래요, 당신 말이 맞아요. 계약서의 내용은 바꿀 수 있죠."

비비언은 이 긴 대화를 좋은 징조로 여기는 듯했고, 이는 그녀가 절대로 원치 않는 일이었다. 주디스는 최대한 부드러운 방식으로 그에게서 벗어나고자 자신이 느끼는 극심한 피로감을 호소하며 자리에서 일어났다. 비비언도 마지못해 따라 일어났다. 문 앞에서 매력적이고 우아한 미소를 머금은 채 한동안 그녀를 응시하던 그는 결국 몸을 돌리곤, 긴 다리를 맵시 있게 놀려 다리께로 이어지는 메어돌가를 걸어 내려갔다.

하지만 그가 떠난 뒤에도 주디스는 이날 오전에 있었던 사건의 반향에서 벗어날 수 없었다. 애거사가 지난 일을 들먹이며 공연히 어리석은 짓을 하는 바람에 재앙이 일어났다는 식으로 푸념을 잔뜩 늘어놓았던 것이다.

"풋내기 계집애처럼 감상에 빠져 그런 계약을 맺은 게 얼마나 어리석은 짓이었는지 이제는 너도 잘 알 게다. 장미 한 송이라니, 기가 막혀서! 부모한테서 물려받은 재산의 절반을 그렇게 분별없이 내줘서는 안 됐어. 너와 네 식구들이 그 땅을 절실히 필요로 할 때가 올지 누가 알겠니? 게다가 이제 그게 어떤 결과를 빚어냈는지 좀 봐라! 사람이 죽었잖아. 그게 죄다 그 바보 같은 계약 탓이지 뭐냐."

"그만 좀 하세요." 주디스가 짜증스럽게 말했다. "저도 후회하고 있으니까요. 지금이라도 얼마든지 계약 내용을 고칠 수 있을 거예요. 이미 생각해둔 게 있으니 이모는 더 이상 말씀 마세요."

그녀는 일찍 잠자리에 들었다. 손에 발진을 일으키는 일에서 놓여나 당분간 집안일을 하게 된 브랜웬이 마님의 시중을 들러 왔다가 그녀가 벗어놓은 가운을 옷장 안에 개켜 넣고 덧문이 설치되지 않은 창에 커튼을 쳤다. 브랜웬은 주디스를 매우 좋아하고 따랐지만 오늘만큼은 일찍 그 방을 나서야 하는 것이 아쉽지 않았다. 비비언의 하인 하나가 하인드 부인에게 전할 옷감 한 필을 기다리느라 주방에 느긋하게 자리 잡고 앉아 직공장인 버트레드와 주사위 놀음을 하고 있었던 것이다. 두 남자 모두 예쁘장한 여인을 알아볼 줄 아는 매력적인 사람들이었으며, 브랜웬도 이 잘생긴 두 마리 개들 사이에서 먹음직한 뼈다귀가 되는 것이 전혀 싫지 않았다. 그녀는 버트레드가 이따금씩 분수에 넘치는 생각을 품은 채 제 건장하고 번듯한 체구와 생기 넘치는 잘생긴 얼굴, 그러한 외모와 어울리는 달변을 과시하며 자신이 모시는 마님에게 갈망 어린 눈길을 던지는 것을 알아채곤 했다. 하지만 그는 아무것도 얻어내지 못하리라! 그리고 하인드 집안의 하인 구녀와 함께 앉아 주사위를 던지는 지금은, 브랜웬을 보다 손쉬운 상대로 여기고 잘 봐줄지 모를 일이었다.

"이제 혼자 있어도 괜찮으니 그만 나가보렴." 주디스가 풍성한 머리채를 어깨 위로 풀어 내리며 말했다. "하지만 내일 아침에는 일찍 깨워줘." 갑작스럽게 결단을 내린 듯 그녀가 얼른 덧붙였다. "수도원에 갈 생각이니까. 이 문제를 한시바삐 해결해야 해. 내일 원장님을 찾아뵙고 새로운 계약서를 작성할 거야. 이제 장미꽃 같은 건 받지 않겠어! 기부를 하면서 보상을 요구하다니 정말 바보 같은 짓이었지. 더는 아무 조건도 붙이지 않을 거야."

*

브랜웬은 마님 시중드는 일을 맡게 된 것이 기뻤고, 자신을 향한 마님의 신임이 깊어졌다는 생각에 즐거웠다. 게다가 자기에게 관심을 두고 잘 보이려 애쓰는 두 젊은 남자가 주빙에 있으니, 그들에게 마님이 이튿날 아침에 하려는 일을 자신에게 제일 먼저 귀띔해줬다며 자랑을 해댄 것도 그리 놀라운 일은 아니었다. 유감스러운 건, 구녀가 하인드 부인의 옷감을 얼른 집으로 가져가야 하며 더 이상 꾸물거리다가는 야단을 맞을지도 모른다는 사실을 너무 빨리 기억해냈다는 점이었다. 브랜웬은 자기가 더 좋아하는 버트레드와 단둘이 남게 되었지만, 경쟁자가 집을 떠나자 버트레드의 마음속에 일던 승부욕도 사라진 듯했다. 결국 그녀에게 만족스러운 밤은 못 되었다. 브랜웬은 남자들에게 실망하고 화가 나 괜스레 짜증을 내면서 잠자리로 갔다.

*

휴의 부관인 앨런 허바드는 성실하고 과감한 사람이었지만 살인 사건을 혼자서 독단적으로 처리하는 대신 즉시 휴에게 심부름꾼을 보냈다. 이튿날인 6월 18일 정오쯤이면 휴는 슈루즈베리로 돌아올 것이다. 가족이 떠나 있는 동안 늙은 하인 혼자서 지키고 있는 그의 집이 아니라 자신이 부릴 수비대와 병사들이 있는 성으로 말이다.

한편 캐드펠은 원장의 허락을 받아 시내로 나갔다. 그는 밀랍으로 떠낸 발자국 모형을 들고 제프리 코비저와 그의 아들이자 시내에서 가장 뛰어난 구두장이요 가죽공인 필립에게로 향했다. "모든 구두는 구두장이의 손에 들어오게 마련이지. 몇 년 혹은 그 이상의 시간이 걸릴 수도 있겠지만, 증거품을 본뜬 이 그림을 두 분이 가지고 있다가 수선을 의뢰하는 구두들 가운데 이와 유사한 게 있는지 살펴본다 해서 나쁠 건 없을 거요."

필립은 구두 주인의 족적을 본뜬 밀랍 모형을 조심스레 들어

꼼꼼히 살피면서 고개를 끄덕였다. "처음 보는 모양의 구두군요. 언제고 그게 우리 손에 들어오면 쉽게 알아볼 수 있을 겁니다. 다리 건너 프랭크웰에 있는 구두장이에게도 알려놓지요. 누가 압니까? 결국 우리가 이 구두 주인을 찾아낼지 말이에요. 하지만 제 구두를 직접 수선하는 사람도 원체 많아서……."

실낱같은 가능성이지만 그렇다고 소홀히 할 수는 없어, 다리를 건너 돌아오면서 캐드펠은 생각했다. 당장은 이게 유일한 단서니까. 필연적인, 그러나 누구도 대답할 수 없는 한 가지 의문이 그의 머리를 가득 채우고 있었다. 대체 누가 그 장미나무를 쓰러뜨리려 했으며, 대체 어떤 동기에서 그랬단 말인가? 휴 또한 돌아오면 같은 의문을 제기하리라.

캐드펠은 수도원 정문 앞을 그냥 지나쳐 흙먼지 날리는 대로를 따라 내처 걸어갔다. 가게 문 앞에 서 있거나 울타리 너머에 있는 주민들과 인사를 나누며, 그렇게 빵집과 대장간 앞을 지나 닐의 집 대문에 들어선 뒤 마당을 가로질러 정원으로 통하는 쪽문으로 향했다. 쪽문은 안쪽에서 단단히 잠겨 있었다. 길을 돌아 가게로 가보니 닐은 조그만 사기 도가니와 점토 주형으로 브로치를 만들고 있었다.

"또 밤손님이 들지는 않았나 보러 왔소." 캐드펠이 말했다. "담이 그리 높지 않아 걱정이군. 누가 기필코 이 안으로 침입하겠다 마음먹으면 그걸 막기가 힘들 거거든. 한쪽 문이나마 막아놓는 게 좋겠지. 장미나무는 어떻소? 살릴 수 있을 것 같소?"

"같이 가서서 직접 보시죠. 한쪽 옆구리는 말라버릴 듯한데, 그래봐야 가지 두세 개에 불과합니다. 옆으로 좀 기울긴 했지만 적당히 가지치기를 해주면 1년쯤 뒤에는 다시 제 모습을 되찾을 것 같더군요."

여러 꽃들의 현란한 빛깔과 녹음과 햇살로 가득한 정원 한구석, 장미나무는 북쪽 담을 따라 긴 가지들을 든든하게 뻗친 모습이었다. 닐이 돛을 만드는 데 쓰이는 튼튼한 범포로 상한 줄기를 둘둘 감아 갈라진 부위를 단단히 붙인 뒤 왁스와 유지까지 두텁게 발라주고 늘어진 덩굴들을 돌벽에 매어놓은 덕이었다.

"사랑의 손길이 깃들었군." 캐드펠이 고개를 끄덕이며 중얼거렸다. 그 말이 나무를 염두에 둔 것인지, 아니면 주디스를 염두에 둔 것인지는 알 수 없었다. 절단된 부위의 나뭇잎은 시들고 떨어졌지만 전반적으로 나무는 싱싱한 초록빛을 발하며 서 있었고, 반쯤 벌어진 꽃봉오리들도 여전히 잔뜩 매달려 있었다. "처치를 아주 잘해줬소. 혹시 청동 세공이나 세상사에 싫증이 나면 우리 수도원에 들어와 내 밑에서 일해도 되겠군."

이 조용하고 품위 있는 사내는 아무런 대꾸도 하지 않았다. 그가 주디스나 장미에 대해 어떤 감정을 느끼든, 그건 다른 사람이 관여할 바가 아니리라. 캐드펠은 미간이 넓은 그의 얼굴과 정직하긴 하나 속내를 잘 드러내지 않는 커다란 눈을 응시하면서 작별 인사를 건넸다. 본연의 업무를 위해 수도원으로 돌아가는데, 무언가 미안하면서도 묘한 안도감이 느껴졌다. 말썽이 끊이지 않는 저 장미나무를 둘러싼 이들 중 적어도 한 사람은 자신의 일을 묵묵히 해나가고 있군, 그는 생각했다. 그리고 앞으로도 좀처럼 한눈을 팔지 않을 거야. 하지만 이 주변 어딘가에는 제 분수에 넘치는 이익을 탐하는 자, 사랑의 마음 같은 건 전혀 품지 못하는 다른 자가 있지.

정오가 다 된 시각, 중천에 높이 뜬 해가 따가운 빛을 내리비추는 전형적인 6월의 날씨였다. 위니프리드 성녀가 자신을 기리는 축제의 날을 위해 하늘의 심기를 달래주고 있는 걸까? 흔히 그러듯 봄이 늦게야 오는가 싶더니 여름이 단번에 따라붙었고, 추위에 떨며 세상 밖으로 나오기를 주저하던 꽃들도 갑자기 앞다투어 봉오리를 내어 하룻밤 사이 찬연한 꽃망울을 터뜨렸다. 모험을 싫어하는 농작물들은 성장이 한 달쯤 늦어지는 듯했지만 지난 4월과 5월의 추위가 병균들마저 얼려버렸으니 곧 깨끗한 모습으로 왕성하게 자라날 터였다.

문지기 수사가 정문 앞에 서서 잔뜩 흥분한 남자와 열심히 이야기를 주고받고 있었다. 매번 호기심을 억누르는 데 실패하곤 하는 캐드펠은 이번에도 역시나 걸음을 멈추고 머뭇거리다가 상대가 마일스 콜리어임을 알아보았다. 단정하고 쌀끔한 외모에 늘 나이답지 않게 침착하고 노련해 보이던 그는 평소와 달리 아주 흐트러진 모습이었다. 머리칼이 바람에 날려 이리저리 헝클어졌고, 근심으로 일그러진 갈색 눈썹 아래 하늘빛 눈은 무엇에 놀라기라도 한 양 크게 확대되어 있었다. 마일스는 인기척을 느끼고 고개를 돌려 근심 어린 눈으로 이쪽을 바라보다가 그가 바로 전날 자신의 사촌 누이와 나란히 앉아 있던 수사임을 알아보고는 반가운 기색을 띠었다.

"수사님! 어제 주디스를 위로하고 도와주신 분 맞죠? 혹시 오늘 주디스를 보셨습니까? 그 애가 여기 찾아오지 않았나요?"

"아니, 못 봤소." 캐드펠은 놀라 물었다. "무슨 일이 생긴 거요? 부인은 어제 당신과 함께 집으로 가지 않았소? 그래서 더는 걱정하지 않았는데."

"무슨 일이 생긴 건지 아직 잘 모르겠습니다. 제가 알기로 주디스는 어제 일찍 잠자리에 들었고 잠도 잘 자지 않았나 싶은데…… 집안사람들 하는 말이, 그 아이가 수도원 간다며 집을 나섰다고……." 그가 산란한 눈빛으로 주위를 둘러보며 말끝을 흐렸다.

"부인은 여기 오지 않았어요." 문지기 수사가 캐드펠을 향해 단호하게 말했다. "제가 자리를 뜬 적이 없으니 부인이 이 문으로 들어왔다면 반드시 봤을 겁니다. 부인이 수도원에 기부를 하러 오신 날 이래 저는 줄곧 그분의 얼굴을 똑똑히 기억하고 있어요. 오늘은 부인을 본 적이 없습니다. 여기 계신 마일스 씨는 부인이 아주 일찍 집을 나섰다는데……."

"아주 일찍요." 마일스는 그 말에 못을 박듯 되풀이했다. "제가 깨기도 전에 말입니다."

"무슨 일인지, 수도원에 가서 원장님을 뵈려 한다고 하셨다는군요." 문지기 수사가 말을 맺었다.

"주디스의 하녀가 그렇게 말했습니다." 마일스가 진땀을 흘리며 다시 입을 열었다. "간밤에 주디스의 잠자리 시중을 들었을 때 똑똑히 들었대요. 하지만 오늘 아침까지도 저는 그에 대해 아무것도 몰랐습니다. 그리고 그 아이가 이 수도원에 있는 것 같지도 않아요. 주디스는 여기 오지 않았습니다. 그렇다고 집에 돌아오지도 않았고요. 벌써 한낮인데! 아무래도 그 아이에게 뭔가 좋지 않은 일이 생긴 것 같습니다."

6

그날 오후 원장의 응접실에는 다섯 사람이 긴급한 비밀회의를 하기 위해 모여 앉았다. 라둘푸스, 이 무서운 사건들을 불러일으킨 계약의 증인들인 안젤름 수사와 캐드펠 수사, 근심에 휩싸여 안절부절못하는 마일스 콜리어, 그리고 휴 베링어였다. 메이즈버리에서 급히 남쪽으로 달려온 휴는 도착하자마자 첫 사건에 이어 두 번째 사건이 일어났다는 사실을 알게 된 터였다. 그는 이미 부관인 앨런 허바드에게 지시를 내려 부하들로 하여금 시내와 마을 전역을 돌아다니며 행방을 감춘 부인의 소식을 탐문하게 하고, 만일 부인이 집에 돌아올 경우엔 그 역시 즉각 소식을 들을 수 있게끔 조치해두었다. 혹시 부인이 자기 나름의 이유로 얼마간 다른 곳에 가 있는 건 아닐까? 이를테면 수도원으로 오던 중 우연히 누군가를 만났다든가……. 하지만 시간이 지날수록 이러한 가능성은 점점 더 희박해지는 듯싶었다. 브랜웬이 울먹이면서 자신이 아는 대로 털어놓았으니, 주디스가 정말로 수도원에 들르기 위해 집을 떠났다는 점, 그러나 결코 이곳에 도착하지 않았다는 점에는 의문의 여지가 없었다.

"하녀는 오늘 아침에야 주디스의 이야기를 전했어요." 마일스는 속이 답답한지 연신 두 손을 비틀며 되풀이했다. "그래서 전 그 일에 관해 아무것도 몰랐습니다. 알았다면 수도원까지 동행했을 텐데…… 대체 어떻게 된 걸까요? 시내에서 엎드리면 코 닿을 곳에 가겠다고 나가 사라지다니! 성문을 지키던 사람이 주디스와 인사를 나누고 그 아이가 다리 쪽으로 가는 걸 보긴 했답니다. 하지만 다른 일로 바빠 더는 유심히 보지 않았다더군요. 그 이후로 그 아이를 본 사람은 없습니다."

"그리고 그녀가 수도원에 오려 했던 건……" 휴가 물었다. "기부의 대가로 장미꽃 한 송이를 바치게 한 단서 조항을 삭제하기 위해서였다고요?"

"하녀 아이가 그러더군요. 주디스가 자기한테 그렇게 말했대요. 주디스는 그 젊은 수사의 죽음 때문에 몹시 심란해했습니다. 자신의 감상적인 요구가 그 사람을 죽게 만들었다고요."

"그 사건에 대해서는 설명을 좀 해야 할 것 같소." 라둘푸스 원장이 말했다. "사실 엘루릭 수사는 장미나무를 쓰러뜨리려 한 사람을 가로막았고, 그 때문에 살해당한 것으로 보이오. 공격자가 몹시 당황해 그런 짓을 벌인 것 같은데, 어쨌든 그것도 살인은 살인이지. 내가 이해할 수 없는 건, 그가 애초에 문제의 장미나무를 쓰러뜨리고 싶어 한 이유요. 그럴 마음만 먹지 않았더라면 이를 가로막는 일도, 죽음도 없었을 텐데. 대체 그자가 왜 그 나무를 쓰러뜨리려 했는지 모르겠군."

"아, 이유야 없지 않죠!" 마일스는 잔뜩 흥분한 표정으로 수도원장을 바라보았다. "주디스가 자기 재산의 절반에 해당하는 소중한 재산을 양도했을 때, 이를 그리 달갑게 여기지 않는 사람들이 꽤 있었습니다. 생각해보십시오, 장미나무를 쓰러뜨려 위니프리드 성녀 축일에 꽃들이 모두 죽어버린다면 수도원 측에서는 장미를 전달할 수 없고, 따라서 계약서의 단서 조항을 지킬 수 없게 됩니다. 그러면 계약 자체가 무효화되겠지요."

"꼭 그렇게 된다고 할 수는 없지." 휴가 말했다. "그건 부인의 마음에 달려 있는 일이니. 부인이 그 단서 조항을 자진해서 폐기해버렸을 수도 있소. 이미 그럴 뜻을 품고 있었다는 건 당신도 잘 알고 있잖소."

"예, 그럴 수도 있죠." 마일스는 안타깝다는 듯 말을 이었다. "주디스가 이 자리에 있다면 말입니다. 하지만 그 아이는 사라져버렸습니다. 약속한 날을 나흘 앞둔 지금 종적을 감춰버렸다고요. 성녀 축일이 코앞에 다다랐는데! 나무를 쓰러뜨리는 데 실패한 이가 주디스를 납치한 게 분명합니다. 지난 시도로 목적을 이루지 못하자 이제 또 다른 방법을 쓴 거예요."

한동안 긴장된 침묵이 이어진 뒤, 원장이 천천히 입을 열었다.
"당신은 정말로 그렇게 믿고 있는 거요? 신앙심을 가진 사람으로서 솔직하게 말해보시오."

"예, 원장님. 저로서는 다른 가능성을 생각할 수 없습니다. 어제 주디스는 기부와 관련한 단서 조항을 삭제하겠다는 의사를 밝혔어요. 그리고 오늘 누군가가 그것을 방해했죠. 마음이 몹시 급했던 겁니다."

"당신은 오늘에 와서야 그녀의 의도를 알게 되었다고 했지." 휴가 말했다. "그렇다면 사전에 그에 대해 알고 있었던 다른 사람이 있소?"

"하녀 아이가 주방에서 여러 차례 그 말을 했다고 털어놓았습니다. 그때 몇 사람이 그 말을 들었는지, 그리고 또 얼마나 많은 이들이 그들로부터 같은 이야기를 전해 들었는지 누가 알겠습니까? 그런 얘기들은 열쇠 구멍이나 덧문 틈으로도 새어 나가는 법입니다. 게다가, 주디스가 다리를 지나면서, 혹은 대로를 가로지르며 아는 사람들을 만나 자기가 결심한 바를 얘기했을지도 모르지요. 어쨌든 그건 주디스가 가벼운 마음으로, 별생각 없이 계약서에 끼워 넣은 조항이었어요. 하지만 이를 준수하지 못할 때는 계약 자체가 무효로 돌아가죠. 원장님께서는 제 말이 사실이라는 걸 아실 겁니다."

"알고 있소." 이어 라둘푸스는 마침내 피할 수 없는 질문을 던졌다. "그렇다면…… 어떤 수단으로든 그 계약을 파기함으로써 이익을 얻을 수 있는 사람이 누구라고 생각하시오?"

"원장님, 주디스는 젊고 부유한 여자입니다. 그녀와 결혼을 하는 사람은 누구라도 큰 이익을 얻는 셈이죠. 만일 수도원과의 계약이 무효화된다면 그 이익은 더더욱 커지고요. 시내에는 1년이 넘도록 주디스에게 치근덕거리던 구혼자들이 한 무리나 있습니다. 그들 모두 그 애가 가진 재산의 절반이 아니라 전체와 결혼하고 싶어할 테고요. 저로 말씀드리자면, 주디스를 위해 사업을 운영하면서 제가 가진 것으로 아주 만족스럽게 살고 있습니다. 올해가 가기 전에 좋은 짝이 될 만한 여인과 혼인을 올릴 예정이고요. 비록 이종사촌이긴 하지만 저는 그저 믿음직한 친척이자 장인匠人으로서 일할 뿐 주디스에게 아무 사심도 갖고 있지 않습니다. 그리고 그 애가 구혼자들 때문에 얼마나 애를 먹고 있는지 누구보다 잘 알지요. 주디스는 그들 중 누구에게도 호감을 품지 않으며, 상대에게 희망을 가질 여지조차 전혀 주지 않았습니다. 하지만 아무도 단념을 하지 않아요. 혼자가 된 지 3년이 넘었으니 이제 주디스의 결심이 약해졌을 게 분명하고, 결국은 지쳐서 두 번째 남편을 택할 거라고들 계산하고 있는 거죠. 제 생각엔 그들 중 하나가 인내심을 잃고 일을 벌인 게 아닌가 싶습니다."

"그들의 이름을 구체적으로 말해줄 수 있겠소?" 휴가 부드럽게 물었다. "구혼자들의 이름을 댄다고 해서 그게 꼭 그를 살인자이자 납치범으로 규정한다는 뜻은 아니오. 이왕 이렇게까지 말이 나왔으니 지금 이 자리에서 그 얘기를 마저 끝내는 편이 나을 것 같아 묻는 거요."

 마일스는 혀로 입술을 축이고 소매로 이마의 땀을 닦았다. "사업하는 사람은 사업하는 여인을 아내로 얻고자 하는 법입니다. 이곳 시내에는 주디스의 사업체를 손에 넣고 싶어 안달하는 사람이 적어도 둘 있어요. 두 사람 모두 오래전부터 우리와 거래해온 터라 주디스가 얼마만큼의 재산과 가치를 지니고 있는지 너무나 잘 알지요. 고드프리 풀러는 우리 양털을 모두 염색하고 우리가 짠 천을 빨아 촘촘하게 만들어주는 일을 하는데, 자기 사업에 더하여 실을 뽑고 천을 짜는 사업체를 몹시 갖고 싶어 합니다. 그렇게만 되면 염색에서 방적, 방직, 축융에 이르는 모든 과정이 수중에 들어오니 엄청난 부를 얻을 수 있거든요. 그리고 윌리엄 하인드라는 사람이 있습니다. 이 노인은 아내가 있긴 하지만 다른 경로를 통해 베스티어 집안의 재산을 손에 넣을 수 있습니다. 비비언 하인드라고, 밤낮없이 주디스를 유혹하러 찾아오는 팔팔한 아들을 두었거든요. 비비언 또한 어렸을 적부터 주디스와 서로 알고 지내온 자로, 수시로 우리 집에 드나듭니다. 아버지인 윌리엄은 이제 돈주머니 끈을 단단히 죄고 더 이상 아들의 빚을 갚아주지 않으려 하지만, 동시에 그를 이용해 어떻게든 주디스의 재산을 손에 넣고 싶어 할 겁니다. 만일 주디스를 아내로 맞이할 수만 있다면 비비언은 평생 큰소리치면서 살 수 있겠죠. 물론 제 아버지의 장단에 놀아나기보다 아버지를 맞대놓고 비웃을 공산이 더 클 테고요. 그 외에 다른 구혼자들도 있습니다. 우리 이웃에 사는 마구상은 이제 막 아내를 맞이할 나이가 되어, 주디스를 신붓감으로 정해놓고 아주 끈기 있게 접근하는 중이죠. 또 우리 집 직공장도 줄곧 그 애에게 추파를 던지고 있어요. 아주 솜씨 좋은 장인이자 미남인 건 사실이지만 자신의 외모를 과대평가하는 사람이죠. 아마 주디스는 그 사람 마음을 잘 모를 겁니다…… 아무튼 거기다 마님의 눈길을 끌려 애쓰는 잘생긴 직조공들이 몇 명 더 있고요."

"이곳의 건실한 장인들이 납치나 살인 같은 잔혹한 방법을 쓰지는 않았을 것 같은데." 원장이 미심쩍다는 듯 중얼거렸다.

"하지만 범인이 놀라고 당황해 의도치 않게 살인을 저지른 듯 보인다고 하셨잖습니까." 휴가 재빨리 말했다. "아마 그도 애초에는 죽일 생각이 없었겠죠. 그리고…… 이왕 일을 저지른 바에야, 납치를 주저할 이유가 어디 있겠습니까?"

"그래도 내겐 과한 추측으로 여겨지는군. 내가 듣고 아는 바로 미루어, 그 부인은 누군가의 설득에 쉽게 넘어갈 사람이 아니오. 지금 어딘가에 갇혀 있든, 아니면 자유로운 상태든, 이제껏 모든 감언이설과 유혹을 이기며 꿋꿋하게 버텨온 사람이 갑자기 마음을 바꿀 리는 없을 거요." 이어 원장이 안타까운 표정으로 덧붙였다. "어쩌면 성정이 굳세다는 세간의 평판 때문에 그 사람이 부인을 더 심하게 몰아붙일 수도 있겠지…… 그러면 웬만한 여자는 뒤따라올 추문이나 의심 같은 것을 감내하느니 상대의 요구에 굴복하는 편이 더 낫다고 생각할 테니까. 하지만 내 생각에 그 부인은 그런 압력에도 굴하지 않을 성싶소. 결국 부인을 납치한 자는 아무것도 얻어내지 못할 거요."

마일스가 숨을 깊이 들이쉬고는 한 손으로 자신의 금발을 쥐어뜯었다. "원장님 말씀대로 주디스는 강한 여자이니 그리 쉽게 굴복하지 않을 겁니다. 하지만 더 고약한 사태가 일어날 수도 있어요! 강간을 당하는 바람에 억지로 결혼하는 경우도 드물지 않으니까요. 힘센 남자가 도망칠 수도 없는 곳에 여자를 가둬두고서 온갖 좋은 말로 회유하고 설득하다가, 안 되면 폭력을 쓰는 거죠. 예전부터 온갖 곳에서 행해지던 수법입니다. 여기 계신 베링어 장관님이 귀족들 사이에서도 그런 일이 일어난다는 걸 증언해 주실 테고, 저 역시 평민들 사이에서 그런 일이 일어난다는 걸 잘 알고 있습니다. 도시의 상인들이나 장인들도 마지막에는 그런 방법에 호소할 수 있어요. 그리고 저는 주디스의 성격을 잘 압니다. 정조를 잃을 경우, 그 아이는 결혼을 하는 게 최선이라 생각할 겁니다. 해결책치고는 아주 고약한 것이긴 하지만요."

"정말이지 고약한 방법이군!" 라둘푸스는 혐오감에 이맛살을 찌푸렸다. "그런 일이 일어나서는 절대 안 되오. 이번 일에는 우리 수도원도 깊이 관련되어 있소. 부인의 땅을 기부받았고, 그 계약서로 인해 이런 일들이 벌어졌으니 말이오. 장관, 그 불운한 부인을 구하는 데 도움이 될 수 있는 거라면 뭐든 제공하겠소. 인력이든 자금이든, 요구하는 것이 무엇이든 말이오. 아니, 요구할 필요도 없지. 필요한 대로 그냥 가져다 쓰도록 하시오! 우리 수사들은 부인을 위해 열심히 기도하겠소. 물론 아직 그 부인에게 아무 일도 일어나지 않았을 가능성도 남아 있긴 하오. 별생각 없이 집으로 돌아왔다가 사람들이 온통 난리를 피우는 걸 보고 의아해할지도 모르지. 하지만 지금으로선 최악의 경우를 가정하고 위험한 상태에 빠진 한 여성을 구하기 위해 모든 노력을 기울여야 할 거요."

"그럼 각자의 자리에서 최선을 다해보기로 하지요." 휴가 그렇게 말하며 자리에서 일어나자, 마일스도 조바심을 이기지 못하고 신경질적으로 몸을 일으켰다. 만일 캐드펠이 입을 열지 않았더라면 그가 제일 먼저 밖으로 달려 나갔으리라.

"제가 듣기로는 펄 부인이 가끔 세속을 등지고 수녀원에 들어갈 생각을 했다는데…… 아니, 사실은 펄 부인에게서 직접 그 이야기를 들었소." 캐드펠은 마일스를 향해 말을 이었다. "불과 며칠 전에 매그덜린 수녀와도 그런 얘기를 나누었다지. 마일스 씨, 그 일에 관해 알고 있소?"

마일스의 푸른 눈이 동그래졌다. "그 수녀님이 우리 집에 오신 건 알고 있습니다만, 두 사람이 무슨 얘기를 나누었는지에 대해서는 전혀 몰랐습니다. 주디스가 얘기한 적이 없고, 제 쪽에서도 묻지 않았거든요. 결국 그건 주디스의 일이니까요. 그리고…… 예, 그 애가 가끔 수녀원 얘기를 했던 건 맞습니다. 하지만 최근에는 별말이 없었는데요."

"그러한 뜻에 대해 당신은 어떻게 생각했소?" 캐드펠이 물었다.

"저는 일절 참견하지 않았어요. 주디스가 결정할 일이라 여겨서요. 사실 저로선 권장하고 싶지 않았습니다만…… 그렇다고 주디스의 바람을 굳이 막을 생각도 없었습니다." 마일스는 갑자기 쓰디쓴 표정을 지으며 말을 이었다. "이 지경이 되고 보니, 차라리 그러는 편이 원만하고 평화로운 결말이긴 했겠네요. 이제 그 아이가 얼마나 심한 충격을 받고 절망감에 빠져 있을지는 신만이 아시겠죠."

*

"더없이 성실하고 충직한 사촌이 저기 가는군요." 휴가 캐드펠과 함께 수도원 큰 마당을 가로지르며 속삭였다. 마일스는 시내 쪽으로 난 정문의 아치문을 지나, 지금쯤 새로운 소식이 기다리고 있을지도 모를 메어돌가 초입의 집과 가게를 향해 부지런히 걸음을 옮기고 있었다. 사촌 누이가 아무 탈 없이 나타날 실낱같은 가능성이 여전히 남아 있는 터였다.

"그럴 만도 하지." 캐드펠이 말했다. "펄 부인과 베스티어 집안의 사업체가 없었다면 저 사람과 저 사람 어머니는 지금처럼 편안하게 살 수 없었을 테니까. 부인이 누군가의 강요에 몰려 결혼해버릴 경우, 그는 모든 걸 잃고 말 걸세. 사람들 얘기를 듣자니, 그는 제 사촌 누이에게 큰 은혜를 입었고, 그에 감사하는 마음으로 그녀와 함께 사업체를 열심히 운영해왔다더군. 저 사람이 열심히 일하고 업무를 효율적으로 관리해준 덕에 사업이 날로 번창하고 있다는 거야. 그런데…… 자네 말에서 왠지 가시가 느껴지는구먼. 혹시 저 사람을 의심하는 건가?"

"전혀 아닙니다. 저 사람이 부인의 소재에 대해 수사님이나 저보다 아는 게 없다는 건 분명해요. 극단에 이르러서도 감쪽같이 시치미를 떼는 사람이야 많지만, 자기 마음대로 진땀을 흘릴 수 있는 자는 지금껏 못 봤거든요. 마일스는 진실을 이야기하고 있습니다. 지금도 사촌을 찾기 위해 온 시내를 뒤지러 가는 중이고요. 저도 얼른 추적을 시작해야겠죠."

"부인이 간 길은 아주 짧았어." 캐드펠은 이제 세밀한 부분을 짚어보기 시작했다. 주디스가 홀연히 종적을 감추었으며, 그녀에게 정말로 고약한 일이 일어났다는 점에는 의문의 여지가 없다시피 한 상황이었다. "성문 문지기와 인사를 나눈 뒤 그저 다리를 건너고 우리 수도원까지만 오면 되었겠지. 강과 대로를 따라 이어지는 짧은 길, 불과 몇 분이면 지나가는 그 길에서 부인은 사라져버렸네."

"솔직히 강이 마음에 걸립니다." 휴가 말했다.

"하지만 굳이 강에 그녀를 밀어 넣을 이유가 있을지…… 어쩌다 일이 잘못 꼬였기 때문이라면 또 몰라도. 죽은 여자와 결혼해 부자가 되거나 제 사업을 더 크게 키울 수 있으리라 생각할 사람은 아무도 없을 걸세. 기껏해야 상속자 좋을 일만 하는 셈이지. 내가 알기로는 그 마일스라는 청년이 부인과 가장 가까운 친척인 것 같은데, 자네도 직접 봤다시피 그는 사촌 때문에 걱정이 되어 넋이 나가 있잖나. 그가 거짓으로 그러는 것 같지는 않아." 캐드펠이 말을 이었다. "만일 구혼자 중 하나가 극단적인 행동을 하기로 결심했다면, 그는 부인에게 아무 해도 끼치지 않고 그저 안전한 곳에 감금했을 걸세. 그러니 아직은 슬퍼할 필요가 없어. 아마 놈은 구두쇠가 금 다루듯 부인을 잘 모셔두고 있을 테니 말이야."

*

저녁기도 시간은 물론 그 이후에도 캐드펠은 줄곧 주디스의 실종에만 골몰해 있었다. 다리에서 수도원 정문에 이르는 수도원 앞 대로에서 벗어나는 좁은 길은 셋뿐이었다. 오른쪽으로 난 두 길은 물방앗간 저수지 양옆으로 갈라져 여섯 채의 조그만 집들로 이어졌고, 왼쪽으로 내려가는 길은 강을 따라 길게 뻗어가 수도원의 넓은 밭들과 만났다. 대로 양쪽에는 숨을 곳이 없으니 난폭한 행동을 벌이기 힘들 거야, 캐드펠은 생각했다. 그리고 음모를 꾸미려는 자의 관점에서 볼 때 저수지 집들로 이어지는 두 길도 적당치 않지. 여름철이라 여섯 채의 집 모두 창문이 열려 있을 테고, 그리로 거기 사는 사람들이 내다보기 쉬우니까. 그중 한 집에 사는 노파, 완전히 귀가 먹어 누가 크게 소리를 질러도 전혀 듣지 못할 노파만 빼면 그쪽에서 지내는 노인들은 대체로 잠귀가 밝은 데다, 전처럼 부지런히 나다니지 못하는 탓에 나날의 권태를 메우기 위해서라도 만사에 정도 이상의 호기심을 보이곤 했다. 그러니 아주 대담하거나 무모한 사람이 아니라면 그들이 사는 곳 근처에서 일을 벌이려 들지는 않으리라.

대로 오른편에는 물방앗간 저수지 근처에 자라난 키 작은 관목 몇 그루뿐이었고, 강으로 내려가는 비탈에 이르러서야 몸을 숨길 만한 덤불이 나왔다. 반면 왼편에는 다리 끝에서부터 무성한 숲이 우거져 있었으며, 그 너머로는 게이 초원이 펼쳐졌다.

만일 주디스가 인적 드문 새벽에 범인에 의해 길가의 나무 그늘로 유인당했다면, 범인으로선 외투로 그녀의 머리와 두 팔을 감싸고 숲속 더 깊은 곳이나 덤불로 끌고 들어가는 것이 그리 어렵지 않았을 것이다. 그럴 경우 범인은 주디스와 안면이 있는 사람일 공산이 크다. 길가에서 이야기를 나누느라 그녀를 몇 분간 지체하게 할 수 있는 사람. 그런 가정은 마일스의 주장과도 잘 맞아떨어졌다. 구혼을 거절하고서도 주디스는 여전히 같은 도시에서 이웃으로 늘 얼굴을 마주해야 하는 상대에게 웃는 낯으로 정중하게 대해야 했으리라. 성벽으로 둘러싸인 작은 도시에서 살아가려면 그렇게 하는 수밖에 없지 않은가.

물론 주디스의 실종에는 다른 이유가 있을지도 몰랐다. 하지만 그 이유 역시 계약서나 장미나무와 모종의 관련이 있겠지, 캐드펠은 생각했다. 장미나무를 공격한 일이 그녀의 실종과 무관한, 어느 미치광이의 우연한 행동일 리는 없어. 모두가 서로를 잘 아는 도시에서 홀몸으로 사는 부유한 여인. 그녀는 자신과 결혼하여 한밑천 마련하려는 구혼자들의 공세에 시달릴 수밖에 없었다. 그러니 스스로를 지킬 수 있는 유일한 길은 수녀원에 들어가는 것이었고, 주디스는 그 문제를 두고 오랫동안 고심해왔다. 그게 아니면 구혼자들 가운데 가장 마음에 드는 사람 내지는 가장 덜 싫은 사람을 골라 결혼해야 할 텐데, 그녀에겐 결혼 생각이 전혀 없지 않은가. 상황이 이러하니, 자신이 그녀의 신랑감으로 가장 적절하다 생각하는 누군가 그녀를 은밀한 곳으로 납치해 열심히 자기 마음을 호소해보자고, 그러면 결혼 허락을 얻어낼 수도 있을 거라고 생각했을지도 모른다. 게다가 6월 22일이 지날 때까지 그녀를 감금해둘 경우엔 굳이 장미나무와 꽃들을 망치지 않고도 그녀가 수도원 측과 맺은 계약을 무효로 만들 수 있었다. 나무에 아무리 많은 꽃들이 피어나도, 주디스가 위니프리드 성녀의 축일 때까지 발견되지 않는다면 그 꽃은 그녀의 손에 전달될 수 없다. 납치범이 마침내 그녀의 마음을 돌리는 데 성공하여 그녀와 결혼할 경우 그녀의 일은 곧 그의 일이 되는 셈이니 그가 직접 나서서 계약을 파기할 수 있고, 그로써 재산의 절반이 아니라 전부를 차지하게 될 것이다. 그래, 어떻게 생각해봐노 시금은 마일스의 주장이 가장 그럴싸해 보였다.

  캐드펠은 여전히 주디스에 대해 생각하며 방으로 갔다. 그에겐 그녀를 무사히 돌아오게 하는 일이 수도원의 일과만큼이나 중요하게 여겨졌다. 그 일을 세속인들에게만 맡겨놓을 수는 없었다.

침침한 방에 누운 채 리처드 수사의 끝없는 코골이를 들으면서, 그는 내일 주디스가 지나간 길을 따라가며 어떤 단서가 있는지 잘 살펴보리라 마음먹었다. 혹시 낡은 구두 뒤축 자국보다 더 중요한 증거가 발견될지 누가 알겠는가.

*

그는 수도원장에게 따로 외출 허락을 받지 않았다. 원장이 이미 사람이든 말이든 장비든, 주디스를 찾는 데 필요한 모든 것을 자유롭게 가져다 쓰라고 말하지 않았는가. 휴가 직접 부탁한 적은 없지만 친구의 마음을 제 손바닥 들여다보듯 하는 캐드펠로서는 그가 자신의 도움을 필요로 하고 있다는 사실을 잘 알았고, 그러므로 굳이 외출 허가를 받지 않아도 된다고 판단했다. 이처럼 작은 도덕적 유연성을 발휘하는 일이 그에겐 여전히 어렵지 않았으며, 또 당장의 현실적 필요 또한 그것을 정당화해주는 듯했다.

총회가 끝난 뒤, 그는 수도원 정문을 나와 막 떠오르는 태양이 길게 내쏘는 빛으로 사물의 윤곽이 한층 더 선명하게 떠오르는 수도원 앞 대로를 당당하게 걸어갔다. 그늘진 곳 풀밭에는 여전히 이슬이 맺혀 있어, 여린 바람에 나뭇잎들이 팔랑거릴 때마다 영롱한 빛을 발했다. 대로는 활기찬 움직임으로 가득했다. 여름철이라 가게든 개인 주택이든 창문을 활짝 열어둔 채였고, 부인네들과 어린이들, 개들, 마차들, 행상인들은 부지런히 오가거나 군데군데 모여 서서 이야기를 나누고 있었다. 때늦게 찾아온, 그러나 아름답게 피어난 이 초여름날 사람들은 벽과 지붕으로 밀폐된 공간을 벗어나 햇살이 비치는 곳으로 몰려나왔다. 교회 첨탑의 가느다란 그림자가 서쪽 아래 자리한 아치형 대문을 비스듬히 지나 수도원 벽 발치께를 따라 길게 늘어져 있었다.

캐드펠은 아는 사람을 만날 때마다 인사를 나누며, 그러나 이야기가 길어지지 않기를 마음속으로 바라며 천천히 걸음을 옮겼다. 주디스가 이를 수 없었던 길, 그가 그녀를 대신해 밟고 있는 이 길은 결실을 거두지 못한 경건한 의도의 여정이었다. 왼편의 담장이 수도원 내부의 큰 마당과 진료소, 학교를 따라 이어지다가 세 채의 아담하고 우아한 집이 늘어선 골목으로 구부러졌다. 길 저편 저수지 주위에 선 관목들이 보였다. 그는 주디스 펄이 그 저수지나 세번강의 파도 속으로 사라졌으리라 믿고 싶지 않았고, 믿을 수도 없었다. 주디스를 납치해간 자—누군가 정말로 그녀를 납치한 거라면—는 살아 있는 그녀, 털끝만큼도 상하지 않은 탐스러운 원래 모습 그대로의 그녀를 원하고 필요로 했으리라. 휴는 모든 가능성에 대비해 그물을 넓게 칠 수밖에 없었지만, 캐드펠은 한 번에 하나의 가정을 따라가는 편이 좋았다. 부하들이 산 채로 잡혀간 부인을 찾기 위해 슈루즈베리의 모든 거리와 골목과 집 들을 수색하는 동안, 휴는 주디스가 물에 빠져 죽었을지도 모를 최악의 가능성을 떠올리며 '죽음의 뱃사공' 마독에게 도움을 청하러 갔을 것이다. 마독은 세번강의 모든 파도를, 그 강이

매 계절 자신의 힘으로 연출하는 모든 술수를, 그 흐름에 쓸려 내려간 것들이 다시 떠오르는 모든 물굽이와 여울들을 속속들이 알았다. 만일 강이 그녀를 삼켰다면 마독이 그녀를 찾아내리라. 하지만 캐드펠은 그녀가 그렇게 되었을 가능성을 생각하려 하지 않았다.

만일 슈루즈베리의 성벽 안에서 그녀를 찾아내는 데 실패한다면? 그러면 휴와 부하들은 그 너머로 가리라. 하지만 고분고분하게 응하지 않는 여자를 그렇게 멀리까지 데려간다는 건 그리 간단한 일이 아니다. 마차를 동원하지 않고서 가능했을까? 그렇다고 마차를 썼다가 일이 조금이라도 꼬일 경우 남들의 시선을 끌기 십상일 텐데. 누군가는 마부의 얼굴을 기억해둘 테고, 심지어 당황스러운 질문을 던져댈지도 모르는데. 인간의 호기심이란 원래 끝이 없는 법이니까. 그래, 그자는 그녀를 그렇게 멀리까지 데려가지 못했을 것이다.

캐드펠은 저수지를 지나 또 다른 세 채의 집으로 이어지는 두 번째 오솔길 앞에 이르렀다. 거기 딸린 비좁은 정원을 지나면 활짝 트인 들판이 나오고, 그 끝에서 왼쪽으로 꺾어들면 수도원 앞 대로보다는 좁지만 그래도 꽤 넓은 축에 속하는 길이 강을 따라 남쪽으로 뻗어 있었다. 어쩌면 납치범은 그 주변에 자리한 어떤 집이나 숲속에 숨어 있을지도 몰랐다. 하지만 강과 나란히 난 그 길에는 몸을 숨길 만한 장소가 거의 없고, 거기서 주디스를 공격할 경우에는 강 건너편에 있는 사람들의 눈에 띌 수도 있다.

그렇다면 대로 오른편은 어떨까? 마을 끝에 이르러 시작되는 빽빽한 숲을 얼마간 따라가다 보면 가파른 내리막길 하나가 덤불과 숲 사이로 뚫려 있고, 그 길은 한동안 세번 강둑과 나란히 달리다가 게이 초원으로 이어진다. 주디스가 대로와 다리를 지나는 동안에는 납치범도 감히 행동에 나설 수 없었을 것이다. 그 짧은 여정에서 맹수가 먹잇감을 공격하여 끌고 갔을 만한 곳이 있다면 바로 이 숲길이 유일했다. 상대는 주디스가 수도원에 도착하여 뜻한 바를 이루지 못하도록 해야 했다. 두 번째 기회는 찾아오지 않을 터였다. 그리고 그 장미의 집은 모험을 감행할 가치가 있는 큰 재산이었다.

시간이 지날수록 이러한 가정이 점점 더 현실성 있는 것으로 여겨지기 시작했다. 이웃들과 마찬가지로 법을 잘 지키고 모든 이들의 존경을 받으며 사는 평범한 보통 사람이 그런 일을 저지를 수 있었을까? 하지만 비교적 온건한 방법을 시도했다가 우연히 한 사람을 죽였다면, 그는 더 이상 평범한 보통 사람이 아니다.

캐드펠은 대로를 가로질러 자취를 남기지 않고자 조심조심 길가의 숲으로 들어섰다. 그러나 그곳엔 이미 너무나 많은 자취들이 남겨져 있었다. 수도원 앞 대로에 사는 개구생이들과 그들을 따라다니는 개들의 자취, 아직 너무 어려 큰 아이들의 놀이에 낄 수 없는 어린것들이 징징거리며 짧은 다리를 놀려 쫓아간 자취……. 조금 더 들어간 곳에 자리한 빈터로 가보니 연인들이 한밤중 은밀한 만남의 장소로 사용한 듯 풀밭이 눌려 만들어진 아담한 둥우리들이 여기저기 눈에 띄었다. 거기서는 어떤 증거도 찾기 어려울 듯했다.

그는 되돌아 나가 게이 초원으로 이어지는 좁은 길을 몇 발짝 내려갔다. 눈앞에 시내로 이어지는 돌다리가 곧게 뻗어 있었고, 그 너머 시를 둘러싼 높은 성벽과 대문의 탑이 보였다. 햇살을 받은 성벽의 돌들이 크림빛으로 빛났다. 여느 해 여름보다 수위가 약간 더 높은 세번강은 아른아른한 빛을 발하면서 나른하게 흐르고 있었다. 얼핏 더없이 평온해 보이는 모습이었지만 캐드펠은 그 흐름이 얼마나 빠른지, 하늘빛을 반사한 저 매끄러운 표면 아래 저류가 얼마나 맹렬한 속도로 휘돌아 내려가는지 잘 알고 있었다. 이곳에 사는 대부분의 아이들은 걸음마를 시작하기도 전에 수영하는 법을 배워, 그 매끄러운 표면만큼이나 부드럽고 안전한 곳에서 신나게 멱을 감곤 했다. 그러나 성으로 이어진 길 양옆에서 도시를 휘감으며 흘러가는 이곳 강물은 위험하기 그지없었다. 주디스 펄이 수영을 할 줄 알까? 여자아이들은 남자아이들처럼 잔풀 깔린 물가를 알몸으로 뛰어다니거나 물속을 들락날락할 기회가 없을 텐데.

주디스는 혼자서 성문을 통과했고, 문지기는 그녀가 다리로 들어선 광경을 목격했다. 누군가 그 훤히 트인 다리 위에서 감히 나서 그녀 앞을 가로막았으리라고는 믿기 힘들었다. 그랬다간 그녀가 비명을 질렀을 테고, 문지기는 그 소리에 놀라 즉각 그쪽을 내다봤으리라. 그러니 주디스는 이곳, 캐드펠이 서 있는 지점까지 무사히 이른 것이다. 그런 다음에는? 지금까지 들어온 보고에 의하면 그 이후 그녀를 본 사람은 없었다.

캐드펠은 게이 초원으로 이어지는 길을 내려가기 시작했다. 왕래가 잦아 풀이 거의 자라지 않은 길 가장자리의 숲은 평탄한 경작지에 자리를 내주면서 점점 더 뒤로 물러났으나, 강변에 난 수풀은 가파른 내리막을 따라 다리의 첫 번째 아치 밑, 한때 물방아 배가 정박해 있던 자리까지 뒤덮고 있었다. 물가의 비옥한 평원을 따라 가지런히 펼쳐진 수도원 경작지 한쪽에서는 서너 명의 수사들이 양배추와 유채 같은 것들을 거둬들이느라 바빴다. 그리로 더 나아가면 과수원이 나타날 터였다. 사과, 배, 자두, 버찌가 열린 나무들, 두 그루의 큼직한 호두나무, 그리고 이제 막 빨갛게 물들기 시작하여 아직은 좀 시큼한 구스베리 관목들이 자라고 있으리라. 수도원의 땅은 들판 끝, 지금은 사용하지 않는 또 다른 물방앗간이 자리한 밀밭 앞에서 끝났다. 밀밭 너머의 숲은 강 쪽으로 이어져, 소용돌이치는 강물에 파인 둑 위로 나뭇가지들이 무성하게 드리워 있었다.

넓은 강 건너편에는 언덕의 거대한 초록빛 봉우리가 솟아올라 마치 화관처럼 슈루즈베리의 성벽 위에 얹혀 있는 듯 보였다. 성벽에는 강가의 정원과 풀밭으로 통하는 두세 개의 조그만 쪽문을 냈는데, 적이 공격해 올 경우엔 쉽게 닫아 걸어 봉쇄할 수 있었다. 높이 솟아오른 성벽 위쪽은 사방으로 훤히 트여 누가 접근하든 금세 눈에 띄었다. 강물이 보호하지 못하는 취약한 한쪽 면에

성이 자리 잡아 시를 둘러싼 둥그런 벽을 완성한 셈이었다. 쉽게 무너뜨릴 수 없는 안전한 곳. 4년 전 스티븐 왕이 점령한 이래 슈루즈베리는 그의 행정 장관에 의해 굳건히 지켜지고 있었다.

 게이 초원의 비옥한 들판을 바라보면서, 캐드펠은 시 성벽 안에 있는 수백 가구 사람들이 여기 이 땅을 굽어볼 수 있으리라 생각했다. 그날도 오늘처럼 날씨가 좋았으니 누구라도 창 너머 이쪽에서 일어나는 일을 목격했을 것이다. 아니면 낚시를 하거나 산책을 하거나 목욕을 하러 강가에 나온 사람들, 혹은 강에서 수영을 하면서 놀고 있던 아이들이라도. 아직 이른 새벽이라 그 수가 많지는 않겠지만, 그럼에도 누군가는 보았을 터였다. 하지만 여기서 싸움이 벌어지거나 누군가 도망을 치는 광경을, 혹은 사람 형상의 무거운 짐을 지고 가는 모습을 목격했다고 나서는 이가 하나도 없다니……. 그래, 이쪽 길에서 일어난 게 아니야, 그는 생각했다. 양편으로 트인 이 땅은 일을 벌이기에 적합한 곳이 아니야. 그렇다면 범행 장소는 남들 눈에 띄지 않게 은밀히 접근할 수 있는 유일한 곳, 바로 숲과 덤불이 무성하게 자라난 다리 곁 혹은 그 아래일 것이다.

 캐드펠은 덤불을 헤치며 아치 아래로 내려갔다. 거의 말라 짙은 숲 그늘에만 약간 남아 있던 이슬이 샌들과 수사복 자락을 살짝 적셨다. 석조 아치 아래 강물은 수위가 한 뼘쯤 낮아져 잔풀과 물풀의 허연 자취를 남긴 채 흐르고 있었다. 누군가 이곳을 지나갔다면 아마 이슬이 살짝 덮인 마른땅을 밟고 걸었을 것이다. 아치 밑은 물이 불어나는 겨울철이나 해빙기를 맞아 홍수가 지는 봄철에도 수위가 2미터 이상 올라가지 않았다. 그 아래 비옥하고 축축한 땅에서는 덤불이 온갖 자양분을 흡수하며 마구 뒤엉킨 채 무성하게 자라났다.

풀밭이 양쪽으로 갈라져 누운 자취로 보아 누군가 그보다 앞서 그곳을 지나간 게 분명했다. 최소 한 사람, 어쩌면 둘 이상이. 동네 사내아이들이 짓궂은 장난을 하며 사방을 쏘다니곤 하니 특이한 상황은 아니었다. 이상한 건, 강물의 수위가 낮아지면서 드러난 축축한 토양에 깊은 홈이 패어 저 위쪽 풀밭까지 이어져 있다는 점이었다. 최근 누군가 배를 뭍으로 끌어 올렸던 걸까? 저쪽 다리 밑에서야 배 주인들이 언제든 사용할 수 있게끔 배를 정박해두거나 뭍으로 끌어 올려두는 일이 잦지만, 강 이쪽에 배를 대는 경우는 극히 드물었다.

캐드펠은 웅크리고 앉아 지면을 자세히 살폈다. 강가 진흙에만 사람의 발자국이 남아 있을 뿐 위쪽 풀밭에서는 자취를 찾을 수 없었다. 게다가 진흙에 남아 있는 것도 이미 형체를 똑똑히 알아보기엔 힘든 상태였다. 그러나 배가 만들어놓은 홈 양편에 이어진 흔적으로 미루어, 한두 명의 남자들이 그곳을 지나갔던 것만은 분명했다.

아치 밑으로는 빛이 들지 않았기에, 만일 캐드펠이 바닥에 쪼그리고 앉지 않았더라면 그 이상한 물건은 발견할 수 없었을 것이다. 발자국들이 어지럽게 찍혀 있는 진흙밭에 엄지 한 마디보다 길지 않은, 황금빛 지푸라기 같은 금속 실이 박혀 있었다. 캐드펠은 그걸 뽑아내 손바닥 위에 올렸다. 조그마한 화살촉과 비슷하게 생긴 물건인데, 발에 밟혔는지 형태가 약간 일그러져 있었다. 그는 허리를 숙여 강물에 그것을 씻은 뒤 햇살이 비치는 곳으로 나왔다.

그것은 가죽 허리띠 끝을 마무리하는 청동 끝머리쇠였다. 허리띠에 단단히 물린 뒤 펀치와 망치를 써서 정교하게 조각한 그 물건은 심한 몸싸움이나 격투가 벌어지지 않았다면 결코 제자리에서 빠져나오지 않았으리라.

캐드펠은 즉각 몸을 돌려 가파른 비탈을 성큼성큼 올라가 큰길에 들어선 뒤 수도원 앞 대로를 향해 부지런히 걷기 시작했다.

7

"이건 그 부인 겁니다." 닐이 청동 조각을 한참이나 들여다보다가 고개를 들고 심각한 표정으로 말했다. "제가 만들지는 않았지만 쉽게 알아볼 수 있어요. 엘루릭 수사가 죽은 날 아침 부인이 찾아간 허리띠에 붙어 있었죠. 고리를 끼우는 구멍 부분에 새겨진 장미꽃 무늬와 어울리는 새 버클을 제가 만들어드렸습니다. 예, 그 부인 것이 확실합니다. 이걸 어디서 찾아내셨죠?"

"저 다리의 첫 번째 아치 밑에서. 누군가 거기서 몰래 배를 끌어 올렸던 것 같소."

"부인을 납치하기 위해서였겠죠! 그 와중에 이게 진흙밭에 떨어져 구둣발로 밟힌 겁니다. 보세요, 이건 가죽 속에 단단히 박혀서 쉽게 빠지지 않는 부속이에요. 오래 써서 가죽이 물러지고 얇아져도, 손길을 많이 타서 쇠가 반들반들하게 닳아도 웬만해선 빠지지는 않죠. 누군가 부인의 허리띠를 난폭하게 잡아채는 바람에 떨어져 나온 겁니다."

"허리띠뿐 아니라 부인도 그처럼 함부로 다뤘겠지." 캐드펠은 이맛살을 찌푸린 채 고개를 끄덕였다. "그날 부인이 허리띠를 건네받았을 때 난 자세히 들여다보지 않아서 이게 거기서 나온 건지 확신할 수 없었소. 이제야 분명히 알겠군. 당신이 잘못 볼 리는 없으니까. 적어도 한 걸음은 앞으로 나아간 셈이오. 이제 와 생각해보니 배야말로 부인을 납치하기에 가장 간편하면서도 적당한 도구인 듯하군. 그 큼직한 물건이 뭐냐고 캐물을 이웃 곁을 지날 필요도 없고, 또 뭍에 있는 누구도 지나가는 배를 이상하게 쳐다볼 리 없으니 말이오. 세번강에는 항상 배가 지나다니니까. 어쩌면 납치범이 그 허리띠로 부인을 결박했을지도 모르겠군. 그때 이것이 빠져나왔고……."

"부인에게 그런 난폭한 짓을!" 닐은 작업대 위에 놓인 모직 헝겊에 손을 문질러 닦은 뒤 가죽 앞치마를 풀었다. "이제 뭘 하면 좋을까요? 제가 어떻게 도와드리면 좋을지 말씀해주세요. 어디서 부인을 찾아봐야 할까요? 아, 일단 가게 문부터 닫겠습니다."

"아니, 여기서 꼼짝하지 말고 그저 장미나무나 잘 지켜주시오." 캐드펠이 서둘러 말했다. "왠지 한 사람의 목숨이 다른 한 사람의 목숨과 긴밀하게 연결되어 있는 것 같다는 묘한 생각이 드니 말이오. 휴 베링어가 할 수 없는 일을 당신이 다른 어디에

선가 할 수 있을 것 같소? 휴에겐 이미 충분한 인력이 있소. 그의 부하들이 열심히 뛰고 있으니 조만간 사건은 해결될 거요. 당신은 꾹 참고 여기 머물러 있는 게 좋겠소. 내 귀에 들어오는 소식은 뭐든 알려줄 테니 걱정 말고. 당신은 배가 아니라 청동을 다루는 사람이오. 게다가 이미 최선을 다하고 있잖소."

"수사님은 어쩌실 생각입니까?" 닐은 수동적인 역할을 맡기 싫은 듯 이맛살을 찡그리며 물었다.

"나가서 최대한 빨리 휴 베링어를 찾아볼 거요. 그다음에는 마독을 만나보고. 그 사람은 자기가 몰고 다니는 작은 배에서 양모를 실어 나르는 화물선에 이르기까지 배에 관해 알아야 할 건 뭐든 다 알고 있으니까. 아마 진흙밭에 남겨진 자국만 보고도 그게 어떤 배인지 말해줄 수 있을 거요. 당신은 마음을 가라앉히고 여기서 기다리시오. 주님의 가호로 우리는 기필코 부인을 찾아낼 거요."

캐드펠은 문을 나서려다 등 뒤에 묵직하게 자리 잡은 침묵의 힘에 이끌려 고개를 돌렸다. 그 과묵한 장인은 조용히 서서 보이지 않는 곳, 아마도 주디스 펄이 탐욕과 잔혹함의 포로가 되어 혼자서 안간힘을 쓰고 있을 어딘가를 응시하고 있었다. 선행이 그녀를 궁지에 빠뜨리고, 자비가 그녀의 목숨을 위태롭게 하다니! 잘 통제되어 좀처럼 속내를 알 수 없던 그의 얼굴이 순간 내면에서 끓어오르는 격정을 있는 그대로 드러내 보였다.

맙소사, 시내 쪽으로 서둘러 걸어가며 캐드펠은 생각했다. 조그만 도가니와 주형들을 놀라우리만치 섬세하고 정확하게 다룰 줄 아는 그 큼직하고 솜씨 있는 두 손이 주디스 펄을 납치한 자의 목을 움켜쥘 수만 있다면, 왕의 재판관에겐 교수형 집행인이 필요치 않을 것이며 이 지역의 법정에서는 많은 돈을 아끼게 되리라.

*

캐드펠이 다소 숨을 헐떡이며 행정 장관과 함께 강가에 내려가봐야겠다고 전하자, 성의 문지기는 얼른 소년 하나를 휴에게로 올려보냈다. 하지만 그를 찾기까지 다소 시간이 걸릴 듯해 캐드펠은 그 틈에 '죽음의 뱃사공' 마독을 찾아보기로 했다. 그가 강에서 일하지 않을 때 어디서 시간을 보내는지는 이미 잘 아는 터였다. 마독은 자신의 고향인 웨일스 방향으로 이어지는 서쪽 다리 그늘 밑에 오두막 한 채를 갖고 있었는데, 한가할 때면 그 집에서 버들고리와 가죽으로 된 조그만 배들을, 혹은 누군가의 주문을 받아 나무배도 만들곤 했다. 또 낚시 철이면 집 앞 강가로 나와 물고기를 낚았고, 사람이든 물건이든 배로 나를 수 있는 것이라면 돈을 받고 배에 실어 강을 건네주기도 했다. 캐드펠이 서쪽 다리에 도착한 정오 무렵, 마독은 마침 혼자서 점심을 먹은 뒤짧은 휴식을 취하고 있었다. 키가 땅딸막하고 근육이 잘 발달한 몸에 털이 무성한 이 늙은 웨일스인은 어렸을 적부터 친척이나

친지 없이 혼자서만 살아왔으며, 그 누구도 필요로 하지 않았다. 하지만 친구들이 찾아오면 언제든 반갑게 맞았고, 다른 이가 자신을 필요로 할 경우에는 늘 기꺼이 응했다. 이번에도 캐드펠이 와 도움을 청하자 그는 기꺼이 자리를 털고 일어나 따라나섰다.

휴는 그들보다 먼저 성문에 내려와 있었다. 세 사람은 함께 다리를 건너 강가의 침침하고 서늘한 아치 그늘 밑으로 내려갔다.

"여기 이 진흙밭에서 이걸 발견했네." 캐드펠이 허리띠 끝머리 쇠를 꺼내 보였다. "펄 부인의 허리띠에 달려 있던 물건인데, 아마도 몸싸움을 하는 과정에서 떨어져 나오지 않았나 싶어. 청동 세공인인 닐이 불과 며칠 전 부인의 허리띠 장식과 어울리는 새 버클을 하나 만들면서 보았다고 확인해주더군. 그는 이런 물건을 전문적으로 만드는 사람이니 이게 부인의 것이라는 점에는 의심의 여지가 없어. 그리고 저쪽을 보게. 누군가 여기서 배 한 척을 끌어 올린 것 같아."

마독이 흙에 난 깊은 홈 자국을 유심히 들여다보더니 알겠다는 듯 자신 있게 말했다. "십중팔구 훔친 배일 겁니다. 그런 짓을 저지르는 사람이 자기 배를 이용할 리 있습니까? 그러면 설혹 남의 눈에 띄거나 누군가 배 안에 어떤 게 실려 있었는지 대충 냄새를 맡는다 해도 추적당하지 않을 수 있지요. 배가 어제 새벽에 여기 올라왔다고요? 아마 시내에 사는 낚시꾼이나 어부 중 강가에 정박해둔 제 배를 잃어버린 사람이 있을 겁니다. 이런 흔적을 남길 만한 배는 시내에 열 척이 넘어요. 조작이 쉬워서 그저 방향만 맞춰 띄우기만 하면 되는 그런 배죠."

"하류 쪽으로 가지 않았을까 싶은데." 휴가 손바닥 위에 놓인 조그만 청동제 물건을 한참이나 바라보다 고개를 들어 말했다.

"그랬을 겁니다! 일을 저지른 사람들은 하류 쪽으로 가기 마련이죠. 더구나 그런 짐을 실었다면 반드시 그래야 했을 겁니다. 상류로 거슬러 올라가기보다는 그 편이 훨씬 쉽고 안전하니까요. 아침 이른 시각엔 인적이 드문 편이지만, 그래도 한두 사람이 열심히 노를 저으며 물살을 거슬러 올라 시의 성벽을 빙 돌아갔다면 물가에 나온 주민이나 다른 배에 있던 이들의 눈에 띌 가능성이 높습니다. 그자들로서는 반드시 피하고 싶었을 상황이죠. 게다가 시의 성벽을 돌아간 뒤에는 프랭크웰에 사는 사람들과 부딪치게 되니, 다른 이의 눈을 벗어나려면 한 시간 넘게 노를 저어야 했을 겁니다. 하지만 하류 쪽으로 내려간다면 일이 쉬워지죠. 일단 성벽을 지나고 성 아래쪽만 무사히 통과하면 안도의 한숨을 내쉴 수 있습니다. 이미 배가 시에서 벗어나 들판과 숲 사이에 놓이게 되니까요."

"그렇지." 휴가 중얼거리고는 캐드펠을 향해 말했다. "놈이 상류로 거슬러 올라갔을 가능성도 아예 무시할 수는 없지만, 일단 하류부터 추적하는 게 좋겠습니다. 시내의 모든 골목과 가옥을 대상으로 한 수색 작업은 이제 거의 끝나가는데, 부인이 대문에서 문지기와 이야기를 나누고 다리를 건너기 시작한 뒤로는 그 모습을 봤다는 사람이 아무도 없더군요. 만일 부인이 자의로든

타의로든 시내로 되돌아왔다 해도, 성을 통해 들어오지는 않았을 거예요. 문지기가 맹세하기를, 어떤 마차도 지나가지 않았고 사람 몸만 한 짐을 지고 들어온 사람도 전혀 없었다 했으니까요. 성문 말고도 주민들의 개인 정원으로 통하는 쪽문들이 여기저기 나 있긴 하지만, 주인들 눈에 띄지 않고서 그리로 드나들기란 쉬운 일이 아니죠. 아마 부인은 시내에 없을 겁니다. 그래도 시내로 이어지는 모든 쪽문에 경비병들을 배치해두긴 했습니다. 왕명을 앞세워 모든 집을 수색하라는 지시도 내렸고요. 모두에게 똑같이 적용되는 명령이니 아무도 저항하거나 불평하지 못할 겁니다."

"정말 아무도 불평하지 않을까?" 캐드펠이 물었다. "한 사람도?"

"하긴 하겠죠. 속으로만. 그래도 지금까지 대놓고 이의를 제기하거나 적당히 둘러대며 문을 열어주지 않으려 한 사람은 아무도 없었어요." 휴가 웃으며 말을 이었다. "어제 날이 어두워질 때까지 부인의 사촌을 데리고 다니며 의심스러운 곳은 모조리 찾아보게 했거든요. 그 사람 직공 두세 명도 와서 수색을 도왔죠. 버트레드라는 키 크고 체격 좋고 기운 좋은 직공장 역시 온종일 우리와 함께 돌아다녔고요. 지금쯤 제 부관들이랑 수도원 앞 대로로 나갔을 겁니다. 성 너머 집들이며 정원, 강가를 뒤져보려고요. 그 집 사람들 모두 하나같이 근심에 싸여 부인을 찾으려 애쓰고 있어요. 이제껏 자기들을 먹고살게 해주었으니 당연한 일이죠. 부인에게 딸린 이들만 아마 스무 가구가 넘을 겁니다. 그런데도 아직 부인에 관해 밝혀진 바가 전혀 없고, 또 의혹을 품을 만한 사람도 찾아낼 수가 없으니……."

"고드프리 풀러는?" 캐드펠은 주디스의 구혼자들에 관한 소문을 떠올리며 물었다. "그 사람 반응은 어떻던가?"

휴가 짧게 웃었다. "저도 궁금해 잘 살폈는데, 그 사람도 부인의 사촌 못지않게 걱정을 하더군요. 자기 집의 모든 열쇠를 건네주면서 마음대로 뒤져보라고 했어요. 그래서 전부 뒤졌죠."

"염색장과 축융 건조장 열쇠도 내주던가?"

"그럼요, 전부 줬어요. 하지만 그곳 열쇠들은 필요하지도 않았어요. 일꾼들이 작업을 하느라 모든 문을 활짝 열어뒀거든요. 그 사람, 자기 일꾼들을 보내 수색을 좀 도우라고 할까 잠깐 망설이는 것 같았는데, 결국 그런 제안은 하지 않더군요. 워낙 돈을 밝히는 사람이잖아요. 아마 일에 차질이 생기는 게 싫었을 겁니다."

"윌리엄 하인드는?"

"그 늙은 양모 상인 말이죠? 그 집에서 일하는 사람이 그러는데, 그는 어젯밤 목장에 나가 목동들과 양 떼랑 같이 잠을 잤다는군요. 오늘 이른 아침에야 집에 돌아왔대요. 펄 부인이 행방불명된 것도 그제야 알았답니다. 제 부관인 앨런이 어제 그 집에 들렀는데, 하인드 부인이 군소리 없이 모든 곳을 보여줬답니다. 그리고 저도 오늘 아침에 가서 윌리엄 하인드 본인과 직접 이야기를 나눠봤죠. 그는 오늘 날이 저물기 시작하면 다시 산지의 목장으로 갈 예정이랍니다. 1년생 양 몇 마리가 병이 나서 물약을 가지러 하인이랑 잠깐 집에 들른 모양이에요. 그런 비극적인 소식을 듣게 되어 유감이라면서도 펄 부인의 안위보다는 양들을 더 염려하는 것 같더군요. 어쨌든 지금 부인이 시내에 없는 건 거의 확실합니다." 휴가 힘 있게 말을 이었다. "이제 다른 곳에 집중해야죠. 강 하류 쪽에요. 자, 마독, 같이 성문께로 가서 우리를 배에 좀 태워주시오. 하류로 내려가면서 뭔가 짚이는 게 있는지 둘러보기로 합시다."

*

 마독이 이따금씩 노를 저어 방향을 잡는 가운데, 그들은 물살을 타고 내려가며 옆으로 지나가는 슈루즈베리 동쪽 전경을 지켜보았다. 긴 성벽 아래 가파른 초록색 둑과 물가 여기저기서 자라는 키 작은 덤불숲, 가지를 늘어뜨린 버드나무들이 간간이 눈에 띄긴 했지만, 주로 시야를 채우는 것은 길게 펼쳐진 풀밭과 회색빛 돌들로 이루어진 높은 성벽의 모습이었다. 성벽 위로는 세인트메리 교회의 첨탑과 더 민 곳에 지리 잡은 세인트알크문드 교회 지붕만 솟아 있을 뿐 다른 가옥의 모습은 거의 보이지 않았다. 유사시 성에서 배를 타고 강으로 나올 수 있는 수로 어귀에 이를 때까지 그들은 성벽에 난 세 개의 쪽문을 지나쳤다. 보통 쪽문이 난 자리의 주인들은 문 밖에도 채소밭과 정원을 조성해놓거나 지대가 평탄한 경우에는 목재로 창고를 지어 장사에 필요한 물건을 저장하곤 하지만, 그곳 비탈은 몇 군데를 제외하곤 경작이 불가능할 정도로 가팔랐다. 성벽 너머 밭이나 정원을 가꾸기에 좋은 곳은 강이 거대한 뱀처럼 돌아 나가는 남서부의 강기슭이었다.

이제 배는 성벽으로 둘러싸인 좁은 수로 곁을 지나쳤다. 곧 관목들이 더 빽빽하게 자란 또 다른 비탈이 나타났고, 그곳을 지나자 성벽이 강 쪽으로 보다 바싹 다가붙으면서 띠 모양의 평탄한 풀밭이 이어졌다. 휴일이나 화창한 날 젊은이들이 표적을 설치하고 활쏘기를 연습하는 곳이었다. 활터 끝, 성에 솟은 첫 번째 탑 가까운 자리에 마지막 쪽문이 있었다. 풀밭을 지나자 성문 아래 넓은 길과 강 사이에 넓고 평탄한 초원이 펼쳐졌다. 웨일스 방향으로 이어진 곳과 마찬가지로 이곳에도 작은 마을이 형성되어 있었다. 슈루즈베리로 통하는 유일한 육로 위에 턱 걸터앉은 성과 육중한 석조 탑의 그늘 아래 길 양옆으로 빽빽하게 들어찬 조그마한 집들이 보였다.

초원은 점점 더 넓어지다가 평화롭고 고요한 들판과 삼림지대로 이어졌다. 이곳에서도 여전히 슈루즈베리의 흔적이 보였다. 고드프리 풀러의 축융장과 건조장, 그 바로 너머에 자리 잡은 윌리엄 하인드의 거대한 양모 창고, 그리고 최상급 양모를 선적할 중간상인의 배를 위해 강가에 마련된 튼튼한 선착장이었다.

일꾼들이 축융장을 부지런히 들락거렸고, 건조장에는 기다란 적갈색 천 두 장이 넓게 펼쳐져 있었다. 빨강과 갈색, 노랑이 주를 이루는 시기였다. 캐드펠은 고개를 돌려 성벽의 마지막 쪽문을 바라보고는 풀러의 집이 성에서 그리 멀지 않은 곳에 자리 잡고 있다는 점을 의식했다. 윌리엄 하인드의 집도, 조금 더 떨어진 대십자상 근처에 있긴 하지만 성문과 가까운 편이었다. 양쪽 집 사람들 모두 저 쪽문을 애용할 터였다. 풀러는 야간에 그곳에 문지기 하나를 배치해두었으며, 그 사람은 작업장에서 숙식을 해결했다.

"부인을 납치해 이곳에 숨겨두었을 가능성은 거의 없습니다." 휴가 말했다. "낮에는 너무 많은 사람들이 들락거리고, 밤에는 여기서 숙식하는 사람이 마스티프종種 개를 데리고 이곳은 물론 하인드의 창고까지 지켜주거든요. 저 너머에는 풀밭과 숲 말고 아무것도 없을 텐데…… 그래도 좀 더 가보죠."

굽이쳐 흐르는 강물 양쪽의 초록빛 둑 아래에는 몇 그루의 나무들이 기우뚱하게 고개를 숙인 채 자라고 있었다. 근 1킬로미터 가까이 내려가봤지만 큼직한 건물은커녕 오두막 한 채도 보이지 않았다. 캐드펠은 더 이상 가봐야 의미가 없으리라 생각했다. 그리하여 마독을 도와 배를 상류 쪽으로 돌릴 생각으로 막 소매를 걷어 올리려는 순간이었다. 마독이 손가락을 들어 한쪽을 가리켜 보였다.

"여기서 더는 내려갈 필요가 없겠군요. 저기, 뭔가 나왔습니다."

왼쪽 둑 아래, 강물이 휘돌며 흙을 후벼낸 자리에 조그만 산사나무가 뿌리를 드러낸 채 물 위로 고개를 숙이고 있었는데, 그 나뭇가지에 무언가 걸려 있는 것이 보였다. 배였다. 빈 배는 산사나무 가지 사이에 뱃머리를 걸친 채 두 개의 노를 싣고서 얕은 여울에서 부드럽게 흔들리고 있었다.

"제가 아는 배예요." 마독은 그쪽으로 노를 저어 가 빈 배의 가로대를 한 손으로 붙잡아 배 두 척을 나란히 세웠다. "와일가街에 사는 생선 장수 아널드의 배죠. 그 사람은 이 배를 다리 끝에 정박해두곤 합니다. 배를 훔친 사람은 그저 이걸 타고 노를 저어 강을 건넌 뒤 아무 데나 버려두기만 하면 됐을 겁니다. 지금쯤 아널드는 몹시 흥분한 채 시내를 돌아다니면서 의심 가는 자만 보이면 붙잡아 닦달을 해대고 있겠군요. 그가 더 많은 사람들의 귀를 잡아 비틀기 전에 얼른 이 배의 행방을 알려주는 게 좋을 것 같습니다. 물론 전에도 사람들에게 배를 빌려준 적이 있긴 하지만, 다들 늦지 않게 돌려줬었거든요. 자, 수색 작업은 이걸로 끝난 것 같은데요, 장관님. 그런 대로 흡족하신지요?"

"아니, 몹시 불만스럽군." 휴가 씁쓸하게 말했다. "어쨌든 당신이 무슨 얘길 하는지는 알겠소. 우리는 범인이 하류 쪽으로 멀리 내려갔으리라 생각했지. 하지만 놈은 여기 어딘가에서 펄 부인을 배에서 내린 뒤 어떤 곳에 가둬버린 거요. 아주 안전하게 말이지. 우리는 아직 그곳이 어딘지 감도 못 잡는 상태고."

*

　그들은 밧줄을 이용해 도난당한 배를 뒤에 매달고 상류 쪽으로 방향을 돌렸다. 빈 배에 달려 있던 밧줄 끄트머리가 너덜너덜하게 풀어진 것으로 보아 누군가가 칼로 끊어버린 모양이었다. 캐드펠은 가로대 한편에 든든하게 자리 잡고 앉아 마독의 노련한 기술에 맞추어 노를 저으려 애썼다. 그러다 풀러의 작업장 곁을 지날 즈음, 누군가 그들을 소리쳐 부르는가 싶더니 곧 피로에 지친 얼굴에 먼지를 잔뜩 뒤집어쓴 휴의 부하 두 사람이 물가로 내려왔다. 수색을 도우러 나선 주민 서너 명도 뒤따라 내려오다가 그들과 얼마쯤 떨어진 자리에서 걸음을 멈추고 서 있었다.

　그 주민들 중 휴가 말한 남자, 체격이 건장하고 원기 왕성해 보이는 직공장 버트레드가 끼어 있는 것을 캐드펠은 눈여겨보았다. 그는 아주 의기양양한 자세로 잔디밭에 버티고 서 있었다. 저 모습만 보고서는 그가 하루 종일 수색 작업을 벌이다가 맥없이 빈손으로 돌아온 사람이라 생각하기 어려우리라. 캐드펠도 그가 마일스의 시중을 드는 모습을 이따금 본 적이 있지만 외모 외에는 그에 대해 아는 바가 전혀 없었다. 당당한 체격에 혈색 좋고 건강한 미남. 저 정직해 보이는 표정은 있는 그대로의 품성을 드러내는 것일 수도 있으나, 어쩌면 내면에 아주 굳게 닫힌 방이 자리하고 있다는 사실을 감추는 도구일지도 모른다. 그의 두 눈에는 뭔가를 알고 있는 듯한 기미와 아울러 헤퍼 보이는 가벼운 미소가 어려 있었다. 이틀째 주디스 펄을 찾아 나섰다가 허탕을 치고 돌아온 사람이 웃을 일이 뭐가 있을까?

"장관님, 강 양쪽의 풀밭을 샅샅이 뒤져봤지만 아무것도 발견하지 못했습니다." 부관 중 나이 든 쪽이 그들이 탄 배를 한 손으로 붙잡고서 말했다. "부인에 관해 뭔가 알고 있다는 사람도 만나지 못했고요."

"나도 이 배가 부인을 태우고 갔다는 사실 말고는 아무 소득도 얻지 못했네." 휴도 허탈하게 대꾸했다. "배는 저 아래쪽 산사나무 가지에 걸려 있었는데, 아마 원래는 다리께 정박되어 있던 것 같아. 그러니 하류는 더 이상 수색할 필요가 없네. 범인이 부인을 저쪽으로 옮겼을 가능성은 별로 없어 보이니까."

"저희는 대로변의 집과 마당을 뒤지고 있었습니다. 그러다 장관님이 타신 배가 저 아래로 내려가는 걸 보고 다시 한번 이 근방을 수색해보았죠. 고드프리 풀러도 창고와 작업장을 마음대로 뒤져보게 해줬고요. 하지만 아무 소득이 없더군요."

"여기서 남의 눈에 띄지 않고 무슨 일을 벌이기는 어려워." 휴가 주위를 둘러보며 말을 이었다. "적어도 밝을 때는…… 부인이 사라진 건 이른 아침이었지. 윌리엄 하인드의 창고도 수색해봤나?"

"거긴 어제 뒤져봤습니다. 그 집 부인이 선선히 열쇠를 내줘서 허바드 님과 함께 수색했죠. 창고는 바닥에서 천장까지 양털 다발로 꽉 차 있더군요. 올해 수확량이 꽤 괜찮았던 모양입니다."

"우리 영지보다 훨씬 좋았지. 하긴, 내가 가진 양이라야 300마리밖에 안 되니 그 사람이 가진 것에 비하면 아무것도 아닌 셈이야. 자, 하루 종일 수고했네. 다들 그만 집으로 돌아가 쉬는 게 좋겠군." 휴가 가로대를 살짝 딛고 뭍에 내려서자 배가 가볍게 까딱거렸다. "여기서 우리가 더 할 수 있는 일은 없어. 나도 성으로 가서 혹시 누가 괜찮은 소식을 가지고 돌아오지 않았는지 확인해야겠네. 저기 동쪽 문으로 들어가면 되겠군. 마독, 배 두 척을 상류로 옮겨야 하니 원한다면 노 저을 사람 둘을 붙여주겠소. 수색 작업을 돕겠다고 나선 청년들이 다리까지 빈 배를 몰아줄 수 있을 거요." 이어 그는 약간 떨어진 곳에서 다소곳이 선 채 이쪽을 유심히 바라보며 귀 기울이고 있는 이들을 둘러보았다. "당신들도 걷는 것보다는 이 편이 더 낫겠지. 누가 자원하겠소?"

그중 두 청년이 기꺼이 앞으로 나와 두 배를 연결한 밧줄을 푼 뒤 가로대에 걸터앉더니 마독보다 먼저 출발해 익숙한 솜씨로 노를 저어 가기 시작했다. 버트레드는 제 튼튼한 두 팔을 내주기 꺼려하는 듯했다. 그럴 수도 있겠지, 캐드펠은 생각했다. 다리께 성문으로 가는 것보다 가까운 쪽문을 통해 집으로 돌아가는 편이 나을 테니까. 아니면 노 젓는 솜씨가 시원치 않아서일 수도 있고. 하지만 이러한 추측으로는 다른 동료들 뒤에 슬그머니 물러난 채 그 잘생긴 얼굴에 떠올리고 있는 의기양양한 표정과 희미한 미소를 제대로 설명할 수 없었다. 게다가, 캐드펠이 강 한복판에서 고개를 돌려 바라본 마지막 광경은 더더욱 이상했다. 휴와 부하들이 동쪽 성문을 향해 부지런히 걸음을 옮기자 버트레드는 그 뒤를 천천히 따라가다가 문득 걸음을 멈추었다. 이어 비탈을 올라가는 그들의 뒷모습을 잠시 바라보더니 돌아서서는, 확고한 걸음걸이로, 그러나 서두르지 않고 유유히, 정반대 방향에 있는 숲을 향해 걸어가기 시작했다. 마치 그곳에 중요한 볼일이 있기라도 한 듯이.

*

버트레드는 초저녁이 되어서야 집에 돌아왔다. 관습적으로 질서 정연하게 흘러가던 일상이 흐트러져 이제 집안사람들은 어느 때가 작업 시간이고 어느 때가 식사 시간인지조차 제대로 분간하지 못한 채 정신없이 하루를 보내고 있었다. 마일스는 한 시간에 열 번쯤 큰길로 뛰어나가 수비대원을 붙잡고서 새로운 소식이 들어온 게 없느냐 물어댔지만 도무지 신통한 대답을 들을 수 없었다. 그의 어머니 또한 지난 이틀 내내 신경이 몹시 곤두서 평소와는 달리 조용했다. 실 뽑는 방의 일꾼들은 작업보다 수다에 더 많은 시간을 할애했으니, 마일스가 돌아설 때마다 자기들끼리 모여 앉아 뜬소문들을 주고받았다.

"저분이 사촌 생각에 저토록 근심하리라고 누가 생각이나 했겠어!" 브랜웬은 팽팽하게 긴장된 마일스의 얼굴을 보며 놀란 목소리로 속삭였다. "물론 친척이니 걱정이 되긴 하겠지. 하지만 마치 사촌이 아니라 아내를 잃기라도 한 양 애를 태우고 있잖아."

"만일 이사벨 님이 사라졌으면 저렇게까지 신경 쓰지 않았을 걸." 다른 직조공이 냉소하듯 말했다. "물론 이사벨 님이 상당한 지참금을 가져올 거고 저 양반도 그 거래에 만족하는 건 사실이야. 하지만 이사벨이 낚싯바늘을 뱉어낸다 해도 바다에는 다른 고기가 가득하니까. 특히 주디스 마님은 저 양반의 물주요 미래요 모든 것이잖아. 서로 사이가 아주 좋고 말이야. 그러니 저 양반이 저렇게 걱정하는 것도 이상할 게 없지."

아닌 게 아니라, 주디스가 사라진 날부터 그는 하루 종일 근심에 휩싸여 미칠 지경이었다. 오만상을 한 채 도무지 안절부절못했고, 밤이 되어 수색 작업을 중단할 수밖에 없었을 땐 체념 어린 우울한 상태에 빠져들어 어서 날이 밝아 수색을 재개하기만을 기다렸다. 그런데 둘째 날 저녁이 된 지금까지도 아무런 성과가 나오지 않은 것이다. 시내의 구석구석을 다 훑고 모든 집과 정원과 시외의 풀숲까지 샅샅이 살펴보았으니, 이제 어느 곳을 더 찾아봐야 한단 말인가!

"주디스는 멀리 있지 않아." 애거사 부인이 확신 어린 목소리로 말했다. "틀림없이 사람들이 곧 그 애를 찾아낼 기야."

"멀리 있건 가까운 데 있건 그게 무슨 상관이겠어요?" 마일스는 씁쓸하게 대꾸했다. "어차피 아무도 모르는 곳에 감쪽같이 숨겨져 있는데. 어떤 악당 놈이 그 아이를 붙잡아놓은 거예요. 만일 주디스가 놈에게 굴복해 결혼을 수락하면 어쩌죠? 그 아이가 새로운 남자를 이 집안에 들이면 어머니와 나는 어떻게 되는 거냐고요!"

"그 애가 그럴 리는 없다. 재혼을 그렇게 완강하게 거부했는데. 그래, 그런 일은 일어나지 않아. 만일 어떤 놈에게 말 못 할 짓이라도 당한다면, 그 애는 놈한테서 풀려난 뒤―반드시 그렇게 될 거다!―오랫동안 하려던 일을 실행에 옮기겠지. 수녀원으로 들어갈 거야. 그나저나, 장미꽃을 바치기로 한 날이 이제 이틀밖에 남지 않았구나. 만일 그날이 지나가도 그 애가 나타나지 않으면 어떻게 되는 거지?"

"계약이 깨지고 다시 생각할 시간이 주어지겠죠. 계약 내용을 바꿀 기회가 생긴다는 얘기예요. 하지만 그건 주디스만이 할 수 있는 일이에요. 그 애를 찾기 전까지 우리가 할 수 있는 건 아무것도 없다고요. 내일은 내가 직접 찾아 나서야겠어요." 왕이 임명한 행정 장관과 그의 부하들이 직접 나섰는데도 아무 성과가 없다니! 마일스는 고개를 절레절레 흔들었다.

"하지만 어디에서? 저 사람들이 훑고 지나가지 않은 데가 어디 있다고?"

참으로 곤혹스러운 질문이었다. 과연 누가 그에 답할 수 있단 말인가!

두 사람이 이렇게 대책 없이 초조하게 기다리고 있는데, 누군가 어둠 속에서 슬그머니 나타났다. 버트레드였다. 그는 평소 더 없이 친절하던 마일스가 지금 금방이라도 잡아먹을 듯한 눈초리로 자신을 바라보는 것을 눈치채고는 분별력을 발휘하여 입을 꾹 다물었다. 마님의 자취를 여전히 찾아내지 못했다는 이야기를 굳이 꺼내어 좋을 게 무엇이겠는가. 버트레드가 조용히 주방으로 들어가는 동안 마일스는 번뜩이는 눈빛으로 한참이나 그의 뒤통수를 바라보았다. 더운 여름날 저녁, 연기 자욱하고 불의 열기로 화끈거리는 주방은 모두가 기피하는 공간이었다. 밤에 불 위에 뗏장을 얹어놓거나 아침나절까지 불씨를 헤집어놓아도 열기가 좀처럼 사라지지 않아 주방일을 하는 이들조차 밖으로 나갈 기회만 호시탐탐 엿보았다. 지금 그곳에는 가족들과 일꾼들을 위해 음식을 요리하는 하녀이자 버트레드의 어머니인 앨리슨뿐이었다. 그녀는 활활 타는 불에 냄비를 올려놓고는, 아침에 나가서 소식이 없는 아들을 조바심 치며 기다리고 있었다.

"어디서 노닥거리다가 이제 온 거냐?" 아들이 요란한 발소리를 내며 들어와 긴 식탁으로 향하자 앨리슨이 손에 국자를 든 채 돌아보면서 물었다. 버트레드는 어머니에게 대충 입을 맞추고 빨갛게 달아오른 볼을 가볍게 어루만진 뒤 자리에 앉았다. 앨리슨은 통통하고 넉넉한 몸집에, 아들에게 물려준 빼어난 용모의 자취를 아직 어느 정도 간직하고 있었다. 그녀가 아들 앞에 나무 사발을 소리 나게 내려놓으며 말을 이었다. "이 늦은 시각까지 엄마를 주방에 붙잡아놓고, 잘하는 짓이다. 그래, 하루 종일 대단한 일을 하셨겠지. 설마 제가 마님을 집에 모셔왔다고요, 운운하며 공작처럼 잔뜩 뻐기실 건가? 다른 사람들은 두 시간 전에 집에 돌아왔는데, 넌 대체 어디서 뭐 하며 빈둥거린 거야?"

"그건 모르셔도 돼요." 주방 안이 워낙 침침해 그의 만족스러운 미소는 제대로 보이지 않았지만 목소리에서 조심스레 억제된 의기양양함이 묻어났다. 그는 어머니의 팔을 붙잡고 제 옆에 끌어 앉혔다. "어머니는 그냥 나만 믿고 계세요. 좀 기다려야 할 일이 있거든요. 그럴 가치가 있는 일이죠." 이제 그는 앨리슨에게 얼굴을 바싹 들이대고 은밀한 어조로 소곤거리기 시작했다. "어머니…… 이 집 하녀보다 훨씬 더 나은 사람이 되고 싶지 않으세요? 귀부인, 지체 높은 마님 같은 사람 말예요! 조금만 기다리세요. 어머니와 내 신세를 확 바꿔버릴 작정이니까. 좋으시죠?"

"항상 큰소리뿐이지. 어떻게 우리 신세를 바꾼다는 거냐?" 시큰둥한 목소리였으나, 앨리슨도 내심 기분이 좋은 듯했다.

"아직은 말 못 해요. 일이 성사되면 전부 말씀드릴게요. 오늘 하루 종일 바쁘게 헤매고 돌아다닌 녀석들 중 내가 알아낸 걸 아는 사람은 하나도 없어요. 일단은 여기까지만 알고 계세요. 다른 사람들한테는 절대 비밀로 하시고요. 그리고…… 오늘 밤에는 다시 나가봐야 해요. 날이 충분히 어두워진 다음에요. 걱정 마세요. 내가 할 일이 뭔지는 내가 제일 잘 아니까요. 어머니는 그냥 잠자코 기다리기만 하면 돼요. 나중에 알면 어머니도 기뻐할 거예요. 어쨌든 오늘 밤 내가 한 말은 어머니만 알고 계셔야 해요."

"대체 뭘 하려고 그러는데?" 앨리슨은 빙글빙글 웃음을 흘리는 아들의 장난기 어린 얼굴을 자세히 살피더니 미심쩍은 목소리로 말했다. "그래, 필요하다면 입을 닫고 있으마. 하지만 공연한 말썽에 뛰어드는 건 아닌지 걱정이구나. 네가 안다는 게 대체 뭔데?"

"그걸 꼭 들으셔야겠어요? 그냥 나한테 모든 걸 맡겨두시라니까요. 내가 다 알아서 할게요. 내일이면 어머니도 전부 알게 될 테니 오늘 밤만 참고 계세요. 예?"

"네 아비도 꼭 그런 식으로 말하곤 했지. 늘 굉장한 계획으로 가득 차서는 말이야……." 그녀가 못마땅하다는 듯 중얼거렸다. "호기심에 뜬눈으로 밤을 지새워야 한다면, 뭐 그래야지. 내가 왜 네 일을 방해하겠니. 누구한테건 한마디도 하지 않으마." 그 순간 왠지 불길한 예감이 들었는지, 앨리슨은 즉시 덧붙였다. "그저 몸조심해야 한다! 밤중에 위험한 일을 하러 나서는 사람이 너 말고 또 있을지 몰라."

버트레드는 웃으며 기다란 팔로 어머니를 꼭 끌어안은 뒤 휘파람을 불면서 어두운 마당으로 나갔다.

그의 잠자리는 직조실에 마련되어 있었다. 야간에는 그 혼자뿐이라, 새벽 1시가 조금 지난 시각 자리에서 일어나 옷을 걸쳐 입는 모습을 누군가에게 들킬 리 없었다. 게다가 그 시간이라면 집안사람들의 눈에 띄지 않은 채 마당을 살짝 가로질러 좁은 통로로 빠져나가기 쉬울 터였다. 그는 신중하게 시간을 골랐다. 너무 이르게 나설 경우에는 아직 잠들지 않은 이들의 눈에 띌 가능성이 있고, 너무 늦게 나설 경우에는 달이 떠버린다. 가장 어두울

때 행동하는 것이 유리했다.

마침내 메어돌가 초입에서 성에 이르는 길을 요리조리 빠져나 갈 즈음, 집들과 가게들 사이로 난 좁은 골목길은 정말이지 캄캄했다. 동쪽 성문은 굳게 닫힌 채 경비병들의 감시하에 놓여 있었다. 가끔 웨일스인들이 서쪽 변방으로 발을 들일 뿐 지난 몇 년간 슈루즈베리 동쪽 방어망이 위협을 받은 적은 한 번도 없지만, 행정 장관인 휴 베링어는 늘 방비를 게을리하지 않았다. 반면 성탑 아래 강으로 이어지는 쪽문은 유사시에만 닫히니 야간에도 자유롭게 이용할 수 있었다. 말을 탄 사람들이나 수레, 마차는 각 방면의 대문들이 열릴 때까지 기다려야 했으나, 맨몸으로 다니는 이들은 어느 때나 자유롭게 그 문을 통해 드나들곤 했다.

길을 훤히 꿰고 있는 버트레드는 고양이처럼 아무 소리도 내지 않고 가볍고 민첩한 동작으로 어둠 속을 나아갔다. 그는 쪽문을 넘어 강 위쪽, 풀과 관목들이 우거진 비탈로 나온 뒤 나무문을 살그머니 닫았다. 눈앞에서 세번강이 끊임없이 유동하는 폭넓은 빛의 띠처럼 흐르고 있었지만, 밤의 어둠 속에 이는 그저 희미한 떨림에 지나지 않았다. 엷은 구름이 깔려 별도 보이지 않는 하늘을 배경으로 견고한 성벽과 대지와 나무들이 한층 더 짙은 윤곽을 드러냈다. 앞으로 한 시간쯤 지나 달이 뜰 때면 구름도 걷힐 것이다. 그는 이제부터 해야 할 일을 생각하며 잠시 멈춰 선 채 뜸을 들였다. 바람은 거의 없었지만 그 방향을 미리 알아둬야 했다. 바람을 등지고서 건조장에 접근하면 거기 있는 마스티프종 개가 가

만있지 않으리라. 버트레드는 손가락에 침을 묻혀보았다. 엷은 바람이 강 상류, 그러니까 남서 방향에서 불어오고 있었다. 성벽을 빙 돌아 넓은 길가의 밭 가장자리에 이른 뒤 그곳을 크게 우회해서 바람을 정면으로 받으며 양모 창고 뒤로 접근하는 것이 좋을 것 같았다.

그날 오후 행정 장관과 관리들, 그들의 수색 작업을 도우러 나선 주민들이 이미 양모 창고를 샅샅이 뒤져본 터였다. 하지만 그들과 달리 버트레드는 펄 부인의 양모를 나르느라 전에도 그 창고를 두세 차례 드나든 적이 있었다. 그리고 펄 부인이 실종되기 전날 밤, 그는 주방에서 브랜웬으로부터 마님의 의도에 대해 들었다. 부인은 이튿날 아침 일찍 수도원에 가서 아무 조건 없이 자신의 집과 땅을 기증하겠다는 내용으로 계약서를 수정할 작정이었다. 그 이야기를 듣자마자 하인드가의 하인 구너는 맥주를 쭉 들이켜더니 서둘러 그곳을 떠났다. 애초에는 느긋하게 머물 태세였는데 말이다. 틀림없이 부인의 의도를 알고 제삼자에게 이를 전하고자 그렇게 서둘러 빠져나갔으리라. 그 제삼자가 늙은 쪽인지 젊은 쪽인지는 중요하지 않았다. 이상한 건, 버트레드 자신이 뒤늦게야 그와 결부된 어떤 가능성을 눈치챘다는 점이었다. 이날 오후, 덧문이 닫히고 바깥에서는 빗장이 단단히 질려 있는 계산소의 작은 창문을 보는 순간 버트레드의 마음은 환해졌다. 만일 그가 날이 어두워질 때까지 나무 그늘 속에 숨어 참을성 있게 기다렸다면 누군가 시의 성벽에 난 쪽문을 살그머니 빠져나와 골풀

바구니를 든 채 바로 지금 그가 향하고 있는 곳으로 다가가는 광경을 보았을 것이다. 하지만 버트레드에게 이는 그저 사실의 확인에 불과했으리라.

그의 외투 안쪽에 달린 커다란 주머니는 거기 담긴 긴 끌과 망치 탓에 묵직하니 늘어져 있었다. 그로서는 최대한 조용히 일을 해결하고 싶었으나 필요할 경우에는 어쩔 수 없이 그것들을 사용해야 할 것이었다. 창문을 가로지른 빗장은 잡아당기기만 하면 되겠지만 덧문에는 단단히 못질이 되어 있을 가능성이 높았다. 1년 전 누군가 그 창문으로 침입해 양모 한 다발을 훔쳐간 데다, 진작부터 이 조그만 계산소는 사용되지 않은 채 방치되어온 마당이니 윌리엄 하인드가 아마 창문을 단단히 봉해놓았을 것이다. 행정 장관은 전혀 모르는 사실이었다.

버트레드는 얼굴에 부드러운 바람을 맞으며 비탈진 풀밭을 따라 조용히 내려왔다. 희미한 어둠을 배경으로 창고 건물의 짙은 벽이 불쑥 나타났다. 창고는 그와 고드프리 풀러의 작업장들 사이에 가로놓여 있었고, 왼편 아래쪽으로는 하얀 띠 같은 강이 흐르고 있었다. 머리 위, 그의 키의 두 배쯤 되는 높이에 설치된 네모난 창문의 윤곽이 어둠 속에서도 뚜렷이 보였다.

그리로 올라가는 건 별문제가 아니었다. 지은 지 워낙 오래되어 비탈과 맞닿은 뒷벽의 수직 널빤지가 습기의 침식에 썩어 있었는데, 웬만한 곳에는 절대 돈을 들이려 하지 않는 윌리엄 하인드가 벽을 새로 만드는 대신 바닥에서 위까지 반으로 쪼갠 통나무를 엉성하게 못질해 대어놓은 것이다. 바로 그 통나무들을 차례로 밟고 올라가 그는 창문 아래쪽에 돌출한 거친 턱을 쉽게 붙잡을 수 있었다. 창문은 그가 안정감 있게 몸을 기대고서 안의 동정에 귀 기울이기에 딱 적당한 크기였다.

창문에 가로질린 빗장을 한 손으로 꼭 붙들어 조심스럽게 몸을 끌어 올린 뒤 창턱 위에 한쪽 넓적다리를 대고서, 그는 예기치 못한 사태에 대비하여 긴장을 놓지 않은 채 숨을 들이쉬었다. 덧문은 아귀가 맞게 설치되어 있었지만 아주 완벽하지는 않았다. 중앙에서 약간 아래쪽, 두 장의 널빤지가 만나는 곳에서 머리카락처럼 가느다란 빛이 새어 나오고 있었다. 그러나 안을 들여다볼 만큼 넓지는 않았다. 안에 불을 밝혀놓았군, 그는 생각했다. 놈들이 갇혀 있는 부인에게 초 한 자루나 등불 하나쯤은 내어준 모양이야. 하긴, 이런저런 편의를 제공하면 저항감을 누그러뜨리는 데 효과가 있겠지. 그 평화적인 방법들이 모두 실패로 돌아갔을 때에야 놈들은 폭력을 사용할 것이다. 그리고 아무 소득 없이 이틀의 시간을 보낸 지금, 이제 슬슬 방법을 바꿔야겠다는 판단이 들기 시작했으리라.

안주머니에 들어 있는 끌이 갈빗대를 눌러 아프게 했다. 버트레드는 조심스럽게 손을 움직여 연장들을 꺼낸 뒤 창턱 위에 올렸다. 이제 빛이 새어 나오는 틈에 몸을 더 바싹 다가붙일 수 있었다. 그는 거기 귀를 가져다 댔다.

그러다 한순간, 그는 몸을 움찔하다가 하마터면 창턱에서 떨어질 뻔했다. 덧문 안쪽 아주 가까운 곳에서 누군가의 단호한 목소리가 선명하게 들려왔던 것이다.

"당신이 어떻게 나오든 내 마음은 바뀌지 않아요. 모르겠어요? 자, 당신이 나를 끌고 왔으니 이제 어떻게 해서든 날 여기서 내보내줘요."

대답하는 음성은 그보다 훨씬 희미했다. 아마 상대는 방 반대편에 물러나 있는 모양이었다. 소리가 분명하게 전달되지는 않았지만 말투로 미루어 그는 절망에 빠져 비굴하게 호소하고 애원하는 듯했다. 남자의 목소리인 건 분명한데, 제대로 들리지 않아 버트레드로서는 그가 늙은이인지 젊은이인지, 주인인지 하인인지 알 수 없었다.

계획은 이미 어그러졌다. 이제 기다리는 수밖에 별 도리가 없었다. 하지만 계속 여기 매달려 있다 보면 곧 달이 뜰 테고, 그러면 너무 위험해진다. 그녀가 거기 있는 걸 확인했으니 장소만은 정확하게 짚어낸 셈이나, 그녀를 가둔 자가 그녀와 함께 있으니 시간은 잘못 짚은 셈이었다.

8

"당신이 나를 끌고 왔으니 이제 어떻게 해서든 날 여기서 내보내줘요."

한때 하인드 사업장의 계산소로 쓰였던 좁고 텅 빈 방에 놓인 등잔불은 너무나 희미해 두 사람의 얼굴을 제대로 비춰주지 못했다. 남자는 멀찍이 떨어진 실내 한구석에서 벽에 기댄 팔뚝에 머리를 묻고는 다른 손을 들어 통증이 느껴질 만큼 세게 벽을 후려쳤다. 무력한 분노에 목 쫄린 사람처럼 도해내던 그의 음성은 이제 연약한 울부짖음으로 변하고 있었다. "내가 어떻게? 어떻게 한단 말입니까? 이젠 빠져나갈 방법이 없어요!"

"저 문을 열고 날 내보내면 되잖아요." 그녀가 차갑게 대꾸했다. "그보다 더 쉬운 일이 있나요?"

"당신에게는 그렇겠지!" 그는 격렬하게 내뱉고 홱 돌아서서는 자신의 본성이 허용하는 최대한의 독기를 품고 그녀를 노려봤으나, 이는 결국 자기 연민에 빠진 가련한 자의 눈초리에 불과했다. 그는 독기 있는 사람이 아니라 허황되고 어리석은 사람이었으니, 그녀를 피곤하게만 할 뿐 겁을 줄 수는 없었다. "당신한테는 그게 좋겠죠. 하지만 난 저주 받고 파멸할 거예요…… 감옥에서 썩을 거라고요. 일단 저 밖으로 나가는 순간 당신이 나를 고발할 테니까."

"그 못된 하인 녀석이랑 둘이서 나를 납치하기 전에 그 점을 미리 염두에 두지 않았나요? 당신들은 나를 양털 다발들 뒤편에 있는 이 지저분한 곳으로 끌고 왔어요. 당신 하인 놈은 내 몸을 함부로 다루고 당신은 오만방자하게 나를 괴롭혔죠. 그러고도 내 입에서 고맙다는 말이 나오기를 기대하는 건가요? 자비라도 베풀어줘서 감사하다고요? 내가 당신을 고발하지 말아야 할 이유가 어디 있나요? 자, 어서 결단을 내려요. 나를 풀어주거나, 아니면 죽이거나. 지체하면 할수록 당신은 점점 더 큰 곤경에 빠져들 뿐이에요. 난 이미 잃을 게 없어요. 앞으로 내 평판이 어떻게 되겠어요? 집으로 돌아간 뒤에 내 꼴이 뭐가 되겠냐고요!"

비비언이 달려와 거친 나무로 짠 장의자 앞에 털썩 무릎을 꿇었다. 이 순간 그녀는 창백한 얼굴로 꼿꼿이 앉아 움켜진 두 손을 무릎 위에 얹고 있었다. 그의 손길을 피하고 방 안의 먼지와 황량한 기운을 막으려는 듯 치마를 단단히 여민 채였다. 방 안에 있는 것이라고는 한때 서기가 숫자를 다루던 망가진 책상과 주둥이가 떨어져 나간 물병, 구석에 켜켜이 쌓인 먼지와 이런저런 쓰레기들뿐이었다. 주디스의 곁에 놓인 등잔불이 비비언의 헝클어진 머리와 비탄에 빠진 얼굴을 환하게 비추었다. 그는 애원하듯 그녀의 두 손을 잡았다가, 그녀가 강하게 뿌리치자 신음을 내뱉으며 자신의 구두 뒤축 위에 주저앉았다.

"이럴 생각은 아니었어요! 맹세해요!" 그가 절규하듯 말했다. "당신도 나를 좋아하게 되리라 생각하고…… 잠시 함께 있으면 금방 우리 마음이 하나가 될 줄 알았어요…… 맙소사, 이런 일을 벌이지 말았어야 했는데! 하지만 정말이에요, 난 당신도 내게 사랑을 느끼게 되리라 믿었어요."

"아니! 절대로 그런 일은 없을 거예요!" 지난 이틀간 무수히, 매번 서리가 돋은 듯 냉정하게 되풀이한 말이었다. 처음 그 말을 들었을 때 비비언은 자신의 기대가 절대로 실현될 수 없음을 깨달았어야 했다. 사실 그는 그녀에게 사랑받을 수 있으리라는 확신은 고사하고, 자신이 그녀를 사랑한다는 확신조차 갖지 못하는 사람이었다. 그가 갈망했던 건 그저 그녀가 가져다줄 안정과 안락뿐이었다. 그녀가 제 빚을 갚아줄 것이요, 그녀 덕에 앞으로 내내 편안하게 살 수 있으리라 기대했던 것이다. 더하여 자신의 인색한 아버지를 조롱하고 경멸하는 즐거움까지 맛볼 수 있을 터였다. 아들의 빚을 갚아주고 뒷감당하는 일에 마침내 넌더리를 낸 아버지가 그의 눈에는 그저 인색하게만 보였다. 이제 그녀와 결혼하면 그 모든 문제가 해결될 것이니 그에겐 모험을 감행할 이유가 충분했다. 다만 시간이 없었다. 재산의 절반을 흘려보내는 일 없이 전부 손에 넣으려면 반드시 그날 아침에 일을 벌여야 했다.

"내가 사라진 것에 대해 사람들이 어떻게 얘기하던가요?" 주디스가 물었다. "비관적으로 보고 있나요? 날 찾으러 다니기는 하나요? 이미 죽은 것으로 생각하지는 않나요?"

"당신을 찾으러 다니느냐고?" 비비언의 얼굴에 희미한 떨림이 스치고 지나갔다. 도전과 악의가 뒤섞인 마음의 자취였다. "당신을 찾느라 온 시내가 발칵 뒤집혔지. 행정 장관과 그의 모든 부하들, 당신의 사촌과 당신이 부리는 사람들의 절반이 나섰어요. 그들이 들르지 않은 집, 뒤지지 않은 창고는 하나도 없죠. 어제저녁엔 앨런 허바드가 수비대원 셋을 데리고 여기까지 왔더군요. 이 창고 문을 열어주고 양모 다발들을 보여주니 그것으로 만족하고 가버렸지만. 그런데, 정말로 나한테서 벗어나고 싶었다면 그때 왜 아무런 소리도 내지 않았죠?"

"그 사람들이 여기 왔었다고요?" 비비언의 악의 어린 눈빛에 주디스는 순간 오싹함을 느꼈다. 그러나 딱 거기까지였다. 그는 그런 감정을 오래 유지할 수 없는 사람이었다. "난 전혀 몰랐는데!"

"아, 그랬겠군. 별로 뒤져보지도 않고 돌아섰으니까. 여기 이런 방이 있다는 사실 자체를 아는 사람이 거의 없는 데다, 저 양털 다발들이 소리를 차단했을 거예요. 그 사람들, 아무것도 캐묻지 않더군요. 배를 찾았다며 오늘 오후에도 잠시 들렀는데, 심지어 열쇠조차 요구하지 않았죠." 모든 악의를 소진한 듯 이제 그는 담담하게 말을 이어갔다. "그런데⋯⋯ 당신이 설령 그들의 기척을 느꼈다 해도 과연 소리를 질렀을지 모르겠군."

그녀는 대꾸 없이 잠시 그 문제에 대해 생각해보았다. 살려달라는 자신의 외침이 그들의 귀에 닿았다면 어땠을까? 아무 준비도 되지 않은 채, 먼지투성이에 땟국에 전 모습으로 그 지저분한 감옥에서 벗어나기를 자신이 진정 원했을까? 비참하고 가련한 모습으로, 명예를 더럽힌 채로? 차라리 굳게 침묵하고 자기 나름의 방법으로 궁지에서 빠져나가는 편이 나으리라 생각하지 않았을까? 사실 혼란과 분노와 경악의 순간이 지나간 이후로 그녀는 비비언이 전혀 두렵지 않았다. 그에게 굴복할 수밖에 없는 위험한 상태에 처하지도 않았다. 이제 그녀는 이미 일어난 일을 아무도 모르게 감쪽같이 수습해줄, 그리하여 자신의 독자적인 위치와 위엄을 손상하지 않을 만한 좋은 해결책이 나오기를 그 못지않게 바라고 있었다. 결국 비비언은 그녀를 풀어줘야 할 것이다. 그녀가 그보다 훨씬 강하니까.

그가 용기 내어 한 손으로 그녀의 치맛자락을 움켜쥐었다. 고개를 들어 등잔의 노란 불빛 속에 환히 드러난 그 얼굴은 이상하리만치 연약하고 앳되어 보였다. 용서받을 수 없는 잘못을 저질러놓고도 어떻게 해서든 처벌을 피하려는 마음에 간절히 애원하는 소년의 얼굴이었다. 벽에다 머리를 처박은 탓에 먼지투성이가 된 이마, 손등으로 눈물과 땀을 문질러 한쪽 뺨에 기다랗게 남은 검은 얼룩, 거미줄과 엉킨 채 헝클어진 금발, 절망적으로 용서를 구하는 두 눈, 등잔 불빛을 받아 황금빛을 띤 그 성큼한 눈은 긴장 탓인지 평소보다 훨씬 더 커 보였다.

"주디스, 주디스, 나를 나쁜 놈으로 생각하지 말아줘요! 내가 더 심한 짓을 할 수도 있었잖아요. 완력으로 당신을 겁탈할 수도—"

"아니, 당신은 못 해요!" 그녀는 고개를 가로저으며 말을 막았다. "당신은 그만큼 뻔뻔스럽지 못해요. 실은 아주 부드러운 사람이죠. 아주 품위 있는 사람이고. 게다가, 설령 완력으로 나를 어떻게 했다 해도 당신은 무엇도 얻을 수 없었을 거예요." 절망 어린 얼굴을 피하려는 듯 주디스는 얼른 고개를 돌렸다. 그 앳된 얼굴을 보고 있자니 자신의 심경을 전혀 내비치지 않고 아무런 희망도 품지 않은 채 혼자서 고뇌하다 죽어버린 엘루릭 수사의 얼굴이 떠올라 너무도 가슴이 아팠다. "지금 이곳엔 당신과 나 둘뿐이에요. 그리고 이 상황을 끝내야 한다는 건 당신도 나 못지않게 잘 알고 있죠. 이제 날 풀어주는 것 외에는 방법이 없어요."

"그랬다간 나를 파멸시킬 거잖아요!" 그가 속삭이듯 내뱉고서 두 손으로 황금빛 머리를 쥐어뜯었다.

"나는 당신한테 어떤 피해도 주고 싶지 않아요." 그녀는 지친 목소리로 말을 이었다. "하지만 우리를 이런 지경으로 몰아넣은 건 내가 아니라 당신이에요."

"그건 나도 알아요. 다 내 탓이에요. 이런 일을 저지르지 말았어야 했는데! 오, 주디스 날 도와줘요, 제발요!"

자신의 패배를 인정하는 참담한 절규였다. 이제 감옥에 갇힌 사람은 비비언이었고, 그가 스스로 쳐놓은 덫에서 빠져나갈 수 있느냐 없느냐는 전적으로 그녀에게 달려 있었다. 그는 그녀 앞에서 고개를 박은 채 몸을 앞뒤로 흔들었다. 주디스는 피로와 혼란을 느끼며 그의 머리 위에 한 손을 얹고서 마음을 가라앉히려 애썼다. 그때, 돌연 등 뒤의 덧문 너머에서 무언가 부서지고 미끄러져 내리는 소리가 들렸다. 두 사람은 놀라 얼어붙었다. 그리 큰 소리는 아니었다. 무겁지 않은 어떤 것이 아래로 미끄러져 풀밭에 떨어진 듯했다. 비비언은 벌떡 일어나 온몸을 사시나무처럼 떨었다. "맙소사, 이게 무슨 소리지?"

그 소리만큼이나 갑작스럽게 찾아온 침묵 속에서 두 사람은 바짝 긴장한 채 숨을 죽였다. 침묵은 금세 깨어졌다. 보다 멀리 떨어진 곳, 강가의 건조장 앞에서 마스티프가 사납게 짖어대기 시작한 것이다. 잠시 후, 주인이 개를 사슬에서 풀어놓은 듯 그 소리는 사냥개 특유의 위협적인 포효로 변해갔다.

*

버트레드는 오랫동안 소홀하게 방치되어 비바람과 습기에 낡고 썩은 나무를 지나치게 신뢰했다. 그가 올라앉은 창턱은 긴 대못으로 고정되어 있었지만 밖으로 튀어나온 부분들이 그동안 비를 맞아 녹슬었고 못들 주위의 나무도 썩어 있었다. 저려오는 다리를 좀 편하게 하고 널빤지의 틈 사이로 귀를 더 바싹 기울일 겸 몸의 중심을 앞으로 이동시키는 순간, 창턱의 나무가 떨어져 나가 나무 벽면을 긁으며 아래로 주르르 미끄러져 내려가고 그의 몸도 벽을 스치면서 바닥에 떨어졌다. 그리 큰 소리는 아니었지만 워낙 고요한 한밤중이라 건조장 앞에 있던 개가 이를 듣고 깨어났다.

땅에 떨어지자마자 그는 얼른 일어나 몸에 짓눌린 다리를 편 뒤 호흡을 진정시키기 위해 잠시 벽에 몸을 기댔다. 그러나 곧바로 개 짖는 소리가 들려왔다.

아무래도 언덕 위로 달려가 넓은 길가의 집들 사이에 몸을 숨기는 게 좋겠다는 생각이 들어, 버트레드는 공포심에 휩싸인 채 정신없이 내달리기 시작했다. 하지만 곧 걸음을 멈춰야 했다. 사냥개가 너무 빨라 금방이라도 그를 따라잡을 것 같았다. 집들보다 가까운 강 쪽으로 방향을 트는 게 나을 듯했다. 물로 뛰어들어게이 초원 끝자락에 자리한 숲을 향해 헤엄치면 될 것이었다. 문지기가 곧 개를 불러 추격을 멈추게 할 테고, 그게 아니더라도 물속에서라면 개를 상대하기가 보다 수월하리라.

그는 돌아서서 산토끼처럼 깡충깡충 덤불 위를 뛰며 강둑을 향해 난 비탈길을 전속력으로 내려가기 시작했다. 하지만 예상과 달리 개와 문지기 모두 추격을 멈추지 않았다. 어떻게든 도둑을 따라잡을 생각인 듯했다. 유감스럽게도 그들은 소음을 듣자마자 그 원인이 무엇인지 정확하게 짚어낸 터였다. 누군가 좋지 않은 의도로 창고를 기어 올라가고 있었다는 걸 눈치챈 것이다. 가쁘게 숨을 몰아쉬며 정신없이 내달리는 중에도 버트레드는 마음 한 구석에서 솟아난 의구심을 놓을 수 없었다. 비비언은 어떻게 아무 소란 없이 이 야심한 시각에 그곳을 마음껏 드나들 수 있었을까? 저 마스티프가 그를 잘 알고 있는 걸까? 그 개에게 그는 적이나 위협적인 존재가 아니라 지켜야 할 대상이요, 함께 그곳을 지키는 동지인 건가?

그렇게 숨 가쁜 추격전을 벌이면서도, 양쪽 다 이상하리만치 소음을 내지 않았다. 하지만 버트레드는 문지기와 사냥개가 측면에서 자기를 향해 돌진해 오고 있다는 사실을 느낄 수 있었다. 곧 오른쪽으로 바싹 다가오는 부산한 발소리와 가쁜 숨소리가 들려오는가 싶더니, 그는 문지기가 휘두르는 긴 몽둥이에 머리를 맞아 다리의 균형을 잃고 강둑 가장자리를 향해 튕겨 나가듯 곤두박질쳤다. 그것이 오히려 행운으로 작용하여 간신히 문지기를 따돌릴 수 있었지만, 뒤에 바싹 따라붙은 개는 도무지 피할 길이 없었다. 결국 그는 풀이 무성한 둑 위에 이른 순간 힘을 다해 강물로 뛰어들었다.

둑은 예상보다 높았고 강물의 수위는 예상보다 낮았다. 버트레드는 깊은 물속에 잠기는 대신 수면 위로 비죽비죽 튀어나온 바위들로 떨어지고 말았다. 한쪽 팔이 바위들 사이에 괸 얕은 물을 내려쳐 사방으로 물이 튀어 올랐다. 이미 문지기의 몽둥이에 얻어맞아 얼얼했던 머리를 바위의 날카로운 모서리에 또다시 호되게 부딪치는 통에 버트레드는 그 자리에서 그대로 기절해버렸다. 다행히 얕은 물가에서 자라는 무성한 풀들과 짙은 어둠이 그의 모습을 완전히 가려주었다. 마스티프는 물을 별로 좋아하지 않는 터라 낑낑 소리만 내며 둑 위를 오갈 뿐 더 이상 앞으로 나아갈 엄두를 내지 못했다.

  문지기는 뒤늦게 숨을 헐떡이며 달려오다가 물이 튀는 소리를 들었다. 수면이 크게 요동하면서 희미하게 어른거리는 광경도 얼핏 보였다. 그는 둑으로부터 조금 떨어진 자리에 걸음을 멈추고는 휘파람을 불어 개를 불러들였다. 도둑으로 짐작되는 녀석은 지금쯤 강을 반쯤 건너갔을 테니 더 이상 애쓸 필요가 없으리라는 생각이었다. 아마 그 악당은 건물 안에 발도 들이지 못했을 것이다. 만일 그랬더라면 개가 벌써 알고 짖어댔으리라. 그는 길을 되짚어 돌아가 양모 창고와 염색장 주위를 한 바퀴 돌아보았다. 창고 덧문 아래 긴 창턱이 부서진 채 수직으로 매달려 있었지만 문지기는 이를 보지 못하고 지나쳤다. 날이 밝은 다음 다시 한번 철저히 살펴봐야지, 그는 생각했다. 일단 대충 보아 하니 아무 피해도 입지 않은 것 같군. 문지기는 흡족한 기분으로 자신의 거처를 향해 걸음을 옮겼고, 개 또한 조용히 그의 뒤를 따랐다.

*

 비비언은 내내 뻣뻣하게 선 채 귀를 기울이고 있었다. 개의 으르렁 소리가 점점 더 멀어지다가 마침내 그쳤다.
 "누군가 저 밖에 있었어요!" 그가 공포에 질려 입을 열었다. "여기 우리가 있다는 걸 짐작했거나 이미 아는 게 분명해요. 맙소사, 이제 어떻게 하면 좋지?" 더러운 손으로 이마에 밴 진땀을 문지르는 바람에 얼굴의 얼룩이 더욱 길게 번졌다. "누가 의심을 품었다면, 당신을 내보낼 수도 없고, 그렇다고 더 이상 여기 붙잡아둘 수도 없는데……."
 주디스는 조용히 앉아 그를 지그시 지켜보았다. 제가 갈긴 똥더미에 앉아 가장 화려한 깃털을 곤두세우고 의기양양하게 뽐내는 수탉처럼 굴던 모습에는 아무런 감정도 느끼지 못했는데, 얼룩과 먼지투성이가 되어 절망에 빠져 있는 지금의 모습에는 왠지 묘한 연민이 느껴졌다. 대담한 계획을 그대로 밀고 나갈 수도, 그렇다고 물러날 수도 없이 모든 일들을 뼈저리게 후회하고 있는 것이, 흡사 거미줄에 걸려 발버둥 치며 점점 더 옴짝달싹할 수 없게 되어가는 파리를 보는 것 같았다.
 "주디스…… 제발 날 도와줘요! 이 궁지에서 빠져나갈 길이 있다면 제발 좀 알려줘요! 사람들에게 들키는 순간 난 망신을 당하고 파멸할 거예요. 하지만 만일 지금 당신을 내보낸다면, 당신 역시 나를 파멸의 구렁텅이로 밀어넣겠죠." 그는 다시금 그녀의 발아래 무릎을 꿇고는 제 매력도 허영심도 자만심도 완전히 내동댕이친 채 어린애처럼 열심히 호소했다.

"쉿!" 주디스가 달래듯 입을 열었다. "나도 내가 생각해낼 수 있는 가장 좋은 방법으로 당신을 이 궁지에서 벗어나게 해주고 싶어요. 당신에게 아무 해도 끼치고 싶지 않다고요. 앙갚음할 생각은 없으니 걱정 말아요."

"대체 어떻게요? 사람들이 아무 질문도 하지 않고 순순히 집에 보내주겠어요? 당신이 입을 다물고 싶어 해도 소용없어요. 그들은 모든 걸 다 털어놓을 때까지 당신을 가만 내버려두지 않을 거예요. 결국 내가 한 짓이 다 드러나고 나는 파멸을 맞이하겠죠. 아, 시간을 되돌릴 수만 있다면!"

"나 역시 당신 못지않게 이번 일을 조용히 수습하고 싶어요." 주디스가 침착하게 말했다. "하지만 요 이틀 사이 있었던 일을 그럴싸하게 해명하기란 정말 어려울 거예요. 나는 어떻게 해서든 나 자신을 지켜야만 할 입장이고, 당신 역시 알아서 자신을 지켜야 하죠. 하지만 그래도 최대한 당신에게 피해가 없게끔 마무리하고 싶어요…… 왜 그래요? 무슨 일 있어요?"

비비언이 무언가에 놀라 움찔하고는 온몸의 신경을 팽팽히 곤두세운 채 밖의 동정에 귀 기울이고 있었다. "밖에 또 누가 온 것 같아요. 못 들었어요? 누군가 이곳을 염탐하고 있어요. 잘 들어봐요!"

그럴 리 없어, 주디스는 조용히 귀를 기울이면서도 속으로 생각했다. 지금 이 사람은 너무나 겁먹고 긴장해 있잖아. 존재하지도 않는 적을 얼마든 상상해낼 수 있는 상태야. 역시나, 한동안 깊은 침묵 속에서 귀 기울여봤지만 인기척은커녕 가녀린 바람의 가벼운 한숨조차 들리지 않았다.

"아무도 없어요. 당신이 착각한 거예요." 이제껏 그와의 접촉을 고집스레 거부해온 그녀가 이 순간 갑자기 자신의 우위를 드러내듯 거칠게 비비언의 두 손을 잡으며 말을 이었다. "자, 내 말 좀 들어봐요! 방법이 하나 있을 것 같아요! 매그덜린 수녀님이 우리 집에 오셨을 때 그런 말씀을 하셨어요. 견디기 어려운 사정이 생겨 피난처에서 한숨 돌릴 필요가 생기면 언제든 고드릭 포드로 와서 자신과 함께 지내라고요. 거기로 가면 될 거예요. 당신이 밤중에 나를 그리로 데려다주면, 나중에 돌아와 그동안 내가 어디서 지냈고 무슨 이유로 그랬는지, 여기서 일어난 온갖 소동에 대해 어떻게 그렇게 감쪽같이 모르고 있었는지 해명할 수 있을 거예요. 실제로 지금껏 바깥 상황에 대해서는 아무것도 몰랐으니 그건 진실이기도 하죠. 그동안의 생활에 염증이 나서 얼마간 피신해 있었다고, 보다 나은 목적을 위해 헌신할 수 있는 용기를 얻으려는 마음에 그렇게 했다고 말하면 돼요. 이 역시 진실이죠. 당신의 이름은 결코 입에 올리지 않고, 당신이 나한테 한 일도 발설하지 않을 거예요."

비비언으로서는 선뜻 희망을 품기 힘들었지만 이 제안을 거부할 수도 없어 그저 그녀의 두 눈을 물끄러미 올려다보다가 이내 벌겋게 상기된 얼굴로 입을 열었다. "사람들이 당신을 심하게 다그칠 텐데요. 왜 아무 언질도 없이 그렇게 훌쩍 떠나 모든 사람들을 근심에 빠뜨렸냐고 물어보겠죠. 그리고 그 배…… 사람들은 배에 관해 알고 있어요. 그러니—"

"그땐 침묵으로 일관할 거예요." 주디스가 단호하게 말을 잘랐다. "염려가 되더라도 이젠 모든 걸 내게 맡겨야 해요. 달리 방법이 없잖아요. 자, 받아들이든 말든 마음대로 해요."

"내가 직접 당신을 수녀원으로 데려갈 수는 없어요." 그는 생각만 해도 두렵다는 듯 몸서리를 쳤다다. "누가 보기라도 하면 우리 뜻과는 상관없이 모든 진실이 다 드러날 거예요."

"끝까지 함께 갈 필요는 없어요. 당신은 얼마 동안 나랑 같이 가다가 중간에 돌아가요. 난 혼자라도 괜찮아요."

그러자 한순간 그의 얼굴이 희망으로 밝아졌다. "아버지가 오늘 방목장으로 돌아가 양치기들과 함께 이틀이나 사흘쯤 머물 거예요. 그리고 우리 마구간에는 두 사람을 거뜬히 태우고도 남을 좋은 말이 한 필 있고요. 나와 나란히 앉아 타고 가도 괜찮다면 녀석을 데려올게요. 성문이 닫히기 전에 미리 시내 밖으로 말을 내놓을 수 있을 거예요. 요 앞 큰길로 나가 저 하류 쪽으로 더 가면 얕은 여울이 나오고, 그리로 강을 건너 남쪽으로 내려가면 베이스탄으로 가는 길이 코앞이에요. 내일 날이 어두워질 무렵 출발하면…… 오, 주디스, 당신한테 이렇게 나쁜 짓을 저질렀는데도 나를 용서해줄 수 있겠어요? 나는 그럴 가치가 없는 인간이에요!"

비비언 하인드가 스스로를 하찮은 인간이요 용서받을 자격도 없는 인간이라 여긴다니, 주디스로서는 그저 놀라울 뿐이었다. 제가 놓은 덫에 걸려 두려운 상황에 직면하면서 전보다 훨씬 나은 사람이 된 걸까? 아닌 게 아니라, 그저 심약하고 방종한 풋내기에 불과할 뿐 그가 대단한 악당이 못 되는 것은 사실이었다. 그러나 이런 생각을 하면서도 그녀는 아무 대답도 하지 않았다. 도무지 용서하기 어려운 일이 떠올랐던 것이다. 구너로 하여금 자기 몸을 함부로 다루게 한 것. 그 하인은 엄청난 완력으로 그녀의 몸을 꼭 끌어안은 채 꼼짝 못 하게 했고, 그렇게 자신이 그녀를 마음대로 다룰 수 있는 상황을 몹시 즐기기까지 했다. 그녀는 비비언이 무섭지 않았지만 구너라면 사정이 달랐다. 만일 비비언 없이 구너에게 홀로 대항해야 했다면 몹시 두려웠으리라.

"당신만이 아니라 나 자신을 위해 이렇게 하려는 거예요." 주디스는 말했다. "약속은 반드시 지킬게요. 당신 말대로 내일 날이 어두워지면 떠나기로 해요. 오늘은 이미 늦었으니까."

하지만 비비언은 조금 전 밖에서 들려온 소음과 개의 요란한 울음을 떠올리며 새삼 의혹과 두려움에 휩싸인 듯했다. "그런데…… 누군가 이곳을 의심스럽게 여기면 어쩌죠?" 그가 겁에 질린 목소리로 말했다. "만일 사람들이 내일 다시 찾아와 여기 열쇠를 달라고 하면? 주디스, 지금 나랑 같이 우리 집으로 갑시다. 쪽문에서 그리 멀지 않으니 다른 사람 눈에 띄지 않고 갈 수 있어요. 어머니 걱정은 말아요. 어머니도 당신을 잘 숨겨주고 우리가 하려는 일을 도와줄 테니까. 당신에게 고마워서라도 그럴 거예요. 그리고 아버지는 목장으로 갔으니 아무것도 모를 테고요. 집에 가면 몸을 씻고 편안히 쉴 수 있어요. 당신에게 필요한 건 다 갖춰져 있으니―"

"잠깐만요. 당신 어머니도 당신이 벌인 짓을 알고 있단 말이에요?" 주디스가 놀라 그의 말을 자르며 물었다.

"아니, 아뇨, 아무것도 몰라요! 하지만 날 위해 우리를 도와줄 거예요." 그는 한시라도 빨리 이곳을 빠져나가 안전한 집으로 가려는 마음에 양모 다발들 뒤에 숨겨진 좁은 문으로 급히 가서 열쇠를 돌렸다. "구녀를 시켜서 이곳에 남은 흔적을 말끔히 없애게 해야겠어요. 내일 그 사람들이 다시 온다 해도 아무 증거도 찾아내지 못하도록 말예요."

주디스는 등잔불을 훅 불어 끈 뒤 그와 함께 사다리를 타고 다락에서 내려와 아래층 문을 통해 바깥의 어둠 속으로 빠져나왔다. 막 떠오른 달이 경사진 언덕을 엷은 초록빛으로 물들이고 있었다. 밀폐된 공간에서 퀴퀴한 곰팡내와 먼지와 등잔불 연기에 오랫동안 시달려온 터라 얼굴에 와 닿는 공기가 더없이 서늘하고 상쾌하게 여겨졌다. 거기서 성탑의 그늘과 성벽에 난 쪽문까지는 그리 멀지 않았다.

*

 짙은 그림자 하나가 창고 뒤편에서 나와 소리 없이 빠르게 움직였다. 그림자는 달빛 환한 빈터를 우회해서 나무 그늘에 이르렀고, 다시 그늘을 빙 돌아 강가로 향했다.
 버트레드가 개를 피해 뛰어내린 둑은 달빛이 미치지 않아 어두웠다. 의식을 잃은 채 엎드려 있던 그는 이제 조금씩 몸을 움직이기 시작한 참이었다. 서서히 정신이 돌아오면서 통증이 느껴지는지 가쁜 숨과 함께 희미한 신음이 새어 나왔다. 구름 끝자락 너머 달빛이 막 강가에 이르러 그의 몸 위에 다른 이의 짙은 그림자가 드리웠지만, 여전히 두 눈을 감은 채 혼몽한 상태에 빠져 있던 버트레드는 아무것도 의식하지 못했다. 그림자에서 손 하나가 내려와 버트레드의 머리를 움켜쥐고는 달빛 쪽으로 돌렸다. 버트레드는 숨을 쉬고 있었다. 치료를 해주고 한두 시간만 기다리면 의식을 되찾을 터였다. 그리고 자기가 어떻게 해서 이러한 상태에 놓이게 되었는지 자세히 설명하고 알고 있는 사실을 모조리 털어놓을 것이다.
 허리를 굽히고 있던 그림자는 몸을 편 뒤 잠시 냉정한 눈길로 그를 내려다봤다. 이윽고 구두코를 버트레드의 옆구리 아래 찔러 넣고는 그 몸을 바위 가장자리로 이동시켜 깊은 강물 속으로 밀어 넣었다. 빠르게 소용돌이치는 물살이 버트레드의 몸을 싣고 강 한복판을 가로질러 건너편 둑 쪽으로 흘러갔다.

 6월 20일, 이른 새벽에 시작된 비가 해 뜰 무렵까지 이어지다가 오전 중반이 되어서야 완전히 그쳤다. 게이 초원의 과수원에서는 할 일이 많았지만 낮의 더위가 찾아올 때까지 조금 더 기다려야 했다. 잘 익은 버찌도, 첫물 딸기도, 햇살이 습기를 거둬 간 뒤에 따는 편이 좋았다. 빛이 환하게 내리쬐는 드넓은 채소밭의 흙은 이미 말라 몇몇 수사들이 다른 작물을 거둔 빈 땅에 상추 씨앗을 뿌리고 괭이로 잡초를 뽑아내느라 분주하게 움직이고 있었다. 과수원 일을 맡은 이들은 점심 식사를 마치고 나서야 비로소 수도원 땅 가장자리에 있는 일터로 향했다.
 캐드펠 수사로서는 굳이 그들을 따라나설 필요가 없었다. 하지만 허브밭에 별다른 일이 없는 데다 지난 사흘에 걸친 주디스 펄 수색 작업이 허사로 돌아간 마당이라 불안감이 커져 한가롭게 쉬거나 다른 일을 할 마음이 좀처럼 생기지 않았다. 휴에게서 아무 소식이 오지 않은 터라 닐이 찾아와 걱정스레 수색 상황을 물었을 때도 뭐라 해줄 말이 없었다. 이날 오전, 세상은 고요했고 시간은 숨을 죽인 채 한없이 느리게만 흘러갔다.
 약간의 육체노동으로 그 지루하고 답답한 시간을 메울 생각에 캐드펠은 다른 수사들과 함께 과수원으로 나갔다. 봄이 늦은 해에 흔히 그렇듯 올해도 자연이 잃어버린 몇 주를 제 나름껏 벌충해주었으니, 딸기와 구스베리는 다른 해와 거의 비슷한 시기에 열매를 거둘 수 있었다. 하지만 캐드펠의 마음은 내내 과실 수확이 아닌 다른 곳으로 향했다. 강 너머, 성탑들의 그늘이 드리운 성벽 밑에는 화창한 날 젊은이들이 나와 활을 쏘곤 하는 평탄한 풀밭이 자리 잡고 있었다. 거기서 띠처럼 늘어선 숲을 지나 강을 따라 조금만 더 내려가면 나타나는 축융장과 건조장, 그리고 더 아래쪽에 자리한 윌리엄 하인드의 선착장. 캐드펠이 자꾸만 눈길을 보내는 곳은 바로 그쪽이었다.

마음이 딴 데 가 있어 그런지 얼마 지나지 않아 그의 양손은 구스베리 가시들에 잔뜩 찔렸다. 결국 캐드펠은 무언가 결심한 듯 허리를 펴고 일어나서는 손가락을 빨아 가시들을 빼낸 뒤 강가에 길게 늘어선 숲으로 들어갔다. 나뭇가지들 사이로 강 건너 길게 늘어선 성벽과 그 아래 펼쳐진 가파른 초록색 풀밭이 보였다. 곧이어 성벽의 첫 번째 돌출부와 그 밑에 좁은 띠처럼 자리 잡은 숲에 이르자 캐드펠은 그곳을 가로질러 넓은 초원으로 나왔다. 둑 곁에 키 작은 관목들이 점점이 흩어져 있고 물살이 얕고 완만하게 흐르는 지점에는 갈대가 우거져 있었다. 거기서 조금 더 나아가면 빠른 물살이 강 한복판을 향해 흘러드는 자리였다. 이제 그는 건조장 건너편에 이르렀다. 고드프리 풀러의 일꾼들과 건조틀 위에 팽팽하게 펼쳐진 긴 갈색 천이 눈에 들어왔다.

캐드펠은 훔친 배가 발견된 지점이 마주 보이는 곳으로 갔다. 그 너머 둑에서 어린 소년 하나가 염소들에게 풀을 뜯기고 있었다. 이렇게 아름다운 세상에서 어떻게 살인이나 납치 같은 고약한 일이 일어날 수 있겠느냐는 듯, 세번강 일대의 평화롭고 목가적인 풍경은 오후의 고요한 빛 속에서 나른하게 졸고 있었다. 100여 걸음쯤 더 나아가자 강이 크게 곡선을 그리며 흐르는 지점이 나타났다. 건너편 둑 아래쪽은 빠른 물살에 푹 파여 있었다. 수심도 꽤 깊을 것이다. 하지만 그가 서 있는 쪽은 수심이 얕았다. 그는 모래톱이 형성된 지점 앞에서 돌아설 생각이었다. 모래톱 위로 살짝 올라온 물은 거의 움직임 없이, 바람이 불 때마다 수면만 떨리고 있었다. 마독이 누구보다 잘 아는 곳, 상류에서 빠진 것들이 다시 뭍으로 떠밀려 나오는 지점들 중 하나였다.

그리고, 간밤에도 그곳으로 무언가 떠밀려 온 듯했다. 밝은 모래를 배경으로 은빛 물에 거의 잠겨 있는 짙은 형체가 눈에 띄었다. 아니, 제일 먼저 캐드펠의 시선을 끈 것은 물살에 가볍게 흔들리는 작고 희끄무레한 것이었다. 어두운색 소매 밖으로 돌출한 인간의 손이었다. 곧이어 수면에 볼우물 같은 자국을 남기며 살짝 튀어나온 인간의 머리가 보였다. 곱슬곱슬한 머리칼이 잔물결에 흔들리며 마치 수많은 생물들처럼 맥없이 흐느적거리고 있었다.

캐드펠은 둑이 이룬 완만한 비탈을 황급히 뛰어 내려가 늘어진 두 팔 밑의 옷자락을 양손으로 움켜쥐고서 그를 물가로 끌어냈다. 그는 이미 죽어 있었다. 아마도 몇 시간쯤 되었으리라. 물가의 모래밭에 엎드린 그의 머리칼과 옷자락 곳곳에서 가는 물줄기가 흘러내렸다. 건장하고 몸매가 늘씬한 젊은이였다. 손을 쓰기에는 너무 늦었으니, 이제 집으로 데려가 땅에 잘 묻어주는 수밖에 별 도리가 없으리라. 캐드펠 혼자의 힘으로는 그를 둑 위로 끌어 올려 옮길 수 없었다. 어서 다른 이들의 도움을 청해야 했다.

그처럼 건장한 체격에 그런 충충한 암갈색 옷을 입고 다니는 청년이라면 슈루즈베리 시내에만 100명도 넘을 터였다. 옷차림과 체형만 보고서는 누구인지 알 길이 없었다. 캐드펠은 축 늘어진 그의 한쪽 팔 밑을 조심스레 붙잡고 몸을 뒤집어 반듯하게 뉘었다. 무심한 햇살 아래 모래로 얼룩진 창백한 얼굴, 그러나 여전히 잘생긴 얼굴. 그는 주디스 펄의 직공장 버트레드였다.

9

 젊은 수사들은 캐드펠의 부름을 받고 황급히 달려왔다. 익사한 사람의 몸이 세번강을 타고 떠밀려 오는 경우야 그리 드물지 않았고 수사들은 이 일과 관련해 아는 바가 없지만, 그래도 시신을 보면 다들 몹시 놀라고 당황할 터였다. 나이 든 수사들이야 바깥 세상에서 벌어지는 일들에 관해 자기네끼리 은밀히 수군거리곤 해도, 견습 수사들은 새로운 소식이나 떠도는 이야기를 제대로 알지 못했다. 캐드펠은 몸이 튼튼하고 정신적으로 강건한 젊은이들을 골라낸 뒤 나머지는 다시 일터로 돌려보냈다. 선발된 이들은 괭이자루와 줄로 된 허리띠, 소매 없는 옷을 이용해 간단한 들것을 만든 다음 강가를 따라 시신이 있는 곳으로 내려갔다.
 잠시 후, 그들은 입을 굳게 다문 채 물이 뚝뚝 떨어지는 들것을 들고 숲을 지나 덤불이 우거진 게이 초원의 평탄한 땅을 가로지르고 있었다. 저 멀리 수도원 앞 대로로 이어지는 오르막길이 보였다.

"아무래도 이 사람을 수도원으로 데려가는 편이 낫겠군." 캐드펠이 잠시 걸음을 멈추고서 말했다. "사람들의 구경거리로 만들지 않으려면 그게 제일 좋은 방법이야. 거기서 이 사람의 주인이나 친척을 불러오면 될 걸세." 그런 결정에는 다른 이유들도 작용했지만 지금 이들 앞에서 굳이 모든 것을 밝힐 필요는 없었다. 죽은 이는 주디스 펄의 집에서 일하던 사람이었고, 그에게 닥친 재앙은 지금껏 수도원 사람들과 베스티어 집안 상속인의 마음을 뒤흔들어놓은 재앙들과 무관하지 않을 터였다. 게다가 라둘푸스 원장은 주디스와 관련해서 일어나는 일들에 깊은 관심이 있었다. 그녀에 관한 소식은 뭐든 통보해야 할 것이다. 휴 베링어도 마찬가지였다. 휴로서는 펄 부인과 수도원 측이 맺은 계약을 둘러싸고 벌어진 일, 즉 두 사람이 죽고 한 사람이 실종된 사건에 대해 면밀히 조사해야 할 입장이 아닌가. 물론 원기 왕성한 젊은이가 우연히 강물에 빠지는 일은 얼마든지 일어날 수 있다. 하지만 캐드펠은 시신의 오른쪽 관자놀이에 남아 있는 멍 자국을 분명히 보았다. 피는 이미 강물에 씻겨 내려간 듯했다.

"자네는 얼른 수도원으로 가게." 캐드펠은 견습 수사들 가운데 가장 어린 흐륀에게 말했다. "부원장님께 우리가 이런 손님을 모시고 간다는 사실을 미리 알려드리도록 해."

흐륀은 존중의 표시로 아맛빛 머리를 숙여 보인 뒤 성심 어린 마음으로 즉각 그곳을 떠났다. 그는 이러한 지시를 부담이 아닌 친절한 배려로 받아들였다. 성치 못한 다리 때문에 고통을 겪다가 지난 위니프리드 성녀 축일에 은총을 입어 채 1년도 지나지 않아 빠르게 달릴 수 있게 된 그는 자신이 새로 얻은 능력을 써먹을 때 큰 즐거움을 느끼곤 했으니 말이다. 이제 얼마 후면 정식 수사가 되겠지만, 누가 강요하고 설득한다 해도 그는 자신을 치료해준 성녀의 제단을 돌보는 일을 절대로 그만두지 않을 것이었다. 캐드펠에게는 여전히 고뇌의 근원이요 쉽사리 복종하기 어려운 대상을, 흐륀은 제 얼굴에 비치는 햇살만큼이나 은혜롭고 자연스러운 것으로 받아들였다.

대로로 이어지는 언덕길을 빠르게 달려 올라가는 흐륀의 금빛 머리를 물끄러미 지켜보던 캐드펠은, 이내 고개를 돌려 들것의 바닥이 되어 있는 소매 없는 옷의 끝자락으로 죽은 이의 얼굴을 덮어주었다. 버트레드의 시신을 들고 수도원 정문을 향해 가는 내내 젖은 옷에서는 끊임없이 물방울이 떨어져 내렸다. 대로에서 이 음울한 행렬을 마주친 주민들은 걸음을 멈추고 빤히 지켜보거나 팔꿈치로 옆 사람을 찌르며 수군거렸다. 뭔가 이상한 일이 생기면 그 즉시 대로변의 개구쟁이들이 약속이나 한 듯 어디에선가 튀어나오고 또 순식간에 그 숫자가 불어나곤 하니, 참으로 신기한 일이었다. 아이들의 그림자 같은 개들마저 호기심 가득한 얼굴로 구경하듯 물끄러미 그들을 지켜보고 있었다. 곧 시내 곳곳에서는 추측과 그에 맞선 또 다른 추측들이 난무하겠지만, 익사한 이의 신원을 자신 있게 밝힐 수 있는 사람은 없을 것이다. 모두에게 그의 정체가 밝혀지기 전까지의 얼마 안 되는 동안이 휴베링어에게는 유용한 시간이요, 죽은 이의 어머니에게는 자비의 시간이 되리라. 이어 행렬이 수도원 담장 모퉁이를 돌아 한 무더기의 구경꾼들을 뒤로하고 정문 안으로 들어설 즈음, 캐드펠은 문득 또 다른 여인의 얼굴을 떠올렸다.

로버트 부원장이 급하게 걸어 나와 행렬을 맞아들였다. 그 뒤로 제롬 수사가 허둥지둥 쫓아 나왔고, 진료소 담당인 에드먼드 수사와 접객소의 데니스 수사도 거의 동시에 들것을 든 사람들 곁으로 모여들었다. 더하여 각자 다른 볼일로 수도원 큰 마당을 지나던 대여섯 명의 수사들 또한 이들을 보고 걸음을 늦추다가 방향을 틀어 가까이 다가왔다.

"흐륀 수사한테 원장님께도 보고를 드리라고 해두었소." 로버트 부원장이 늘 거만하게 쳐들고 다니던 은빛 머리를 숙여 급조된 들것에 실린 시신을 들여다보았다. "이거 아주 고약한 일이 생겼군. 어디서 이 사람을 발견했소? 우리 수도원 땅이오?"

"아뇨, 우리 땅에서 좀 떨어진 곳의 모래톱에서 발견했습니다." 캐드펠이 대답했다. "저로서는 해줄 것이 없었습니다. 죽은 지 이미 몇 시간쯤 지난 것 같아서……."

"그렇다면 뭐 하러 시신을 이리로 옮겨 온 거요? 이자가 시내나 저 앞 동네 사람이라면 신원이 밝혀진 이후 유족들이 어련히 알아서 매장해줄 텐데."

"그래도 수도원으로 옮기는 편이 좋을 것 같다는 생각이 들었습니다. 틀림없이 원장님도 같은 마음일 테고요. 실은 그럴 만한 몇 가지 이유들이 있거든요. 행정 장관도 이 사건에 관심을 가질 겁니다."

"흠…… 내가 보기엔 흔한 익사 사건인 것 같은데. 여기서 이런 일은 드물지 않게 일어나잖소." 더러운 것을 병적으로 기피하는 로버트 부수도원장은 내키지 않는 듯 손을 뻗어 한때 건강함을 뽐내며 환하게 빛나던, 그러나 이젠 물에 불어 푸르뎅뎅해진 얼굴에서 옷자락을 벗겨냈다. 그에게는 낯선 얼굴이었다. 설혹 그 사람을 만난 적이 있다 해도 기껏해야 지나가는 길에 얼핏 본 정도였으리라. 메어돌가 초입에 있는 그 집은 시내의 세인트채드 교구에 속해 있어 버트레드는 수도원 앞 대로를 지나다닌 적이 별로 없었고, 업무와 관련된 일로 드나든 경우도 드물었다.

"형제가 아는 사람이오?"

"네, 압니다. 얼굴 몇 번 본 정도에 불과하지만요. 이 사람은 펄 부인의 집에서 일하는 직조공들 중 하나입니다. 부인 집에서 지냈지요."

늘 모든 게 차분하고 질서 정연하게 돌아가기를 바라고, 수도원 안으로 가끔씩 침투해 들어와 평화로운 분위기를 깨뜨리곤 하는 불편한 세속사들을 외면한 채 초연하게 지내온 로버트 부수도원장조차 그 말을 듣고는 눈을 크게 떴다. 그 역시 베스티어 집안을 둘러싸고 연달아 일어나는 고약한 사건들에 대해 잘 아는 터였다. 이젠 그도 이 새로운 죽음이 최근 벌어진 일들과 연관되어 있다는 확신을 갖지 않을 수 없었다. 어쩌다 한두 차례 우연이 겹칠 수는 있다. 그러나 한 집안과 한 사람을 둘러싸고 이러한 사건이 연이어 일어나는 경우는 극히 드문 법이다.

"아, 그렇다면 원장님도 이 사실을 알고 계셔야겠지." 그는 슬그머니 발을 빼듯 말한 뒤 안도 어린 목소리로 한마디 덧붙였다. "아, 마침 저기 오시는군."

라둘푸스 원장이 흐륀을 대동한 채 숙사 정원을 나와 성큼성큼 다가왔다. 그는 아무 말 없이 시신의 머리와 양 어깨를 덮은 옷자락을 끌어 내리고는 침울한 표정으로 한동안 죽은 이를 살펴보다가, 곧 얼굴을 다시 덮어준 뒤 캐드펠 쪽으로 고개를 돌렸다.

"흐륀 수사가 시신을 어디서 어떻게 발견했는지 이미 알려주었소. 하지만 이 사람이 누구인지는 모른다더군. 형제는 알고 있소?"

"네, 이 사람 이름은 버트레드라고 합니다. 펄 부인의 집에서 직공장으로 일하던 사람이죠. 어제 이 사람이 수색을 거들기 위해 행정 장관의 부하들과 함께 돌아다니는 것을 봤습니다."

"부인은 아직 찾아내지 못했다지?"

"네, 오늘로 사흘째가 됩니다만 아직 종적이 묘연합니다."

"그런데 부인 집에서 일하던 사람이 시체가 되어 나타나다니……." 이 일이 펄 부인 주변에서 연이어 일어난 사건들과 모종의 연관성이 있으리라는 뻔한 사실을 원장에게 새삼 지적해줄 필요는 없었다. "이 사람이 익사했다고 보시오?"

"그에 대해서는 생각을 좀 해봐야 할 것 같습니다. 익사한 것은 맞지만 머리에 상처가 나 있어요. 시신을 자세히 살펴보는 게 좋겠습니다."

"행정 장관도 그렇게 생각하겠지. 곧 장관에게 사람을 보낼 테니 시신은 당분간 여기 두도록 하시오. 이 사람이 수영을 할 줄 아는지 알고 있소?"

"아뇨, 원장님. 하지만 이 지역에서 태어난 사람치고 수영할 줄 모르는 사람은 드물죠. 그의 친척들이나 주인은 아마 확실히 알고 있을 겁니다."

"그렇겠지. 그들에게도 소식을 전해야겠군. 하지만 장관이 먼저 본 다음 알리는 편이 좋을 것 같소. 그가 이 문제를 어떻게 처리하는 게 좋을지 캐드펠 형제와 의논해본 뒤에." 이어 원장은 들것을 내려놓고서 조금 떨어진 곳에 조용히 대기하고 있던 견습 수사들에게 말했다. "시신을 안치소로 옮기시오. 옷을 벗기고 반듯하게 뉘어주는 게 좋겠지. 그를 위해 촛불도 밝히도록 하고. 언제, 어떻게 죽었든 이 사람 역시 우리의 형제요. 나는 마부를 보내 행정 장관을 불러오도록 하겠소. 그가 올 때까지 캐드펠 수사는 나와 함께 기다려주시오. 실종된 그 가여운 부인과 관련하여 형제가 알아낸 모든 정보를 알고 싶소."

*

  시신 안치소에서 그들은 돌로 된 관대 위에 버트레드의 벌거벗은 몸을 누이고 아마포로 덮어주었다. 물에 젖은 옷들은 대충 개켜서 그의 발에서 벗겨낸 구두 한 켤레와 함께 곁에 두었다. 실내가 침침해 몇몇 수사들이 키 큰 촛대에 불을 붙인 뒤 적절한 곳에 배치했다. 세 사람, 라둘푸스 원장과 캐드펠 수사, 그리고 휴 베링어는 관대를 둘러싸고 서 있었다. 원장이 아마포를 끌어내려 시신의 모습을 드러냈다. 버트레드는 온몸을 반듯하게 펴고 두 손을 가슴 위에 얹은 채 누워 있었다. 캐드펠이 처음 그를 발견했을 땐 막 잠에서 깨려다가 그대로 숨진 사람처럼 반쯤 눈을 뜨고 있었으나 그사이 누군가 그 눈을 조심스럽게 감겨준 모양이었다.

  다소 살집이 있긴 해도 제법 잘 빠진 몸매였다. 20대 초반의 나이에 반듯한 이목구비, 뼈보다는 살집이 더 풍성한 얼굴. 웨일스인들은 이웃들의 얼굴에 단단하고 견실하게 자리 잡은 광대의 모양에 익숙해 있으니, 지금 그들이 내려다보는 사람처럼 살집이 광대를 뒤덮고 있는 모습이 캐드펠에게는 새삼 생소하게 여겨졌다. 어쨌든 그는 아주 잘생긴 젊은이였다. 얼굴과 목, 양 어깨, 팔꿈치에서 손가락에 이르는 부분은 야외의 햇빛과 바람에 잘 그을렸을 것이나 지금은 유감스럽게도 그 색이 많이 바랜 뒤였다.

  "이마의 상처를 빼면 별다른 흔적이 없군요." 휴가 그의 몸을 머리에서 발끝까지 훑어본 뒤 입을 열었다. "상처의 모양으로 보아 타격을 받았을 때도 머리가 좀 아찔한 정도였을 겁니다."

 아닌 게 아니라, 머리칼 바로 아래 피부가 터져 생긴 상처는 그리 크지도 깊지도 않았다. 캐드펠은 넓은 이마에 숱진 갈색 머리칼이 찰싹 달라붙은 그 머리를 붙잡고서 손가락으로 두개골을 더듬어보았다. "여기, 왼쪽 귀 위에도 타박상이 있네. 날카로운 것에 찢긴 듯한 긴 상처야. 아마 이 상처를 입으면서 얼마간 정신을 잃었을 걸세. 하지만 죽지는 않았지. 그래, 이 사람은 익사한 게 분명하네."

 "대체 뭘 하고 있었을지······." 원장이 생각에 잠겨 혼잣말하듯 중얼거렸다. "한밤중에, 그 강가에서······ 거기에는 아무것도 없잖소. 어디로 이어진 길도, 찾아갈 만한 집도 없지. 캄캄한 밤중에 무슨 볼일로 거기 갔었는지 모르겠군."

 "이자는 펄 부인 밑에서 일하는 사람입니다." 휴가 말했다. "어제도 우리를 돕겠다고 나서서 온종일 제 주인을 찾아다녔죠. 몸을 아끼지 않고 열심히도 찾더군요. 밤에도 부인을 찾아 돌아다닌 것 아닐까요?"

 "그곳에서 말이오?" 라둘푸스가 되물었다. "거기엔 관목 몇 그루와 넓은 풀밭 말고는 아무것도 없는데. 우리 수도원 땅을 지나면 한동안은 황량한 들판뿐이오. 부인을 숨겨둘 오두막 한 채 보이지 않지. 시신이 강 건너편에서 발견되었다면 또 모를까······ 최소한 거기엔 집 몇 채라도 있고, 또 시내로 들어가기 쉬우니 말이오. 하지만 아무리 그래도 캄캄한 밤중에 그렇게까지…… 더군다나 머리를 두 번이나 얻어맞고 강물에 빠져 최후를 맞이한 경위를 도무지 짐작할 수가 없군. 캄캄한 밤중에 깎아지른 둑길을 걷다 실수로 발을 헛디딘 거라면 몰라도."

"슈루즈베리에서 태어난 청년이 그런 실수를 했을 리는 없습니다." 휴가 고개를 저으며 대답했다. "다들 이 강에 대해 훤히 알고 있으니까요. 일단 확인은 해봐야겠지만, 이곳 청년이라면 일찍부터 수영하는 법을 배웠을 겁니다. 캐드펠 수사님, 이 사람이 떠밀려 온 지점을 직접 보셨죠? 혹시 그 건너편에서 물에 빠졌을 수도 있을까요? 머리를 얻어맞은 뒤 몽롱한 상태에서 강을 헤엄쳐 건너려다가 수사님이 발견한 그 장소에 이른 게 아닐까요?"

"그건 마독에게 물어봐야겠지." 캐드펠이 말했다. "그 사람이라면 정확히 알 거야. 추측건대, 그곳 물살은 아주 강하고 또 역류하는 부분도 여러 곳 있으니 얼마든지 가능할 것 같군." 그는 멍하니 손을 들어 죽은 이의 이마에 달라붙어 있는 젖은 머리카락을 단정하게 넘겨준 뒤 아마포를 올려 얼굴을 덮었다. "시신이 우리한테 알려줄 수 있는 건 더 이상 없는 듯하네. 이제 가족들에게 소식을 전하세. 그들은 적어도 그를 마지막으로 본 게 언제인지, 그가 그날 밤 어떤 일을 벌일 작정인지 귀띔하진 않았는지 확인할 수 있을 걸세."

"사람을 시켜 마일스 콜리어를 불렀습니다. 무슨 일 때문인지는 아직 얘기하지 말라고 했고요. 그를 통해 죽은 이의 어머니에게 소식을 전하는 게 좋을 것 같군요. 그 여자도 펄 부인 집에서 지내며 주방 일을 한다는 얘기를 들었거든요. 이 사람을 여기 더 둘 필요가 없다면 콜리어더러 시신을 옮겨 장사 지낼 준비를 하라고 전하겠습니다."

"그래, 더 살펴볼 건 없지." 캐드펠은 시신으로부터 고개를 돌리며 나직이 한숨을 내쉬었다. "이제 자네가 알아서 처리해주게! 내가 할 일은 전부 했으니까." 이어 마지막으로 그곳을 떠나는 순간, 그는 문 앞에서 고개를 돌려 돌로 된 관대 위에 하얀 천을 쓰고 누워 있는 시신을 다시금 한동안 바라보았다. 또 하나의 젊은이가 때 이르게 생명을 잃었군. "가엾기도 하지!" 캐드펠은 그렇게 중얼거린 뒤 살그머니 문을 닫았다.

*

마일스 콜리어는 혼자 급히 수도원으로 달려왔다. 무언가 심상치 않은 이유가 있으리라 짐작했는지 근심과 두려움 속에 골똘히 생각에 잠긴 표정이었다. 그들은 정문의 문지기실에서 그를 맞았다. 마일스가 원장과 행정 장관에게 공손하게 인사를 하고는 근심 가득한 얼굴을 들어 그 엄숙한 얼굴 하나하나를 재빨리 살펴보았다.

"무슨 소식이 있나요? 혹시 제 사촌이…… 그 아이에 관한 무슨 소식을 들으시고 절 부르신 건가요?" 그들의 침울한 표정과 무거운 침묵을 잘못 해석한 듯 그의 창백한 얼굴이 한층 더 하얘지면서 두려움으로 뻣뻣하게 굳었다. "오, 맙소사, 안 돼요! 안 돼! 그럴 리가…… 혹시 그 아이의…… 그 아이를 찾아내셨습니까?" 얼른 말을 삼켰으나 그의 입술이 이미 '그 아이의 시신을'이라는 말을 그려낸 뒤였다.

"아니, 아니오!" 휴가 얼른 대답했다. "그건 아니니 마음 놓으시오! 부인에 관한 소식은 아직 없소. 최악의 경우를 생각하기엔 이르지. 실은 완전히 다른 문제 때문에 오라 했소. 이 역시 우울한 소식이긴 하지만…… 어쨌든 당신 사촌을 찾는 작업은 계속 이어가는 중이고, 찾아낼 때까지 중단하지 않을 거요."

"주여, 감사합니다!" 마일스가 들릴락 말락 한 소리로 웅얼거렸다. 깊은 한숨과 함께 얼굴에 어렸던 긴장도 풀어졌다. "죄송합니다. 제가 워낙 눈치가 빠릿빠릿하지 못한 데다 겁도 너무 많아서요. 요 며칠간 잠은커녕 제대로 쉬지도 못해서 더 그렇습니다."

"그 마음에 근심을 더하게 해서 미안하게 됐군." 휴가 말했다. "하지만 알릴 건 알려야겠지. 우리가 지금 다루고 있는 문제는 펄 부인과 관련된 게 아니오. 혹시 오늘 직조실 사람 중 하나가 사라지지 않았소?"

마일스는 눈을 둥그렇게 떴다가 이내 안도와 당혹감이 어린 표정으로 텁수룩한 머리를 긁었다. "오늘 직조실에서는 아무도 일을 하지 않습니다. 어제 아침부터 내내 텅 비어 있죠. 남자들 거의 대부분이 주디스를 찾으러 나갔거든요. 실 뽑는 여자들만 그대로 일하고 있습니다. 그들이야 관리님들이나 수비대 사람들과 함께 수색을 하기도 뭣하니까요. 한데 그건 왜 물으십니까?"

"그럼 지난밤 이후로 버트레드라는 사람을 본 적이 있소? 그는 당신 집 일꾼이라 들었는데."

"맞습니다." 마일스가 이맛살을 찌푸리며 말을 이었다. "하지만 오늘은 못 봤어요. 직조실이 비어 있으니 거기 들러볼 이유가 없었죠. 아마 다시 주디스를 찾으러 나갔을 겁니다. 맙소사, 지금껏 시내의 모든 집과 마당을 뒤져봤는데도 제 사촌의 행적을 알려줄 만한 어떤 단서도 나오지 않았다니…… 하지만 그래도 계속 찾아다니며 수소문해볼 수밖에 다른 도리가 없지 않겠습니까? 장관님께서도 잘 아시다시피 저희 집 직조공들은 지금 모두 시외로 나가 이집 저집 다니며 사람들에게 물어보고 있습니다. 버트레드도 그들과 함께 있을 거예요. 그 사람은 제가 보기에도 정말 애를 많이 쓰더라고요."

"그 사람 어머니는 어떻소? 혹시 아들 걱정을 하지는 않았소? 아니면 근심에 싸여 있다거나, 혹은 아들이 어디 있는지 찾는다거나……."

"글쎄요……." 마일스는 또다시 당혹스러운 표정으로 사람들의 얼굴을 번갈아 훑어보았다. "저희 집에서 주디스 일로 근심에 싸여 있지 않은 사람은 없을 겁니다. 모두가 걱정 어린 표정을 하고 있죠. 하지만 그 사람 어머니에게서 유달리 이상한 낌새는 느끼지 못했는데요. 왜요? 무엇 때문에 그러시나요? 혹시 버트레드에 관해 제가 모르는 뭔가를 알고 계십니까? 그 친구가 무슨 잘못 같은 걸 저지르지는 않았을 겁니다! 그럴 리 없어요! 내내 주디스를 찾겠다고 정신없이 사방을 헤집고 돌아다녔는데요. 그는 선량한 사람입니다…… 설마 그가 무슨 나쁜 짓이라도 벌이다 붙잡힌 건 아니겠지요?"

행정 장관이 한 사람에 관해 꼬치꼬치 캐물으니 그렇게 생각할 법도 했다. 휴는 서두름 없이 침착하게 마일스의 초조함을 해소해주었다.

"그 사람은 아무 잘못도 하지 않았소. 그는 가해자가 아니라 피해자지. 우리가 당신에게 전할 나쁜 소식이란 바로 그에 관한 것이오, 마일스 씨." 그는 지극히 냉정하고 직설적인 태도로 말을 이었다. "한 시간 전에 게이 초원에서 일하던 수사들이 버트레드를 강에서 건져내 이리로 데려왔소. 물에 빠져 죽은 시신으로."

깊은 침묵 속에 마일스는 꼼짝하지 않고 서 있다가 잠시 후 몸을 움찔하더니 혀로 입술을 축였다. "지금 어디 있죠?"

"이곳 시신 안치소에 정중하게 모셔두었소." 수도원장이 말했다. "장관님이 당신을 그에게로 안내할 거요."

*

침침한 실내에서 마일스는 자신이 잘 아는, 그러나 지금은 이상하리만치 낯설어 보이는 얼굴을 물끄러미 응시하며 고개를 절레절레 흔들었다. 마치 그렇게 하면 그가 죽었다는 사실을, 혹은 그 돌연한 죽음으로 인한 충격을 떨쳐버릴 수 있기라도 한 듯. 이윽고 그는 평소의 침착함을 되찾고 현실을 받아들였다. 자신이 부리던 직조공들 중 하나가 죽었다. 이제 그가 할 일은 시신을 집으로 옮겨 적절한 장례식과 함께 매장해주는 것이었다.

"어떻게 이런 일이 벌어질 수 있죠?" 그는 말했다. "어제저녁에도 집에서 봤는데…… 식사 시간이 지나 늦게 돌아오긴 했는데, 그거야 이상한 일도 아니었죠. 하루 종일 장관님의 부하들과 함께 온 데를 다 돌아다녔으니까요. 버트레드는 늦은 식사를 마치고서 저한테 잘 주무시라며 인사를 한 뒤 이내 잠자리에 들었습니다. 아마 마지막 기도 시간 무렵이었을 거예요. 몇몇이 깨어 있긴 했지만 집 안은 이미 고요했지요. 이후로는 그를 못 봤습니다."

"그럼 이 사람이 밤에 다시 나간 것도 몰랐소?"

마일스가 고개를 홱 쳐들었다. 그 순간 그의 푸른 눈은 유난히 더 빛났다. "대체 무슨 사정이 있어서 다시 나갔을까요? 하루 종일 돌아다닌 뒤로 몹시 지쳐 있었을 텐데요. 아침나절까지 어디서 뭘 했는지 전혀 모르겠군요. 이 사람을 세번강에서 건져낸 지 한 시간밖에 되지 않았다고 하셨나요?"

"내가 건져냈소." 어두운 구석에 조용히 물러나 있던 캐드펠이 입을 열었다. "하지만 그가 거기 쓰러져 있던 건 훨씬 더 오래되었을 거요. 아마 한밤중부터 있지 않았나 싶은데…… 죽은 지 얼마나 되었는지는 정확히 말하기 어렵군."

"보세요, 이마가 깨졌군요!" 이제 머리칼 끄트머리를 제외하면 버트레드의 넓고 평평한 이마는 깨끗이 말라 있었고, 그 때문에 상처 자리가 유난히 두드러져 보였다. "수사님은 이 사람이 익사했다고 보시나요?"

"물론이오. 어쩌다 이런 상처가 생겼는지는 몰라도, 이건 물에 들어가기 전에 생긴 게 틀림없소." 캐드펠이 단언하듯 대답한 뒤 물었다. "어쨌든, 당신은 우리에게 도움이 될 만한 무엇도 아는 바가 없다는 거군."

"그런 걸 알면 얼마나 좋겠습니까." 마일스가 진지하게 말을 이었다. "저는 그에게서 평소와 다른 점을 전혀 보지 못했고, 뭔가 단서가 될 만한 어떤 얘기도 듣지 못했습니다. 이런 일이 일어날 줄은 정말이지 꿈에도 몰랐어요. 저로서는 별달리 말씀드릴 게 없습니다." 이어 그가 묻는 듯한 눈길로 휴를 바라보았다. "버트레드를 집으로 데려가도 될까요? 그의 어머니와 먼저 이야기를 해봐야겠지만, 아마 그분도 아들을 데려오고 싶어 할 겁니다."

"당연히 그렇겠지." 휴는 고개를 끄덕였다. "좋소, 언제든지 이 사람을 데려가시오. 시신을 옮기는 데 도움이 필요하면 얘기하고."

"아닙니다, 저희가 알아서 하겠습니다. 손수레와 시신을 덮을 천을 가져오지요. 버트레드의 시신을 잘 거둬주신 것에 대해 장관님과 수도원 측에 감사드립니다."

*

그는 한 시간쯤 지나 돌아왔다. 천지간에 홀몸이 된 과부에게 나쁜 소식을 전하는 고약한 일을 마친 직후라 아직 긴장이 풀리지 않은 듯 표정이 잔뜩 굳어 있었다. 직조실에서 일하는 두 남자가 양모를 실어 나를 때 쓰는, 양옆이 높은 수레를 끌고 그를 따라와 수도원 큰 마당에서 침울한 표정으로 말없이 서 있다가 캐드펠을 따라 시신 안치소로 향했다. 초저녁의 빛 속에서, 이들은 버트레드의 시신을 들고 나와 수레 바닥에 깔린 담요에 내린 뒤 깨끗한 천으로 단정히 덮었다. 마일스가 묵묵히 일을 하는 그들을 바라보다가 캐드펠에게로 시선을 돌렸다.

"이 사람 옷은 어디 있습니까?" 그가 물었다. "버트레드의 어머니는 아들의 물건들을 모두 돌려받고 싶어 할 겁니다. 소소한 위안거리에 불과하지만, 그래도 잘 간직하며 그 물건들에 담긴 소중한 추억들을 보듬고자 하겠죠. 그분 나름대로 혼자 쓸쓸히 보낼 여생을 대비하면서요. 주디스가 그랬듯이 말입니다…… 하지만 만일……." 그는 말을 맺지 않았다. 최악의 사태에 대한 예상 쪽으로 표류해 가는 마음을 강하게 붙잡는 듯했다.

"깜박 잊었군." 그제야 캐드펠은 버트레드의 몸에서 벗겨낸 옷들을 줄곧 그대로 내버려두었다는 사실을 깨달았다. "잠깐만 기다리시오. 내 그것들을 가져올 테니."

 시신 안치소 한쪽에 방치된 옷들은 젖은 상태로나마 그런대로 가지런하게 개켜져 있었다. 겉옷과 셔츠와 소박한 바지의 주름들은 마르기 시작한 듯했다. 캐드펠은 한 팔로 옷들을 안고 다른 한 손으로는 그 곁에 놓여 있던 구두를 집어 들었다. 마당으로 돌아와보니 마일스는 버트레드의 발에 덮인 담요 자락을 가지런하게 펴주고 있었다. 그가 돌아서서 옷들을 받아 담요 밑에 밀어 넣느라 허리를 숙이는 순간, 수레가 기울면서 그 끝에 잠시 올려둔 구두가 자갈 깔린 바닥으로 떨어졌다.

 캐드펠이 그걸 집어 드느라 허리를 숙였다. 구두를 제대로 보는 건 그때가 처음이었다. 마당은 아직 환했다. 그는 양손에 한 짝씩 든 구두를 수레 끝에 다시 올려놓으려다 문득 동작을 멈추고서 왼쪽 구두를 뒤집었다. 한참이나 밑창을 자세히 살핀 뒤 문득 고개를 드니 마일스가 냄새를 놓치고 당황해하는 사냥개처럼 고개를 한쪽으로 기울인 채 놀란 표정으로 그를 멍하니 바라보고 있었다.

 "원장님께 허락을 구해 당신과 함께 시내로 나가봐야겠군." 캐드펠은 차분하게 말했나. "장관에게 할 이야기가 생겼소."

*

 성에서 메어돌가의 집까지는 그리 멀지 않아, 심부름을 갔던 소년은 15분도 채 지나지 않아 휴를 데리고 왔다. 휴는 막 다른 일을 하러 나서는 순간 부름을 받고 약간 짜증을 느끼기는 했으나 방금 헤어진 캐드펠이 자신을 다시 찾는다면 그럴 만한 이유가 있으리라는 생각에 순순히 소년을 따라왔다.

 홀에서는 애거사 부인이 눈물을 흘리는 브랜웬을 붙잡고서 베스티어가에 웬 액운이 이렇게 연달아 닥치는지 모르겠다며 넋두리를 늘어놓고 있었다. 앨리슨은 아들을 잃은 슬픔에 통곡을 하고, 실 뽑는 여자들은 그 비탄 어린 애가에 맞춰 합창하듯 울어댔다. 이에 반해 직조실은 숨 막힐 듯 고요했으니, 버트레드의 시신을 모셔둔 넓은 탁자 곁에 모인 세 사람이 가끔 낮은 목소리로 몇 마디씩 주고받을 뿐이었다. 그들은 와일가에서 뛰어난 목수인 마틴 벨코트가 오기를 기다리고 있었다.

 "의심의 여지가 없네." 일꾼이 테이블에 두고 간 조그만 등잔 불빛 속에 버트레드의 왼쪽 구두 밑창을 들어 보이며 캐드펠이 말했다. 밖은 아직 밝았지만 직조실 안은 작업을 쉬는 동안 덧문을 절반쯤 닫아둔 탓에 꽤나 어두웠다. "이건 내가 닐의 집 정원 포도나무 밑에서 본을 떠낸 바로 그 구두야. 구두의 주인이 그 장미나무를 도끼로 찍어내려 한 사람이자 엘루릭 수사를 살해한 사람이지. 직접 발자국 본을 뜬 내가 보기엔 틀림없어. 그걸 여기 가져왔으니 자네도 직접 맞춰보게."

 "수사님 말씀이 맞겠죠." 모든 증거를 직접 확인해야 할 입장이었기에, 휴는 그렇게 말하면서도 구두와 밀랍 모형을 들고 문

쪽으로 다가가 서로 맞추어보았다. "틀림없군요." 둘은 도장과 주형처럼 꼭 들어맞았다. 뒤축 바깥이 비스듬히 닳은 자국, 그리고 발가락 아래쪽 두툼한 살이 닿는 밑창 부위를 사선으로 가로지르는 선도 그대로였다. "세번강이 우리에겐 재판 비용을 절약하게 해주었고, 이 사람에겐 자비를 베풀어 익사 정도로 그 대가를 치르게 했군요."

그들과 조금 떨어진 곳에 서 있던 마일스는, 시신 안치소에서 버트레드의 시신을 내려다볼 때 그랬던 것처럼 이번에도 놀라움과 당혹감 어린 얼굴로 그들의 얼굴을 번갈아 바라보다가 마침내 믿기지 않는다는 듯 말했다. "도무지 이해가 안 되네요. 그러면…… 그 청동 세공인 집 정원으로 들어가 주디스의 장미나무를 훼손하고, 수사를 죽인 사람이 바로 버트레드였단 말입니까?" 마치 자신의 부드러운 코를 물고 있는 개를 뿌리치려는 황소처럼, 그는 격렬히 고개를 흔들어 그 달갑지 않은 믿음을 떨쳐버리려 했다. 그러나 이내 긴장이 맥없이 풀리더니 결국 체념 어린 차분함이 그 얼굴에 떠올랐다. 결국 버트레드가 범인이라는 확신이 서서히 깃들기 시작하는 모양이었다. 마일스는 표정이 아주 풍부한 사람이었기에 캐드펠은 그의 내면에서 일어나는 모든 변화를 면밀히 추적할 수 있었다. "이 사람이 왜 그런 짓을 해야 했을까요?" 하지만 그의 머리는 이미 적절한 해답들을 찾아내기 시작하는 듯했다.

"아마 살인을 할 의도는 없었던 것 같소." 휴가 차분히 말했다.

"우연히 그렇게 된 거지. 하지만 장미나무를 쓰러뜨리려 했던 건…… 그에 대해서는 당신이 저번에 우리한테 그럴싸한 이유를 제시해주었잖소."

"하지만 그래서 버트레드에게 무슨 이익이 있었겠습니까? 기껏해야 주디스가 장미꽃을 받을 수 없게끔 만드는 정도에 불과했을 텐데…… 그게 이 사람에게 무슨 의미가 있죠?" 이 대목에서 그는 잠시 생각에 잠겼다가 다시 입을 열었다. "저로서는 도무지 모르겠네요. 감도 안 잡혀요. 예, 저번에 그런 말씀을 드리긴 했죠. 이 사람이 주디스와 자신이 맺어질 가능성에 대해 생각하는 것 같다고요. 가끔 지나친 자신감을 내비치곤 했거든요. 자기가 주디스의 마음을 사로잡을 수 있으리라 확신하는 듯 말이에요. 그 자신감에 대해 모두가 알았고요. 흠…… 만일 정말 진지하게 그런 대담한 마음을 품었다면, 주디스의 재산 절반에 해당하는 그 집을 되찾고자 시도해볼 만도 했겠군요."

"버트레드뿐 아니라 다른 구혼자들 역시 같은 생각이었겠지." 휴가 말했다. "그는 여기서 잠을 잤소?"

"네."

"그러면 남들 눈을 피해 마음대로 집 안팎을 들락거릴 수 있었겠군."

"가능했을 겁니다. 간밤에도 그랬던 것 같고요. 우리 중 누구도 이 사람이 나가는 소리를 듣지 못했으니까요."

"이제 우린 이 사람을 엘루릭 수사의 죽음과 연결시킬 증거를 확보한 셈이오." 휴는 이맛살을 찌푸린 채 말을 이었다. "하지만 펄 부인의 실종 사건에 대해서는 아직도 갈피를 못 잡겠군. 버트레드가 그 사건과 관련되어 있다는 증거는 없으니, 여전히 우린 두 번째 범죄자를 찾아내야 할 입장이오. 버트레드는 우리를 도우러 나선 이들 가운데 가장 성실하고 열성적으로 수색에 임했소. 그가 부인의 행방을 알았다면 그 일에 그토록 많은 에너지를 소모하지 않았을 텐데…… 물론 남들에게 열심히 찾는 모습을 보여야 할 입장이었을지도 모르지만."

"장관님, 저로서는 버트레드가 그런 고약한 짓을 저질렀다는 게 믿기지 않습니다." 마일스가 천천히 말했다. "하지만 지금 제 눈앞에 하나의 증거가 있으니, 이젠 그 사람에 대해 보다 깊이 파고들지 않을 수 없겠군요. 우리가 시신을 옮겨 온 뒤로 그의 어머니가 아들 이야기를 모두에게 넋두리하듯 늘어놓고 있는데, 그 내용이 조금 이상합니다. 아들이 자신에게 무슨 말을 했다는데…… 제가 그 얘기를 옮기다 보면 내용이 왜곡될 수도 있으니 장관님께서 직접 물어보시는 게 좋을 것 같습니다. 아마 우리한테 했듯이 장관님께도 자세히 말씀드릴 겁니다."

*

하도 울어 눈이 퉁퉁 부은 그 여인은 통곡을 하는 사이사이, 자신을 위로하는 이들에게 여전히 아들의 이야기를 넋두리처럼 늘어놓고 있었다. 그리고 행정 장관이 잠시 조용히 대화를 나누자며 다른 사람들을 물린 뒤에도 기꺼이 같은 이야기를 반복했다.

"제겐 정말 착한 아들이었어요. 일꾼으로서도 훌륭해 마님도 그 아이를 좋게 생각했죠. 하지만 종종 제 아비처럼 엉뚱한 생각에 빠지곤 해서…… 그러다 결국 일이 어떻게 됐는지 좀 보세요! 그 아이가 간밤에 제게 그럽디다. 이 집 하녀보다 훨씬 더 나은 사람이 되고 싶지 않냐고, 주방이 아니라 홀에서 지내는 귀부인이 되면 어떻겠냐고요. 자기가 무슨 말을 하는지는 하루 이틀 뒤에 저절로 알게 될 거라고 했어요. 자기 신세와 제 신세가 확 바뀔 거라고요! 그러면서 이 얘긴 아무한테도 말하지 말라는 거예요. 그래 제가 물었죠. 네가 뭔가 알고 있다면, 그게 뭔지 왜 나한테 말해주지 않냐고요. 그랬더니 그걸 꼭 들어야겠냐면서, 그냥 자기한테 모든 걸 맡기라 하더라고요. 자기가 다 알아서 한다고요."

"밤에 뭘 하겠다는 얘기도 했소?" 과부가 잠시 숨을 돌리는 사이, 휴가 소리를 죽여 조심스레 물었다.

"날이 완전히 어두워진 뒤에 다시 나가봐야 한다고는 했는데 어디로 가는지, 왜 가는지는 말하지 않았어요. 가서 뭘 할 건지도요. 그저 내일까지 기다려봐라, 오늘 밤에는 아무한테도 말하지 말라고만 했죠. 하지만 지금 이렇게 그 녀석이 죽어버린 마당에 말하건 않건 무슨 상관이겠어요? 제가 그놈한테 그랬죠. 공연히 말썽거리에 뛰어들지 말라고, 밤중에 위험한 일을 하러 나서는 사람이 네 녀석 말고 또 있을지 모른다고요."

넋두리가 좀처럼 수그러들 줄 몰랐으니, 자신이 아는 것에 대해 전부 이야기하자 그녀는 다시금 같은 내용을 다시 반복하기 시작했다. 그들은 여인을 다른 이들에게 맡기고 그곳을 떠났다. 앨리슨은 줄곧 그렇게 슬픔의 넋두리를 늘어놓다가 결국 기진맥진하여 잠들 터였다. 그들이 집을 떠날 때 마일스는 다짐하듯 말했다. 이 집안에서 나이 들어 갈 곳 없는 일꾼들을 나 몰라라 하는 일은 없을 거라고, 그러니 앨리슨 부인의 앞날은 보장된 셈이라고.

10

"저랑 같이 가시죠." 불행을 당해 슬퍼하는 이들을 뒤로한 채 대십자상을 향해 언덕길을 오르던 휴가 캐드펠에게 말했다. "정식으로 외출 허가를 받으신 거죠? 이리로 오기 전에 전 수사님 때문에 미뤄두었던 일을 처리하러 막 성문 쪽으로 나가려던 참이었어요. 수사님이 보내신 아이 얘길 듣고 월이 급하게 쫓아 나와 베스티어가로 가보라고 하길래 일단 월에게 두 사람을 붙여 먼저 그리로 보냈죠. 지금쯤 다들 거기 도착해 할 일을 하고 있겠지만, 아무래도 저도 직접 가보는 편이 좋을 것 같습니다."

"그 일이라는 게 뭔데 그러나?" 캐드펠은 흔쾌히 친구를 따라 그 가파른 언덕을 올라가기 시작했다.

"풀러의 문지기와 이야기를 해보려고요. 그 친구는 야간에도 깨어 그 근방을 지키거든요. 누군가 와서 배회하면 얼른 알아채고 짖어댈 개도 한 마리 있고요. 만일 버트레드가 어쩌다 강 이편에서 물에 빠졌다면 그가 무슨 소리를 들었을지도 모릅니다. 작업장과 창고는 수사님이 그 친구를 발견한 지점에서 약간 상류 쪽에 위치해 있잖아요. 자, 거기까지 가는 동안 수사님은 그동안 추리해내신 걸 죄다 얘기해주세요. 버트레드가 무슨 일로 밤에 몰래 집을 빠져나갔는지, 그 친구가 어떤 행운을 염두에 두고 있었는지 말이에요."

"자기가 아무도 모르는 어떤 사실을 알고 있다고 했다지! 흠…… 그 점에 관해서라면 얘기할 게 있긴 해. 어제 오후 자네들이 선착장을 떠날 때 나는 그 친구가 뒤로 처지는 걸 눈여겨봤다네. 수색 작업이 끝나자 자네와 부하들의 뒷모습을 죽 지켜보다가는 슬그머니 돌아서서 혼자 숲속으로 들어가더군. 그러더니 뒤늦게 저녁을 먹으러 돌아와서는 제 어머니에게 그 집의 요리사가 아니라 귀부인이 되어야 한다고 그랬단 말이야. 이어 밤중에 다시 몰래 빠져나갔고…… 마일스의 말에 의하면 그 친구는 제 주인을 연모했을 뿐 아니라 그녀가 자기를 좋아하게 만들지 못할 이유가 없다는 자신감도 갖고 있었어."

"무슨 수로 그렇게 만들 생각이었을까요?" 휴가 씁쓸하게 웃으면서 물었다. "납치해서 완력으로? 아니면 용감한 구출 작전으로?"

"두 가지 방법을 다 쓸 수도 있었겠지."

"흥미롭군요! 숨긴 사람은 찾을 수도 있으니까! 만일 어떤 식으로든 그 부인을 납치해 숨겨놓았다면, 그리고 부인이 자신을 납치한 이의 정체를 모른다면…… 버트레드가 가난한 건달들을 매수해 부인을 납치하라고 시켰을지도 모르겠군요. 돈만 준다면 그런 일을 마다하지 않을 자들이 얼마든지 있으니까요! 그러다 홀연히 나타나서 부인을 구출하는 일이야 누워서 떡 먹기 아니겠어요? 설혹 부인이 그 일로 결혼해주지 않는다 해도 고마운 마음에 다른 방법으로 보은을 할 테니 그에게 손해 될 것은 없겠죠."

"그렇지." 캐드펠이 고개를 끄덕거리며 말을 이었다. "게다가 브랜웬이라는 하녀가 주방에서 마님이 다음 날 아침 어디로 가 무엇을 할 작정인지 떠벌렸다고 하지 않았나. 버트레드는 주방에서 식사를 했으니 아마도 그 내용을 전부 들었을 걸세. 주방이 아닌 홀에서 지내는 사람들은 다음 날까지 아무것도 모르다가 부인이 실종된 뒤에야 비로소 그 사실을 알았지. 하지만 다른 가능성도 있어. 이를테면 다른 누군가 부인을 납치했는데, 버트레드가 그 행적을 알아내고 누구에게도 말을 않다가 제 힘으로 구출해내려 했을 수도…… 그는 복잡한 계획을 세울 만큼 교활하고 치밀한 사람이 못 되네. 아마 그 편이 더 간단한 방법이었겠지."

"잊으셨어요? 사전에 의도했든 아니든, 그는 이미 살인을 저지른 사람입니다." 휴가 지적했다. "모든 증거들이 그걸 뒷받침해주고 있잖습니까. 그 사건 이후 그는 범행을 은폐하고 갈망하던 이익을 일부나마 얻기 위해서라도 자신의 한계를 훨씬 뛰어넘는 계획을 세울 수밖에 없었을 거예요."

"아니, 나는 아무것도 잊지 않았네." 캐드펠은 뜻을 굽히지 않았다. "그래, 자네의 가정을 뒷받침하는 증거가 하나 생겼지. 하지만 그걸 무너뜨릴 만한 또 한 가지 사실이 있어. 만일 버트레드가 자네들의 모든 노력을 무산시킬 만큼 안전한 곳에 부인을 숨겨뒀다면 그는 대단히 교활하고 치밀한 사람이라 할 수 있지. 만일 그렇다면, 아무 실수 없이 부인을 구출해내는 일은 그에게 아주 간단하지 않았겠나? 하지만 그는 죽고 말았어! 내 보기에, 버트레드는 다른 누군가의 계획을 방해하려다 자신이 뜻한 바를 실행에 옮겨보지도 못한 채 비명횡사했을 가능성이 훨씬 더 높아."

"그 말씀도 일리가 있네요. 하지만 그 사람의 죽음이 순수한 불운 탓일 수도 있잖습니까. 아니, 어쩌면 양쪽 다일 수도…… 만일 그가 살인자이자 납치범이라면 제2의 악당 같은 건 없겠죠. 하지만 유감스럽게도 우리는 아직 부인을 찾아내지 못했어요. 우리를 부인에게 인도해줄 수 있는 유일한 사람은 죽어버렸고요. 그리고 살인자와 납치범이 별개의 인물일 경우, 우리는 두 사람을 찾아내야 하지요. 부인과 부인을 납치한 자 말입니다. 납치의 목적이 부인을 농락해 결혼 승낙을 받아내는 것일 가능성이 가장 높으니, 우리로서는 부인이 살아 있고 결국 그자가 부인을 풀어줄 수밖에 없으리라 믿어야죠. 저로서는 그 전에 우리 쪽에서 먼저 부인을 구출해내고 싶긴 합니다만."

두 사람은 대십자상 곁의 구릉을 넘어 비탈길을 내려갔다. 성의 문지기실로 이어지는 경사로를 지나 높이 솟은 성벽을 끼고 좀 더 나아가자 양편에서 이어지던 성벽이 만나는 낮은 탑이 나타났다. 그 밑으로는 넓은 길이 뚫려 있었다. 아치형으로 된 성문을 통과하자 조그만 집과 정원 들로 둘러싸인 넓은 길이 눈앞에 펼쳐졌다. 휴는 물이 말라 있는 깊은 해자垓字를 건넌 뒤 다른 가옥들에 이르기 직전 오른쪽으로 방향을 틀고는 강을 향해 비탈길을 내려가기 시작했다. 캐드펠은 보다 느긋한 걸음으로 그 뒤를 따랐다.

고드프리 풀러의 건조장은 텅 비어 있었다. 천은 전부 걷어 둘둘 말아놓았고, 일꾼 대부분은 그날 치 일을 끝내고 시내에 있는 집들로 돌아간 뒤였다. 몇 사람만 남아 행정 장관의 부하들을 바라보며 그들의 말에 귀를 기울이고 있었다. 건조장 가장자리, 염색장과 양모 창고 사이 빈터에 모인 한 무리의 사람들이 보였다. 자신이 부리는 이들과 함께 손을 더럽히기를 꺼려하지 않으며, 자신이 그들에게 요구하는 일은 뭐든 다 해낼 수 있을 뿐 아니라 그들보다 더 잘해낼 수 있다는 사실을 자랑스럽게 여기는 고드프리 풀러도 그 사이에 섞여 있었다. 화려한 의복보다 실용적인 옷을 더 좋아하는 그는 오늘도 튼튼한 작업복 차림이었다. 그 옆에는 오십 대의 나이에 땅딸막하고 다부진 몸매를 지닌 문지기와 쇠사슬에 묶인 마스티프가, 또 휴의 부관 중 최고참 관리로 육중한 몸집을 지닌 윌 워든이 있었고, 몇 걸음쯤 떨어진 곳에는 수비대원 두 명이 서서 그들을 주의 깊게 지켜보는 중이었다. 윌은 사람들과 이야기를 나누다가 휴가 잔풀로 뒤덮인 경사로를 성큼성큼 걸어 내려오는 것을 보고는 얼른 걸어 나와 그를 맞았다.

"장관님, 여기 문지기의 얘기를 좀 들어보시는 게 좋을 것 같습니다. 간밤에 개가 요란하게 짖어댔다는군요."

"예, 지난밤에 여기 도둑이 들었습니다, 나리." 제 임무를 훌륭하게 수행해냈다는 걸 알았기에, 문지기는 자신 있게 모든 이야기를 털어놓았다. "자정이 훨씬 지난 시각이었죠. 놈은 윌리엄 하인드의 창고 뒤편 창문으로 기어오르고 있었습니다. 그땐 놈이 거기 있는 줄도 모르고 있었지만요. 개가 짖어대는 소리를 듣고 나가봤더니 누군가 강으로 달려가는 기척이 느껴지더군요. 그래서 제가 앞길을 가로막으려 했는데, 놈이 워낙 빠른 속도로 달아나는 바람에 한 방밖에 먹이지 못했습니다. 몽둥이로 후려쳐 약간의 타격을 입혔지요. 놈은 번개같이 둑으로 뛰어 내려가 그대로 물속에 뛰어들었고, 저는 개를 불러들인 뒤 놈이 창고 안에 침입했었는지 살펴보려고 되돌아갔습니다. 별다른 흔적이 없더군요. 밤중이라 잘 보이지도 않았고요. 그때쯤엔 놈이 벌써 강을 건너 어디론가 사라졌겠거니 싶어 더 이상 찾을 생각을 하지 않았습니다. 강 건너편에서 시신이 떠올랐다는 소식은 이제야 들었어요. 죽일 생각은 전혀 없었는데……."

"당신이 죽인 게 아니오." 휴가 말했다. "그 타격은 그리 대단하지 않았소. 그는 강을 건너려다 익사했소."

"말씀드릴 게 또 있습니다, 나리! 오늘 새벽녘에 창고 근방을 둘러보다가 창문 밑 풀밭에 뭔가 떨어져 있는 걸 발견했습니다. 방금 그걸 여기 계신 관리분들게 건네드렸죠." 윌 워든이 손에 쥐고 있던 긴 끝과 조그만 망치를 보여주었다. "잘 보니 창턱 한 끝이 못에서 떨어져 나가 창문 밑에 대롱대롱 매달려 있더군요. 보아하니 놈이 덧창을 열고 들어가 양털을 훔치려 했던 것 같습니다. 작년에도 도둑들이 거기 침입해서 양털 두 다발을 훔쳐 간 적이 있거든요. 그때 윌리엄 하인드 영감은 너무나 화가 나 반쯤 정신이 나갔었죠. 가서 직접 보시죠."

그들은 창고 뒤의 경사진 풀밭 쪽으로 향했고, 캐드펠도 생각에 잠긴 채 천천히 뒤따라갔다. 창문의 덧창은 여전히 굳게 닫혀 있었지만 창턱을 이루던 굵직한 나무는 푸석푸석하니 녹슨 못을 매단 채 그 밑에 수직으로 걸려 있었다.

"놈의 몸무게를 견디지 못하고 나무가 떨어진 모양이에요." 문지기가 위를 올려다보면서 말했다. "제 개가 들은 건 그때 놈이 땅바닥에 떨어지는 소리였을 겁니다. 연장들도 함께 떨어졌는데, 놈은 이걸 챙길 틈이 없었죠. 더 꾸물거렸다가는 저희에게 붙잡혔을 테니까요. 어쨌든 이게 놈이 이 안으로 침입해 양털을 훔쳐 가려 했다는 증거입니다. 그런데 재미있는 건……" 문지기는 고개를 절레절레 흔들며 말을 이었다. "설사 놈이 저 창문을 뚫고 들어갔다 해도 양털 있는 곳까지 갈 수는 없었으리라는 점입니다."

"갈 수 없다니?" 휴가 고개를 홱 돌려 묻는 듯한 눈길로 그를 바라보았다. "어째서 그렇소?"

"저 너머에 잠긴 문이 또 하나 있거든요. 놈과 양털 사이에 말이죠. 그 사실을 아는 사람은 거의 없어요. 전에 저 창문으로 도둑이 들어갔을 때만 해도 위층 작은 뒷방은 계산소로 쓰이고 있었습니다. 하인드 영감이 부리는 서기가 외국에 내다 팔 양털을 사러 오는 장사꾼들과 그 사무실에서 거래를 했죠. 그러다 하인드 영감이 서기를 자기 집으로 불러들여 일하게 했습니다. 자연스레 계산소도 영감님 집으로 옮겨 갔고, 이후로 이곳 계산소는 사용하지 않게 되었어요. 영감님은 도둑을 막으려는 생각에 그 문을 잠그고 빗장까지 질러놓았지요. 그러니 어제 그놈이 창문 안으로 침입했다 하더라도 양털은 구경도 못 했을 겁니다."

"버트레드는 양털 거래에 대해, 또 이곳에 대해서도 잘 알고 있었을 거요. 여기서 베스티어가로 양털을 나르느라 여러 차례 이곳을 들락거렸을 테지. 계산소가 폐쇄되었다는 사실을 몰랐을 리 없소." 휴는 잠시 의구심 어린 눈길로 그쪽을 응시하며 입술을 잘근잘근 깨물다가 다시 입을 열었다. "이틀 전 내 부관이 들여다봤을 때 창고는 거의 사다리 꼭대기까지 양모 다발들로 꽉꽉 들어차 있었지. 저 안에 문이 있으리라고는 상상도 못 했는데……."

"당연히 그러셨을 겁니다, 나리. 사실 문을 폐쇄한 이래 저곳을 드나든 사람은 전혀 없어요. 저 안에는 아무것도 없습니다."

지금이야 그렇겠지, 캐드펠은 생각했다. 하지만 어제까지만 해도 무언가, 혹은 누군가 있지 않았을까? 버트레드는 그렇게 판단했을 것이다. 물론 잘못된 판단이었을 수도 있지만. 그는 버려진 방에 대해 잘 알았을 테고, 확실한 증거가 있어서라기보다는 그저 모험 삼아 한번 확인해볼 만한 가치가 있다고 생각했을 것이다. 예상이 들어맞기만 하면 큰 횡재를 하는 셈이니까. 하지만 용감하게 부인을 구조해냄으로써 자신의 운명을 바꿔보겠다는 꿈도, 혹은 감사의 마음을 최대한 이용하고 환심을 사 어떻게든 자신이 바라는 바를 차근차근 이루고자 했던 꿈도, 일거에 무너져 세번강의 물살에 휩쓸려 가버렸다. 그는 부인을 찾아 나선 사람들 가운데 그 누구도 몰랐던 사실을 정말로 알아냈던 걸까? 아니면 이 숨겨진 방에 부인이 있을지 모른다는 가능성만을 믿고 제 어머니에게 그런 이야기를 했던 것일까?

"윌, 하인드가에 사람을 하나 보내 그 사람이나 그 사람 아들더러 열쇠를 가지고 오라 하시오." 휴가 말했다. "창고와 관련된 모든 열쇠를 다 갖고 오라고! 내가 직접 이 안에 들어가 확인해야겠소. 진작 그렇게 했어야 했는데."

*

그러나 15분쯤 지난 뒤 관리와 함께 빈터로 내려온 사람은 윌리엄 하인드도 그의 아들 비비언도 아닌, 투박한 가죽옷을 걸친 하인이었다. 키가 크고 건장한 체격에 뱃심 좋은 인상을 풍기는

30대의 색슨계 남자. 붉은 기가 도는 금발과 거만하게 내민 턱, 넓은 입. 노르만 귀족처럼 한껏 모양을 내어 다듬은 턱수염이 눈에 띄었다. 그는 대충 인사를 한 뒤 북유럽계 특유의 얼음처럼 냉정한 푸른 눈을 들어 마치 겨루기라도 하듯 휴의 두 눈을 똑바로 바라보았다.

"마님께서 이것들을 건네드리고 나리를 잘 영접하라 하셨습니다." 그는 열쇠가 잔뜩 달린 큼직한 고리를 내밀었다. 태도는 공손했지만 그 우렁찬 목소리에는 당당한 울림이 담겨 있었다. "주인님은 어제 포턴에 있는 양 떼를 돌보러 가셨고, 작은 주인님도 오늘 아버님을 돕기 위해 그리로 떠나셨습니다. 하지만 작은 주인님은 내일 돌아오실 테니, 혹시 필요하시면 그때 만나실 수 있을 겁니다. 지시하실 일이 있으면 저한테 해주십시오. 즉각 시행하겠습니다."

"시내에서 당신을 본 적이 있소." 휴는 냉정한, 그러나 관심 어린 눈길로 그를 응시하며 말을 이었다. "그래, 하인드가에서 일하는 사람이었군. 이름이 어떻게 되지?"

"구너라고 합니다."

"열쇠를 맡긴 걸 보니 주인이 당신을 상당히 신뢰하는 모양이군. 이 문들을 열어주시오. 안에 뭐가 있는지 확인해야겠소." 구너가 지시에 응하기 위해 돌아서자 휴는 한마디 덧붙였다. "하인드 씨가 직접 양 떼에게 갈 시간을 내셨군. 짐배는 언제 들어오는 거요?"

"대개 월말 전에 오는데, 상인들이 우스터에서 미리 소식을 보내곤 합니다. 브리스틀까지는 강을 따라 양모를 실어 나르고, 거기서부터는 육로로 사우샘프턴까지 보내 그곳 항구에서 선적을 합지요. 육로로 가면 시간을 대폭 절약할 수 있거든요. 남서쪽을 빙 돌아가는 뱃길이 꽤 험하기도 하고요." 그는 질문에 답하며 두 손을 부지런히 놀렸다. 곧 창고 문짝에 걸린 빗장에서 두 개의 육중한 자물쇠가 풀리고, 문이 활짝 열리면서 바닥과 단을 이룬 깨끗한 마루에 빛이 한꺼번에 쏟아졌다. 하등급 양모를 저장해두었던 그 마룻바닥은 이제 텅 비어 왼쪽 구석, 위층으로 통하는 넓은 들창문에 나무 사다리 하나만 걸린 채였다.

"주인의 사업에 관해 잘 아는군." 휴가 안으로 발을 들여놓으며 부드럽게 말했다.

"그분이 저를 믿고 많이 말씀해주시니까요. 전에는 짐배를 타고 브리스틀까지 간 적도 있습니다. 배에서 일하는 사람 하나가 부상을 당하는 통에 일손이 모자라서 말이죠. 위로 올라가보시겠습니까? 제가 안내할까요?"

아주 자신만만하고 똑똑한 하인이군, 캐드펠은 생각했다. 어떤 일이든 수월히 해내고 경험을 통해 많은 것을 배우는 일꾼이요, 장사하는 집안의 영리하고 믿음직한 하인의 이미지에 딱 맞는 인물. 큰 키와 몸가짐, 머리 색깔로 보아 북방계가 틀림없어. 덴마크 사람들은 이 영토에 들어와서도 브리게 아래로는 내려온 적이 없지만, 물러나면서 자손의 일부를 남겨두었지. 그들이 사다리를 타고 올라가자 캐드펠은 느긋하게 뒤따랐다. 위층은 빛이 제대로 들지 않아 꽤 침침했지만, 공간 전체를 빽빽이 채우다시피 한 양모 다발들은 그런대로 눈에 들어왔다.

"여긴 좀 어둡군." 휴가 말했다. "빛을 더 들일 수 있으면 좋겠는데."

"잠깐만 기다리세요. 제가 열어드리죠." 구너가 한가운데 쌓인 양모 다발들을 집어 옆으로 던지자 곧 육중한 나무판자로 짠 좁은 문이 모습을 드러냈다. 그는 쩔렁이는 소리를 내며 열쇠들을 더듬다가 그중 하나를 골라 자물쇠에 꽂아 넣었다. 문에는 쇠 빗장 두 개도 질려 있었다. 구너가 그것들을 뽑아내자 녹슨 금속이 갈리는 요란한 소리가 울렸다. 그는 열쇠를 돌린 뒤 쾌활한 목소리로 말했다. "이 열쇠도 정말 오랜만에 쓰는군요. 이번 기회에 방을 좀 환기하는 것도 괜찮겠죠."

문은 안으로 열렸다. 구너는 덧문이 닫힌 창가로 곧장 걸어가, 걸쇠들과 창틀이 갈리는 요란한 소리를 내며 덧문을 활짝 밀어젖혔다. 이제 꽤 많이 기운 햇살이 안으로 쏟아져 들어왔다. "먼지 묻지 않게 조심하십시오." 그가 친절하게 일러주고는 그들이 좁은 방 전체를 잘 살필 수 있게끔 뒤로 몇 발짝 물러났다. 때마침 불어온 바람에 창문의 거친 나무틀에 걸려 있던 거미줄이 날렸다.

2년 전부터 사용된 적이 없고, 작년에는 완전히 폐쇄되어버린 그 작고 을씨년스러운 방에는 벽에 기대선 낡은 벤치 하나와 버려진 양피지며 천 조각, 양털과 나뭇가지, 구석으로 밀려나 엉켜 있는 허섭스레기, 주둥이가 떨어져 나간 커다란 물병, 한쪽으로 비스듬히 기운 낡은 책상이 전부였다. 오랫동안 방치된 터라 방 전체에 먼지가 쌓여 있었다.

"전에 여기 도둑이 들었어요." 구너가 활기차게 말했다. "놈들이 또다시 수작을 꾸밀지 모르니 문단속을 철저히 해두어야 하죠. 오늘도 이곳을 떠날 때 모든 빗장을 철저히 지르고 자물쇠를 제대로 잠가놓지 않으면, 주인이 절 가만두지 않을 겁니다."

"간밤에도 도둑이 들어오려고 했다는데." 휴가 지나가는 말처럼 가볍게 얘기했다. "사람들에게 못 들었소?"

"도둑이라뇨? 간밤에요?" 구너는 몹시 놀란 듯 휴 쪽으로 고개를 돌리고서 눈을 둥그렇게 떴다. "전 몰랐습니다. 우리 마님도 그런 말은 못 들으신 것 같고요. 누가 그러던가요?"

"저 아래 있는 문지기에게 물어보면 그가 다 얘기해줄 거요. 펄 부인 밑에서 일하는 버트레드라는 직조공이 여기에 침입하려 했소. 그쪽 창턱을 확인해보시오. 그 사람 몸무게를 이기지 못해 내려앉았지. 사냥개가 강가까지 그를 쫓아갔다더군." 휴는 구너의 표정을 재빨리 훑고는 짐짓 생각에 잠긴 척 황량한 방을 휘둘러보며 냉정하게 말을 맺었다. "그 사람은 물에 빠져 죽었소."

짧지만 깊은 침묵이 내려앉았다. 구너는 방금 전까지만 해도 자신만만하던 얼굴에 침중함을 띤 채 멍하니 서 있었다.

"정말 아무 얘기도 듣지 못했소?" 휴가 의아하다는 듯 재차 묻고는 바닥을 살폈다. 문과 창문 사이의 먼지투성이 바닥에는 구너의 발자국 외에 무엇도 찍혀 있지 않았다.

"전혀요, 나리. 저는 그 사람을 잘 압니다. 그가 무슨 이유로 양모를 훔쳐 가려 했을까요? 형편이 꽤 넉넉한 친구인데…… 게다가, 죽었다고요?"

"익사했소." 조용하지만 긴장 어린 목소리로 휴가 대답했다.

"주여, 그 사람의 영혼을 거둬주소서! 저는 그를 잘 압니다. 가끔 같이 주사위 노름을 했죠." 구너는 그들이 아니라 스스로에게 말하듯 나직하게 중얼거렸다. "단언하건대 저나 제가 알고 있는 사람들 중 버트레드에게 앙심을 품거나 해를 끼치려 한 사람은 아무도 없습니다."

다시금 침묵이 내려앉았다. 구너는 마치 그들 곁을 떠나 또 다른 곳으로 물러난 것만 같았다. 얼음처럼 차가워 보이던 푸른 눈이 덧문이라도 내린 듯, 혹은 제 깊은 내면을 응시하는 것처럼 뿌옇게 흐려졌다. 이윽고 그가 몸을 움찔하더니 차분한 목소리로 물었다. "여기서 더 살펴보실 것이 있나요, 나리? 문을 다시 잠가도 될까요?"

"그렇게 하시오." 휴는 짧게 대답했다. "난 할 일을 마쳤으니까."

*

성문을 지나 시내로 들어설 때까지 두 사람은 깊은 생각에 잠겨 묵묵히 걷기만 했다. 그러다 문득 휴가 입을 열었다. "만일 부인이 그 먼지투성이 방에 갇혀 있었다면, 누군가 기막힌 솜씨를 발휘해 모든 자취를 말끔히 쓸어버린 겁니다."

"버트레드는 부인이 거기 있다고 생각했어." 캐드펠은 말했다. "그의 판단이 잘못되었을 수도 있겠지. 분명 부인을 구출하려고 그리로 갔지만, 사실 모든 게 그의 추측에 불과한 것이었을지도 몰라. 버트레드는 그 방에 대해 잘 알고 있었네. 그리고 누군가 그런 목적으로 그곳을 이용할 가능성이 높다는 사실도 알았지. 아마 비비언이 그랬을 거라고 생각했을 거야. 허영심이 강한 데다, 편하게 놀고먹기 위해 많은 돈을 필요로 하는 사람이니까. 그런데 과연 버트레드가 추측만으로 움직였을까? 혹시 그 추측이 사실임을 입증하는 무언가를 발견했다면……?"

"그 먼지 보셨잖아요!" 휴가 말했다. "구녀의 발자국 말고는 어떤 흔적도 없었어요. 그리고 비비언이라는 청년은 오늘 아침 말을 타고 시내를 빠져나갔죠. 그건 저도 월에게서 보고를 들어 이미 알고 있었습니다. 그러니 이제 집에는 그 사람 어머니밖에 남지 않았는데, 하인드 부인이 설마 거짓말을 했을까요? 만일 비비언이 자기 집에 여자를 숨겨뒀다 해도 어머니한테는 말하지 않았을 겁니다. 어젯밤의 소동 이후 여자를 다른 곳으로 빼돌렸다면 더더욱 얘기하지 않았을 거고요. 그래도 저로서는 그 집을 다시 찾아가 확인해야겠지만요. 버트레드는 자신의 운을 시험해본 게 분명해요. 하지만 일이 생각대로 되지 않았죠! 장미나무를 쓰러뜨릴 때도, 부인을 구출할 때도, 그 친구의 계획은 하나같이 어그러지기만 했어요."

또다시 긴 침묵이 이어졌다. 완만한 언덕길을 올라가 성안으로 이어지는 경사로 가까이 이르렀을 때, 휴가 다시 입을 열었다.

"그 사람은 모르고 있었습니다. 정말로 몰랐던 거예요."

"그 사람이라니? 그리고 뭘 몰랐다는 건가?"

"구너라는 친구 말입니다. 사실 전 그 친구를 의심하고 있었어요. 버트레드가 죽었다는 말이 나오기 전까지만 해도 그 친구는 아주 자신만만하고 활달하게 굴었죠. 하지만 그 얘기가 나오는 순간 태도가 완전히 달라지더군요. 가식이라곤 찾아볼 수 없었어요. 수사님은 어떻게 생각하십니까?"

"필요한 경우 얼마든지 거짓말을 할 수 있는 사람들이 세상에는 많지. 하지만…… 그래, 그때 그 사람은 거짓말을 하지 않았어. 표정만이 아니라 목소리까지 달라지더군. 큰 충격을 받은 게 분명해. 설사 그가 최근에 일어난 여러 일들 가운데 한 가지 사건에 관여했다 하더라도 사람을 죽일 의도 같은 건 전혀 품지 않았을 거야. 더구나 버트레드가 죽으리라는 생각은 꿈에도 하지 않았지!" 그들은 걸음을 멈추었다. 황혼 녘이 다가오며 엷은 구름에 덮이는 하늘을 올려다보면서 캐드펠은 말했다. "이제 그만 수도원으로 돌아가야겠군. 오늘 밤에 더 할 일이 있나? 내일은 어떻게 할 생각인가?"

"내일이라……." 휴는 머릿속으로 무언가를 열심히 생각하며 천천히 말했다. "비비언 하인드가 시내에 들어오는 대로 즉시 소환해 아버지의 옛 계산소에 관해 얘기하고 반응을 살펴봐야죠. 워낙 심약한 사람이니 제 얘기를 듣고 구녀보다 훨씬 더 놀라야 마땅할 겁니다. 그런 얘기를 들으면 놀라는 게 당연하죠."

"버트레드가 엘루릭을 죽인 범인이라는 사실을 공표할 건가?" 캐드펠이 물었다. "그리고 그 또한 죽었다는 사실도?"

"아뇨, 아직은요. 어쨌든 그가 땅속에 묻히기 전까지는 그 불쌍한 어미가 어느 정도 안정을 되찾게끔 해줘야죠. 재판에 부칠 수도 없는 죄를 세상에 알려서 좋을 게 뭐 있겠습니까?" 휴는 이맛살을 찌푸린 채 뒤를 돌아보았다. 직조실에서 버트레드의 구두를 발자국과 맞춰보는 현장을 마일스가 목격하도록 내버려둔 걸 다소 후회하는 눈치였다. "슈루즈베리에는 눈과 귀가 많죠. 제가 아무 말 하지 않아도 내일 아침쯤에는 그 얘기가 온 시내에 퍼져 있을지도 모르겠습니다. 운이 좋으면 조용히 넘어가겠지만요. 일단 마일스 콜리어는 버트레드의 어머니를 위해 입을 다물고 있겠죠…… 아무튼 주디스 펄을 찾아낼 때까지는 이 사실을 절대로 공표하지 않을 작정입니다. 그리고 우리는 그 부인을 반드시 찾아낼 거예요. 그때까지 사람들이 뭐라고 떠들든 가만 내버려둬야죠. 누가 알겠습니까? 누군가 겁을 집어먹고 제 눈앞에서 실수를 저지를지."

"원장님께는 모든 사실을 말씀드려도 괜찮겠지?"

"그분께는 알려야죠. 수도원장님은 진실을 알 권리와 의무가 있으니까요. 자, 수사님은 어서 수도원으로 돌아가보세요." 휴가 한숨을 내쉬었다. "저는 성으로 가 시 외곽을 뒤지고 돌아다닌 부하들 중 혹시 괜찮은 성과를 가지고 온 사람이 있나 알아봐야겠습니다."

고지식할 정도로 성실한, 그러나 별 기대감은 느껴지지 않는 이 말을 끝으로 두 사람은 헤어졌다.

*

캐드펠이 수도원 정문에 도착했을 땐 이미 저녁기도가 거의 끝나갈 무렵이라 기도에는 참석할 수 없었다. 짧은 오후 사이 너무나 많은 일들이 일어났다.

"수사님을 기다리는 분이 있습니다." 쪽문 안으로 발을 들여놓자마자 문지기 수사가 고개를 내밀고 말했다. "청동 세공인 닐이 와 있어요. 이리로 들어오시죠. 저랑 저녁 내내 같이 있었는데, 이제 곧 가봐야 한다는군요."

그 말에 문지기실 안에 있던 닐도 캐드펠이 돌아온 것을 알고는 밖으로 나왔다. 옆구리에 올이 굵은 삼베 보퉁이를 낀 채였다. 캐드펠의 얼굴을 힐끗 한번 쳐다보는 것만으로 이미 그 답을 알 수 있었으나, 그럼에도 그는 물었다. "혹시 부인에 관해 무슨 소식이라도 있었습니까?"

"전혀. 반가운 대답을 할 수 없어 유감이오. 조금 전 행정 장관을 만났는데, 아무 소득도 없었다더군."

"혹시 새로운 소식을 가져오시지 않으려나 싶어 기다리고 있었습니다." 닐이 말했다. "실낱같은 자취라도 찾아내지 않았을까 해서요. 지금 저는 아무것도 할 수 없는 입장이잖습니까…… 어쨌든, 그럼 저도 이만 출발해야겠군요."

"이 밤에 어딜 가려는 거요?"

"풀리에 있는 누이의 집에 갑니다. 딸을 보고 싶어서요. 모티머가에 마구 장식 한 벌을 전해줘야 하기도 하고…… 사실 그건 며칠 뒤에 가져다줘도 상관없습니다만, 딸이 저를 기다리고 있을 거거든요. 저는 매주 같은 요일 저녁에 딸을 보러 갑니다. 그것만 아니라면 이 동네를 벗어날 일이 없을 텐데. 하지만 거기서 밤을 보내지는 않을 거예요. 어두워진 뒤에 다시 돌아올 겁니다. 최소한 그 장미나무는 잘 지켜야죠. 그것 말고는 제가 부인을 위해 할 수 있는 일이 아무것도 없으니까요."

"당신은 이미 꽃을 살려냈으니 누구보다 더 큰일을 해낸 셈이오." 캐드펠이 말했다. "그리고 모레, 부인은 돌아와 그 꽃을 받으실 거고."

"그걸 약속으로 받아들여도 될까요?" 닐이 씁쓸한 미소를 머금고서 물었다.

"그보다는 일종의 기원으로 여겨주시오. 내가 할 수 있는 건 그게 고작이니까. 풀리까지 가는 길이 5킬로미터, 돌아오는 길이 5킬로미터니, 그사이 기도문 전체를 다 외울 수 있겠군. 이틀 뒤면 위니프리드 성녀님의 축일이라는 걸 명심하시오! 그분께서 당신의 기도를 들어주실 거요. 그분 자신이 원치 않는 구혼자를 멀리하면서 미덕을 지킨 분 아니오? 그런 분이 당신과 똑같은 입장에 처한 자매를 저버리는 일은 없겠지."

"글쎄요…… 아무튼 저는 이만 가보겠습니다. 주님께서 수사님과 함께하시길." 닐은 체념 어린 말투로 조용히 중얼거리고는, 말 장식용 장미 문양 청동 버클이 담긴 자루를 어깨에 멘 뒤 허리를 곧게 편 채 남서쪽 길을 향해 성큼성큼 나아갔다. 황혼 녘, 제법 서늘한 공기 속에 물방아 저수지 너머의 길모퉁이를 돌아 시야에서 사라져가는 그의 뒷모습을 캐드펠은 내내 지켜보고 서 있었다.

닐은 표정도 말도 별로 없는 사람이었다. 그러나 자신에게 아주 중요한 일과 관련해 손 하나 까딱할 수 없는 무력한 상황에 처해 그가 느낄 쓰라림과 좌절감이 얼마나 클지, 그 속이 얼마나 답답하고 괴로울 것인지 캐드펠은 알 것 같았다. 그것이 그의 마음을 너무나 아프게 했다.

11

닐은 자정 조금 전에 풀리를 떠나 슈루즈베리로 출발했다. 세실리는 하룻밤 자고 가도 달라질 건 없다며 그를 붙잡으려 했다. 심지어 오빠를 재워 보내려는 마음에 캐드펠이 차마 꺼내지 못한 말, 즉 주디스는 이제 그들의 힘이 미치지 않는 곳에 있으니 범인으로선 문제의 장미나무를 해칠 필요가 더 이상 없을 거라는 말까지 입 밖에 내고 말았다. 그 누구도 행방불명된 여자의 손에 장미를 전달해줄 수는 없다고, 만일 누군가 계약을 깨뜨림으로써 수도원 앞 대로의 집을 되찾고자 음모를 꾸민 거라면, 모두가 인정하듯이 그 계획은 이미 성공한 셈이나 마찬가지라고 그녀는 말했다.

닐은 누이에게 그 사건에 관한 얘기를 거의 하지 않았고, 더욱

이 자신의 내면에 자리 잡은 주디스에 대한 깊은 감정에 대해서는 입도 뻥긋하지 않은 터였다. 그러나 세실리는 본능적으로 이를 알고 있는 듯했다. 슈루즈베리에 떠도는 갖가지 소문들은 그곳으로 흘러들며 일종의 전설 같은 것으로 완화되고 흐릿해졌으니, 그들의 실생활에는 아무 영향도 미치지 못했다. 여기서의 현실은 장원과 그에 딸린 밭들, 소수의 일꾼들, 아이들이 풀을 뜯는 염소를 지키는 잡목림과 그 곁의 도랑, 쟁기를 끄는 황소 그리고 그곳을 둘러싸고 있는 숲이었다. 늘 눈을 동그랗게 뜬 채 어른들이 하는 이야기를 귀담아듣는 두 어린 여자아이는 주디스 펄을 옛날이야기에 나오는 마법에 걸린 공주님쯤으로 생각하리라. 헝클어진 머리로 숲을 온통 헤집고 돌아다니면서 온갖 것들을 따먹어 노상 입가가 불그죽죽하게 물들어 있는 두 사내아이도 아마 두세 번 먼발치에서 성탑을 본 게 고작일 것이다. 도시까지는 5킬로미터밖에 안 되었지만 굳이 거기로 갈 필요가 없는 이들에게는 충분히 먼 거리였다. 조그만 장원이 거기 사는 사람들에게 필요한 거의 모든 것들을 공급해주었으므로 존 스터리가 물건들을 사느라 시내에 나가는 경우는 고작해야 1년에 두세 번 정도였다. 이따금 닐은 이러다 딸을 영영 잃게 되는 것은 아닐까 하는 두려운 마음에 조만간 아이를 시내의 집으로 데려와야겠다 생각하곤 했다. 잃는다고 해봐야 그 아이는 평화롭고 소박한 생활을 영위하는 누이의 가족과 함께 행복하게 잘 지내겠지만, 그의 입장에서 이는 더할 나위 없는 상실이자 고통이 될 것이었다.

딸아이는 벌써 다락에서 다른 세 아이와 함께 잠들어 있었다. 꾸벅꾸벅 졸고 있는 아이를 닐이 직접 뉘어준 터였다. 제 엄마를 닮아 윤기 흐르는 황금빛 머리칼을 지녔고, 햇살을 받을 때면 머리 색깔과 똑같은 황금빛으로 환하게 피어나는 우윳빛 피부가 너무도 아름다운 아이. 세실리의 아이들은 하나같이 제 아버지처럼 붉은빛이 도는 검은 머리에 유연하면서도 여윈 몸매와 검은 눈을 하고 있었으나, 그의 딸만은 통통하고 매끄럽고 부드러운 몸매를 지녔다. 거의 태어난 순간부터 그곳에서 사촌들과 함께 지내왔으니 딸아이를 사촌들에게서 떼어놓기란 그리 쉽지 않을 것이다.

"캄캄한 길을 가셔야겠네요. 달은 몇 시간 지나서야 뜰 테니." 존이 문 밖을 내다보며 말했다. 바람 없는 여름밤 숲의 향기는 코가 알싸하도록 강하고 진했다.

"난 상관없네. 이젠 이 길을 손바닥 보듯 잘 아니까."

"저 오솔길까지만 배웅할게." 세실리가 말했다. "날이 좋은 데다 잠도 안 와서……."

대문을 나서 활짝 트인 풀밭을 가로지르는 동안 세실리는 오빠 곁에서 말없이 걷기만 하다가 이윽고 숲이 시작되는 지점에 이르자 걸음을 멈췄다.

"언젠가는 오빠가 그 어린것을 우리 품에서 빼앗아가겠지." 세실리는 오빠의 머릿속에 어떤 생각이 떠도는지 훤하게 꿰고 있는 듯했다. "우리는 슬프고 서운하겠지만, 오빠로선 당연한 일이야. 게다가 서로 멀리 살지도 않으니 이따금 그 아이를 데리고 들를 수도 있을 테고. 그래, 이런 상태를 너무 오래 유지하는 건 좋지 않아. 그 아이와 함께 지내는 게 우리에게 큰 기쁨이긴 해도, 그 아이는 결국 오빠의, 오빠와 애보타의 딸이니까. 아이도 그 사실을 알고 받아들이면서 크는 게 좋을 거야."

"아직 어리잖아." 닐은 방어하듯이 말했다. "사실 그랬다가 아이를 혼란에 빠뜨리는 건 아닌가 싶어 염려가 되기도 해."

"아직 어리긴 하지만 이미 조금씩 전후 사정을 알아가고 있어. 어째서 아빠가 늘 자기 곁을 떠나 있는지, 아빠는 혼자서 어떻게 지내는지, 누가 요리를 해주고 빨래를 해주는지 물어보더라고. 가끔 그 애를 집으로 데려가 아빠가 어떻게 사는지, 뭘 만드는지 보여주는 것부터 시작하면 좋을 것 같아. 지금도 궁금해 안달이 나 있으니 집에 데려가면 이것저것 보고 듣느라 정신이 없을걸. 우리 애들과 노는 걸 좋아하긴 하지만, 제 아빠를 사촌들과 나누는 건 전혀 달가워하지 않더라고. 아이가 그렇지 뭐. 하지만……내 생각에, 지금 상태에서 오빠가 그 애를 위해서 해줄 수 있는 가장 좋은 일은 새엄마를 데려오는 거야. 다른 경쟁자들과 나누지 않아도 되는 제 엄마 말이야. 자기를 제아무리 사랑해준다 해도, 내가 제 친엄마는 아니라는 사실을 알 만큼 영리한 애니까."

닐은 그 말에 아무 대꾸 없이 작별 인사를 건네고는 빠른 걸음으로 숲속에 들어섰다. 오빠의 성격을 잘 아는 세실리도 딱히 반응을 기대하고 한 이야기는 아니었다. 닐이 시야에서 사라지자 그녀는 조용히 집 쪽으로 돌아섰다. 그가 자기 말을 귀담아들었으며, 그로 인해 가슴 아파하리라는 걸 그녀는 알았다. 그렇지만 이젠 그 문제에 대해 깊이 생각해봐야 할 시점이었다. 존경받는 도시 장인의 딸, 상속받을 재산과 익혀야 할 사회규범이 있는 삶은 영지 집사의 딸로 사는 생활과 완전히 다를 수밖에 없었다. 아이는 그들과 다른 의무들을 짊어지고 있는 다른 종류의 가정에서 교육받아야 하며, 자라서는 그들과 다른 부류의 젊은이들 중에서 배필을 구해야 할 것이다. 아이는 제 나이보다 조숙한 편이었다. 딸과 오랜 시간 떨어져 지내다 어쩌다 한 번씩 찾아오는 아버지를 두고, 그가 자신을 정말로 원하는 게 아니라고 생각하게 될지도 몰랐다. 하지만 바쁜 아버지를 빼면 돌봐줄 사람이 전혀 없는 곳으로 보내기에는 아직 너무 어렸다. 오빠가 입 밖에 내지는 않았으나 그의 가슴속에 자리하고 있는 그 펄이라는 부인과 맺어지면 얼마나 좋을까! 아니, 따뜻한 심성과 냉정한 이성, 또 그 부녀를 제대로 잘 돌봐주기에 부족함이 없을 만한 인내심을 지닌 다른 품위 있는 여자라도 생긴다면!

아직도 두 귀에 쟁쟁하게 울리는 누이의 목소리를 곱씹으며, 닐은 머리가 몽롱해질 정도로 진한 향기가 풍기는 숲 사이로 난 검푸른 밤길을 따라 걸었다. 나뭇가지들이 하늘을 완전히 가릴 만큼 빽빽하고 울창하게 얽혀 있어 눈앞의 바닥도 잘 보이지 않았다. 하지만 이곳 롱숲 북쪽 끝자락에는 이따금씩 나무 대신 히스가 울창하게 펼쳐져 탁 트인 구릉지대가 나오곤 했다. 거기서 사람들은 땅을 개간해 작은 밭을 일구거나, 숲으로 들어가 합법적으로, 혹은 불법으로 벌채를 하거나, 돼지를 방목해 도토리며 너도밤나무 열매 따위를 먹였다. 하지만 경작지는 거의 없어, 풀리와 집의 중간 지점인 브레이스 메올 마을에 이를 때까지 두어 곳밖에 나타나지 않았다.

브레이스 메올을 떠올리는 순간, 그는 잠시 걸음을 멈췄다. 익숙한 길에서 동쪽으로 살짝 벗어나 가로지르는 편이 더 나을 것 같다는 생각이 들어서였다. 그리로 가면 브레이스 메올에 이르기 훨씬 전에 한길로 나가게 되니 좁은 숲길을 계속 걷지 않아도 되었다. 좁은 오솔길을 한길이라 부를 수 있다면 말이지만. 그는 풀리에서 슈루즈베리에 이르는 모든 길들을 속속들이 알고 있었다. 그가 떠올린 숲길은 지금 걷고 있는 길과 대각선으로 만나 남서쪽으로 뻗어 내려갔다. 두 길이 만나는 곳에는 이 일대의 울창한 숲에서 볼 수 있는 유일한 빈터가 있었다. 그곳에 다다를 때까지도 그는 여전히 결정을 내리지 못해 다시금 걸음을 멈추고서 경이로운 밤의 침묵을 음미했다. 그 순간, 정체 모를 낮은 소리가 깊은 침묵을 깨뜨렸다. 바람 없는 고요한 밤에는 아주 나직한 소리도 놀랄 만큼 크게 들리는 법이다. 닐은 본능적으로 뒷걸음실을 쳐 나무 그늘 깊숙한 곳에 몸을 숨긴 뒤 양쪽 귀를 곤두세웠다.

밤에는 어둠 속에서만 활동하는 야행성 동물들이 돌아다니기 마련이지만, 그들은 땅바닥에 낮게 포복한 채 은밀하게 움직이다가 인간의 냄새를 맡는 즉시 그 자리에 얼어붙어 꼼짝도 하지 않는다. 모든 인간은 적이니까. 하지만 그 소리는 계속 들려왔다. 두툼한 뗏장을 밟는 둔중하고 둔탁한 발굽 소리, 육중한 몸이 좁은 숲길 양편을 따라 무성하게 자란 나무들의 낭창낭창한 가지를 스치는 소리였다. 소리는 한길 쪽에서 그가 있는 곳을 향해 다가오고 있었다.

누가 이 야심한 시각에 말에 올라 이 길을 지나는 걸까? 발굽 소리로 미루어 무거운 짐을 실은 것 같은데……. 닐은 숲 깊은 곳에 몸을 숨긴 채 저만치 내다보았다. 빈터는 그가 숨은 곳보다 밝긴 했으나 회색빛과 칠흑빛의 농담, 그리고 사물의 형상 정도만 간신히 구별할 정도였다. 달도 뜨기 전, 대지와 별들 사이의 높은 공간에는 구름이 엷게 드리워 은밀한 일을 벌이기에 적당한 밤이었다. 슈루즈베리 사방 15킬로미터 안에서는 감히 몹쓸 짓을 벌이려는 이들이 드물고 기껏해야 밀렵꾼과 맞부딪치는 정도였지만, 고약한 일을 당할 가능성이 아예 없지는 않았다. 게다가, 밀렵꾼들이 언제부터 말을 타고 다녔지?

오른쪽 길을 벽처럼 두르고 선 짙은 숲속에서 희끄무레한 형체 하나가 나타났다. 새로 돋아난 이파리들이 말의 옆구리와 누군가의 팔을 부드럽게 스치는 소리가 났다. 빈터가 조금 환해지는 것으로 보아 백마 혹은 엷은 회색이나 아주 엷은 밤색 털을 가진 말일 것이다. 말을 탄 사람의 형상은 언뜻 괴물을 방불케 할 만큼 땅딸막하고 몸피가 넓어 보였으나, 고르지 않은 지면을 디디며 몸이 한 번 출렁대는 순간 거기 탄 사람이 하나가 아니라 둘이라는 사실을 알 수 있었다. 앞에는 남자가, 뒤에는 여자가 탔다. 말은 그의 눈앞을 지나쳐 남서쪽으로 향하고 있었다. 바람에 날리는 여자의 긴 치마, 어둠 속에 움직이는 신비로운 몸짓, 남자의 허리띠를 붙잡은 손과, 두건을 어깨 너머로 젖힌 채 하늘을 향하고 있는 갸름한 얼굴……

시야에 잡히는 것은 그 정도에 불과했지만, 그럼에도 그는 그녀가 누군지 알아보았다. 어둠이나 다름없는 하늘을 향해 풍성한 머리채를 늘어뜨리며 고개를 젖히는 동작, 말 위에 앉아 반듯하게 균형을 잡고 있는 자세 때문이었을까? 혹은 그녀가 가까이 다가올 때마다 반응을 멈추지 못하는 그의 가슴속 민감한 현의 울림을 통해서 알았을까? 하지만 다른 여자도 아닌 바로 그녀가, 이 야심한 시각에, 그가 숨어 있는 이 길을 지나가다니, 대체 어떻게 된 일인지 그로서는 도무지 영문을 알 수가 없었다.

사흘 전부터 행방불명이었던 주디스 펄이 이 어둠 속에서 뭘 하고 있는 거지? 더구나 자진한 일인 듯 별로 긴장하지도 않은 듯한 모습으로 남자 뒤에 느긋하게 앉아 남서쪽을 향해 간다고?

너무 오랫동안 꼼짝하지 않고 자리를 지켜서인지 조그만 야행성 동물들은 그에 대한 두려움을, 아니면 그가 거기 있다는 사실 자체를 잊은 모양이었다. 조금 전까지 그가 걸어온 빈터 건너편 숲길의 한 덤불에서 무언가가 다른 덤불로 급하게 이동하더니 서쪽으로 내달렸고, 그 소리가 멀어지자 사방은 다시 침묵에 빠져들었다. 이윽고 닐은 놀라움으로 얼어붙은 몸을 움직여 조금 전의 말발굽 소리가 사라진 방향으로 몸을 돌렸다. 두 남녀를 쫓아갈 작정이었다.

그는 제 눈으로 본 것을 믿을 수도, 이해할 수도 없었다. 혹시 잘못 본 건 아닐까? 도저히 있을 수 없는 일 아닌가. 그녀는 어디로, 무슨 목적으로 가고 있을까? 그녀의 동행은 누구일까? 모든 것이 미스터리였다. 하지만 어쨌든 그녀와 관련된 미스터리였고, 닐은 그녀에 대해서라면 확고부동한 믿음을 가진 터였으니 한밤중의 이 기묘한 행각도 그것을 흔들지 못했다. 한 가지 확실한 것은 그가 주님의 은총으로 그녀를 찾아냈으며, 이제 다시는 그녀를 잃을 수 없다는 사실이었다. 그게 전부야, 그는 생각했다. 만일 부인이 날 필요로 하지 않고 위험이나 곤경에 처한 게 아니라면 그것으로 괜찮아. 부인을 성가시게 할 생각은 전혀 없어. 하지만 이 밤의 막간극이 모두 끝나 주디스가 아무런 해도 입지 않았다는 것을 확인할 때까지는, 그리고 그녀가 마침내 밝은 빛 속으로 나올 때까지는 그 뒤를 쫓을 생각이었다. 그렇게 해야만 했다. 만일 지금 그녀를 놓친다면 영영 다시 볼 수 없으리라는 기묘한 확신 같은 것이 마음속에 자리 잡았다.

그는 숲에서 나와 그들이 지나간 길을 따라갔다. 놓칠 염려는 없었다. 앞은 울창한 숲으로 둘러싸인 작은 길이니 말은 빨리 걷지 못할 것이다. 닐처럼 그 숲을 잘 아는 사람이라면 말을 타지 않고서도 얼마든지 따라잡을 수 있었다. 더하여 말의 발굽 소리가 길잡이 역할을 해줄 것이다. 무언가 나쁜 일이 그녀를 위협할 경우 재빨리 달려갈 수 있을 만큼의 거리를 유지한 채 그 소리를 쫓아가기만 하면 되었다. 브레이스 메올을 왼편으로 돌아 이어지는 그 길은 평소 다니던 길에 비해 낯설었지만 그렇다고 크게 다르지는 않아, 그는 말의 걸음보다 조금 더 빠른 속도로 길가의 숲을 헤치며 나아갈 수 있었다. 얼마 지나지 않아 규칙적으로 지면을 두드리는 희미한 발굽 소리와 굴레에 달린 맑은 종소리가 들려왔다. 길가의 덤불 속에서 야행성 동물이 갑작스럽게 움직여 말이 고개를 젖힌 모양이었다. 그는 이 짧은 종소리를 두 번이나 들었다. 이제 그들 가까이에 접근했으며, 필요할 경우에는 언제든 그쪽으로 달려갈 수 있다는 뜻이었다.

그들은 일정한 속도로 나아가며 점점 더 롱숲 깊숙이 들어갔다. 그곳에는 히스가 우거지고 땅속의 암반이 드러난 빈터들이 훨씬 드물었다. 벌써 2킬로미터 넘게 걸어왔건만 말은 여전히 꾸준히 걸음을 내디뎠다. 닐은 문득 하늘을 올려다보았다. 구름층이 아까보다 더 짙어져 어느 게 하늘이고 어느 게 나뭇가지인지 거의 구별할 수 없었다. 그는 두 손을 앞으로 뻗어 나무들을 더듬어가며, 그러면서도 말의 걸음에 뒤처지지 않는 속도로 줄곧 나아가다가 어느새 오른편에서 말이 자신과 나란히 걸어가고 있다는 사실을 알아차리고는 깜짝 놀라 얼른 걸음을 멈추었다. 곧 그 희미한 형체가 다시 저 앞으로 멀어지자 이제는 조금 전보다 더더욱 주의를 기울이면서 참을성 있게 그들을 뒤따랐다.

모르긴 몰라도 대략 한 시간쯤 숲길을 걸은 것 같았다. 만일 저 사람들이 시내에서 왔다면 그와 마주치기 한 시간 전쯤 출발했으리라. 그들은 대체 어디로 가는 것일까? 최근 나무를 베어내고 개간한 경작지 하나를 제외하면 닐은 롱숲 이쪽 방면에 대해 아는 것이 없었다. 아마 그들은 메올천 상류 쪽으로 거슬러 올라가려는 듯했다. 메올천의 수원지는 여기서 그리 멀리 않았다. 왼쪽 고지대에서 두세 가닥의 지류가 흘러 내려와 길을 가로지르고 있었지만, 여름철이라 그는 구두를 적시지 않고 건널 수 있었다. 실개천들이 마치 조는 듯 나직한 숨소리를 내면서 돌 틈으로 천천히 흘러내렸다. 이제 그들의 뒤를 따르기 시작한 이래 5킬로미터쯤 온 것 같았다.

길 오른편 그리 멀지 않은 곳에서 잠시 부스럭대는 소리가 나다가 금세 조용해졌다. 곧 말발굽의 리듬이 흐트러지는가 싶더니, 암반이 튀어나온 지점에서 말이 머뭇거리며 방향을 틀다가 풀밭 쪽으로 몇 걸음 뒤로 물러나 멈추는 것이 보였다. 닐은 시야를 가로막는 나뭇가지들을 조심스럽게 젖히며 앞으로 조금 더 나아갔다. 하늘에 구름장이 드리우긴 했지만 그래도 아까보다 앞이 훤해 보이는 것이, 길이 제법 넓어진 듯했다. 닐은 나뭇잎들 너머 조용히 서 있는 말의 희끄무레한 형체를 지켜보았다. 남자의 목소리가 침묵을 뚫고 처음으로 똑똑히 들려왔다.

"그곳 정문까지 바래다줄게요."

남자는 이미 말 등에서 내려와 있었다. 어둠이 다소 옅은 그 숲길 통로에서, 마치 구름장이 달을 가로지르듯 검은 형체가 희뿌연 말의 몸통 배경으로 움직였다.

"아니, 그럴 것 없어요." 주디스가 냉정하게 말했다. "얘기했던 거랑 다르잖아요. 난 원치 않아요."

말이 가볍게 몸을 움직이고 옷자락 스치는 소리가 들려왔다. 남자가 여자를 말에서 내려주는 모양이었다.

"당신을 혼자 가게 할 수는 없어요." 남자의 목소리가 약간 더 높아졌다.

"여기서 그리 멀지도 않아요." 여자가 대꾸했다. "난 무섭지 않아요."

말이 다시 몸을 흔들며 잔디밭을 딛는 소리, 그리고 등자를 밟는 소리가 이어졌다. 남자가 여자의 뜻을 순순히 받아들인 모양이었다. 남자는 안장에 오른 뒤 또 무어라 이야기했지만 말이 몸을 돌리는 바람에 닐은 알아들을 수 없었다. 남자는 이제까지 온 길을 되짚어가는 대신 길 왼편의 언덕으로 향했다. 거친 고지대를 가로지르는 그 길은 대로로 이어지는 지름길이었다. 이제부터는 남의 눈에 띄지 않기보다 가능한 한 빨리 가는 것이 목적인 듯했다. 하지만 그는 잠시 후 다시 방향을 틀어 돌아왔다. 그녀의 결심이 완강하다는 걸 알면서도 그대로 돌아서기가 어려운 모양이었다.

"아무래도 이대로 떠나보내기는—"

"내가 잘 아는 길이에요." 그녀가 그의 말을 잘랐다. "당신은 날이 밝기 전에 어서 집으로 돌아가요."

그는 다시 고삐를 흔들어 언덕길을 달리기 시작했다. 말의 걸음이 이내 가벼운 속보로 바뀌는 것으로 미루어 그쪽 길이 더 넓고 바닥도 고른 듯했다. 주디스는 남자가 내려준 곳에 그대로 서 있었다. 숲 가장자리라 당장은 잘 보이지 않았지만 그녀가 움직이기 시작하면 그 모습을 금방 포착할 수 있을 터였다. 닐은 언제라도 그녀의 움직임을 뒤따를 수 있게끔 그쪽으로 좀 더 가까이 다가갔다. 그녀는 이 길을 잘 안다고, 목적지가 그리 멀지 않다고, 혼자 밤길을 가는 게 두렵지 않다고 했다. 하지만 그곳이 어디든, 그는 그녀가 자신의 안식처로 선택한 곳까지 따라갈 작정이었다.

말발굽 소리가 점차 멀어지다가 완전히 침묵 속으로 잦아든 뒤에야 비로소 그녀는 걸음을 옮기기 시작했다. 나뭇가지들이 발에 밟혀 툭툭 꺾어지는 소리를 듣고 닐은 그녀가 오른쪽으로 방향을 돌려 초목 무성한 짙은 숲 사이의 좁은 길로 접어들었음을 알았다. 그는 좁은 빈터를 건너 그녀의 뒤를 따랐다. 저 아래쪽에서 개울 흐르는 소리가 들렸다. 아마 메올천의 넓은 지류를 향해 이어진 길인 듯했다.

채 스무 걸음도 채 옮기기 전에, 갑자기 길 오른쪽의 울창한 덤불이 후드득 하고 갈라지는 소리가 나더니 겁에 질린 주디스의 짧은 비명이 이어졌다. 닐은 앞뒤 잴 것 없이 그쪽으로 달려갔다. 저 앞의 어둠 속에서 두 사람이 소리 없는 몸싸움을 벌이고 있었다. 보지 않아도, 듣지 않아도, 그는 감각으로 알 수 있었다. 닐은 무작정 달려들어 두 몸을 떼어놓으려 안간힘을 썼다. 둘둘 감아 고정한 주디스의 긴 머리가 풀려 그의 얼굴 위로 흘러내렸다. 마침내 닐이 한 손으로 그녀의 허리를 감아 자신의 뒤로 물렸다. 기다란 팔 하나가 얼굴을 스치며 뒤쪽으로 뻗어가는 것이 느껴졌다. 그 순간 칼날의 푸른빛이 번쩍였다.

닐은 허공을 찌르고 내려오는 그 팔을 붙잡아 비트는 동시에 본능적으로 한 다리로 공격자의 두 다리를 감아 돌렸다. 두 사람은 함께 땅바닥에 쓰러져 칠흑 같은 어둠 속에서 나무줄기에 어깨를 부딪치며 뒹굴었다. 그들의 몸에 깔린 나뭇가지들이 마구 부러졌다. 한 사람은 칼을 쥔 팔을 자유롭게 움직이고자, 다른 한 사람은 자신의 몸을 겨냥하는 칼날을 떨쳐버리고자 안간힘을 쓰며 격렬한 몸싸움을 벌였다. 서로 바싹 붙어 헐떡이는 바람에 두 사람의 숨결이 마구 뒤섞였으나 여전히 그들은 상대의 얼굴을 알아볼 수 없는 상태였다. 칼을 쥔 자는 건장한 체격과 강인한 힘을 이용해 악착같이 저항하며 머리와 두 무릎은 물론 이빨까지 총동원하여 어떻게 해서든 빠져나가려 했지만 닐을 떨쳐낼 수도, 다시 일어설 수도 없었다. 닐이 한 손으로 상대의 오른쪽 손목을 움켜쥐고 다른 팔로 몸을 휘감아 단단히 결박한 탓에, 그로서는 기껏해야 닐의 목과 얼굴을 할퀴어댈 수밖에 없었다. 마침내 공격자가 안간힘을 내어 거칠게 몸을 굴렸다. 닐의 몸을 나무줄기에 부딪치게 하여 반쯤 기절시키고 손을 자유롭게 하려는 의도였다. 그러나 그 계획은 거꾸로 들어맞았다. 이미 닐에게 잡혀 저릿저

릿하던 그의 아래팔이 단단한 줄기에 부딪친 것이다. 손이 저절로 벌어지고 칼은 허공을 날아가 수풀에 떨어져버렸다.

닐은 상대가 숨을 헐떡이고 신음하며 수풀을 더듬는 소리를 들으며 비틀비틀 일어섰다. 칼이 보이지 않는지 그는 마구 욕설을 내뱉었다. 이윽고 닐이 다시 돌진해 오자 간신히 뿌리쳐 몸을 빼낸 뒤 덤불을 뚫고 자신이 튀어나왔던 곳으로 달아났다. 나뭇가지가 부러지고 나뭇잎이 버석대는 소리를 듣자니 숲 깊은 곳으로 달아나는 듯했다. 이윽고 그 소리도 점차 멀어지다가 아주 사라져버렸다.

닐은 가까스로 몸을 일으킨 뒤 징징 울리는 머리를 흔들며 손을 더듬어 나무 하나를 붙잡아 간신히 몸을 지탱했다. 자신이 길의 어느 쪽을 향하고 있는지, 어디서 주디스를 찾아내야 할지 좀처럼 가늠할 수가 없었다. 바로 그때, 차분하고 침착한 목소리가 들려왔다.

"저 여기 있어요!" 희끄무레한 형체로 보아 손으로 짐작되는 것이 그를 향해 흔들리고 있었다. 닐은 손을 뻗었다. 그의 손을 붙잡는 그녀의 손길은 싸늘했지만 강한 힘이 느껴졌다. 그의 정체를 아는지 모르는지, 어쨌든 그녀는 그를 두려워하지 않는 듯했다. "다치셨어요?" 그녀가 물었다. 경계심이라곤 전혀 없이, 그저 상대를 존중하고 또 소중히 여기는 마음으로 두 사람은 서로의 손을 부드럽게 끌어당겼다. 그들의 온기가 만나 하나로 뒤섞였다.

"부인은 괜찮으세요? 내가 가로막고 나서기 전에 놈이 먼저 공격을 시작했는데, 혹시라도 부상을 입지는 않았나요?"

"소맷자락이 찢겼어요." 주디스가 왼쪽 어깨를 만지며 대답했다. "약간 긁힌 것 같기는 한데, 그뿐이에요. 더는 다치지 않았으니 걸어가는 데 아무 지장 없어요. 하지만 당신은……." 주디스는 그의 가슴과 양 어깨에서 팔뚝에 이르는 부위를 조심스레 더듬다가 핏자국을 찾아냈다. "그 사람이 상처를 입혔군요, 여기 왼쪽 팔에……."

"별거 아닙니다." 닐이 말했다. "우리가 놈을 쫓아냈어요."

"그 사람은 저를 죽이려 했어요. 시내에서 이렇게 가까운 곳에 노상강도가 있을 줄은 정말 몰랐어요. 밤에 나다니다가는 돈은 둘째치고 옷 때문에도 죽을 수 있겠네요." 그제야 충격을 실감한 듯 그녀가 몸을 떨었다. 닐은 공포로 얼어붙은 그 몸을 따뜻하게 해주고자 두 팔로 그녀를 끌어안았다. 귓전에 울리는 친숙한 목소리와 몸을 감싸주는 든든한 손길……. 주디스가 그를 알아본 것은 바로 그때였다. "닐? 당신이에요? 어떻게 여기까지 오셨어요? 저한테는 정말 다행한 일이네요! 그런데 대체 어떻게……."

"지금 그런 건 중요하지 않습니다." 닐은 말했다. "일단 목적지까지 저와 함께 가시죠. 이 숲속에 그런 못된 놈들이 배회하고 있다면 또다시 그런 고약한 상황을 맞이할 수도 있습니다. 게다가 부인은 험한 일을 당해 몹시 놀란 상태예요. 가시는 곳이 여기서 먼가요?"

"아뇨. 저 개울에서 1킬로미터쯤…… 여기서 노상강도가 설치고 다니다니 참 이상한 일이네요. 저는 고드릭 포드에 있는 베네딕토 수녀원에 가는 길이에요."

닐은 더 이상 묻지 않았다. 그녀의 계획이 무엇이든, 이제 그가 할 일은 혹시 또 다른 강도가 나타나지 않을지 잘 살피며 그녀를 호위하는 것뿐이었다. 그는 주디스의 몸을 한 팔로 감싼 채 걸음을 옮기기 시작했다. 이윽고 잔풀이 깔린 널찍한 길이 나타나면서 안개처럼 희뿌연 빛이 비쳐 들었다. 울창한 숲 너머 마침내 달이 떠오른 참이었다. 앞쪽에서 개천이 신비롭고도 생동감 넘치는 소리를 내며 흐르고 있었다. 잠시 후 안개 사이로 지붕과 울타리의 날카로운 모서리들, 그리고 그곳에서 유일하게 수직선을 이루고 선 아담한 종탑이 나타났다.

"저긴가요?" 닐이 물었다. 고드릭 포드의 수녀원에 관해 들은 적은 있지만 그 위치는 알지 못한 터였다.

"예."

"부인이 정문으로 들어가는 것만 보고 가겠습니다."

"아뇨. 저랑 같이 들어가요. 지금 혼자 돌아가시면 안 돼요. 내일 밝을 때 가셔야 안전할 거예요."

"여기에는 제가 묵을 만한 자리가 없을 텐데요."

"매그덜린 수녀님이 방을 마련해주실 거예요. 제 곁을 떠나지 마세요!" 그녀가 애원하듯 말했다.

두 사람은 수녀원 건물과 정원을 둘러싼 높은 목재 울타리를 향해 내려갔다. 달은 아직 숲이 우거진 고지대 너머에 숨어 있었지만 매순간 밝은 빛을 흩뿌려 건물과 나무, 덤불, 유연하게 휘어도는 개천, 그리고 둑을 따라 펼쳐진 풀밭의 회색빛 윤곽을 서서히 드러내었다. 곧 더 높이 떠올라 그 모든 것을 은빛으로 비추리라. 이 평온한 침묵을 깨는 일이 큰 무례가 될 것 같아 닐은 닫힌 대문 앞에서 잠시 머뭇거리다가, 마침내 마음을 다잡고 종에 달린 줄을 잡아당겼다. 요란한 종소리가 개천을 따라 울려 가 건너편 숲에 부딪쳐 되돌아왔다. 얼마 지나지 않아 문지기 수녀가 하품을 하면서 나와 무어라 투덜거리더니 문에 난 조그만 철망 문을 열고 밖을 내다보았다.

"누구세요? 여행하는 분들이세요?" 밤중에 숲을 지나다 길을 잃고 오도 가도 못 하는 처지가 되어 하룻밤 묵을 만한 곳이면 어디든 좋다는 심정으로 찾아온 점잖은 이들이라 생각하는 모양이었다. "잠잘 곳을 찾으시나요?"

"저는 주디스 펄이라고 합니다." 주디스가 말했다. "매그덜린 수녀님과 아는 사이지요. 수녀님께서 제가 원한다면 언제든 쉴 곳을 마련해주겠다고 말씀하셔서…… 바로 지금 그런 곳이 필요하거든요. 제 옆에 계신 분은 저를 위험에서 구하고 여기까지 안전하게 데려다주신 좋은 친구예요. 이분도 여기서 하룻밤 묵게 해주셨으면 좋겠어요."

"수녀님께 말씀드릴게요." 신중한 문지기 수녀는 일단 매그덜린을 찾으러 갔고, 곧 그녀와 함께 돌아왔다. 늦은 시각이었지만 매그덜린 수녀는 초롱초롱하고 예리한 갈색 눈에 흥미로운 기색을 가득 담아 철망 너머를 내다보았다.
 "문을 열어드리도록 해요." 그녀가 쾌활하게 말했다. "내 친구가 왔으니까. 그리고 친구의 친구 역시 반가운 손님이지."

*

 조그만 응접실에 이들을 들인 매그덜린 수녀는 당황한 기색 없이, 그리고 아무것도 묻지 않은 채, 그저 가장 급한 일들부터 하나씩 해나갔다. 그들이 겪은 공포와 충격의 자취를 씻어내기 위해 향료를 섞어 데운 포도주를 대접하고, 닐의 피 묻은 소매를 걷어 올린 뒤 팔뚝에 난 기다란 상처를 물로 씻어 붕대로 감고, 주디스의 어깨에 난 상처에 연고를 발라준 뒤, 그녀는 주디스의 상의를 받아 소매의 찢긴 부분을 꿰매어 건네주었다.
 "대충 꿰맸어요." 매그덜린이 말했다. "바느질 솜씨가 시원찮아서…… 하지만 집으로 돌아갈 때까지는 그런대로 지낼 만할 거예요." 그녀가 핏물이 담긴 그릇을 들고 밖으로 나갔다. 이제 촛불 아래 처음으로 단둘이 마주 앉게 된 주디스와 닐은 새삼 놀라운 눈빛으로 서로를 응시했다.
 "아무것도 묻지 않는군요." 주디스가 천천히 입을 열었다. "지난 며칠간 내가 어디 있었는지, 어쩌다가 한밤중에 남자와 단둘이 이곳까지 말을 타고 오게 되었는지, 내가 어떻게 실종되었고 어떻게 해서 다시 자유를 얻었는지 말예요. 당신에게 많은 빚을 졌는데 고맙다는 인사도 미처 못 했네요. 지금 얘기할게요. 진심으로 감사드려요! 당신이 아니었다면 지금쯤 난 그 숲속에 쓰러져 죽어 있을 거예요. 그 사람은 저를 죽이려 했어요!"

"부인이 지난 사흘간 종적을 감춘 바람에 우리 모두가 놀라고 근심한 건 사실입니다." 닐이 말했다. "하지만 일부러 그런 일을 벌인 건 아니잖아요. 저는 잘 압니다. 부인을 그런 상황에 몰아넣은 사람…… 부인 자신이 그 사람을 용서하기로 했다면 그건 선의에서, 친절한 마음에서 나온 결정이리라는 점도 잘 알고요. 더 이상 무엇이 궁금하겠습니까?"

"난 이 모든 걸 묻어두고 싶어요." 주디스는 쓸쓸하게 말을 이었다. "나 자신을 위해서라도요. 이 와중에 그 사람을 고발해서 제가 무슨 이익을 얻겠어요? 잃을 것만 많죠. 그는 대단한 악당이 아니에요. 무모하고 허영심 많고 어리석은 사람일 뿐이죠. 그는 내게 어떤 폭력도 쓰지 않았어요. 끝까지 나쁘게 대하지도 않았고요. 그러니 모든 걸 잊는 편이 나아요. 혹시 그가 누구인지 봤나요?" 다소 피곤한 기색이 어려 있긴 하지만 그녀의 회색 눈은 여전히 예리한 빛을 발하고 있었다.

"부인과 함께 말을 타고 왔던 그 사람 말입니까? 아뇨, 저는 못 봤습니다. 설령 봤다 해도 그저 부인이 원하는 대로 모르는 척할 테고요." 문득 그의 언성이 높아졌다. "하지만 만일 그자가 부인을 영원히 침묵하게 하기 위해 다시 돌아와 공격했던 거라면……! 부인 말이 맞습니다. 놈은 부인을 죽이려 했어요!"

"아니, 아니, 그건 다른 사람이에요. 그는 이미 제 갈 길로 떠났어요. 당신도 그가 가는 소리를 들었잖아요. 게다가 그 사람은 그럴 마음이 전혀 없었을 거예요. 우리는 서로 합의했고, 그는 내가 약속을 지키리라 굳게 믿었어요. 그가 떠난 뒤 벌어진 일은, 밤길을 배회하며 남의 물건을 강탈해서 먹고사는 나쁜 인간의 소행이 틀림없어요. 다시 시내로 돌아가면 행정 장관께도 말씀드려야겠어요. 인적이 드물고 위험한 곳이잖아요. 행정 장관도 이곳에 부랑자가 돌아다닌다는 사실을 알고 계셔야 할 거예요."

그녀는 피로에 젖어, 금방이라도 잠들 듯 부드럽게 물결치는 풍성한 머리를 양 어깨에 늘어뜨렸다. 붓꽃빛 가느다란 핏줄이 어린 반투명의 큼직한 눈꺼풀이 회색 눈 위에 무겁게 걸려 있었다. 그 하얀 얼굴과 피부를 비추는 희뿌연 촛불 빛에 그녀는 마치 진주조개 껍데기로 빚어놓은 사람처럼 보였고, 이를 바라보는 닐의 가슴은 아프게 죄어들었다.

"누군가의 도움이 그토록 절실했던 순간 어떻게 당신이 그렇게 때맞추어 나타났을까요?" 주디스는 새삼 놀라운 듯 말을 이었다. "나로서는 그저 비명을 지르는 것 말고는 달리 어찌할 방도가 없었는데, 그때 당신이 홀연히 나타났잖아요."

"그…… 풀리에서 집으로 돌아가는 길이었어요." 그녀의 감미로운 어조에 갑자기 가슴이 떨리고 혀가 굳는 것을 느끼며 닐이 말을 더듬었다. "그러다 봤어요. 보고 들었죠. 아니, 제 혈맥 속에서 그걸 느꼈어요. 저기 지나가는 사람이 부인이라는 걸 알겠더라고요. 부인을 성가시게 할 생각은 없었어요. 저는 그저 목적지가 어디든, 부인이 가고 싶어 하는 곳까지 안전하게 가는지 확인하려 했을 뿐입니다."

"저를 알아보셨어요?" 그녀가 놀라 물었다.

"네, 그럼요. 알아봤죠."

"그런데 남자는 알아보지 못했고요?"

"네."

"그래요, 다른 사람이라면 몰라도 당신이라면 괜찮을 거예요." 그녀가 다시금 강인한 태도를 되찾으며 불쑥 말했다. "당신한테는, 당신과 매그덜린 수녀님께는 모든 전후 사정을 다 털어놓고 싶어요. 세상 사람들이 알아서는 안 되는 것, 제가 비밀에 부치겠다고 약속한 것들까지 전부요."

*

"이제 아시겠죠?" 몇 분 뒤, 주디스는 모든 이야기를 끝맺으며 솔직하게 털어놓았다. "수녀님, 전 뻔뻔스럽게도 수녀님을 이용하기 위해 이곳에 왔어요. 제가 종적을 감춘 지난 사흘 동안 많은 이들이 저를 찾겠다며 헤매고 다녔잖아요. 전 내일 시내로 돌아가 그동안 애태우며 고생한 모든 분들을 마주해야 해요. 그래서 그동안 수녀님과 함께 여기 있었다고, 쉬고 싶으면 언제든지

오라 했던 수녀님의 말씀을 떠올리고 그 모든 부담과 말썽거리
를 피해 이리로 피신했다고 얘기할 거예요. 완전한 거짓말은 아
니죠. 어쨌든 반나절은 여기 있었으니까요. 이런 식으로 수녀님
을 이용하게 되어 죄송하고 부끄러워요. 하지만 내일은 무슨 일
이 있어도 돌아가야만 해요." 그녀는 피로와 안도가 뒤섞인 몽롱
한 상태에서도 그날이 더 이상 내일이 아니라 오늘이라는 사실을
떠올렸다. "이제 자유의 몸이 되었고, 그분들께 더 이상 쓸데없
는 근심과 걱정을 끼쳐드릴 수는 없으니까요. 아, 그것만 아니라
면 기꺼이 여기 머물고 싶은데!"

"죄책감 가질 필요 없어요." 매그덜린 수녀는 말했다. "그렇게
해서 부인의 입장을 세우고, 그 바보 같은 청년을 구하고, 세상
의 추문을 잠재울 수 있다면, 그야말로 아주 좋은 방법이지요. 여
기서 조용히 지내며 내게 조언을 구할 생각이었다고 당당하게 이
야기해요. 그건 거짓말이 아니니까. 내가 분명히 그랬잖아요. 마
음 내킬 때면 언제든 이리로 와 원하는 만큼 쉬라고 말예요. 물론
부인 말대로 지금은 돌아가 사람들의 근심을 덜어주고 수색을 중
단시켜야 마땅하죠. 잠시 쉬다가 곧장 시내로 가요. 사람들이 물
으면 어리석은 남자들이 ― 이 자리에 계신 분은 제외하고요! ―
하도 성가시게 추근거려 나한테 피신해 왔다고 얘기해요. 하지만
맥없이 걸어 돌아가선 안 돼요. 여기까지 찾아온 부인을 그런 식
으로 초라하게 보낼 수야 없죠. 부인은 마리아나 수녀원장님의
노새를 타고 갈 거예요. 가엾게도 그분은 지금 병석에 누워 계셔

서 노새를 타실 일이 없거든요. 그리고 구색을 맞추기 위해 나도 노새를 타고 함께 갈 거예요. 마침 그곳 수도원의 원장님을 뵈어야 할 일도 있고요."

"제가 여기 얼마나 머물렀는지 물어보면 뭐라고 대답할까요?" 주디스가 물었다.

"내가 부인 곁에 있으면 아무도 그런 질문은 하지 않을 거예요. 다들 버드나무 가지처럼 나긋나긋하게 부인을 대하겠죠. 그리고 설령 누가 물어본다 해도 굳이 대답할 필요 없어요." 매그덜린 수녀는 몸을 일으켜 미리 준비해둔 잠자리로 그들을 안내하면서 말을 맺었다. "누가 질문을 던지면 태연한 표정으로 무시해 버려요."

12

　수사들이 대미사를 마친 뒤 교회를 빠져나오고 연푸른 하늘 위로 태양이 높이 솟아오를 즈음, 매그덜린 수녀의 작은 행렬이 대로에서 수도원 정문으로 들어섰다. 위니프리드 성녀 축일 전날, 연속적인 살인과 실종이라는 재앙에도 불구하고 수도원의 관례는 큰 차질 없이 진행되고 있었다. 성녀의 유골을 시 외곽 세인트 자일스에서 위니프리드 제단의 안식처로 옮겨 오는 엄숙한 의식 같은 건 올해 없었지만 축하 미사는 열릴 예정이었고, 성녀에게 특별 청원이 있는 순례자들을 위해 하루 종일 제단을 개방할 계획이었다. 작년에 비해 순례자들의 숫자가 눈에 띄게 줄긴 했어도 접객소는 만원이었다. 데니스 수사는 쉴 새 없이 사람들을 맞아들이느라 바쁜 시간을 보냈고, 안젤름 수사는 성녀를 찬양하기 위해 준비한 새 음악의 연습에 몰두해 있었다. 견습 수사들과 어린 교육생들은 최근 시내와 대로에서 일어난 엄청난 사건들에 대해 거의 알지 못했다. 엘루릭 수사와 가까웠으며 그의 죽음에 깊은 충격을 받았던 젊은 수사들조차, 축일이 되면 평소 맛보지 못했던 맛있는 음식을 먹고 엄격한 금제에서도 얼마간 해방되리라는 즐거운 기대감에 이제 그 형제이자 친구의 존재를 거의 잊은 터였다.

하지만 캐드펠 수사의 경우에는 사정이 달랐다. 그는 기도와 성무일도에 정신을 집중하려 애썼지만 틈만 나면 사건과 관련된 생각들이 불쑥불쑥 고개를 쳐들었다. 지금 납치범은 주디스 펄을 어디에 숨겨놨을까? 연이은 사건들 이후 발생한 버트레드의 죽음이 과연 사람들이 생각하듯 단순하고 무자비한 우연의 결과일까? 혹시 그 죽음에 어떤 자의 악의가 작용한 건 아닐까? 과연 그렇다면 누가, 무슨 이유로 죽였을까? 버트레드가 엘루릭 수사를 살해한 범인이라는 점에는 의문의 여지가 없는 듯했다. 하지만 여러 증거로 미루어보건대 주디스를 납치한 사람은 그가 아니었다. 아니, 그는 오히려 제 힘으로 마님을 찾아내 구출한 뒤 그 기회를 최대한 이용할 계획이었다. 창고를 지키는 문지기는 버트레드가 창문에서 떨어졌고 그 바람에 개에게 들켜 쫓기면서 강둑으로 달아나다가 몽둥이로 머리를 얻어맞고 물에 뛰어들었다고 했다. 그건 사실일 것이다. 하지만 강 건너편에서 끌어 올린 시신에서는 먼젓번 것보다 심하게 가격당한 듯한, 그럼에도 역시 치명적인 것은 아닌 두 번째 상처의 흔적이 보였다. 문지기가 개를 불러들인 이후, 그가 또 다른 누군가에게 얻어맞고 강물로 들어간 걸까?

실제로 그런 일이 일어났다면, 그 일을 저지를 사람으로 납치범 말고 누가 있겠는가? 버트레드가 끼어들자 놈이 그를 죽여 자신의 범죄를 은폐하려 한 것이리라.

그리고 비비언 하인드가 있지, 캐드펠은 생각했다. 제 아버지의 일을 돕느라 양 떼가 있는 포턴에 갔다고……. 그는 정말로 거기 갔을까? 사실 여부는 오래지 않아 판명이 날 것이다. 만일 그가 정오 전에 성문을 지키는 경비병들의 손에 붙들리지 않을 경우, 휴는 무장 호송병들을 보내 그를 데려올 작정이었다.

매그덜린 수녀 일행이 정문을 통과해 오전의 햇살 속에 모습을 드러낸 것은 바로 캐드펠이 이런 생각에 빠져 있던 중이었다. 매그덜린은 언제나 그렇듯 여유로우면서도 빈틈없는 자세로 나이든 암갈색 노새 위에 앉아 있었다. 무슨 일이든 수선을 피우거나 허세를 부리지 않고 유유자적 처리하는 그녀의 능력은 노새를 모는 솜씨에서도 여실히 드러났다. 관찰력이 뛰어난 예리한 눈으로 주위를 살피며 들어오는 매그덜린 곁에는 그녀가 늘 믿고 의지하는 동지인 고드릭 포드의 물방앗간 주인 존 밀러가 바싹 붙어 있었다. 아마 매그덜린 수녀에게 마음대로 부릴 만한 남자가 부족할 일은 결코 없으리라.

이어, 그녀의 뒤에서 조금 더 키가 큰 하얀 노새가 따라 들어왔다. 노새가 정문의 아치를 빠져나왔을 때 사람들은 그 노새에 탄 사람 역시 여자임을 알았다. 수녀복이 아니라 짙은 녹색 상의를 걸치고 머리에 스카프를 쓴 여자는 큰 키에 여윈 몸매를 지녔고 허리를 꼿꼿하게 편 채 품위 있는 자세로 안장에 앉아 있었다. 고개를 반듯하게 세운 얼굴이 인상적이리만치 위엄 있어 보였는데, 이상하게도 아주 낯익은 느낌이었다.

캐드펠이 갑자기 걸음을 멈추는 바람에 뒤따라오던 수사가 그의 등에 부딪쳐 비틀거렸다. 일행의 선두에 서서 걸어가던 수도원장 역시 갑자기 발길을 멈추고는 놀란 눈으로 그녀를 멍하니 바라보았다.

그렇게 주디스 펄은 자신의 뜻대로, 자기가 원하는 시간에, 전과 크게 변하지 않은 침착한 모습으로 돌아와 모두를 혼란에 빠뜨렸다. 노새가 매그덜린 수녀의 노새 곁에 이르자 그녀는 고삐를 당겼다. 캐드펠이 기억하던 모습보다 안색이 창백했다. 원래도 진주를 연상시킬 만큼 깨끗하고 뽀얀 피부가 이제는 눈처럼 푸른빛을 띠었고, 눈꺼풀은 수면 부족으로 부어올라 무겁게 늘어져 있었다. 표정이 그리 밝지는 않았으나 그녀는 매그덜린 수녀 못지않게 차분하고 침착했으니, 놀라서 이게 어찌 된 영문이냐는 듯 정신없이 자신을 쳐다보는 이들과 맞닥뜨리고도 눈 한 번 내리깔지 않았다.

존 밀러가 노새로 다가가자 주디스는 그의 두 어깨를 짚고 수도원 큰 마당에 사뿐히 내려섰다. 하지만 그 경쾌한 동작도 얼굴에 드리운 피로감을 완전히 감춰주지는 못했다. 이어 그녀가 걸음을 옮기자 라둘푸스 원장도 그제야 숨을 들이쉬고는 그녀를 향해 나아가기 시작했다. 원장의 앞에 이른 주디스는 한쪽 무릎을 깊숙이 구부리며 허리를 숙이곤 그가 내민 손에 입을 맞추었다.

"부인이 건강하고 온전한 모습으로 여기 다시 나타나 얼마나 기쁜지 모르겠소." 라둘푸스는 몹시 놀라고, 또 한편으로는 몹시 기뻐하며 입을 열었다. "부인 때문에 다들 걱정이 많았소."

"저도 그 얘길 듣고 놀랐습니다." 주디스가 말했다. "정말 죄스러운 기분이에요. 다른 분들에게 걱정을 끼칠 의도는 결코 없었는데, 원장님과 장관님을 비롯한 수많은 선량한 분들이 저로 인해 몹시 근심하고 수고를 하셨다니 얼마나 송구스러운지 모르겠습니다. 그에 대해서는 최대한 보상할 생각이에요."

"오, 아니오. 선의에서 나온 수고는 어떤 보상도 요구하지 않는 법이지. 부인이 아무 탈 없이 무사히 돌아왔으면 그걸로 되었소. 그런데, 대체 어찌 된 거요? 이제까지 어디 있었소?"

"원장님께서도 보시다시피, 저는 아무런 해도 입지 않았습니다. 그저……" 주디스는 잠시 머뭇거리다가 숨을 들이쉬곤 말을 이었다. "혼자 감당하기에는 너무나 힘겨운 부담을 견디다 못해 도망쳤을 뿐이지요. 주변 사람들에게 아무 말도 하지 않고 떠난 것에 대해서는 용서를 구합니다. 하지만 저로서는 그럴 수밖에 없었어요. 갑자기 제가 처한 상황이 몹시 견디기 어려워졌고, 그래서 조용한 곳에 가 얼마간 차분히 생각할 시간이 너무나 절실했습니다. 그때 매그덜린 수녀님이 떠오르더군요. 전에 그분이 세속을 떠나 마음을 차분히 가라앉히고 싶을 땐 언제든 찾아오라고 하셨거든요. 그래서 저는 수녀님께 달려갔고, 수녀님은 저를 기꺼이 맞아주셨지요."

"그렇다면 고드릭 포드에서 곧장 이리로 온 거요?" 라둘푸스가 놀라 물었다. "우리 모두 부인이 실종되었다 생각했던 동안 거기서 조용히 파묻혀 지냈다고? 아, 그랬다면 정말 다행한 일이오! 하지만…… 여기서 부인을 찾느라 온갖 소동을 벌이고 있다는 소식이 거기에는 들어가지 않았소?"

"아무 소식도 들어오지 않았답니다, 원장님." 매그덜린 수녀가 재빨리 끼어들었다. 그러곤 노새 위에서 가볍게 뛰어내리더니 통통한 두 손으로 구겨진 수녀복 자락을 반듯하게 가다듬으며 두 사람 곁으로 다가왔다. "우리는 거기서 세속을 등진 채 아무 부족함 없이 지내고 있습니다. 그러니 자연스레 세상 소식이 늦게 들어올밖에요. 지난번 제가 이곳을 방문한 슈루즈베리에서 우리 수녀원을 찾아온 사람은 아무도 없었습니다. 그러다 어제 밤늦게 수도원 앞 대로에 사는 사람 하나가 우연히 수녀원에 들렀고, 그 덕에 우리도 소식을 알게 되었어요. 그래서 모든 의혹을 씻어내고 사람들의 마음을 편안하게 해드리고자 이렇게 부인을 데려왔습니다."

"이제는 부인의 마음이 편안한 상태였으면 하오." 원장은 주디스의 창백하지만 고요한 얼굴을 자세히 살펴보며 말했다. "몸을 숨기지 않으면 안 될 정도로 심한 중압감을 받았다니…… 마음을 치유하기에 사흘이라는 기간은 그리 긴 시간이 아니지."

주디스는 커다란 회색 눈을 들어 수도원장의 얼굴을 지그시 올려다보면서 희미하게 미소 지었다. "고맙습니다, 원장님. 주님 덕분에 용기를 되찾았어요."

"그래, 쉴 만한 곳으로 그 수녀원보다 더 좋은 곳을 찾기도 어려웠을 거요. 이제 부인으로 인한 모든 근심 걱정을 기쁘게 놓아버릴 수 있게 되어 나 역시 주님께 감사할 뿐이오."

짧고 깊은 침묵이 흐르는 가운데, 원장 뒤에 대열을 이루어 서 있던 수사들은 한동안 행방불명되어 많은 사람들이 찾아 나섰던 사람, 그동안 이런저런 소문의 주인공이기도 했던 여인을 보다 자세히 살펴보려고 목을 길게 뺀 채 이리저리 몸을 움직였다. 이제 문제의 부인은 수녀원의 부원장까지 대동하고 당당한 모습으로 돌아와 더없이 침착하고 위엄 있게 이들과 마주함으로써 그동안의 은밀한 억측과 소문을 효과적으로 잠재웠으니, 로버트 부원장조차 위엄 있는 손짓으로 수사들을 쫓아버리는 대신 넋을 잃고 멍하니 그 광경을 바라볼 뿐이었다.

"노새들은 여기 사람들에게 맡겨두고 잠시 쉬었다 가는 게 어떻겠소?" 원장이 물었다. "내가 성으로 사람을 보내 행정 장관에게 부인이 무사히 돌아왔다는 사실을 알리겠소. 부인은 가능한 한 빨리 장관을 만나 방금 전에 나한테 했듯이 그동안의 일에 대해 설명해야 할 거요."

"물론 그래야죠, 원장님." 주디스가 말했다. "하지만 일단은 집으로 돌아가는 게 좋겠습니다. 이모님과 사촌 오라비는 물론, 집에서 일하는 모든 식구들이 저 때문에 근심에 빠져 있을 거예요. 그러니 한시라도 빨리 제 모습을 보여드려야겠지요. 도착하는 대로 장관님께 제 소식을 알리고 그분의 뜻에 따라 제가 성으로 가든 아니면 저희 집에서 그분을 맞도록 하겠습니다. 우선 원장님께 제가 무사하다는 걸 알려야 할 듯해 여기에 먼저 들른 거예요."

"고마운 배려에 감사드리오. 그렇다면 매그덜린 수녀님은 어떻소? 이곳에 머무르는 동안 내 손님이 되어주시겠소?"

"오늘은 부인과 동행해 안전하게 가족의 품으로 돌아가는지 확인하고, 필요할 경우에는 행정 장관 앞에서 부인의 입장을 변호해야 할 것 같군요." 매그덜린 수녀는 말했다. "나랏일을 보시는 분들은 그동안 많은 시간과 인력을 낭비한 것에 대해 원장님만큼 관대하지 못한 태도로 나올 수 있으니까요. 최소한 하룻밤 정도는 부인과 함께 시간을 보내려고 합니다. 하지만 내일은 원장님과 이야기를 좀 나눌 수 있으면 해요. 마리아나 원장님이 짜 만든 제단 덮개를 가져왔거든요. 병석에 누우시긴 했어도 그분의 솜씨는 녹슬지 않았으니, 원장님도 그걸 보면 기뻐하실 거예요. 제단 덮개는 제 안장에 묶어놓았는데 지금은 지체할 여유가 없네요…… 아, 혹시 캐드펠 수사님도 저희와 함께 시내로 가도록 허락해주실 수 있을까요? 행정 장관도 그분과 의논을 할 수 있어

좋아할 테고, 또 그분을 통해 제단 덮개를 먼저 원장님께 전해드릴 수도 있으니까요."

라둘푸스 수도원장도 이제 매그덜린 수녀가 어떤 사람인지 잘 파악하고 있었다. 그녀가 무언가를 요청한다면 틀림없이 그럴 만한 이유가 있어서이리라. 원장이 캐드펠을 찾느라 고개를 돌렸을 땐 캐드펠도 이미 수사들의 대열에서 벗어나 앞으로 나와 있었다.

"수녀님과 함께 가시오. 필요한 만큼 있어도 괜찮소."

"기꺼이 원장님의 지시에 따르겠습니다." 캐드펠이 말했다. "매그덜린 수녀님이 동의하신다면 함께 펄 부인을 댁까지 모셔다드린 뒤 곧장 성으로 가 행정 장관에게 이 소식을 전하도록 하겠습니다. 장관은 아직도 부하들을 시내 밖으로 내보내 수색을 이어가고 있습니다. 가급적 빨리 그들을 불러들이는 게 좋겠죠."

"좋소, 그럼 어서 가보시오!" 원장은 노새들 곁에 선 채 충직하게 기다리고 있던 존 밀러 쪽으로 앞장서서 걸어갔다. 수사들도 이리저리 흩어져 각자의 자리로 향하며, 두 여자가 노새를 타고 그곳을 떠나는 광경을 보려고 연신 뒤돌아보았다. 라둘푸스는 캐드펠을 한쪽으로 끌어낸 뒤 나직하게 말했다. "이곳 소식이 고드릭 포드에 그렇게 늦게 전해졌다니 그동안 여기서 일어난 사건 가운데 부인이 아직 모르는 것도 있을 거요. 이를테면 집에서 일하던 사람이 죽은 것이나 그 사람이 죄를 저질렀다는 사실 같은……"

"저도 그 생각을 하고 있었습니다." 캐드펠도 속삭이듯 말했다. "부인이 집에 도착하기 전에 제가 잘 전하도록 하겠습니다."

*

일행이 나귀의 걸음에 맞추어 천천히 다리 위로 올라서자 캐드펠은 주디스의 노새 곁으로 다가가 부드럽게 입을 열었다. "부인은 사흘간 이곳을 떠나 있었소. 다른 이들을 만나기에 앞서 그사이 일어났던 일에 대해 이야기해도 되겠소?"

"그러실 필요 없어요." 주디스가 대답했다. "이미 어느 정도는 들었으니까요."

"아마 전부는 아닐 거요. 바깥에 알려지지 않은 일이 있소. 그동안 한 사람이 더 죽었소. 어제 오후 우리가 강 이편, 게이 초원 조금 지난 곳에서 강물에 떠밀려 온 시체 하나를 발견했소. 익사한 그 사람은 부인이 부리는 직조공들 중 하나인 버트레드라는 청년이오." 주디스의 놀란 숨소리를 들으며 그는 조용히 말을 이었다. "집에 가면 관 속에 있는 그의 시신을 보게 될 거라 미리 말해주는 게 좋겠다 생각했소. 부인이 아무것도 모른 채 집으로 들어가 그 광경을 불쑥 맞닥뜨리게 할 수는 없어서……."

"버트레드가 익사를 해요?" 주디스는 충격에 숨을 몰아쉬었다. "어떻게 그런 일이…… 그 사람은 뱀장어처럼 수영을 잘하는데요! 어떻게 그가 익사할 수 있죠?"

"몽둥이로 머리를 한 번 가격당했소. 그래봐야 잠시 어질어질한 정도에 지나지 않았을 테지만…… 그리고 어떻게 된 건지는 아직 몰라도, 물속에 들어가기 전에 무엇인가로 한 차례 더 맞았지. 모두 캄캄한 밤중에 일어난 일이오. 풀러 밑에서 일하는 문지기가 자세히 이야기해주더군."

캐드펠이 문지기에게서 들은 내용을 기억나는 대로 들려주는 동안 주디스는 노새 등에 꼼짝 않고 앉아 조용히 귀를 기울였다. 그날 밤, 그 시각, 그 장소, 양모 다발 뒤에 숨겨져 모든 이들의 뇌리에서 사라져 있던 지저분한 좁은 방……. 이 모든 걸 머릿속으로 연결시키자 공포로 온몸이 얼어붙었다. 캐드펠도 이러한 긴장을 눈치채지 않았을까? 다른 사람들에게 절대로 말하지 않겠다고 비비언과 굳게 약속했지만 그것을 지키기는 어려울 듯했다. 자신의 치명적인 과오로 인해 또 하나의 젊은이가 때 이르게 세상을 떠나지 않았는가. 게다가 이 사람들은 이미 진실에 바싹 다가서 있었다.

그들은 곧 성문의 아치 통로로 들어섰다. 와일가의 가파른 언덕길에 이르자 노새들의 걸음이 한층 느려졌지만 아무도 그들을 재촉하려 하지 않았다.

"알아둬야 할 게 더 있소." 캐드펠이 다시 입을 열었다. "엘루릭 수사를 발견하던 날 아침에 내가 정원 흙에서 발자국 본을 떠낸 일을 기억할 거요. 그런데 버트레드의 시신을 수도원으로 옮긴 뒤 그 사람의 발에서 벗겨낸 구두가…… 그 본과 일치하더군."

"아니에요!" 주디스는 도저히 믿기지 않는다는 듯 외쳤다. "그럴 리 없어요! 그건 착오예요!"

"착오가 아니오. 착오일 가능성은 전혀 없지. 그 구두 바닥은 발자국 본에 완전히 들어맞았소."

"왜죠? 왜? 버트레드가 대체 무슨 이유로 제 장미나무를 쓰러뜨린 거죠? 왜 그 젊은 수사를 때려눕힌 거냐고요!" 이어 주디스는 혼잣말을 하듯 중얼거렸다. "그 사람은 이런 사건에 대해 한마디도 안 했는데!"

캐드펠은 잠자코 있었지만 주디스는 그가 자신의 말을 들었다는 것을 알았다. 그녀는 잠시 침묵을 지킨 뒤 입을 열었다. "수사님도 아셔야 해요. 서두르는 게 좋겠어요. 휴 베링어 님과 얘기해야겠어요." 주디스는 고삐를 흔들어 일행의 맨 앞으로 나서더니 중심가를 따라가기 시작했다. 문을 연 노점과 가게 사람들이 주디스를 알아보고 놀라 고개를 내미는가 하면 이웃들을 소리쳐 불렀다. 몇몇은 인사말을 외치기도 했지만 주디스의 귀에는 아무 소리도 들리지 않았다. 어제까지만 해도 주디스가 악당에게 납치되어 강간당한 뒤 그와 결혼하게 되리라는 예측이 파다했으나, 이제는 그녀가 존경할 만한 수녀님과 함께 노새를 타고 집에 돌아왔다는 소문으로 온 시내가 시끌벅적할 터였다.

매그덜린 수녀가 주디스의 뒤에 바짝 붙어 있으니 두 사람이 함께 왔다는 점에는 의문의 여지가 없었다. 매그덜린 수녀는 수도원을 떠난 뒤로 내내 말이 없었지만, 예민한 귀와 총명한 머리로 캐드펠과 주디스 사이에 오간 대화를 전부 듣고 이해했을 것이다. 물방앗간 주인은 그들보다 한참 뒤처져서 따라오고 있었는데, 그는 매그덜린 수녀가 하는 일이라면 뭐든 옳고 합당한 일이며, 따라서 그 무엇도 그녀의 일을 방해하게 해서는 안 된다고 생각하는 사람이었다. 자신이 알아야 할 것은 매그덜린 수녀가 응당 알려줄 테니 그로서는 호기심을 가질 필요도, 무언가 알려고 애쓸 필요도 없었다. 오랜 시간 그녀를 보필해온 그는 굳이 말을 하지 않아도 매그덜린의 의중을 잘 알 수 있었다.

이윽고 그들은 메어돌가의 초입에 도착해 베스티어 직물 상회 앞에서 걸음을 멈추었다. 캐드펠은 주디스를 거들어 노새 등에서 내려주었다. 마당으로 이어진 통로가 폭은 넓지만 노새에 앉은 채 들어가기에는 낮았기 때문이다. 주디스가 통로에 발을 들여놓기도 전에, 문 밖을 내다보고 있던 이웃 가게의 마구상이 눈을 둥그렇게 뜬 채 가게 안에 있는 손님에게 소식을 전하기 위해 급히 들어갔다. 캐드펠은 하얀 노새의 고삐를 잡고 주디스를 따라 침침한 통로를 지나 마당에 들어섰다. 오른쪽에 있는 창고에서 들려오는 직조기의 리드미컬한 소리와 홀에서 새어 나오는 희미한 말소리가 그들을 맞았다. 초상집 같은 분위기 속에서 실 뽑는 여자들이 풀 죽은 소리로 이야기를 나누고 있었다. 작업장에서 흔히 흘러나오는 노랫소리 같은 건 전혀 들리지 않았다.

브랜웬이 막 마당을 가로질러 홀 쪽으로 가다가 통로의 단단한 땅을 밟는 희미한 발굽 소리를 듣고 고개를 돌렸다. 이어 그녀는 날카로운 비명을 내지르며 기쁨과 놀라움에 환하게 피어난 얼굴로 마님을 향해 반쯤 달려오다가 갑자기 다시 몸을 돌려 집 안으로 들어가서는 애거사 부인과 마일스, 그리고 다른 모든 사람들에게 빨리 나와 누가 왔는지 보라고 소리쳤다. 곧 마일스가 얼른 뛰어나오더니 눈을 휘둥그레 뜨고 멍하니 이쪽을 바라보았다. 잠시 후, 그는 얼굴을 등잔불처럼 환히 밝히며 두 팔을 벌린 채 주디스에게 달려들었다.

"주디스, 주디스! 정말 너구나! 맙소사, 그동안 어디 있었니? 어디 있었던 거야! 우리 모두 근심 걱정으로 노심초사하며 온 곳을 찾아 헤맸는데…… 다시는 널 보지 못하는 줄 알았다고! 말해 봐, 어디 있었지? 대체 무슨 일이 있었던 거야?"

그의 외침이 끝나기도 전에 애거사가 나타났다. 무사히 살아 돌아온 조카의 모습에 그녀는 눈물을 쏟으며 다가와 주디스를 끌어안고서 주님께 경건한 감사를 드렸다. 주디스는 그 모든 반응을 가만히 받아들였다. 이제 실 잣는 여자들과 직조공들까지 모조리 마당으로 쏟아져 나와 한꺼번에 왁자지껄하게 떠들어대기 시작했다. 만일 주디스가 그 모든 질문에 대답한다 하더라도 주위가 하도 시끄러워 들리지 않았으리라. 기쁨의 물결이 집 전체를 덮쳤으니, 버트레드의 어머니가 나와 그들을 노려보고 있다는 사실을 눈치챈 이는 아무도 없었다.

"정말 죄송해요." 광풍이 어느 정도 가라앉자 주디스가 입을 열었다. "모두를 걱정시킬 생각은 없었는데…… 하지만 전 이렇게 아무 탈 없이 온전한 모습으로 돌아왔으니 더 이상 염려하지 않아도 돼요. 이제 말없이 사라지는 일은 절대로 없을 거예요. 그동안 전 매그덜린 수녀님과 함께 고드릭 포드에 있었어요. 수녀님께서 친절하게도 다시 저와 함께 이곳까지 와주셨죠. 이모, 제 손님께 잠자리를 마련해주시겠어요? 매그덜린 수녀님은 제 방에서 함께 하룻밤 주무실 거예요."

애거사는 입술에 부드러운 미소를 머금은 채 희망에 찬 푸른 눈으로 매그덜린 수녀와 조카딸을 번갈아 바라보았다. 수녀원의 평화로운 생활을 갈망하던 조카딸이 마침내 마음을 굳힌 모양이었다. 그게 아니라면 수녀원으로 달아나 시간을 보내다가 이제 보호자와 함께 나타난 이유가 달리 무엇이겠는가?

"그럼, 정성껏 마련해드려야지!" 애거사는 신이 나서 말했다. "대환영이에요, 수녀님. 어서 안으로 들어가시죠. 먼 길을 오시느라 피곤하시고 시장하실 테니 포도주와 오트 케이크부터 좀 드세요. 저희로선 수녀님께 큰 빚을 진 셈이에요. 이 집에서 편히 머무시고, 시키실 일이 있으면 언제든 불러주세요." 이어 그녀는 대저택의 주인인 양 우아한 태도로 매그덜린 수녀를 안내했다. 불과 사흘 사이에 주인 역할에 익숙해졌군, 조금 떨어진 곳에서 그 광경을 지켜보던 캐드펠이 생각했다. 한번 몸에 붙은 습관은 하루아침에 떨쳐버리기 힘든 법이지.

주디스도 그들의 뒤를 따라가려 했지만 마일스가 팔을 붙잡더니 그녀의 귀에다 대고 근심스럽게 속삭였다. "주디스, 너 혹시 저 수녀님께 무슨 약속이라도 드린 거니? 설마 수녀가 되게 해달라고 부탁한 건 아니겠지?"

"오빠는 내가 수녀원에 들어가는 게 그렇게 싫어?" 그녀가 부드러운 낯으로 그의 얼굴을 살피며 물었다.

"네가 정말로 원하는 게 그거라면 어쩔 수 없지만…… 그런데 정말 왜 수녀님께 갔었던 거야? 혹시…… 너 정말로 수녀님께 약속한 건 아니지?"

"그래, 아무 약속도 하지 않았어."

"하지만……." 마일스는 말을 멈추고 어깨를 으쓱이더니 얼굴에 드리운 어두운 기운을 걷어냈다. "그래, 너도 원하는 대로 할 권리가 있으니까…… 어쨌든 안으로 들어가자!" 이어 활달하게 몸을 돌리더니 직조공 하나를 불러 물방앗간 주인과 나귀들을 잘 보살피고 편히 쉬게 하라 전한 뒤, 실 잣는 여자들을 향해 웃어 보이며 이제 얼른 가서 일을 하라고 지시했다. "수사님도 저희와 함께 들어가시죠." 그가 캐드펠에게 말했다. "그런데 수도원 사람들도 주디스가 돌아온 걸 알고 계신가요?"

"안다마다." 캐드펠이 대답했다. "난 매그덜린 수녀가 우리 세인트메리 교회에서 쓰라고 가져온 물건을 받아 가기 위해 따라왔소. 또 펄 부인을 대신해 성으로 가야 할 일도 있고."

"그렇군요! 주디스가 돌아왔으니 이제 장관님은 시외로 나간 사람들을 불러들이셔야겠죠." 마일스는 다시 심각한 표정으로 손가락 관절을 꺾으며 말을 이었다. "그나저나 주디스, 네가 아직 모르는 일이 있는데…… 마틴 벨코트가 아들이랑 함께 우리 집에 와 있어. 작은방에는 들어가지 마. 그들이 버트레드를 관에 넣고 있거든. 엊그제 밤에 세번강에서 익사하는 바람에…… 오늘같이 좋은 날 이런 나쁜 소식을 전해야 하다니 정말 마음이 무겁다."

"이미 들었어." 주디스는 담담하게 대꾸했다. "내가 마음의 준비도 되지 않은 상태에서 갑자기 그 광경을 보지 않게끔 캐드펠 수사님이 배려해주셨거든. 우연한 사고라고 들었어." 그 침울한 목소리에 캐드펠은 걸음을 멈추고 주디스의 얼굴을 자세히 들여다보았다. 그녀 또한 캐드펠과 똑같은 생각을 하는 것이 분명했다. 올여름 자신과 엮인 이들에게 일어난 사건들 중 그 무엇도 단순한 우연으로 치부하기가 힘들다는 사실을 의식하고 있었던 것이다.

"이제 난 행정 장관에게 가봐야겠군." 캐드펠은 이렇게 말한 뒤 그들과 헤어져 다시 거리로 나왔다.

*

휴와 매그덜린 수녀, 주디스, 캐드펠은 한방에 모여 다소 딱딱한 분위기 속에 의례적인 인사말을 나눴다. 마일스는 다시 돌아온 사촌 곁을 떠나고 싶지 않은지 보호자라도 되는 양 주디스의 어깨에 한 손을 얹은 채 미적거리며 휴의 눈치를 살피고 있었으나, 정작 그를 방에서 내보낸 사람은 주디스였다.

"우리만 있게 해줘, 오빠." 그녀는 새삼 가족의 정을 실감하며 사촌을 향해 따뜻한 미소를 지어 보였다. "우리는 나중에 실컷 이야기를 나눌 시간이 있을 거야. 오빠가 궁금해하는 것도 곧 전부 알게 될 거고. 하지만 지금은 다른 것에 정신을 팔고 싶지 않아. 장관님은 몹시 바쁜 분이고 또 나 때문에 많은 수고를 하셨으니, 당장은 나도 모든 신경을 여기 쏟는 게 좋겠어."

그 말을 듣고도 마일스는 미간을 찌푸리며 잠시 주저하다가 곧 동생의 두 손을 꼭 잡아주었다. "다시는 말없이 사라지지 마!" 그 말과 함께 그는 가벼운 발걸음으로 방을 나가 문을 닫았다.

"제가 가장 먼저 말씀드리고 싶은 건," 주디스가 휴의 얼굴을 바라보며 곧장 입을 열었다. "제 사촌이나 이모가 우리 얘기를 듣지 않았으면 한다는 점이에요. 안 그래도 저 때문에 몹시 마음을 졸여온 분들에게 제가 목숨을 잃을 위험에 처했었다는 사실을 굳이 알릴 필요가 없잖아요. 장관님, 고드릭 포드에서 2킬로미터도 채 떨어지지 않은 숲속에 여행자들을 노린 강도들이 돌아다니고 있어요. 저 역시 거기서 습격을 받았죠. 저를 공격한 건 한 사람이었고 다른 자가 있는지는 확실치 않지만, 그런 사람들은 보통 둘씩 짝을 지어 다닌다고 하더군요. 아무튼 그자는 칼을 가지고 있었어요. 운이 좋아 팔만 조금 긁히고 말았지만 그가 저를 죽이려 했던 건 확실해요. 다른 여행자는 저와 달리 불운을 당할 수도 있겠죠. 일단 이걸 제일 먼저 알리고 싶었어요."

휴는 태연한 표정이었지만 주디스의 얼굴을 유심히 살피는 그 눈빛만은 쏘는 듯 강렬했다. 홀에서 마일스의 휘파람 소리가 들려왔다.

"고드릭 포드로 가는 길에 그런 일을 당한 겁니까?" 휴가 물었다.

"네."

"혼자였습니까? 한밤중에 숲속에서? 부인이 종적을 감춘 건 새벽녘이었는데요. 수도원으로 가던 중에 말입니다." 이어 그는 매그덜린 수녀 쪽으로 고개를 돌렸다. "수녀님도 그 강도 사건에 대해 들으셨습니까?"

"부인이 얘기하더군요." 매그덜린은 차분하게 말했다. "하지만 최근 우리 수녀원과 그렇게 가까운 곳에서 노상강도가 출몰했던 적은 한 번도 없었어요. 숲에서 일하는 사람들이 얘기를 들었다면 의당 내 귀에도 들어왔을 텐데…… 하지만 장관님이 부인의 말을 믿느냐고 물으시는 거라면 그렇다고 대답하겠어요. 나는 부인의 팔을 치료했고, 부인을 도와 그 강도를 쫓아낸 사람도 치료해주었어요. 부인의 말은 진실이에요."

"오늘은 부인이 행방을 감춘 지 나흘째 되는 날입니다." 휴는 다시 그 빛나는 검은 눈을 주디스에게로 돌렸다. "불량배가 시내와 가까운 곳에서 돌아다니고 있다는 사실을 알리기까지 이렇게 시간을 끈 게 과연 현명한 일이었을까요? 게다가 그곳 수녀님들은 그동안 내내 위험한 상황에 노출되어 있던 셈인데요. 그쪽 주민이라도 보내 소식을 알렸더라면 우리는 즉각 병사들을 보내 그 일대의 숲을 샅샅이 뒤지게 했을 겁니다. 더하여 부인이 안전하다는 사실을 확인했으니 더 이상 걱정하지도 않았을 테고요."

그 말에 주디스는 잠시 머뭇거렸다. 변명거리를 찾기보다는 마음을 가다듬으려는 행위였다. 매그덜린 수녀의 자신감 넘치는 차분한 분위기가 그녀에게도 어느 정도 옮아온 터였다. 이내 그녀는 단어를 골라가면서 천천히 말을 시작했다. "세상 사람들을 상대로, 저는 골치 아픈 여러 문제에 시달리다 매그덜린 수녀님이 계신 곳으로 도망쳐 거기서 수녀님과 함께 지냈다고, 그리로 갔다가 돌아오는 과정에 어떤 사람도 관여하지 않았다고 말할 거예요. 하지만 장관님께라면 이와 아주 다른 이야기를 들려드릴 수도 있겠죠. 장관님께서 잘 듣고 존중해주신다면요. 제가 겪은 일들 중에는 누구에게도 말하지 못하는 것이 있어요. 물어보신다 해도 절대 대답하지 않을 거고요. 하지만 일단 장관님 앞에 털어놓는 내용이라면, 그중 진실 이외의 것은 없을 겁니다."

"공정한 제안이네요." 매그덜린 수녀가 고개를 끄덕이며 말했다. "내가 장관님이리면 받아들이겠어요. 정의란 물론 좋은 거죠. 하지만 정의가 나쁜 짓을 한 자보다 희생자에게 더 큰 해를 끼친다면, 과연 좋다고만 할 수 있을까요? 이제 부인이 곤경에서 빠져나왔으니 숨겨진 것은 숨겨진 채로 묻어두기로 하죠."

휴는 그 문제에 대해서는 아무 대꾸도 없이 물었다. "숲속에서 습격을 받은 게 언제였죠?"

"어젯밤이에요. 아마 자정에서 한 시간쯤 지났을 무렵일 거예요."

"아주 늦은 시각이죠." 매그덜린이 옆에서 거들었다. "우리가 찬송을 끝내고 막 잠자리에 들었을 무렵이었으니까."

"좋아요! 순찰병들을 보내 그곳을 중심으로 사방 2킬로미터를 샅샅이 수색하게 하지요. 하지만 최근 그 일대에서 말썽이 일어난 적은 없는데…… 포위스의 젊은 녀석들이 가끔 소란을 피우긴 하지만 그럴 경우엔 사전에 소식이 들어오거든요. 아마 주인한테 학대당하다 도망쳐 혼자 다니는 농노가 아닐까 싶군요." 이어 휴는 주디스를 향해 싱긋 웃어 보였다. "자, 그럼 부인이 하고 싶다는 얘기를 들어볼까요? 강제로 게이 초원 옆 다리 밑에 있는 배에 끌려간 다음부터 간밤에 고드릭 포드에 도착할 때까지 어떤 일이 있었던 겁니까? 내가 그 사건에 대해 어떤 조치를 취할지 몰라 염려되겠지만, 일단은 나를 믿고 말씀하셔야 합니다."

"저는 장관님을 믿어요. 장관님이 제 입장을 이해해주시고 강제로 제 입을 열게 하지 않으실 것도 알죠." 주디스는 그를 지그시 바라보았다. "그래요, 저는 강제로 끌려갔어요. 그리고 그저께 밤까지 갇힌 채 결혼 동의를 강요받았어요. 하지만 누구에 의해, 어디에 갇혀 있었는지는 말씀드리지 않겠어요."

"제가 말씀드릴까요?" 휴가 물었다.

"아뇨." 주디스는 날카롭게 대꾸했다. "만일 장관님이 진상을 아신다 해도, 제 입에서 나온 말이나 표정을 통해 짐작하신 건 아니겠죠. 그 사람은 이틀도 채 지나기 전에 자기가 벌인 짓을 뼈저리게 후회했어요. 하지만 죗값을 치르지 않은 채 무사히 궁지에서 빠져나올 방법을 생각해낼 수가 없었죠. 그 납치극으로 아무것도 얻어내지 못하리라는 것을 깨닫자 그는 그저 날 무사히 보내주기만을 진심으로 바랐어요. 그러면서도 자기가 고발당할까 봐, 그래서 파멸의 나락에 떨어질까 봐 두려워했고요." 그녀는 잠시 숨을 들이쉬곤 말을 이었다. "마지막에 가서는 그 사람이 가여워 보이더군요. 처음 날 붙잡을 때 무척 거친 방법을 쓰긴 했지만 그는 폭력을 전혀 사용하지 않았어요. 워낙 겁이 많고, 또 가정교육을 잘 받은 사람이라 강제로 겁탈할 엄두를 내지 못하고 그저 날 설득하려 애를 썼죠. 그는 무력한 처지에 빠져 도와달라고 애걸했어요. 나로서도 그에게 복수하고 싶은 마음이 없지 않았지만, 그보다는 아무 추문 없이 조용히 일을 끝내고 싶은 마음이 훨씬 더 강했고요. 마지막에 가서는 그 어떤 앙갚음도 하고 싶지 않더군요. 그 사람은 이미 제 몫의 대가를 치렀으니까. 나는 그 사람을 지배했고, 내가 원하는 건 뭐든지 다 하게 만들 수 있었어요. 계획을 세운 사람도 나였어요. 그에게 밤을 틈타 고드릭 포드까지 데려다달라고 했죠. 그동안 줄곧 거기 있었던 척하고 집으로 돌아올 작정이었어요. 당일 밤에는 시간이 너무 늦어 그다음 날 밤, 그러니까 간밤에 우리는 함께 말을 탔어요. 그리고 제가 습격을 받은 건 그 사람이 돌아간 뒤의 일이었죠."

"습격한 자의 인상착의 중 기억나는 게 있습니까? 다시 만났을 때 그자라는 걸 알아볼 수 있는 특징 같은 것, 모습이나 촉감, 냄새라도 말입니다."

"숲속 깊은 곳이었던 데다 달도 뜨기 전이라 칠흑같이 어두웠어요. 그리고 모든 일이 너무 빨리 일어났죠. 그때 누가 와서 절 도와줬는지를 아직 말씀드리지 않았네요. 매그덜린 수녀님은 아세요. 그 사람은 오늘 아침 우리와 함께 돌아왔고, 우리는 수도원 앞 대로에 있는 그 사람 집 앞에서 헤어졌죠. 한때 제 집이었던 곳에서 살고 있는 사람, 청동 세공인 닐이에요." 그녀의 목소리가 갑자기 높아졌다. "제 모든 삶, 제가 알고 느끼는 모든 것, 제 곁으로 다가오는 모든 이들이 바로 그 집과 장미나무 주위에서 맴돌고 있어요. 그곳을 떠나지 말걸 그랬어요. 수도원에 집을 기부한 뒤에도 계속 거기 세 들어 살 수 있었는데. 사랑이 깃든 그 집을 저버리다니, 다 내 잘못이에요."

캐드펠은 잘 통제된 그 목소리에 어린 떨림과 열기를, 창백하고 피로해 보이던 얼굴에 피어나는 환한 불꽃을 감지했다. 사랑이 깃든 곳이라……. 그리고 그녀가 삶과 죽음의 기로에 섰을 때 홀연히 나타난 사람이 다름 아닌 닐이라니!

"말씀드려야 할 건 다 말씀드렸어요." 그녀가 말을 이었다. 얼굴에 일어난 불꽃은 약간 사그라든 채였으나 여전히 살아 있었다. "이제 어떻게 하실 거죠? 난 그 사람에게 어떤 벌도 돌아가지 않게끔 하겠다고 약속했어요. 그에게 악감정도 없고요. 만일 장관님이 그를 체포해 기소한다 해도, 난 그 사람에게 불리한 증언은 절대 하지 않을 거예요."

"그 친구가 지금 어디 있는지 말씀드릴까요?" 휴가 부드럽게 말했다. "그는 성의 골방에 갇혀 있습니다. 캐드펠 수사님이 나를 찾아오기 30분 전쯤 말을 타고 동문으로 들어오는 걸 우리가 재빨리 낚아채 감방 안에 처넣었죠. 아직은 심문도 고발도 당하지 않은 상태이고, 시내 사람들 중 우리가 그자를 붙잡아놓았다는 걸 아는 사람은 하나도 없습니다. 나로서는 그자를 풀어줄 수도 있고 순회재판이 열릴 때까지 거기 가둬놓을 수도 있어요. 사건을 조용히 묻고 싶어 하는 부인의 마음은 이해합니다. 약속을 지키고자 하는 의지도 존중하고요. 하지만 아직 버트레드와 관련된 문제가 남아 있어요. 버트레드는 부인이 계획을 세우던 그날 밤 집 밖에 나와 있었지요……."

"예, 캐드펠 수사님께 들었어요." 주디스는 허리를 꼿꼿이 세우고 경계하는 눈초리로 휴를 바라보았다.

"그 친구가 죽은 게 우연인지 아닌지는 아직 확실치 않습니다. 어쨌든 그날 밤 그는 건물에 침입할 의도로 밖을 배회하고 있었어요. 혹시 누군가 그에게 무슨 짓을 저지르고 강물에 빠뜨렸을 수도 있지 않을까요?"

"장관님이 붙잡아두고 있다고 말씀하신 그 사람 소행은 아니에요." 주디스는 단호하게 고개를 가로저었다. "확실해요. 내가 내내 그 사람이랑 함께 있었으니까." 그녀는 입술을 깨문 채 잠시 생각에 잠겼다. 이제 그의 이름만 빼고는 거의 모든 것을 털어놓은 셈이었다. "우리 둘이 그 안에 있을 때 밖에서 그 사람이 떨어지는 소리가 들렸어요. 물론 그땐 그게 누구인지, 무슨 일이 일어난 건지 미처 몰랐지만요. 밖에서 작은 소리가 난다고 그 사람이 겁에 질리더군요. 잠시 후에 또 그랬고요. 전 별생각 없었지만, 그때 그는 너무나 겁을 먹은 상태라 희미한 바람 소리만 나도 머리부터 발끝까지 얼어붙었지요. 어쨌든 그는 제 곁을 떠나지 않았어요. 버트레드에게 어떤 일이 일어났든, 그는 그 일과 아무 상관도 없어요."

"좋아요, 증거는 그걸로 충분합니다." 휴는 흡족한 듯 말했다. "이제는 부인 마음대로 하시지요. 누군가에게 부인이 말하고 싶은 것 이상을 말할 필요는 없어요. 하지만 그 친구는 자기가 얼마나 너절한 인간인지 똑똑히 자각해야겠죠. 우리가 제대로 꾸짖은 뒤 집으로 돌려보내도록 하겠습니다. 그 정도는 괜찮겠지요? 아마 그 친구도 감지덕지할 겁니다."

"좋은 일이든 나쁜 일이든 그는 큰일을 저지를 인물이 못 돼요." 주디스는 냉정하게 말했다. "어리석은 사람일 뿐이죠. 하지만 아직 젊으니 얼마든지 교정해줄 수 있을 거예요. 그런데, 버트레드는 대체 어떻게 된 걸까요. 캐드펠 수사님 말씀으로는 그가 그 젊은 수사를 죽였다고요…… 저로서는 도무지 이해가 안 가는 일이에요. 버트레드 자신이 왜 죽었는지도 그렇고요. 간밤에 닐이 제가 행방을 감춘 이래 이곳에 어떤 일이 있었는지 들려주었지만 버트레드에 관해서는 아무 말도 없었거든요."

"그 사람은 잘 모를 거요." 캐드펠이 말했다. "우리가 버트레드를 발견한 건 어제 오후의 일이니까. 그 사람 시신을 이리로 옮겨 온 뒤 시내에 소문이 퍼지긴 했지만 아마 닐의 귀에까지 들어가지는 않았겠지. 나도 그에게 아무 말 하지 않았고. 그런데 닐은 어쩌다가 고드릭 포드까지 가게 된 거요? 게다가 부인이 누군가의 도움을 절실히 필요로 하는 순간 나타나다니!"

"숲으로 들어가기 전에 우연히 우리가 지나가는 광경을 봤대요. 닐은 그때 집으로 돌아가는 중이었는데, 저를 알아보고 우리 뒤를 밟은 거죠. 저한테는 얼마나 다행스러운 일이었는지! 만난 건 몇 차례 되지 않지만, 그는 늘 제게 잘해줬어요."

"앨런에게 병사들을 붙여 그 숲 일대를 샅샅이 수색해보라고 지시해야겠군요." 휴가 자리에서 일어나 말했다. "혹시 불량배들이 있다면 우리가 모조리 잡아들일 겁니다. 그리고 이 자리에서 오간 이야기는 일절 공표하지 않도록 하지요. 이 문제는 부인의 뜻대로 여기서 일단락된 겁니다. 일이 그런대로 잘 마무리되었으니 이제는 편안한 마음으로 지내기 바랍니다."

"비트레드의 일이 마음에 걸려요." 주디스가 말했다. "그 사람이 살인을 했다는 것도, 죽었다는 것도…… 강가에서 나고 자라 수영을 아주 잘했거든요. 그런 사람이 어째서 물에 빠져 죽었을까요? 그것도 하필이면 그날 밤에?"

*

휴는 즉시 성으로 돌아갔다. 주디스를 찾으러 나갔던 병사들이 돌아오자마자 곧장 숲으로 보내야 했다. 그 고약한 비비언 하인드는 혹독하게 다스려, 그냥 집으로 보내주는 대신 싸늘한 감방 안에서 근심 걱정으로 진땀을 흘리며 하룻밤 이상을 보내게 할 작정이었다. 캐드펠은 매그덜린 수녀가 안장에서 풀어낸 제단 덮개를 조심스럽게 말아 들었다. 그 집을 나서기 전, 관에 눕혀놓은 버트레드의 시신이 있는 조그만 방을 들여다보니 목수와 그의 아들이 막 관 뚜껑을 봉한 뒤 죽은 젊은이를 위해 기도하고 있었다. 그를 배웅하러 나온 매그덜린 수녀는 이맛살을 찌푸린 채 깊은 생각에 잠겨 묵묵히 거리 끝까지 그를 따라왔다.

"왜 그래요?" 그녀가 유난히 말이 없다는 생각에, 캐드펠이 먼저 물었다.

"뒷맛이 아주 고약하네요!" 매그덜린이 걸음을 멈추곤 고개를 절레절레 흔들었다. "사건들의 양상을 도무지 이해할 수가 없어요. 주디스에게 일어난 일은 아주 명백한데, 나머지는 전혀 납득이 가질 않아요. 수사님도 주디스가 버트레드의 죽음에 관해 얘기하는 걸 들었잖아요. 게다가 그 청동 세공인이 아니었더라면 주디스의 죽음과 함께 영원히 비밀의 베일에 싸일 뻔했던 숲속의 습격이며…… 꼬리에 꼬리를 물고 일어난 이 모든 사건들 가운데 순전히 우연에 의해서 일어난 것이 하나라도 있을까요?"

캐드펠은 생각에 골몰한 채 중심가를 향해 비탈을 오르다가 길 모퉁이 가까이 이르자 걸음을 늦추며 뒤를 돌아보았다. 매그덜린 수녀가 굳게 쥔 두 손을 허리께에 늘어뜨리고는 길 어귀에 서서 그의 뒷모습을 지켜보고 있었다. 순전히 우연에 의해서 일어난 일이 하나라도 있을까……. 없지, 없고말고. 우연히 벌어진 듯 보이는 일조차 뭔가 작위의 냄새를 풍기고 있었다. 연속적으로 일어난 각각의 사건은 다음 사건을 촉발시켰고, 그때마다 새로운 동기와 이해관계를 불러일으켰다. 모든 사건이 하나의 고리를 이루며 연쇄적으로 발생한 셈이다. 그 과정에서 불운한 몇몇 사람들은 결코 원하지 않았던 곳으로 향하게 되었고……. 캐드펠은 문득 빠른 속도로, 그리고 아까보다 훨씬 단호한 걸음걸이로 매그덜린 수녀에게 되돌아갔다.

"수사님의 마음속에서 어떤 생각들이 흘러가고 있는지 궁금했어요." 매그덜린은 놀라는 기색도 없이 말했다. "그렇게 인상을 잔뜩 찌푸린 채 아무 말도 없이 생각에 잠겨 있는 모습은 본 적이 없거든요. 자, 말씀해보세요. 대체 무슨 생각을 하셨죠?"

"수녀님은 이 집에서 묵을 예정이죠?" 캐드펠이 말했다. "날 위해 해줬으면 하는 일이 있어요. 버트레드의 장례식과 주디스의 귀환이 겹쳐 집안이 어수선한 사이 두 가지 물건을 슬쩍해 수도원으로 보내줄 수 있겠습니까? 혹시 벨코트 부자가 계속 여기 남아 있을 경우엔 아들인 에드위에게 시키세요. 그 밖의 다른 사람들에게는 아무 말도 하지 말고. 훔치는 게 아니라 잠시 빌리는 겁니다. 그렇게 오래 가지고 있을 필요는 없으니까."

"흥미롭네요." 매그덜린은 말했다. "그 두 가지 물건이라는 게 뭐죠?"

"왼쪽 구두 두 짝."

13

 이제 캐드펠의 마음은 지금껏 대수롭지 않아 보였던 자잘한 세목들로부터 섬뜩한 의미의 실을 꿰어나가기 시작했으니, 다른 어떤 일로도 생각을 돌릴 수가 없었다. 저녁기도 시간 내내 기도에 정신을 집중하려 무진 애를 썼으나, 장미나무와 관련하여 연속적으로 일어난 재앙들이 마음을 종횡으로 누비면서 점차 하나의 논리적인 맥락을 이루어갔다. 우선 3년간 독신으로 지낸 뒤 여전히 외로움과 쓸쓸함에서 벗어나지 못해 이따금 수녀원에 들어가리라 마음먹고 그러한 생각을 입 밖에 내었던 주디스가 있었다. 그리고 젊고 늙은 많은 구혼자들. 그들은 주디스뿐 아니라 그녀의 재산에도 눈독을 들여 끊임없이 그녀를 설득하고 졸라댔지만 아무 소득도 얻지 못했으며, 곧 그녀가 수녀원으로 들어갈지 모른다는 생각에 조바심을 내고 있었다. 또 수도원에 기부한 집을 되찾을 가능성이라도 확보하고자 장미나무를 쓰러뜨리려는 시도가 있었고, 그 와중에 엘루릭 수사가 죽었다. 그의 죽음은 아마 당황한 범인이 엉겁결에 벌인 우연한 비극이었겠지만, 일단 그렇게 한 사람을 살해한 자라면 더 큰 일도 저지를 수 있는 법이다. 그런데 그때 주디스가 납치당하는 일이 일어나 문제가 복잡하게 꼬였다. 이는 주디스가 자기 땅을 아무 조건 없이 기부하려 들자 당황한 나머지 어떻게든 막아보려는 급한 마음에서 나온 행동으로, 납치범은 설득과 강요를 통해 그녀와 결혼할 작정이었다. 그가 누구인지는 공개되지 않았으나 사실상 범인의 이름은 이미 밝혀진 것이나 마찬가지였다. 이어 한밤중에 버트레드가 머리를 가격당하고 익사한 사건이 일어났다. 논리적으로는 주디스를 납치한 자가 그런 짓을 저질렀다고 볼 수 있겠지만 그는 범인이 아니었다. 주디스가 이를 증언했고, 그의 어머니 역시 같은 증언을 해줄 터였다. 한편 납치범과 인질 사이에는 일종의 계약이 성립되어, 납치범은 수색대가 한차례 훑고 지나간 넓고 편안한 집에 주디스를 옮겨놓고 창고의 골방에 남은 흔적들은 말끔히 없애버렸다……. 여기까지는 좋아, 캐드펠은 생각했다. 그런데 그날 밤 창고 밖에서 두 사람의 말을 엿들은 이들이 있어. 처음에는 버트레드가 엿들었고, 이후 또 다른 누군가 엿들었을 가능성이 있지. 비비언이 거미나 지붕의 생쥐가 움직이는 소리에도 기겁을 할 정도의 상태에 이른 게 아니라면 말이야. 누군가 주디스의 계획을 엿듣고 말을 탄 두 사람을 추적했다면······. 그가 이 연속적인 재앙의 고리 전체를 완성시킨 셈이지. 더하여 그가 이 재앙의 문을 연 사람과 동일 인물인 경우, 지금까지의 모든 사건들이 제대로 맞아떨어지게 돼.

보다 평온하고 영원한 것에 집중해야 할 이 시간에 캐드펠의 마음은 줄곧 엉뚱한 곳으로만 굴러갔다. 숲속에서 주디스를 습격한 그자에게 비비언 하인드는 아주 근사한 희생양이었을 것이다. 주디스를 납치해 결혼을 강요하다가 실패하고 이제 한밤중에 그녀를 말에 태워 숲으로 데려간 사람 아닌가. 자기를 배신하지 않겠다고 한 약속을 믿지 못하여, 집으로 가는 척하다가 서둘러 되돌아가서 그녀를 죽였다는 식의 추론이 얼마든지 가능했을 것이다. 주디스는 비비언이 자신을 내려준 즉시 집으로, 혹은 아버지가 있는 포턴으로 갔을 거라 확언했지만, 만일 그녀를 습격한 자의 시도가 성공했다면, 그래서 주디스가 숲속에서 그대로 죽어버렸다면 일이 어떻게 되었을까? 그 무엇도 비비언의 무고함을 증명하지 못했으리라.

그 전에 일어난 살인 사건도 반드시 우연만은 아니었을지 몰라, 캐드펠은 문득 생각했다. 그래, 물론 살인 자체가 사전에 계획된 건 아닐 거야. 그저······ 범인이 일을 벌이던 와중에 그를 희생양으로 삼기로 한 거지. 무력하고 취약한 상대, 자기가 마음만 먹으면 얼마든지 처치해버릴 수 있는 상대를 보고 아예 그를 죽여버림으로써 일을 확실히 마무리 지어야겠다고 마음먹었다면……. 그럴 경우 이는 우연이 아니라 그 전부터 진행되어온 고약한 계획의 일부일 터였다.

 그 모든 논리와 죄의 복잡한 연결 고리는 그가 아직 확인하지 못한 두 짝의 왼쪽 구두에 달려 있었다. 웬만한 일에는 끄떡도 하지 않을 만큼 뱃심이 두둑하고 영리한 매그덜린이 구체적으로 어떤 구두를 말하느냐고 물었을 때, 캐드펠은 낡은 것일수록 더 좋다고 대답했다. 오래 신어서 많이 닳은 걸 원한다고. 부자가 아닌 다음에야 구두를 여러 켤레 가진 사람은 극히 드물었다. 그가 염두에 두고 있는 이들 가운데 하나는 구두를 포함해 더는 소지품 같은 게 필요 없는 사람이었고, 다른 한 사람은 분명 한 켤레 이상의 구두를 갖고 있을 것이었다. 새것은 안 되었다. 제일 낡은 구두. 그런 건 없어져도 눈치채지 못하리라.

 저녁기도를 마친 뒤, 캐드펠은 식사 전에 잠시 짬을 내어 허브 밭 작업장으로 향했다. 목수의 아들이 지난 몇 년간 캐드펠과 가깝게 지내온 터라 그의 습관을 잘 알았다. 아마 거기서 그를 기다리면 되리라 생각했을 것이다. 하지만 작업장은 텅 비어 있었다. 장의자에 놓인 포도주 단지 하나가 발효되며 끓는 소리, 바깥 처마와 실내의 들보에 죽 매달린 마른 허브 다발들이 바람에 흔들려 바삭거리는 소리뿐이었고, 화롯불도 꺼진 채였다. 1년 중 낮이 제일 긴 시기라 작업장 밖에서는 오후의 햇살이 여전히 맹위를 떨치고 있었다. 하지만 한 시간쯤 지나면 그 빛도 사위어 햇살이 땅바닥에 길게 몸을 누이고 주위는 일몰의 은은한 초록빛에 잠기리라.

　아직은 아무 일도 일어나지 않았다. 그는 이 아담한 왕국의 문을 닫고 저녁 식사를 하러 식당으로 갔다. 제롬 수사가 식사 시간에 늦었다며 경건한 신앙심을 앞세운 번드르르한 훈계를 늘어놓았지만 캐드펠은 적당히 비위를 맞춰주며 고분고분 들었다. 메어돌가에 있는 그 집 사람들 대부분이 아직 잠들지 않은 채 분주히 오가고 있겠지, 캐드펠은 생각했다. 아마 매그덜린 수녀가 원하는 만큼 빨리 구두를 빼돌리기가 어려울 거야. 하지만 상관없다! 무슨 일을 하든, 그녀라면 결국 마음먹은 일을 성공적으로 마무리 지을 테니까.

　그는 독회를 빼먹었지만 마지막 기도에는 참석했다. 그러나 기도가 끝난 뒤에도 심부름꾼은 여전히 나타나지 않았다. 캐드펠은 작업장으로 돌아갔다. 평소에도 종규가 명하는 의무를 피할 때마다 그 작업장은 편리한 구실이 되어주곤 했다. 에드위 벨코트는 날이 완전히 캄캄해지고 수사들이 이미 숙사의 방으로 들어간 뒤에야 나타났다. 그는 허둥지둥 작업장으로 들어와 변명을 늘어놓았다.

　"아버지가 프랭크웰로 심부름을 보냈더랬어요. 수사님을 위해 할 일이 있다는 얘기가 아버지 귀에 들어가면 안 될 것 같아 잠자코 심부름을 갔는데, 생각한 것보다 일이 더 늦어졌어요. 저는 다시 나와 늦게 돌아갈 구실을 만들기 위해 연장들을 그 집에 놓고 왔다고 했죠. 그러고서 나와보니 수녀님이 저를 기다리고 계시더군요. 정말 솜씨가 좋은 분이세요! 수사님이 부탁하신 걸 제대로 빼돌리셨더라고요." 그가 옷 안으로 손을 넣어 자루에 넣어 둘둘 만 짐을 꺼내더니 캐드펠이 권하지 않았는데도 장의자에 편안히 기대앉았다. "이 짝짝이 구두들은 뭐에 쓰려고요?"

이제 열여덟 살이 된 그를 캐드펠은 열네 살 개구쟁이 시절부터 알고 있었다. 당시에도 에드위는 또래보다 크고 여윈 몸에 아주 활달하고 대담했다. 늘 부스스하게 일어선 밤색 머리칼과 주위에서 일어나는 일을 하나도 놓치지 않는 연갈색 눈을 가진 아이. 캐드펠이 자루를 풀어 구두들을 땅바닥에 떨어뜨릴 때도 그는 예의 날카로운 시선으로 그 모습을 지켜보았다.

"짝짝이 발을 좀 연구하려고. 어느 게 버트레드의 구두지?" 캐드펠은 구두들에 손을 대지 않은 채 잠시 살펴보았다.

"이거요. 그 사람 물건이 놓인 자리에서 제가 슬쩍했죠. 다른 하나는 수녀님이 챙기셨는데 좀처럼 기회가 나지 않아 한참 기다려야 했대요. 기회가 더 일찍 왔으면 프랭크웰로 심부름을 가기 전에 먼저 여기에 올 수 있었는데."

"그건 괜찮아." 캐드펠은 두 손으로 버트레드의 구두를 집어 그 밑창을 들여다보았다. 목이 없는 낡은 구두의 밑창 발가락 부위는 전체적으로 고르게 닳아 얇아져 있었다. 꿰맨 자국이 보였고, 뒤축은 세모꼴의 두꺼운 가죽으로 보강한 듯했다. 죔쇠 같은 건 붙어 있지 않아 그저 발을 끼워 넣기만 하면 되는 평범한 구두로, 발등 부위의 가죽 양끝을 이어주는 가느다란 가죽끈은 다 닳아 너덜너덜했다. 뒤축 끝에서 발가락 끝까지 고르게 닳아 있군, 캐드펠은 생각했다. 양옆 어느 한쪽으로 더 큰 압력이 가해지지도 않았고, 발가락 아래 대각선의 금도 보이지 않아.

"이제야 확실히 기억이 나는군." 캐드펠이 말했다. "그 사람이 걷는 모습을 대여섯 번 봤는데도 도통 확신이 안 들었어. 창처럼 똑바로 걸었는데! 아마 그는 평생 비스듬히 기운 밑창이나 한쪽이 닳은 뒤축으로 땅바닥을 디딘 적이 없었을 거야."

다른 하나는 발목까지 덮이는 구두인데, 밑창을 뺀 전체가 한 장의 가죽으로 되어 있었다. 앞코가 약간 뾰족한 모양에 뒤축에는 두꺼운 가죽을 댔고, 발목을 둘러싼 가죽 끝에는 청동으로 된 버클이 달려 발목을 단단히 죌 수 있었다. 뒤축 끄트머리 바깥쪽이 많이 닳아 있고, 발가락 부위 안쪽의 팬 자국도 눈에 띄었다. 곁에 있는 조그만 등잔 불빛을 사선으로 받아 빛과 그림자의 선연한 대조를 이룬 그 구두의 엄지발가락 부위 바로 아래쪽, 밑창이 터지면서 생긴 가느다란 금이 똑똑히 드러났다. 버트레드의 시신에서 벗겨낸 구두 밑창에 난 것과 정확히 같은 부위였다. 캐드펠로서는 이를 확인하는 것만으로 충분했다.

"이게 뭘 증명하죠?" 에드위가 호기심을 이기지 못하고 마구 헝클어진 머리를 구두 쪽으로 숙인 채 물었다.

"내가 바보라는 걸 증명하지." 캐드펠은 씁쓸하게 대답했다. "그거야 새삼스러운 일도 아니지만…… 그리고 또 하나, 이번 주에 한 사람이 신고 있던 구두가 지난주에는 다른 사람의 발에 신겨 있었을지도 모른다는 사실을 증명해주는 것 같구나. 자, 이제 잠깐 조용히 생각을 좀 해보자." 캐드펠은 즉각 행동에 나서야 할지 한참이나 망설였다. 하지만 그날 오후 오간 모든 이야기들을 종합해보건대 내일 아침까지는 미뤄두어도 될 듯했다. 주디스는 숲속에서의 습격을 여행자가 겪을 수 있는 위험한 사건 정도로 여기고 있었다. 밤늦게 다니는 여자의 귀중품을 노리고, 하다못해 입고 있는 옷이라도 빼앗으려는 목적으로 공격했겠거니 생각한 것이다. 범인으로서는 여간 다행스럽지 않을 것이다. 자신이 충분히 안전하다 믿고 있을 테니, 날이 밝기 전에 괜히 휴를 깨워 비상경보를 울리게 할 필요는 없으리라.

"얘야, 난 이제 그만 잠자리에 들어야겠다." 캐드펠은 한숨을 쉬며 에드위에게 말했다. "너도 그만 집으로 돌아가는 게 좋겠구나. 안 그랬다가는 네 어머니가 널 고약한 일에 끌어들였다면서 나를 원망할 거야."

*

에드위가 아쉬움 가득한 얼굴로 떠난 뒤에도 캐드펠은 한참 동안 고요히 앉아 있었다. 지금껏 끝까지 부인하려 애써온 일이 사실임을 마침내 받아들일 때였다. 이제 살인자는 제 솜씨에 자신감을 갖고 절대 실패하지 않으리라 확신할 터였다. 일이 이렇게까지 된 이상 포기하고 돌아설 리 없었다. 하지만 그에겐 시간이 얼마 남지 않았다. 딱 하룻밤. 그리고 주디스가 집에서 매그딜린 수녀와 함께 있는 지금, 그로서는 어떤 짓도 할 수 없을 것이다. 내일이면 모든 게 끝난다는 사실을 알지 못한 채 그저 적당한 때가 오기만을 기다리고 있으리라.

  문득 캐드펠이 자리에서 벌떡 일어섰다. 그래, 주디스에게는 아무 짓도 못 할 거야! 하지만 수도원 앞 대로의 그 집은? 밤이 지나고 내일 해가 밝으면 장미가 전달될 테고, 그럴 경우 다시금 수도원과의 계약이 연장된다. 물론 주디스에게는 당장 손을 댈 수 없겠지만, 장미나무는 그렇지 않았다.

  그는 자신이 강박에 사로잡힌 바보라고, 그 누구도, 심지어 제 성공에 자만하고 도취한 범죄자일지라도 그렇게 금방 다시 대담한 모험을 하지는 못할 거라고 중얼거렸다. 그러나 생각과 달리 그의 다리는 이미 급한 걸음으로 채소밭을 반쯤 가로질러 수도원 정문 쪽으로 향하고 있었다. 자정 녘의 짙은 어둠 속, 맑게 갠 하늘에서 무수한 별들이 반짝였다. 수도원 앞 대로는 아주 고요했다. 골목길을 배회하는 고양이를 제외하면 움직이는 것이라곤 보이지 않았다. 그러나 저 앞 어딘가, 수도원 담장이 오른쪽으로 구부러지는 마시장터 근방에 희미한 불빛이 보였다. 인가의 지붕들 너머에서 일렁이는 그 빛으로 인해 집들이 짙은 어둠을 배경으로 한순간 환하게 피어났다가 다시 어둠 속으로 사라지기를 반복했다. 캐드펠은 달리기 시작했다. 사람들이 우왕좌왕하면서 정신없이 외쳐대는 소리가 희미하게 들려오기 시작했다. 이어 갑자기 거대한 불길이 치솟아 일렁이던 빛을 단숨에 삼켜버리더니 나무와 가시가 튀는 소리와 함께 하늘을 벌겋게 물들였다. 조금 전까지만 해도 희미했던 소리가 이제 남자들의 고함과 여자들의 비명으로 증폭되었고, 개들이 짖어대는 소리가 대로의 담벼락에 부딪치면서 요란하게 메아리쳤다.

집집의 문들이 열리고 남자들이 대로로 뛰어나왔다. 다들 상의와 바지를 꿰어 입느라 연신 비척거리면서 불길을 향해 정신없이 내달렸다. 서로서로 무슨 일이냐고 소리쳤지만 정황을 제대로 파악한 이는 아무도 없었다. 캐드펠은 닐의 집 앞에 이르렀다. 활짝 열린 대문 곁에 사람들이 몰려서 있었다. 정원으로 이어지는 쪽문 너머 온몸을 떨면서 타오르는 새빨간 불길이 보였고, 담장 위로는 불기둥이 치솟아 대기가 이글거렸다. 수많은 재들이 소용돌이를 타고 날아올라 어둠 속으로 사라졌다. 다행히 바람이 없어 불은 수직으로 솟구칠 뿐 다른 곳으로 옮겨붙지 않을 듯했다. 캐드펠은 주님께 감사를 드렸다. 요란한 소리를 내며 맹렬하게 타오르는 것으로 보아 어쩌면 예상보다 빨리 꺼질 수도 있으리라. 그는 쪽문을 통해 정원으로 들어갔다. 발을 내딛기 전부터 이미 눈앞의 광경이 보이는 것 같았다.

정원 뒷벽 중앙에 선 장미나무는 거대한 불덩어리가 되어 용광로처럼 이글거리고, 그 열기에 가시들이 마치 뼈가 부러지는 듯한 소리를 내며 튀어 오르거나 몸을 뒤틀었다. 불은 길게 늘어진 포도나무로 옮겨붙었지만 그 너머에는 돌담 외에 아무것도 없었다. 과일나무들은 거기서 한참 떨어져 있어, 불과 가까운 쪽 가지들만 약간 그을렸을 뿐 모두 무사했다. 하지만 문제의 장미나무는 온통 시커먼 가지들과 하얀 재밖에 보이지 않았다. 몇 사람이 그 주위에 모여들었으나 여전히 미친 듯 타오르는 불길 때문에 가까이 접근할 수 없었다. 누군가 물을 끼얹어봤지만 쉭 하는 요란한 소리와 함께 허연 증기만 피어오를 뿐, 불길의 기세는 여전했다. 사람들은 불과 싸우기를 포기하고 양동이를 든 채 뒤로 물러나 해마다 탐스러운 장미꽃을 피워내곤 했던 저 오래된 나무 줄기가 죽음의 고통 속에 온몸을 뒤틀며 신음하는 모습을 지켜보았다.

닐 또한 반대편 벽에 기대어 재투성이가 된 얼굴을 잔뜩 찌푸린 채 그 모든 광경을 바라보고 있었다. 캐드펠이 곁으로 다가가자 그는 고개를 돌려 가볍게 목례를 한 뒤 다시 장미나무 쪽을 바라보았다.

"놈이 대체 어떤 짓을 벌인 건지 모르겠구먼." 캐드펠이 말했다. "부싯돌과 부싯깃만 동원해서는 이렇게 큰 불을 일으킬 수 없었을 텐데. 더구나 당신도 집에 있었잖소. 아마 첫 연기를 일으키는 데만도 15분은 족히 걸렸을 거요."

"놈은 지난번과 같은 길로 왔어요." 닐은 여전히 침울한 눈빛으로 연기의 탑과 소용돌이치며 하늘 높이 솟구치는 재들을 응시했다. "지면이 더 높은 담 뒤의 풀밭을 가로질러서 말입니다. 이번에는 굳이 정원에 들어올 필요도 없었을 겁니다. 그저 담 너머에서 저 나무와 포도나무에 기름을 쏟아부었겠죠. 그런 다음 활활 타오르는 횃불을 내던지고 다시 어둠 속으로 사라진 겁니다…… 이제 우리가 할 수 있는 건 아무것도 없어요, 아무것도!"

아닌 게 아니라, 멀찌감치 물러서서 지켜보는 것 말고는 달리 손쓸 길이 없었다. 맹렬히 타오르던 불길은 어느새 서서히 누그러지기 시작했다. 시커멓게 탄 채 벽에 축 늘어져 있던 가지들이 아래로 떨어지자 회색 재들이 나방 떼처럼 공중으로 솟아올랐다. 뒷벽이 견고한 돌로 되어 불길이 더 이상 번지지 않은 것만으로도 다행이라 하지 않을 수 없었다.

"부인께 너무도 소중한 나무였는데……." 닐은 씁쓸하게 말했다.

"그랬지. 하지만 적어도 부인은 아직 살아 있잖소. 삶의 소중함도 다시 깨달았고. 게다가 부인은 그 선물에 대해 주님 다음으로 누구에게 감사해야 할지도 알고 있소."

닐은 아무 대꾸도 없이 그저 우울한 눈길로 불길만 지켜보았다. 불길은 이제 푹 사그라들어 새빨간 잿더미로 가라앉기 시작했으며, 불길한 소용돌이에 떠밀려 공중으로 치솟던 재의 나방들도 다시 아래로 내려와 정원을 맴돌고 있었다. 멀찌감치 서서 지켜보던 이웃들은 최악의 사태가 지나갔다는 생각에 안도하며 뿔뿔이 흩어져 잠자리로 돌아가기 시작했다. 닐은 크게 한숨을 내쉬더니 정신을 차리려는지 몸을 흔들었다.

"제 어린 딸을 이리로 데려올 생각이었습니다." 그가 천천히 말을 이었다. "어젯밤 누이동생과 그런 얘기를 했지요. 이제 그 애도 철부지가 아니니 제가 데리고 지내는 편이 좋겠다고요. 하지만 지금은 생각이 달라졌어요! 그런 미친놈이 이 근처를 배회하고 있으니 그 애한테는 지금 있는 곳이 더 안전해요."

"아니, 그렇지 않소." 캐드펠은 세차게 고개를 가로저었다. "딸을 집에 데려오시오! 두려워할 건 전혀 없소. 내일 이후로 그 미친놈은 더 이상 당신을 성가시게 하지 못할 테니까. 내 약속하지!"

*

환한 햇살과 함께 위니프리드 성녀 축일이 밝아왔다. 쾌청한 공기와 상쾌한 바람 덕에, 맨 먼저 다리를 건너간 일꾼이 화재 소식을 시내에 전할 즈음 수도원 앞 대로 지붕들 위에 가로걸린 악취는 말끔히 날아간 뒤였다. 소식은 베스티어 집안에도 즉시 전해졌다. 가게 덧문을 열자마자 들어온 첫 손님에게서 그 이야기를 들은 마일스는 몹시 놀라 주디스의 방으로 달려갔다. 어떻게 해야 이 나쁜 소식을 큰 충격 없이 전할 수 있을지 고민하며 그는 우물쭈물하면서 입을 열었다.

"주디스, 네 장미나무를 둘러싼 불운이 아직 다 끝나지 않은 모양이다. 이상한 일이 또 일어났어. 방금 전에 소식을 들었는데…… 아니, 너무 걱정하지 마. 이번에는 아무도 죽거나 다치지 않았으니까. 물론 그래도 네겐 무척이나 슬픈 소식이 될 거야."

차분한 위로의 어조도, 장황한 서론도 그녀를 안심시키지 못했다. 매그덜린 수녀와 함께 창가의 장의자에 앉아 있던 주디스는 창백한 얼굴로 벌떡 일어났다.

"그게 무슨 소리야? 또 무슨 일이 일어났다는 거야?"

"간밤에 불이 났어. 누군가 장미나무에 불을 질러 밑동까지 전부 타버렸대. 네게 바칠 꽃은 고사하고 새싹 하나, 가지 하나 남지 않았다고……."

"집은? 그 집도 탔어?" 주디스가 급히 물었다. "집도 피해를 입은 거야? 닐은 안 다쳤대? 나무만 탔대?"

"그래, 나무 이외의 것들은 전부 멀쩡해. 청동 세공인이나 그 집에 대해서는 걱정하지 않아도 돼. 만일 누가 다쳤으면 사람들이 그 얘기도 했겠지. 그러니 일단 마음 좀 가라앉혀." 그는 친동생에게 하듯 따뜻하고 부드러운 손길로 두 어깨를 붙잡은 채 그녀의 얼굴을 들여다보고 미소 지었다. "다 끝났어. 더 나쁜 일은 일어나지 않을 거야. 그 망할 놈의 나무가 사라졌잖아. 장미나무 하나 때문에 이 모든 재앙이 일어났다는 걸 생각하면 저절로 욕이 나와. 그래, 이제 그 괴상한 계약도 끝난 셈이지."

"누구에게도 해를 끼치지 않는 계약이었는데." 주디스는 서글프게 말하며 그의 두 손에서 슬쩍 어깨를 빼고는 천천히 자리에 앉았다. "난 그 집을 바치고 싶었어. 내가 행복한 시간을 보낸 그 집을 주님께 바치고, 주님으로부터 축복받는 곳이 되게 하고 싶었어."

"다시 그걸 기부하느냐 아니면 네 소유로 남기느냐는 이제 너의 결정에 달렸어. 올해는 수도원에서 장미꽃을 바치지 못할 테니, 계약 불이행을 이유로 들어 집을 되찾을 수 있다고. 혹시 끝내 수녀가 될 생각이라면 그걸 지참금조로 수녀원에 바칠 수도 있겠지……." 그는 빛나는 푸른 눈으로 매그덜린 수녀를 슬쩍 바라보았다. "혹은 네가 다시 그 집에 들어가 살아도 돼. 그럴 마음이 난다면 말이야. 아니면…… 이사벨과 내가 결혼한 뒤 함께 들어가서 살게 해줘도 좋고. 어찌 되었든, 옛 계약은 이제 파기됐어. 내가 너라면 또다시 같은 계약을 맺지는 않을 거야. 그 때문에 온갖 말썽을 겪었잖아."

"일단 기부한 걸 돌려받을 생각은 없어." 주디스는 말했다. "특히나 주님께 바친 것이니 더더욱 그럴 수 없지." 마일스가 들어올 때 방문을 열어둔 채로 두었기에 주디스는 긴 방 저 끝에서 여자 일꾼들이 이야기하는 소리를 희미하게나마 들을 수 있었다. 그런데 돌연 홀 문 쪽에서 다른 음성이 들려와 그 소리와 겹쳐졌다. 낮고 정중한 남자의 음성과 이모의 상냥하고 사교적인 목소리였다. 오늘은 버트레드의 장례식이 있는 날이니 이런저런 이웃 사람들이 찾아올 터였다. 그의 시신은 오전 중반쯤 세인트채드 교회 묘지로 운구할 예정이었다. 주디스는 창문에서 몸을 돌려 사촌 오라비를 바라보았다. "그 얘기는 그만두자. 왜 지금 그런 얘기를 꺼내는 거야? 나무가 불타버렸다면……." 그 말 속에는 성서의 계시를 연상시키는 음산하고 불길한 울림이 있었다. 불타는 나무라……. 하지만 성서 속 그 나무는 결코 무의미하게 타버리지 않았다.

"주디스." 애거사가 문 앞에 나타나 그녀를 불렀다. "행정 장관님이 다시 찾아오셨어. 캐드펠 수사님도 함께 오셨고."

두 사람은 평온한 얼굴로 조용히 방에 들어왔다. 관리 둘이 그들을 따라 들어와 문 양쪽에 똑바로 섰다. 주디스는 이들이 어떤 소식을 가져왔는지 알겠다는 표정으로 입을 열었다.

"저를 둘러싼 일들이 여전히 장관님을 괴롭히고 있군요. 간밤에 일어난 일에 대해서는 벌써 제 사촌 오라비에게 들었어요. 장관님을 그런 소용돌이에 말려들게 해서 정말 죄송합니다. 저로서는 이번 사건이 마지막 파문이기를 간절히 바랄 뿐이에요."

"제 바람도 꼭 그렇습니다." 휴는 위엄 있는 자세로 창가에 차분히 앉아 침묵을 지키고 있는 매그덜린 수녀에게 간단히 목례를 건네고서 말을 이었다. "하지만 오늘 우리가 찾아온 건 부인이 아니라 마일스 때문입니다. 마일스, 간단히 물어볼 게 있으니 우리를 좀 도와줬으면 좋겠군요." 그는 더없이 부드럽고 상냥한 표정으로 마일스를 바라보며 재빨리 질문을 던졌다. "버트레드를 강물에서 건져냈을 때 그의 발에 신겨져 있던 구두 말인데, 그걸 언제 그 친구에게 주었습니까?"

마일스는 대단히 순발력 있는 사람이었지만 이번에는 약간의 틈을 보였다. 그가 잠시 숨을 멈추었다가 다시 내쉬는 사이, 워낙 수다스러운 데다 아들에 관한 일이라면 뭐든 훤하게 꿰고 있는 애거사가 먼저 입을 열었다. "수도원의 그 불쌍한 청년이 시체로 발견된 날 줬죠. 마일스, 너도 기억하지? 소식을 듣고 주디스를 찾으러 갔던 날이었잖아. 왜, 주디스가 거기 허리띠를 받으러 가 있어서……."

마일스는 이미 침착함을 되찾았지만 일단 말문이 트인 애거사의 입을 막기란 결코 쉬운 일이 아니었다. "아, 어머니가 잘못 알고 계시네요." 그는 늘 어머니의 실수를 부드럽게 받아주는 착한 아들처럼 가볍게 대꾸하며 짐짓 웃어 보이기까지 했다. "그에게 신발을 준 건 그보다 몇 주 전이었어요. 그 사람 구두가 다 닳아 밑창에 구멍이 숭숭 뚫려 있더라고요. 그 전에도 내가 안 신는 구두를 준 적이 여러 번 있었죠." 이어 그가 고개를 돌려 휴의 침착한 검은 눈을 대담하게 마주 보았다. "구두란 게 원래 귀한 물건이잖아요."

"아니야, 내가 분명히 기억하는데……." 애거사는 여전히 감을 잡지 못하고 자신 있게 말을 이었다. "그런 사건이 난 날인데 어떻게 잊을 수 있겠니? 네가 버트레드에게 구두를 준 건 그날 저녁이야. 발이 구두 밖으로 거의 튀어나오다시피 한 걸 보고는 우리 집 일꾼이 그렇게 형편없는 구두를 신고 다니는 건 집안의 명예에도 좋지 않은 일이라고 했잖니……."

그녀는 언제나 그러듯 다른 이들을 제대로 쳐다보지도 않은 채 마구 지껄여대다가, 차츰 아들이 잔뜩 굳은 자세로 선 채 하얗게 질린 얼굴의 두 눈동자에서 서릿발처럼 싸늘한 푸른빛을 발하고 있음을 깨닫기 시작했다. 사나운 분노로 이글거리는 그 눈에 애정이나 온기는 손톱만큼도 깃들어 있지 않았다. 어느 순간 그녀의 상냥하고 소박한 목소리가 맥을 잃고 축 처지는가 싶더니 이내 침묵으로 가라앉았다. 자기중심적인 무지 속에서 어떻게든 속내를 드러낼 뿐, 그녀가 아들을 위해 할 수 있는 건 아무것도 없었다.

"아, 그러고 보니……" 애거사는 아들의 얼굴에서 그 무서운 표정을 지워 없애고자, 아들의 마음을 기쁘게 해줄 수 있는 말을 찾고자 열심히 머리를 굴리며 정신없이 허둥댔다. "잘 모르겠네…… 아무래도 내가 착각했나 싶기도 하고……."

물은 이미 엎질러진 뒤였다. 눈에 눈물이 차올라 더는 증오로 이글거리는 아들의 푸른 눈이 보이지 않을 지경이었다. 주디스가 얼른 정신을 차리고 이모 곁으로 가서는 부들부들 떨리는 그녀의 어깨를 한 팔로 감싸안았다.

"장관님, 그게 그렇게 중요한 건가요? 대체 무슨 일인데요? 뭐가 뭔지, 저는 아무것도 모르겠어요. 제발 분명하게 말씀해주세요!" 아닌 게 아니라, 워낙 갑작스럽게 일어난 일이라 주디스로서는 대화의 맥락을 따라갈 수 없었다. 하지만 말이 끝나기 무섭게 그 모든 의미가 비수처럼 날카롭게 그녀를 찌르고 들어왔다. 순간 주디스의 온몸이 뻣뻣하게 굳으며 얼굴이 창백해졌다. 그녀의 시선은 제자리에 얼어붙은 채 침묵만 지키고 있는 마일스로부터 캐드펠 수사에게로, 그리고 매그덜린 수녀에게로, 이어 휴에게로 돌아갔다. 그녀의 입술이 움찔거리며 소리 없는 말을 그려냈다. '아냐! 아냐! 아냐…….' 하지만 그 말은 결코 입 밖으로 새어 나오지 않았다.

이곳은 그들의 집이었고, 주디스에겐 자기주장을 할 권리가 있었다. 그녀는 웃음기 없이 차분한 얼굴로 휴를 바라보았다. "이모를 괴롭힐 필요는 없을 것 같아요, 장관님. 우리끼리 조용히 이야기해서 해결할 수 있는 문제잖아요. 이모는 주방으로 가서 가여운 앨리슨과 함께 있는 게 좋겠어요. 할 일이 태산인데 오늘은 그분에게 더없이 불행한 날이기도 하니, 혼자 모든 일을 도맡아 하도록 내버려둘 수는 없어요. 이모가 알아야 할 것이 있으면 내가 나중에 따로 얘기할게요."

이 약속에 담긴 두 모자의 불길하고 섬뜩한 운명에 대한 암시를, 애거사는 미처 알아차리지 못했다. 그녀는 다소 마음을 놓고 조금은 기가 죽은 상태로 주디스의 손에 이끌려 순순히 방을 나섰다. 주디스가 이내 되돌아와 방문을 닫았다.

"이제 우리끼리 얘기해보죠. 장관님의 질문이 뭘 의미하는지 이제는 저도 이해하고 있어요. 두 사람이 바로 며칠 전에 일어난 일을 두고 서로 다르게 기억하는 경우는 왕왕 있죠. 캐드펠 수사님이 말씀해주셨듯이, 버트레드가 익사했을 때 신고 있던 구두는 엘루릭 수사의 살인자가 정원 담을 뛰어넘을 때 포도나무 밑의 땅에 남겨놓은 발자국 모양과 일치해요." 그녀가 마일스에게로 고개를 돌렸다. "그러니 그날 밤 누가 그 구두를 신고 있었느냐 하는 건 대단히 중요한 문제야, 오빠."

 마일스의 몸은 주인의 뜻과 상관없이 미친 듯 땀을 쏟아내고 있었다. 밀랍처럼 하얀 싸늘한 이마에도 진땀이 송송 맺혀 바르르 떨렸다. "얘기했잖아, 구두는 내가 한참 전에 버트레드한테 줬다고……."

 "그 친구가 구두에 자기만의 흔적을 남길 만큼 오래되지는 않았을 거요." 캐드펠 수사가 말했다. "구두에 남은 자취는 그 친구가 아니라 바로 당신의 것이더군. 내가 밀랍으로 찍어낸 본을 기억하오? 펄 부인을 데려가기 위해 그 청동 세공인의 집에 왔을 때 봤잖소. 당신은 그게 무엇인지, 뭘 의미하는지 금방 눈치챘소. 그래서 그날 밤 당신 어머니가 목격한 대로 구두를 버트레드에게 넘겨준 거요. 버트레드는 그 사건과 아무 연관도 없고, 따라서 심문을 받을 가능성이 전혀 없었소. 소지품을 조사받을 일도 없었고."

 "아닙니다!" 마일스가 격렬하게 고개를 저으며 소리치자 그의 이마에서 굵은 땀방울이 후두두 떨어졌다. "그때가 아니었어요! 아니라고요! 내가 버트레드에게 신발을 준 건 그보다 한참 전이었어요!"

 "당신 어머니의 말이 이미 진실을 증언했습니다. 버트레드의 어머니 역시 같은 증언을 하겠죠. 모든 걸 솔직하게 털어놓는 편이 나을 겁니다. 그래야 재판 때 조금이나마 유리해지거든. 그래요, 당신은 재판에 회부될 겁니다, 마일스! 엘루릭 수사를 살해한 죄목으로—"

"아니야!" 마일스는 무너졌다. 그는 두 손으로 머리를 움켜쥐었다가 이내 손바닥으로 얼굴을 가린 채 옥죄인 목소리로 외쳤다. "난 죽이지 않았어…… 그가 광기에 휩싸여 제게 달려들었어요. 난 그를 해칠 생각이 없었다고요. 그저 내게서 떨쳐버리려다가……."

결국 일은 그렇게 간단히, 큰 수고 없이 정리되었다. 일단 범행을 시인한 마일스는 혹시라도 죄를 경감받을지 모른다는 생각에 모든 정황을 순순히 털어놓았다. 달리 무슨 방법이 있겠는가. 이미 제 힘으로 감당해낼 수 없는 상황과 역할의 덫에 걸려버린 터였다. 순전히 야심과 탐욕이 만든 덫이었다!

"버트레드를 살해한 죄목으로도 재판을 받게 될 겁니다." 휴는 여전히 냉정한 어조로 선언하듯 말했다.

이번에는 아무 외침도 일지 않았다. 자신이 미처 예기치 못한 사태에 섬뜩함을 느끼는 듯, 마일스는 숨을 죽인 채 미동도 없었다.

"그리고 세 번째로, 고드릭 포드 근방의 숲속에서 사촌을 살해하려 시도한 죄목도 있습니다. 그동안 꽤 많은 배역을 연기했군요, 마일스. 주위에서 돌아가는 상황을 빤히 지켜보면서 아주 그럴싸하게 말이지요. 펄 부인에게는 많은 구혼자들이 있었고, 그러니 그들 모두 일을 저지를 만한 동기를 지닌 셈이었습니다. 부인 재산의 절반이 아닌 전체를 차지하고자 하는 동기 말입니다. 하지만 살인 사건이라면 문제가 달라요. 그로써 이익을 볼 사람은 단 하나뿐이거든. 바로 부인의 가장 가까운 친척인 당신 말입니다."

주디스는 마일스를 외면한 채 매그덜린 수녀 곁에 맥없이 주저앉아 추운 듯 두 팔로 몸을 끌어안았다. 하지만 혐오나 공포나 분노의 감정이 담긴 그 어떤 소리도 그녀에게서는 흘러나오지 않았다. 아무 표정도 없는 고요한 얼굴, 하얀 광대뼈 아래 팽팽하게 긴장한 살은 움푹 패어 더없이 수척해 보였고 커다란 회색 눈은 밖이 아니라 내면을 응시하는 것만 같았다. 그녀가 그렇게 따로 떨어져 조용히 앉아 있는 동안, 마일스는 두 손을 양옆에 힘없이 늘어뜨린 채 맥 풀린 멍청한 얼굴을 하고는 안간힘을 쓰며 같은 말을 되풀이하고 있었다.

"살인이 아니에요! 내가 죽인 게 아니라고요! 그자가 미친 사람처럼 달려들어서…… 난 그를 죽일 생각이 없었습니다. 버트레드는 물에 빠져 죽었잖아요! 내가 그런 게 아니에요. 살인한 게 아니에요……." 그러나 주디스에 관한 이야기는 전혀 없었다. 그는 공포감에 짓눌려 마지막까지 주디스를 외면했다. 휴는 그 광경을 멍하니 지켜보다가 마침내 정체 모를 혐오감을 이기지 못해 고개를 절레절레 흔들고는 한 손을 들어 문 앞에 선 관리들에게 신호했다.

"이자를 끌고 가게!"

14

 관리들과 죄인의 발소리가 점점 멀어져 침묵으로 잦아들고서야, 주디스가 비로소 몸을 움직이며 깊은 숨을 내쉬더니 스스로에게 말하듯 중얼거렸다. "이런 꼴을 보게 되리라고는 꿈에도 생각지 못했는데!" 그러곤 다시 기운을 내어 방에 있는 이들을 향해 물었다. "이게 다 사실인가요?"

 "버트레드에 관한 문제라면, 나도 잘 모르겠소." 캐드펠은 솔직하게 대답했다. "마일스가 전부 털어놓지 않는 한 우리 중 누구도 확신할 수 없을 거요. 하지만 아마 그는 실토하겠지. 엘루릭 수사에 관한 얘기라면, 사실이오. 부인도 이모님 얘기를 들었잖소. 마일스는 자신에게 불리한 증거가 남아 있다는 사실을 깨닫자마자 그 증거물, 그러니까 구두를 없애버렸소. 그것도 그냥 버린 게 아니라, 버트레드에게 죄를 뒤집어씌울 생각으로 그에게 넘겨준 것 같소. 아마 그는 부인이 자기한테 가게와 직물업을 물려주고 정말로 수녀원에 들어가리라 생각한 듯하오. 그러니 수도원 앞 대로의 집을 되찾고자 했겠지. 수녀원과 맺은 계약이 무효가 되게끔 해서 부인의 전 재산을 차지할 생각이었던 거요."

"하지만 오라비는 저더러 수녀원에 들어가라고 권한 적도 없는데요." 주디스는 의아한 듯이 말을 이었다. "오히려 반대했죠. 물론 가끔 그 문제를 거론하기는 했지만…… 그래요, 줄곧 그 문제에 신경을 썼어요."

"그날 밤의 일로 마일스는 엘루릭 형제를 죽인 살인자가 되어 버렸소. 애초에 그렇게까지 할 생각은 전혀 없었겠지. 아마 그것만은 진실일 거요. 하지만 일은 저질러졌고, 그걸 되돌릴 방법은 없었소. 그 순간 그는 돌아서려야 돌아설 수가 없는 처지가 된 거요. 만일 부인이 수도원에 가서 그 집을 조건 없이 기부할 작정이라는 걸 하루라도 일찍 알았다면, 그가 과연 무슨 짓을 했을지…… 하지만 다행히도 그는 뒤늦게야 소식을 들었고, 그가 아닌 다른 사람이 부인의 결심을 방해하기 위해 나섰소. 부인이 납치되었을 때 마일스가 절망에 빠져 어떻게 해서든 부인을 찾고자 온갖 노력을 다했다는 점에는 의문의 여지가 없소. 부인이 납치범의 요구에 굴복하여 그에게 자신과 재산 모두를 넘겨줄까 봐, 자신은 새 주인에게 밀려 찬밥 신세가 될까 봐 두려웠던 게지. 살인까지 저질러가며 권력과 재산을 한꺼번에 거머쥐려 했는데 그 희망이 하루아침에 물거품이 될 지경이었으니 말이오."

"버트레드는요?" 주디스가 물었다. "버트레드는 어쩌다 그 일에 말려들었죠?"

"그는 내 부하들과 함께 부인을 찾으러 나섰다가 무언가를 보고 납치범이 부인을 어디다 숨겼는지 재빨리 감을 잡았던 것 같습니다." 휴가 말했다. "하지만 공로를 독차지할 생각에 나나 다른 사람들에게는 아무 말도 하지 않고 밤중에 몰래 빠져나가 부인을 구출하려 했지요. 그러다 창고에서 떨어지는 바람에 개와 문지기에게 들켜버렸고요. 그 소리는 부인도 들었을 겁니다. 그리고 이튿날 그는 세번강 건너편에서 시체로 발견되었어요. 그사이 어떤 일이 일어났는지, 그리고 그가 어쩌다 죽어버렸는지는 여전히 수수께끼입니다. 하지만 부인은 분명 그날 밤 버트레드가 달아난 뒤 밖에서 움직이는 또 다른 기척을 들었을 겁니다. 납치범과 함께 다음 날 밤 고드릭 포드까지 말을 타고 갈 계획을 세우는 동안 말입니다."

"장관님은 그 사람이 마일스였다고 확신하시는 건가요?" 주디스는 비탄과 회한과 서글픔이 뒤섞인 착잡한 심경으로 그의 이름을 간신히 입 밖에 내었다. 자신의 오른팔이나 다름없던 사람이 그토록 잔혹한 마음을 품고서 자신을 공격할 수 있으리라고는 꿈에도 생각지 못했던 것이다.

"전후 사정으로 보아 그렇게 생각할 수밖에 없소." 캐드펠이 쓸쓸하게 입을 열었다. "버트레드가 수상쩍어 보인다는 것을 금방 눈치챌 만큼 가까이 있던 사람이 또 누가 있었겠소? 그를 미리부터 지켜보다가 한밤중 집을 몰래 빠져나갈 때 슬며시 쫓아갈 만한 사람은 또 누가 있겠고? 그는 버트레드가 문지기와 개에게 쫓겨 달아난 뒤 창고에 슬며시 접근해 댁들이 하는 얘기를 엿들었소. 이제 모든 일은 그 사람 손아귀에 들어간 셈이나 다름없었지. 시내로부터 멀리 떨어진 깊은 숲속에서 납치범과 헤어져 혼자가 된 부인을 죽이고 물건을 훔치는 일쯤이야 그에게는 식은 죽 먹기였을 거요. 사람들은 이를 노상강도의 소행으로 여길 테고, 설혹 다른 의문을 품는다 해도 기껏해야 부인을 납치한 자가 배신을 우려하여 깊은 숲속으로 데려가 죽였나 보다고 짐작할 테니까." 그는 잠시 생각에 잠겼다가 말을 이었다. "추측건대, 창고 밖에서 두 사람의 얘기를 엿듣기 전까지는 그도 살인을 할 마음은 없었을 거요. 하지만 얘기를 엿듣다 보니 숲속에서 부인을 처리하는 편이 수녀원으로 들어가게 하는 것보다 훨씬 더 완벽한 해결책이라는 생각이 들었겠지. 자신은 부인의 상속자고, 따라서 일이 마음먹은 대로 성사되기만 하면 부인이 가진 모든 재산은 자기 손아귀에 들어올 테니까. 만일 그런 계획을 품은 뒤 몽둥이로 머리를 한 방 얻어맞아 반쯤 기절하다시피 한 버트레드를 발견했다면? 그때 그의 머릿속에는 다시금 끔찍한 영감이 떠올랐을 거요. 살아 있는 버트레드는 자신의 계획에 방해가 될 가능성이 있지만 죽은 버트레드는 아무 말도 할 수 없지. 게다가 죽은 버트레드는 엘루릭 수사를 살해한 자가 신고 있던 바로 그 구두를 신은 채 발견될 테고, 그로 인해 첫 번째 살인도 자연히 버트레드의 소행으로 여겨지게 되는 거요."

"하지만 전부 추측이잖아요." 주디스는 이 믿을 수 없는 사실에 내면에서 이는 갈등과 싸우며 힘겹게 반박했다. "그걸 뒷받침해주는 증거는 아무것도 없어요."

"아니, 유감스럽게도 증거가 있소." 캐드펠은 침중한 어조로 대답했다. "버트레드의 시신을 집으로 옮기기 위해 수레를 끌고 수도원에 왔을 때, 마일스는 버트레드의 구두에 아무도 신경 쓰지 않는다는 사실을 알았소. 나 역시 버트레드의 옷과 구두를 수레로 가져올 때까지 그 구두를 눈여겨볼 생각 같은 건 전혀 하지 않았지. 그러자 마일스로서는 부득이 수레를 기울여 그 구두를 내 발치께로 떨어뜨리지 않을 수 없었소. 그 바람에 나도 구두를 눈여겨봤고, 그걸 집어 잘 살펴본 뒤에야 비로소 그 의미를 깨달았지. 마일스는 어떻게 해서든 사람들에게 그 분명한 증거물을 드러내 보이려 했소."

"그렇게 영리한 행동은 아니었네요. 버트레드가 마일스한테서 구두를 얻었다는 사실을 앨리슨이 얘기할 수도 있으니까요."

"우리가 그 부인을 심문했다면 그런 증언이 나올 수도 있었을 겁니다." 이번에는 휴가 나섰다. "하지만 이 경우에는 살인 용의자가 죽은 채 발견되었어요. 죽은 사람은 재판에 세울 수도, 심문을 할 수도 없지요. 아들을 잃고 비탄에 빠진 그 어머니의 경우라면 더 말할 나위도 없고요. 의심스러운 구석이 있다는 이유로 편안하게 잠들어야 할 시신을 자꾸 집적거린다거나, 이미 고통을 당할 대로 당한 노부인에게 더 큰 고통과 슬픔을 안겨준다는 건 생각하기 힘든 일이죠. 어쨌든 마일스에게는 잘하면 일을 감쪽같이 마무리 지을 수 있는 기회요, 일종의 커다란 모험이었을 겁니다. 하지만 더없이 교활한 음모꾼도 모든 경우의 수에 대비할 수는 없는 법이죠. 게다가 그는 범죄를 저지르는 데 익숙하지 않은 사람이었어요."

"제가 습격을 받고도 무사히 살아났을 때 그는 무슨 생각을 했을까요?" 주디스는 새삼 놀라움을 느끼며 말을 이었다. "곧 제가 집에 돌아올 텐데, 그땐 어떻게 반응하고 행동해야 할지 고민하며 불안감과 초조감에 밤을 지새웠겠군요. 그러다 제가 돌아와 누가 날 습격했는지 전혀 모르겠다고 얘기하자 마음을 놓았을 테고…… 그런데 참 이상해요!" 주디스는 이미 지나간, 사람의 힘으로는 도저히 어찌할 수 없는 과거의 일들을 떠올리며 이맛살을 찌푸렸다. "조금 전 마일스가 방을 나설 때, 제 눈에 비친 그의 얼굴은 전혀 흉악하거나 사악해 보이지 않았거든요. 그보다는 자기 죄를 의식하지 못하는 사람처럼 그저 황당해하는 것 같았죠! 마치 전혀 가볼 생각도 하지 못했고 가볼 마음도 먹지 않은 어떤 곳, 아주 낯선 곳에 떨어져 거기서 어떻게 빠져나가야 할지 모르는 사람처럼 말이에요."

"어떤 면에서는 그게 진실일 거요." 캐드펠은 차분하게 말했다. "그는 우연히 발을 헛디뎌 늪에 빠진 뒤 그 발을 빼려고 허둥

대다가 점점 더 깊이 빠져든 사람과 비슷한 처지였으니까. 장미 나무를 쓰러뜨리려 했던 일에서부터 부인의 목숨을 노리고 습격한 사건에 이르기까지, 그 사람은 자기도 모르게 연속적인 사건의 늪에 계속 끌려들어갔던 거요. 그러니 자기가 마침내 다다른 곳이 아주 낯설어 보인다 해도, 거울 속에 비친 제 얼굴이 전혀 알지 못하는 아주 낯선 얼굴이라 해도 그리 이상할 건 없지."

*

모두 그 집을 떠났다. 휴 베링어는 서둘러 성으로 향했다. 범인이 자기가 어떤 짓을 저질렀는지 깨닫고 충격에 빠져 있는 동안, 냉철하고 교활한 계산속이 아직 작동하기 전, 마음의 문이 열려 양심이 진실을 향해 있는 사이 죄수와 대면하고 심문을 마치기 위해서였다. 매그덜린 수녀와 캐드펠은 수도원으로 돌아갔다. 매그덜린은 그 집에서 몇 시간을 보낸 뒤 자신이 더는 이곳에 필요치 않다는 사실을 확인한 터였다. 이제 라둘푸스 수도원장과 마음 편히 식사를 할 생각이었다. 캐드펠도 수도원의 일과를 떠올리며 걸음을 옮겼다. 처리해야 할 일들은 모두 처리되었고 할 말도 전부 꺼내놓았으니, 이제 필요한 건 침묵과 시간이었다. 공연히 서두르고 소란을 피워야 무슨 소용이겠는가. 그렇게 그들 모두 떠났고, 가여운 버트레드의 시신도 세인트채드 교회 묘지에 자리한 무덤으로 옮겨졌다. 죽음을 맞이하여, 또 죄를 지어 떠난 이들의 빈자리 때문인지 집이 너무도 휑했다. 그리고 주디스의 어깨에 걸린 부담은 이제 자식도 없는 두 과부의 생계라는 짐까지 추가되어 한층 무거워졌다. 어찌할 수 없는 이 여분의 부담을 그녀는 기꺼이 떠맡을 작정이었다. 그녀는 이모에게 했던 말, 알아야 할 건 모두 이야기해주겠다는 약속을 지켰다. 격렬한 비탄의 순간이 지나가자 탈진의 고요함이 뒤따랐다. 실 잣는 여자들조차 오늘은 모두 집을 비워 직조실마다 텅 비어 있었다. 집 안에서는 아무 소리도 들리지 않았다.

주디스는 방에 혼자 틀어박혀 그 참담한 폐허를 응시했다. 아니, 폐허라기보다는 그저 빈 공간이라 하는 편이 적절하리라. 새로운 것들이 들어설 수 있게끔 말끔하게 치워진 공간. 이제 그녀는 직물 사업과 관련된 모든 책임을 오롯이 혼자서 떠맡아야 했다. 신뢰할 만한 직공장과, 마일스가 맡았던 회계 일을 대신해줄 유능한 서기를 새로 구해야 할 것이었다. 지금껏 그녀는 자신의 책임을 회피한 적이 없었지만, 그 책임으로 인한 중압감에 시달린 적도 없었다. 그러나 이제는 전처럼 그렇게 한갓지게 지내기 어려울 것이었다.

그러고 보니 오늘이 무슨 날인지도 거의 잊고 있었다. 수도원에서 장미꽃을 보내오지 않으리라는 건 확실했다. 보내고 싶어도 그럴 수 없겠지, 그녀는 생각했다. 장미나무가 밑동까지 불타버렸으니, 행복했던 결혼 생활을 상기시키는 작고 향기로운 백장미를 다시는 피워내지 못할 거야. 하지만 이제 그런 건 큰 문젯거리도 아니었다. 그녀는 자유롭고 안전했다. 언제라도 라둘푸스 원장을 찾아가 그 집과 땅을 아무 조건 없이 기부한다는 새 계약서를 작성할 수 있었다. 그동안 그녀의 주위를 둘러쌌던 탐욕과 교활한 계산속은 사라졌지만, 그래도 그녀는 그런 것들이 다시 날뛰지 않게끔 단숨에 일을 마무리 짓고 싶었다. 약간의 아쉬움이 남긴 했다. 해마다 한 송이씩 받았던 장미꽃, 짧았지만 행복했던 몇 년의 세월을 떠올리게 해주는 쓰라리면서도 달콤한 선물, 이제 다시는 그것을 받지 못할 것이었다.

오후 중반쯤, 브랜웬이 약간 겁먹은 듯한 얼굴을 방 안으로 조심스럽게 들이밀더니 홀에서 방문객이 기다리고 있다고 알렸다. 주디스는 그를 방으로 들이라 무심히 말했다.

닐이 한 손에는 장미꽃을 들고 다른 한 손으로는 아이의 손을 잡은 채 쭈뼛거리며 들어오다 문 앞에서 잠시 걸음을 멈추곤 낯선 공간을 살폈다. 활짝 열린 창문으로 들이치는 밝은 햇살이 만들어낸 넓은 띠가 그들 사이의 공간을 가로질러 주디스는 한쪽 그늘에, 방문객들은 다른 쪽 그늘에 파묻혀 있었다. 느닷없이 나타난 닐의 모습에 주디스는 놀라서 입술을 반쯤 벌리고 눈을 크게 뜬 채 자리에서 일어섰다. 마치 정원의 상쾌한 바람이 어둡고 음산한 방 안으로 불어와 여름 기운과 성녀 축일의 성스러움으로 가득 채워주기라도 한 듯 마음이 일시에 환해졌다. 그녀 주위에 있는 이들 중 애초부터 그녀에게 아무 요구도 기대도 않던 사람, 그 어떤 이득도 얻으려 하지 않은 유일한 사람, 탐욕이나 허영심 같은 건 전혀 없이 그녀의 목숨을 구한 사람……. 그가 아무 예고도 없이, 그녀에게 줄 장미꽃 한 송이를 가져온 것이다. 그것은 이제 죽어버린 나무에서 꺾은 마지막 장미였다. 아니, 조그만 기적이라 불러야 하리라.

"닐……." 그녀가 천천히 입을 열었다. 그의 이름을 부른 건 그게 처음이었다.

"부인에게 바칠 세를 가져왔습니다." 그는 짧게 말한 뒤 몇 걸음 다가와 반쯤 벌어진, 티 하나 없이 새하얗고 싱싱한 장미꽃을 건넸다.

"그 나무는 모조리 불타버렸다고 들었는데……." 주디스는 놀라 물었다. "아무것도 안 남았다면서요. 그런데 어떻게 이 꽃을……?" 꽃을 건드리는 순간 그것이 재가 되어버릴까 봐 두려운 듯, 그녀는 조심스레 그에게로 손을 내밀었다.

아이가 수줍음을 타느라 주춤거리자 닐은 딸의 손을 살며시 놔주었다. "어제 딸아이와 함께 집에 왔을 때 제가 보고 즐기려고 꺾어둔 겁니다." 양쪽에서 뻗은 두 손이 밝은 햇살의 띠 속에서 만났다. 벌어진 꽃잎들이 그 햇살을 받아 은은한 진줏빛을 발했다. 두 사람의 손가락은 이제 가시를 거둬내 매끄러운 줄기에서 하나로 얽혀 있었다.

"몸은 좀 어때요?" 주디스가 물었다. "그때 입은 상처는 잘 아물고 있나요?"

"조금 긁힌 것 말고는 상처라 할 것도 없습니다." 닐이 말했다.

"부인이야말로 가슴 아픈 일을 당하셔서…… 걱정을 많이 했습니다."

"이젠 다 끝났어요. 앞으로 충분히 잘해낼 거고요." 그러나 주디스는 그가 자신을 더없이 외롭고 고독한 여자로 보고 있는 듯한 느낌을 받았다. 줄곧 바라보기에는 부담스럽고, 그렇다고 외면하기는 더욱 힘든 강렬한 눈빛으로 그들은 서로의 눈을 지그시 응시했다. 어린 소녀가 조심스럽게 한두 발짝 다가서다가 이내 걸음을 멈추었다.

"따님인가요?" 주디스가 물었다.

"네." 닐이 아이를 향해 고개를 돌리고는 한 손을 내밀었다. "애를 맡길 만한 사람이 없어서요."

"전 괜찮아요. 굳이 따님을 떼어놓고 오실 필요가 있어요? 그 누구보다도 환영받을 손님인데."

낯설긴 하지만 아주 부드러운 목소리를 지닌 그 여자의 미소를 보고 갑자기 자신감이 생겼는지, 아이가 제 아빠 곁으로 바싹 다가서서는 몸을 곧추세웠다. 또래에 비해 키가 크고 햇살을 받아 반질거리는 크림빛 피부에 갸름한 얼굴을 한, 다섯 살 난 아이였다. 양쪽 관자놀이를 지나 어깨 위로 늘어진 머리칼, 그리고 짙푸른 눈 가장자리를 곱게 수놓은 속눈썹이 진한 황금빛을 띠어, 환한 햇살 속으로 들어선 순간 아이의 모습이 마치 촛불처럼 찬연하게 빛났다. 아이는 호기심으로 빛나는 시선을 떼지 않은 채 한쪽 무릎을 살짝 구부려 인사를 건네더니, 이윽고 마음을 굳힌 듯

생긋 웃으면서 얼굴을 들고는 어른의 입맞춤을 기다렸다.

주디스에게는 아이가 자신의 가슴에 손을 넣어 너무도 오랫동안 탐스러운 열매에 굶주려온 마음을 어루만지는 것처럼 여겨졌다. 허리를 숙여 아이를 꼭 끌어안는 순간 그녀의 눈에는 눈물이 핑 돌았다. 그 부드럽고 서늘하면서도 향긋한 입술. 시내를 가로지르는 내내 아이가 장미꽃을 들고 있었는지 달콤한 향기가 풍겨왔다. 낯선 방과 어른을 쳐다보고 관찰하기에 바빠 아직 아무 말도 없었지만, 곧 안면이 익어 친숙해지면 아이도 이런저런 얘기를 종달새처럼 지저귀리라.

"애덤 신부님이 이름을 지어주셨어요." 닐은 빙그레 웃으면서 말했다. "좀 특이한 이름이죠. 이 아이는 로절바(Rosalba. 장미꽃을 뜻하는 rose라는 단어가 들어간 이름이다—옮긴이)라고 합니다."

"당신이 정말 부럽네요!" 주디스는 언젠가 그에게 했던 말을 되풀이했다.

그들 사이에 다시 가벼운 긴장감이 자리 잡았다. 둘 모두 할 말을 찾지 못해 아무런 대화 없이 긴 시간을 보냈다. 마침내 닐이 다시 딸의 손을 잡더니 빛의 기둥에서 물러나 문 쪽으로 향했다. 주디스는 여전히 햇살에 빛나는 백장미를 가슴에 안고 있었다. 또 다른 백장미가 아버지를 따라 몇 걸음 걸어가다가 어깨 너머로 힐끗 주디스를 돌아보고는 작별 인사 대신 생긋 웃어 보였다.

"아가, 이제 집으로 가야지. 우리 할 일을 마쳤으니까."

그렇게 두 사람은 돌아가려 하고 있었다. 이후에는 위니프리드 성녀 축일이 와도 장미꽃을 가져오는 사람은 없을 터였다. 그리고, 그들이 그렇게 가버리면 이러한 시간, 그들 셋이 다시 한방에 모이는 시간은 다시 오지 않으리라.

그들이 문 앞에 이르렀을 때 주디스가 불쑥 말했다. "닐……."

닐은 환한 얼굴로 고개를 돌려 햇살을 온몸에 받으며 서 있는, 장미꽃처럼 활짝 피어난 그녀의 하얀 얼굴을 바라보았다.

"닐, 가지 말아요!" 그녀는 마침내 말을, 제때에 꼭 해야 할 말을 찾아냈다. 그 끔찍했던 밤, 고드릭 포드 수녀원 정문 앞에서 했던 말을 그녀는 다시금 꺼내놓았다. "제 곁을 떠나지 마세요!"

주

1 스티븐 왕 King Stephen(1092 또는 1096~1154)
정복왕 윌리엄 1세의 외손자이며 잉글랜드 노르만 왕조의 네 번째 국왕. 외숙부이자 잉글랜드 왕인 헨리 1세가 살아 있을 때 헨리 1세의 딸인 모드 황후의 왕위 계승을 돕겠다고 서약했으나 1135년에 헨리 1세가 죽자 약속을 깨고 잉글랜드 군주의 자리를 차지했다.

2 모드 황후 Empress Maud(1102~1167)
마틸다(Matilda of England)라고도 불린다. 정복왕 윌리엄의 아들인 헨리 1세의 딸로, 신성로마제국 황제 하인리히 5세와 결혼했다가 그가 죽은 뒤 앙주 백작 조프루아 5세와 재혼해 헨리 2세를 낳았다.

3 글로스터의 로버트 백작 Earl Robert of Gloucester(1090~1147)
헨리 1세의 서자이자 모드 황후의 이복형제로, 1135년 스티븐 왕이 왕위를 찬탈한 이후 모드 황후의 편에서 싸웠다.

4 웨스트민스터 사원 Westminster Abbey(잉글랜드, 런던)
템스강 북쪽에 위치한 건축물. 수백 년에 걸쳐 영국 정치의 본산으로 여겨졌으며 현재에도 영국 의회장으로 사용되고 있다. 제2차 세계대전 당시 폭격당했으나 자일스 길버트 스콧에 의해 복구되었다.

5 로버트 페넌트 부수도원장 Prior Robert Pennant(?~1168)

12세기 전반에 슈루즈베리 수도원의 부수도원장을 지냈고, 1148년부터 1168년까지 슈루즈베리 수도원장을 지냈다. 성 위니프리드의 귀더린 순례를 담은 『성 위니프리드의 생애』를 남겼다.

6 세인트자일스 Saint Giles

슈롭셔의 교회이자 구호소. 설립 시기는 12세기경으로 추정된다. 1857년까지 슈루즈베리 수도원의 사제가 파견되어 이곳의 일을 도맡았다.

7 성 위니프리드 Saint Winifred

홀리웰에 살았던 위니프리드에 관한 이야기는 중세 전설에 근거를 두고 있다. 그녀는 성 베이노의 조카이자 테비트라고 불리는 기사의 외동딸이었다. 크래독 왕자가 그녀를 겁탈하려 하자 달아났고, 분노한 왕자는 그녀의 목을 잘랐다. 하지만 성 베이노가 그녀를 되살렸고 새 생명을 얻은 위니프리드는 로마로 순례를 떠났다가 웨일스로 돌아와 귀더린 수녀회의 수도원장이 되었다고 전한다.

8 라둘푸스 수도원장 Abbot Radulfus(?~1148)

헤리버트 원장의 뒤를 이어 1138년부터 1148년까지 슈루즈베리 수도원장을 지냈다.

9 세인트메리 교회 Saint Mary's Church

970년 에드거 왕에 의해 만들어진 교회. '노르만의 정복' 이후 왕실의 종교 변화에 따라 우여곡절을 거치며 여러 차례 파괴와 복구를 겪었다. 빅토리아 시대에 전면 재건축되었으며, 현재 슈루즈베리에서 가장 큰 규모의 교회로 알려져 있다.

10 베네딕토회 Benedictine

베네딕토 규칙을 바탕으로 공동생활을 하는 가톨릭 공동체. 6세기 '누르시아의 베네딕토(성 베네딕토)'가 몬테 카시노에 창설하여 전 유럽에 퍼진 수도회의 일파다. 청빈, 순결, 복종을 맹세하고 규율이 매우 엄격한 삶을 강조했다. 집단적인 예배도 중요시하여, 수사들은 하루에 일곱 번씩 모여 찬송하고 기도하는 성무일도를 수행했다.

11 폴스워스 수녀원 Polesworth Abbey

980년 베네딕토회 수녀들에 의해 건립된 수녀원으로, 노르만 침공 때 해체되었다가 1130년 재건립되었다.

캐드펠 수사 시리즈 13
장미나무 아래의 죽음

초판 1쇄 발행. 2000년 5월 13일
개정판 1쇄 발행. 2025년 6월 30일

지은이. 엘리스 피터스
옮긴이. 김훈
펴낸이. 김정순
편집. 홍상희 허영수
마케팅. 이보민 손아영

펴낸곳. (주)북하우스 퍼블리셔스
출판등록. 1997년 9월 23일 제406-2003-055호
주소. 04043 서울시 마포구 양화로 12길 16-9(서교동 북앤빌딩)
전자우편. editor@bookhouse.co.kr
홈페이지. www.bookhouse.co.kr
전화번호. 02-3144-3123
팩스. 02-3144-3121

ISBN. 979-11-6405-309-4 04840

옮긴이. 김훈
전문 번역가. 고려대학교 사학과를 졸업하고 1981년 동아일보 신춘문예에 희곡 부문에
「빈방」으로 당선된 뒤 극작 활동과 번역 작업을 병행했다. 현재 부여에서 번역 작업을
하면서 지속 가능한 자연 생태 농업에 관심을 갖고 파트타임 농부로 일하고 있다.
옮긴 책으로 『아메리카 인디언의 가르침』『패디 클라크 하하하』『희박한 공기 속으로』
『매디슨 카운티의 추억』『피아니스트』『바람이 너를 지나가게 하라』
『세상 끝 천 개의 얼굴』『성난 물소 놓아주기』『그런 깨달음은 없다』『모든 것의 목격자』
『켄 윌버, 진실 없는 진실의 시대』『늘 깨어나는 지금』외 100여 권이 있다.